별
빛
에

초판 1쇄 인쇄일 2016년 08월 23일
초판 1쇄 발행일 2016년 08월 26일

지은이 | 소년감성
펴낸이 | 김기선
편집장 | 김은지

펴낸곳 | 와이엠북스(YMBOOKS)
출판등록 | 2012년 7월 17일 (제382-2012-000021호)
주소 | 서울시 도봉구 노해로 379, 1005호(창동, 대성빌딩)
전화 | 02)906-7768 / **팩스** | 02)906-7769
E-mail | ymbooks@nate.com

ISBN 979-11-322-3854-6 03810

값 9,000원

※파본은 구입처에서 교환하여 드립니다.
※저자와 협의하여 인지를 붙이지 않습니다.
※이 책은 저작권법에 따라 보호를 받는 저작물이므로 무단 전재와 복제를 금하며,
이 책 내용의 전부 또는 일부를 사용하려면 반드시 저작권자와 와이엠북스의 동의를 받아야 합니다.

별
빛
에

소년감성

YMBOOKS ROMANCE STORY

장편소설

BOOKS

차 례

프롤로그 …7

1. 10년 전 그때 (1) …10

2. 10년 전 그때 (2) …51

3. 10년 후 그들의 시작 …92

4. 불타오르네 …130

5. No more dream …175

6. 나는 너밖에 없는데 …214

7. 너와 나 …253

8. 네 얼굴이 안 보여 …275

9. 호접지몽 …302

10. 너와 내가 떠난 여행에서 …355

에필로그 …379

프롤로그

"이제 곧 별이 이리로 올 거야."

해운은 진정이 되지 않고 있었다.

성북동의 고택, 나정희 화백의 작업실로 삼은 마당 넓은 집이었다. 곧 별이 나타날 거라고 생각하니, 그는 심장이 튀어나올 듯이 뛰어서 견딜 수가 없었다.

"미리 말해둔다. 너희 둘은 안 돼.

정희는 창백한 해운의 얼굴이 안달하는 것을 보고 한마디 했다. 이미 해운은 코트를 걸치고 있었다.

"하늘이 개벽하면 모를까, 너하고 별은 절대 안 된다는 소리다. 그런데도 네가 정 못 잊는다니까 얼굴 마주치게는 해주겠는데, 해운아……."

담배를 꺼내 손가락 사이에 끼우며 정희는 연극배우의 독백처럼

별빛에 7

나른하게 중얼거렸다.

"진짜는 말이야, 아무 데나 감정 흘리지 않는 법이란다. 너야말로 진품이지, 안 그래? 안타깝게도 별, 그 아이는 너를 망치고……."

"초 치지 마세요."

해운은 아무렇지도 않게 받아치며 마당 위의 섬돌로 내려섰다.

"너 잊지 마라. 한별 에디터는 내가 찾은 것이나 진배없다. 안 비서, 차 준비해요."

드디어 만나는가?

좁은 골목을 조심스럽게 걸어와 대문의 명패를 확인하고 있는 여자가 보였다.

"오랜만이다."

해운은 되도록 건조한 음성으로 인사를 건넸다.

"아!"

자신을 알아본 것이 분명했다. 별은 걸음을 멈추고서 그를 망연히 응시하고 있었다. 처음엔 움찔, 놀라더니 그 몸이 움직일 줄을 몰랐다.

"……한별."

그는 그녀의 이름을 부르며 손을 내밀었다. 별은 하얗게 질린 얼굴에 당황한 기색이 역력한 채로 망설이고 있었다.

"여전하구나."

쨍, 하고 얼음의 표면에 균열이 생기듯 그녀의 입이 떨어졌다. 하지만 쌀쌀맞은 어투, 퉁명스러운 눈빛은 그에게 몹시도 낯선 것이었다.

"너는 무조건 상대의 손을 잡으려고 해. 그 버릇 고쳐."

그녀가 나무라듯 말했다. 낭패다.

젠장, 애가 잔뜩 꼬여 있구나.

"너한테만 그랬어."

빈정이 상한 얼굴로 그가 툭 내뱉었다.

"뭐가?"

"너한테만 그랬다고."

한별.

너의 손을 붙잡고 친구 해달라고 졸랐지. 나이 들면 결혼하자고
약속도 했었지.

그의 생각을 읽은 것일까?

"정말…… 왕해운, 너야? 나, 나는…… 여기에……."

돌연, 별의 눈시울이 붉어지며 말을 잇지 못했다.

"알아."

오늘 그녀는 진(眞) 문화사의 월간지 『아트 매거진』에서 근무하
는 에디터로서 그의 화가 모친을 인터뷰하러 온 참이다. 그가 그녀
를 뚫어지게 응시하던 어느 한순간이었다.

"10년 만이야."

별의 두 눈이 그를 향한 원망으로 일렁거렸다. 해운은 벨 듯한 시
선으로 그녀의 눈길을 마주치며 중얼거렸다.

"별, 너를 10년 동안 찾았어. 어디에도 없더라."

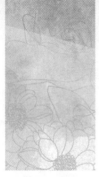

1. 10년 전 그때 (1)

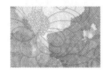

구불구불한 시골길은 끝이 없이 이어지고 있었다. SUV 한 대가 꾸역꾸역 힘겹게도 그 길을 올라왔다.

사방이 깜깜한 밤길에 희부연 헤드라이트 불빛이 비추었다. 차는 길이 끝나는 언덕에 세워진 3층의 별장 앞에 멈췄다. 이윽고 차 안에서 후리후리한 키의 남학생이 한 명, 그리고 중년의 사내가 내려섰다.

"조용히 지내야 한다."

정국은 해운을 향해 넌지시 말했다.

"왜 대답이 없어?"

해운의 외삼촌인 정국은 초조해 보이는 인상이었다. 그는 자신보다 훌쩍 키가 큰 해운을 올려다보며 재차 다그쳤다.

"알아들었어? 조용히 있으라고. 그게 네가 살아남는 길이야."

정국은 심란한 손끝으로 담배를 한 대 피워 물었다. 을씨년스러운 11월의 살을 에는 바람이 불어와 해운의 앞머리를 흐트러뜨렸다. 정국이 무심결에 손을 뻗어 해운의 눈을 가리는 머리카락을 치우려고 했다. 해운이 야멸치게 고개를 뒤로 뺐다.

"싫어요."

그러자 정국이 발끈 신경질을 부렸다.

"이 녀석이? 누구 때문에 지금 이 고생인데? 네 엄마나 나도 네 손에 달려 있다. 더 이상 사고 치지 말아야 해."

이리로, 하고 정국이 손가락을 까딱했다. 이번에도 해운이 꿈쩍하지 않았다.

"너, 이 자식! 계속 고집부릴래?"

"만지는 거 싫다고요."

퉁퉁 불어 터진 대답에 정국이 희미하게 웃었다.

"지금 너한테 누가 있다고 이래?"

잠시 후에 해운이 가만히 고개를 숙였다. 그렇지, 하고 해운의 머리를 헤집어놓으며 정국이 따끔하게 일침을 가했다.

"하여튼 숨만 쉬며 산다고 생각해. 근간 잠잠해지면 다시 올라갈 거니까 넌 죽은 듯이 있어. 어떻게든 고등학교 졸업장만 따자고. 네가 아직 어려서 자세한 설명은 생략한다만, 돈 있는 사람들이 진짜 악한 법이라고만 알고 있어라."

담배 연기를 허공에 내뿜은 다음에 그는 꽁초를 땅에 떨어뜨려 짓이겼다. 불씨가 꺼지는 것을 확인한 그가 당부를 잊지 않았다.

"봐라, 네 신세가 이렇다. 너나 네 어미나 피우다 만 담배에 불과해. 구둣발로 밟아버리면 그만인 거지. 끽, 소리 하나 못 내고 꺼져야지, 별수 있냐? 그래도 네겐 원로 회장님이 계시다. 그 양반이 운한의 영원히 지지 않는 태양이잖아. 안방마님이 제아무리 그악스러운 세도가라고 해도 말이다, 뛰는 놈 위에서 나는 양반이 회장님이셔. 하늘이 도와서 그 양반이 너 하나는 끔찍하잖냐?"

간다, 하고 돌아서려는 정국의 뒤통수에 대고 해운이 중얼거렸다.

"넌 괜찮을 거다."

"뭐라는 거야?"

정국이 뜬금없이 뭐가? 하는 표정으로 해운을 보았다.

"너 방금 뭐라고 했어?"

"넌 괜찮을 것이다…… 그런 말을 해주는 사람이 한 명 정도는 있지 않을까, 하고 생각해봤을 뿐입니다."

미친 듯이 그림을 그렸다. 그러면 자신에게도 편이 생길 줄 알았다.

대기업 부회장의 혼 외 자인 자신의 신세가 바람 앞의 등불이라는 사실을 잘 알고 있었다. 아들을 가지고 장사를 하려고 하는 모친과 가만 안 놔두겠다고 엄동설한의 눈발같이 협박을 해대는 안방마님의 기세에 눌려서 어렸을 때부터 그는 차라리 자신이 죽어 없어졌으면 싶었다. 그러다 차차 자라면서 공부를 기피하고 싸움질이나 하고 다니면서 그림이나 그리면 다 괜찮을 줄 알았다.

그런데도 그에게는 편이 생기지 않았다. 진심으로 자신의 안위를 걱정해주는 단 한 사람이 없었다.

지금 상황도 그는 생전 와본 적이 없는 낯선 시골의 별장에 홀로 내팽개쳐지듯이 쫓겨 온 참이다. 문제의 발단은 그의 모친 나정희였다.

꼭꼭 숨어라, 머리카락 보일라.

자신의 운명을 명확히 인지하고 있는 해운과는 반대로 정희는 그렇지가 못했다. 그 때문에 운한그룹의 안방마님이라 불리는 이미숙의 퍼런 서슬을 피해 잠시 도피하는 셈이었다.

"솔직히 지금 가장 안 괜찮은 녀석이 왕해운, 너다. 아무튼 사고 치면 죽어. 불쌍한 네 엄마를 생각해라."

웃기는 녀석, 하고 혼잣말로 중얼거린 정국은 운전석의 문을 열었다. 어둠 속에서 해운의 얼굴이 싸늘하게 가라앉아 있었다.

이대로 혼자 남는가?

잠시 망연자실했다. 그러나 그는 이내 계집애처럼 나약해지지 않기 위해 이를 사려물고는 별장의 문을 열었다. 끼이익, 괴기스러운 요철과 요철이 마찰하는 소리가 났다.

문은 잠겨 있지 않았다. 듣기로는 건물 전체에 보일러를 가동시키지 않아서 1층만 써야 한다고 했는데 온 방에 불이 켜져 있었다.

"왕해운."

뜻밖에도 벽난로 앞에 지운이 서 있었다.

운한그룹의 막내아들, 왕지운. 자신과는 동갑이지만 어쨌거나 호적에 먼저 올랐으니 형이 된다. 생일도 7개월이나 앞서 있긴 하다.

"녀석, 놀라지도 않네?"

지운이 성큼 걸음을 옮겨서 자신에게로 다가왔다. 이중창에다가 튼튼한 목재로 지어진 탓인지 별장 안은 바깥의 기온과는 상이하게도 푸근한 온기에 둘러싸여 있었다. 해운은 걸치고 있던 외투를 벗어 가방과 함께 짐짝처럼 소파에 던졌다.

"나도 여기 있으려고. 아, 물론 감시까지는 아니니까 걱정 말고.

착하게 살아야 한다."

해운은 왜? 라는 의문이 담긴 얼굴로 그저 지운을 바라볼 뿐이다. 둘은 종종 얼핏 보면 쌍둥이처럼 닮았다는 소리를 들어왔다. 둘 다 열아홉 살인 데다가 180이 넘는 키와 체중, 그리고 골격이 비슷해서일 것이다. 그러나 얼굴 생김이나 분위기가 달랐다. 턱이 뾰족하게 빠지면서 눈이 기름한 해운에게서는 날카로운 느낌이 났다면, 서글서글한 눈매의 지운에게서는 부드럽고 선한 인상이 돋보였다. 운한그룹의 공식적인 넷째 아들로 국제 학교에 재학 중인 지운은 곧 있으면 미국으로 유학을 떠날 예정이었다. 그는 갑자기 제 이복동생이라고 나타난 해운에게 친애의 정을 보여주지 않고 있으면서도 유독 같이 있는 것은 즐기는 이상한 취미가 있었다.

"너도 여기 와 있는데, 나라고 못 올 이유 있어?"

유들유들, 지운이 웃어준다. 해운은 못 본 척하면서 딴청을 했다. 담배가 어디 있더라?

"자식, 힘이 넘치나 봐? 네가 일방적으로 팼다면서?"

"나한테 혼혈이라고 했어."

해운의 입이 열리며 나직한 말이 튀어나왔다.

혼혈.

그들만의 은어로 '사생아'라는 소리였다.

"머리는 장식으로 달고 다니냐? 사람 봐 가면서 패야지. 상대가 최남욱 국무총리의 손자라서 문제가 커진 거잖아? 그 자식의 조폭 비서도 아주 제대로 뭉개놨다면서?"

해운은 슬며시 입꼬리를 올리며 웃었다. 사실 거슬리기는 해도 그렇게까지 묵사발로 만들 의도는 없었다. 그러나 일부러 그랬다.

자신을 대한민국 상위 1%의 자제들만 다닌다는 학교에 집어넣고는 혼자 만족해하는 정희를 난처하게 만들고 싶었다. 결국 소기의 목적은 달성했다고, 그는 만족했다.

　"자식아, 우리 마님이 너 여기 온 거 다 알아, 넌 이제 죽었다."

　하루 이틀 일인가? 해운은 늘 보란듯이 사고를 쳤다. 교실에서 담배를 피운다, 또래와 몰려다니며 패싸움을 한다, 학교 기물을 박살낸다…… 등등은 아주 작은 일에 속할 정도였다. 그러나 이번에는 상황이 달랐다. 해운이 같은 반 급우인 국무총리의 손자를 폭행한 죄를 빌미로 정희는 큰 결심을 했던 것이다.

　'왕해운은 운한 T&C 왕만희의 아들입니다.'

　언론에 유전자 검사 기록과 친권을 인정한다는 왕 부회장의 자필 서류까지 들이대며 인터뷰도 마다하지 않은 정희는 정말 대단했다. 그런 사달이 난 까닭에 충북 음성의 시골 별장으로 쫓겨 온 주제가 되었지만 말이다. 지운은 빈정거렸다.

　"사람은 주제를 알아야 해. 역사를 봐도 길고 오래가는 사람은 함부로 주제넘게 행동 안 해……. 어, 왕해운. 너 어디 가?"

　지운을 무시하며 해운은 2층으로 난 계단을 밟고 있었다.

　"야! 너 내 말 안 들어?"

　"그거 혹시…… 충고?"

　슬쩍 지운을 보았다. 그러자 지운은 그의 기세가 사나운 것을 눈치채고서는 침을 꿀꺽 삼켰다.

　"아니, 꼭 충고라기보다는…… 살아 있으려면 그래야 한다는 거지. 특히 너같은 혼혈은 말이야."

　"살아 있으려면……." *

다시 계단을 올라가면서 해운는 다른 생각을 하고 있었다.

대체, 인간은 얼마나 눈을 감고 있어야 이런 따분함이 사라지는 걸까?

"여이, 왕해운. 해운아, 저기 봐봐. 모처럼 좋은 구경하게 됐다. 내가 이 동네에서 가장 얼굴 반반한 아이 소개시켜준다고 했지?"

"저기, 쟤. 한별. 보여?"

해운은 얼핏 종현이 가리키는 쪽으로 고개를 돌렸다가 다시 테이블로 시선을 옮겼다. 관심없었다.

음료와 치킨을 파는 매장 안.

토요일 오후인지라 들뜬 학생들이 테이블마다 가득 찼고, 몇몇 어른 손님들이 테이크아웃을 해가는 치킨집이었다. 발정 난 수컷 모양으로 야한 동영상이나 찾아보는 일이 전부인 종현이나 인태 같은 녀석들은 서울에서 전학 왔다는 이유로 해운을 적극 따르고 있었다. 그들의 성화로 그는 몸만 여기 와 있을 뿐으로 지극히 따분하고 우울했다.

"왕해운, 쟤 좀 보라니까?"

콜라 컵에만 신경을 쓰고 있자니 이번에는 종현뿐만이 아니라 인태가 그를 팔뚝으로 쳤다.

"쟤는 벌써 우리하고 근본부터가 다르다더라."

근본부터가 다르다?

그건 나 아닌가?

비로소 해운의 시선이 친구들의 손가락을 따라갔다. 이곳에 온 지도 한 달이 넘어가지만 워낙에 좁은 동네라 누가 누군지는 이미 드러나 있었다. 그러나 해운이 처음 보는 얼굴이었다.

일단은 여자아이였다.

호리호리하고 키가 큰 아이는 매장 유니폼을 입고 있었다. 대충 정수리 쪽에 당고 모양으로 머리를 묶고 있는 탓에 훤한 이마가 돋보이는, 자그마한 얼굴이 온통 드러난 채였다.

남자 녀석들이 왜 그렇게 흥분했는지 해운은 알 것 같았다. 여자아이는 가느다란 선이 인상적인 몸매였다. 거기다가 단정한 이목구비에 절로 감탄이 나오는 깨끗한 느낌의 소녀였다.

"이름이 별이야. 해운이는 우리 학교에서 쟤 잘 안 마주쳤지? 너 전학 오자마자 수능 보는 바람에도 그렇고, 쟤는 일찌감치 아르바이트 하느라 학교 안 나오고 있었거든. 2반 꼴통이라고, 아주 유명해."

"2반 꼴통이 아니지. 우리 학교 전체의 꼴통이지, 안 그러냐?"

해운이 바라보는 사이에 별이라는 아이는 다른 테이블로 향하고 있었다. 하필 유니폼이 무릎 위의 기장인 테니스 스커트에다 상체에 달라붙는 티셔츠였다. 걸을 때마다 슬릿 사이로 보얀 허벅지가 아슬아슬하게 드러나는 것이 위태해 보였다. 두어 명의 다른 직원들도 분명 같은 차림인데도 유독 그 아이에게서는 여성스러움이 한껏 도드라졌다.

"이름이…… 뭐라고?"

해운의 나지막한 중얼거림에 얼른 인태가 답을 했다.

"한별. 쟤 아버지가 누군지 아나? 청주에서 가장 큰 병원의 원장이래. 쟤네 엄마는 유부남 의사한테서 한별을 낳고서 재산 한 뭉텅이 얻어서는 여기 와서 사는 거라고 하더라."

"확실한 건 아니고. 카더라가 그래."

종현의 의문스러운 설명에 인태가 동의하는 얼굴로 웃었다.

"어쨌든 쟤 엄마가 온 동네 남자들 꼬시는 건 유명한 얘기야. 전직이 술집 여편네가 분명하다고 우리 엄마는 확실히 말하더라."

"근데, 봐봐. 제 주제도 모르고서 저기 유현석이한테서 빼는 꼬락서니라니…… 현석이 저놈, 저것이 오늘 아주 맘먹었나 보다."

"무려 유현석이라고, 유현석. 전교 회장 유현석. 그런데 그렇게 오래도록 구애하는데도 꿈쩍 않는 걸 보면 도도한 것도 있지만 쟤는 여자도 아니란 말이 있어. 해운아, 넌 안 보고 뭐 해?"

해운은 흥미를 잃고서 다시 콜라 컵으로 주의를 기울였다. 저 비쩍 마른 여자아이가 예쁜 것도 별로이고, 더더군다나 아이의 모친이 콜걸이든 뭐든 그와는 상관없는 일인 데다가 전교 회장이라는 유현석이 구애를 하는 것도 그에게는 시큰둥한 일이기 때문이다.

그런데 그때였다.

"죽을래?"

쨍그랑!

해운은 순간 놀랐다.

매장 안의 왁자한 소음이 일시에 물러나면서 신나는 팝 음악만이 시끄러웠다. 해운은 정확히 시선을 대각선으로 돌렸다. 한눈에 별이 서빙을 하고 있던 테이블, 그리고 거기 앉은 서너 명의 남학생들이 잡혔다. 더 정확히는 현석이 별의 손목을 붙들고 있는 게 보였다. 잡힌 손목을 뿌리치면서 별이 쟁반을 내동댕이쳤나 보다. 바닥에 산산조각이 난 접시와 함께 뜨거운 김이 모락모락 오르는 닭튀김 조각이 널브러져 있었다.

"감히 네가 나를 까는 거냐?"

현석은 진심인 게 분명했다. 얼굴이 전체적으로 붉게 물들어 있는 것이 부끄러움보다는 거절을 당한 것에 대한 상실감이 엿보였다.

"감히?"

여자아이는 코웃음을 치더니 그를 뿌리쳤다. 아주 냉랭한 동작이었다.

"그래, 감히 너 따위가 뭔데? 네가 나를 이렇게 물 먹여?"

그러자 더는 상대하기도 싫다는 듯이 별이 몸을 돌렸다.

"야, 한별! 네가 그렇게 잘났어? 술집 여자가 엄마면 넌 좀 저자세여야 하는 거 아니냐고?"

유현석, 그래도 그건 아니지.

해운의 눈썹이 잠깐 찡그려졌다.

"너 다시 한 번 말해봐."

별의 걸음이 멈추었다. 모두의 시선이 그들을 주목하고 있었다.

"왜? 술집 여자의 딸이라는 말? 이 동네에서 네 엄마가 술집 출신이라는 것을 모르는 사람도 있나?"

"유현석, 너 정확히 알고 말하는 거야?"

"그래, 좀 봐줬더니 술집 여자의 딸 주제에…… 악!"

그것은 한순간에 일어난 일이었다. 현석의 말이 끝나기도 전에 별의 손에 들려 있었던 콜라 잔이 그의 머리 위로 올라가서는 검은 콜라가 퍼부어졌다. 졸지에 콜라 세례를 받은 현석의 곁에서 다른 친구들이 주먹을 그러쥐었지만 별은 눈 하나 깜빡하지 않고서 의기양양했다.

"이래서 내가 너 같은 아이랑은 안 노는 거야. 안 되겠네, 확실히 말해줄게. 나 너 싫어. 항상 싫었어. 이제부터는 나 좋아한다면서 초콜릿 따위는 주지 마. 아, 그렇다고 목걸이 같은 것도 안 돼. 저번에 준 것도 알고 보니 네 엄마의 패물을 훔친 거였더라? 내가 네 엄마한테 다 불었어. 너 때문에 창피해서 학교도 못 다니겠다고. 아, 그리고 우리 엄마는 술집 여자가 아니야. 오히려 너희 아버지가 서울에서 고급 요정을 다니시면서 돈 쓰는 통에 네 어머니 화병 드셨던데? 궁금하면 직접 알아보셔."

오오, 세다.

주변 사람들이 쿡쿡거리는 사이에 여태껏 방관자였던 해운의 눈에도 슬며시 웃음기가 돌았다.

"이 미친개가, 진짜!"

부들부들 떠는 현석의 입에서 욕설이 터져 나왔다.

"난 미친개가 아니야. 그런 말 하면…… 죽는다."

별은 그렇게 나직이 협박을 하고는 쌩 돌아섰다. 그대로 해운의 테이블 근처까지 왔을 때였다. 분을 못 이긴 현석이 왁, 하고 뒤에서 달려들었다. 해운은 급히 다리 하나를 내밀었다.

"이런!"

현석이 해운의 발에 걸려 크게 비틀거리더니 그대로 넘어졌다. 여자아이가 놀라서 뒤돌아보았지만 해운은 시치미를 뗐다.

"일어나, 현석아."

현석의 친구들은 해운과 눈이 마주쳤다. 그들은 현석을 자빠뜨린 범인인 그를 보고 멈칫했다.

"……꺼져!"

가만히 잇새로 해운은 중얼거리듯 뱉어냈다. 다들 그의 존재를 모르지 않았다. 서울에서 크게 사고 치고서 전학 왔다는 부잣집 양아치, 그런 그와 직접 부딪치지 않으려고 조심하는 눈치였던 것도 한몫을 해서 그들은 일시에 수그러들었다. 그렇지만 현석은 달랐다. 전교 회장인 자신에게도 굽히지 않은 녀석이라며, 평소에도 그는 해운에 대해 기분 나빠했었다.

"좆됐네. 너, 너, 너, 내가……."

주룩, 흐르고 있는 코피를 손등으로 훔쳐내며 현석이 그에게 덤벼들려는 순간이었다.

'더 이상 사고 치면 안 된다.'

'엄마를 생각해라.'

삼촌 정국의 말이 뇌리를 스쳤다. 뭐, 이 정도는 괜찮겠지.

파직, 해운은 손에 잡히는 유리잔을 쥐고서 그대로 으스러뜨렸다. 그림을 그리는 손이지만 어렸을 때부터 삼촌에게 권투를 배운 탓에 악력(握力)이라면 자신 있었다.

잠시 시간이 멈춘 듯이 조용해졌다. 해운은 그저 살기 어린 눈으로 조각이 난 채로 흩어진 유리 조각을 응시하였다. 짜릿한 통증을 수반한 채로 뭉근한 쾌감이 뒤따랐다. 마침 깨부수고 자학하고 싶었던 차에 느껴지는 희열 같은 거였다. 그의 손에서 검붉은 피가 뚝뚝 떨어져 테이블 위로 어지럽게 흩어졌다.

이어서 여학생들은 새된 비명을 질렀으며 남학생들은 박수를 치며 환호했다.

"시발!"

현석의 눈이 커지면서 욕설이 튀어나왔다.

"……그냥 꺼져."

그의 조용한 경고가 먹혀서 몇몇 학생들이 현석의 몸을 부축하다시피 해서는 매장을 나갔다. 덕분에 사태가 잠잠해진 가운데, 별의 얼굴이 확 붉어졌다. 그녀는 두 눈에 눈물이 고이는가 싶더니 천천히 해운을 보았다.

"미안."

뭐라고 말해야 하는지 허둥거리면서 그녀는 새하얀 냅킨을 건넸을 뿐이다. 그것을 종현이 냉큼 낚아채듯 받았다.

"고마워."

그러더니 그녀는 그대로 홀 안으로 사라져버렸다.

"이야, 왕해운! 후덜덜했네. 어디 손 좀 봐봐."

"이거 한두 번 해본 솜씨가 아닌데? 폼은 나더라. 나도 연습해야지."

종현과 인태가 난리를 치는 동안에 후우, 하고 해운이 입바람을 불었다.

"시끄러워."

그러자 다들 입을 닫았다. 넋이 나간 것처럼 기가 막힌 듯한 얼굴들 사이에서 해운이 누구에게랄 것도 없이 물었다.

"며칠 따라다녔는데?"

"아, 유현석? 며칠이 뭐야, 며칠이? 중, 고등학교 합쳐서 거의 5년, 6년을 좋아했다고. 그렇지, 왕해운! 너야말로 서울에서 온 전학생이 잖아?"

갑자기 인태가 해운을 향해 눈을 빛냈다.

"오케이, 난 해운에게 걸겠어!"

뭘 걸어?

냅킨으로 피가 배어 나오는 상처를 지혈하고 있자니 인태가 부연 설명을 했다.

"왕해운 네가 쟤 한번 꼬셔봐라. 서울 전학생은 뭐가 달라도 다를 것 아니야?"

"그래. 저 도도한 것이 서울 출신 남학생에게는 걸려드는가 보자."

흥분한 채로 떠들고 있는 친구들 사이에서 해운은 히죽, 웃었다.

"더도 말고 덜도 말고 딱······."

그는 눈썹을 세워 의기양양한 표정으로 덧붙였다.

"일주일."

오오, 하고 친구들이 키득키득 웃었다.

"내기를 하자. 네가 이기면 뭐 해줄까? 뭘 원해?"

"진심."

퍼뜩 든 생각이었다.

저 아이의 진심을 받고 싶었다.

"그래서 뭐 하게? 넌 여기 사람도 아니잖아."

"차버리는 거지."

그것도 보기 좋게. 왜 그런지는 모르겠지만 저 아이가 자신에게 매달리는 모양을 보고 싶었다.

떠들썩하게 인태와 종현이 환호를 올렸다.

해운은 잠자코 생각에 잠겼다.

'청주에서 가장 큰 병원의 원장이래······.'

'쟤네 엄마는 유부남 의사한테서 한별 낳고서······.'

'재산 한 뭉텅이 얻어서는······.'

세상 어디서나 들을 수 있을 법한 진부한 이야기였다.

한별?

너는 나와 비슷해.

그의 눈동자가 어둡게 가라앉았다. 흥미로웠다. 관심이 갔다. 괴롭히고 싶었다. 어떻게 나오나 볼까? 꽤 흥미로운 게임이 될 것이다. 적어도 지루하지는 않을 것이다.

"저, 오늘은 그냥 갈래요."

"언제는 안 그랬어? 신경 끄고 살아."

넉살 좋게 웃는 사장의 말에 별은 투덜거렸다.

"오늘은 더 이상 일할 기분 안 나요. 대신, 내일 일찍 나올게요."

탈의실로 가서 별은 유니폼을 갈아입었다. 대충 백팩을 챙겨서 점퍼도 입는 둥 마는 둥 하며 매장을 나왔다. 뛰듯이 집으로 향하던 그녀는 인적이 드문 놀이터로 들어갔다. 근린공원으로 꾸며진 둔덕에 만들어진 탓에 외진 놀이터였다. 바로 그 점이 마음에 들었다. 항상 보면 조용한 곳이었다. 새로 칠을 한 미끄럼틀과 그네, 그리고 목마를 본 딴 놀이기구까지 사람 손이 별로 타지 않은 놀이터는 그녀가 혼자서 쉴 수 있는 유일한 공간이었다.

저녁 8시가 넘는 시간인지라 주변은 이슥한 어둠으로 고즈넉했다. 별은 가방을 무릎 위에 놓고서 나무 벤치에 걸터앉았다. 그러고는 상념에 잠겼다.

그녀는 원래부터도 사람들과 어울리지 못했다. 마을 면장이 끄는 경운기에 열 명 남짓도 되지 않는 또래들과 옹기종기 타고 앉아 학교에 등하교를 하고 다녔을 때부터 그랬다. 면장은 성실했다. 나중에는 경운기가 12인승 승합차가 될 때까지 거의 8년 동안이나 마을로부터 멀리 떨어진 초등학교에 아이들을 실어다 나른 사람이 그였다. 면장은 태생이 나쁜 사람은 아니었다. 그러나 입이 가벼운 게 흠이었다. 면장은 몰고 다니는 경운기나 승합차에 어른이 한 명 합석하는 날에는 꼭 별의 이야기를 꺼냈다. 아니, 정확히는 별의 어머니 이야기였고 그것은 험담이 대부분이었다.

별은 면장과 마을 사람들의 대화를 통해서 여러 가지를 알아차렸다. 왜 엄마가 툭하면 우리 모녀는 평생 먹고 사는 것은 지장이 없다고 큰소리치는지를 알았다. 왜 아버지도 없이 자신과 엄마만 단둘이 외딴 시골에서 사는지를 알았다. 왜 자신이 뭇매를 맞듯이 손가락질을 받으며 살아야 하는지를, 이외에도 많은 것들을 알았다.

그리고 사람들이 수군거리는 자신의 엄마가 실은 이모라는 사실을 알아차렸다. 자신의 생부는 이미 별의 최고 학부까지 마칠 돈을 준비해주고는 연을 끊었으며 친 엄마는 자신을 낳고는 산후 우울증을 견디지 못하고 스스로 목숨을 끊었다고 했다.

별은 엄마가 좋았다. 그리고 미안했다. 엄마이자 친구이자, 이모인 소영은 그런 존재였다.

엄마가 없으면 아무도 없었다. 별은 어렸을 때부터 친구 하나 없었기 때문이다. 아니, 일부러 가까이에 두지 않았다는 말이 맞았다. 동네가 워낙 작은 곳이라 별의 출생은 사람들에게 퍼졌고, 으레 꺼려지기 일쑤였다.

소영은 살림에는 워낙 젬병인지라 딸아이를 위한 따스한 밥을 챙길 줄도 모르고 손빨래는커녕 세탁기도 돌릴 줄 몰랐다. 나중에는 별이 살림을 도맡아야 했다.

학교 가기 전에 소영을 위한 해장국을 끓여놓는다든지, 교복을 깔끔하게 다려 입는 일이라든지, 집안 청소는 물론이고 앞마당에 화단을 만들고 채마밭을 꾸미며 상추와 토마토를 자급자족하는 일 등등, 전부 별의 일이었다.

대신에 소영은 별에게 피아노를 가르치고, 미술을 가르치고, 무용을 가르쳤다. 나중에 별은 왜 그런 쓸데없는 것에만 투자를 하느냐고 버럭, 성질을 부렸다. 그러면 소영은 다음과 같이 대꾸하는 것이었다.

"어머? 별아, 넌 뭘 모르는구나. 인생에서 남는 게 뭔 줄 아니? 예술이야. 예술은 절대 쓸데없는 게 아니야. 나중에 넌 나한테 감사해야 할 거야. 선행학습이나 시켜주는 학원에서 배운 지식 쪼가리가 네게 남을까, 예술적 가치관이 네게 남을까?"

"뻔하지, 뭐. 예술을 해서 남자 유혹하라는 거지?"

"기왕이면 다홍치마라고. 여자로 태어났으면 예쁘게 피어난 꽃이 좋잖아?"

"엄마는 꽃이 예쁘게 피어나는 게 꼭 남자 앞이어야만 가능하다고 믿잖아? 이래서 내가 엄마하고 가치관 자체가 안 맞는 거야. 엄마는 혹시라도 어디 가서 절대 그런 소리 하지 마. 예술가들한테 돌 맞을 거야."

고등학교에 진학하면서 별은 모든 학원을 스스로 끊고는 공부 잘해서 좋은 대학 들어가는 것만이 끝까지 남는 것이라고 독한 말을 했다. 별은 철이 들면서 서서히 소영을 떠날 준비를 했다.

소영은 부나비같이 떠돌며 남자들이 바뀌었던 어느 순간에 용케도 진짜 연애를 하고 있었다.

"진짜 연애야. 맞아, 운명을 만났어."

소영은 떨리는 목소리로 자신보다 몇 살은 연하인 총각과 사귄다고 고백했었다. 그때가 별이 고등학교에 갓 입학할 무렵이었다. 별은 오래 고민하지 않고 툭 말했다.

"한 달에 한 번씩 나한테 돈이 나온다고 했지? 엄마가 다 가져."

연애를 하는 사람답게 꽃처럼 피어나는 미소를 지으며 소영이 물었다.

"딸, 지금 무슨 말을 하려고 그래?"

"엄마 시집가라고. 그 총각한테 돈 가지고 가서 둘이 잘 살란 말이야."

"그럼, 너는?"

"난 서울에 있는 대학에 들어갈 거야. 그렇게 되면 내 힘으로 살아갈 수 있어."

"독립하겠다는 거구나?"

"서울에 있는 대학 중에서 4년 장학금을 받을 수 있는 곳에 지원할 거야. 기숙사도 있는 곳이면 더 좋고. 내 계획 어때?"

"딸, 그럴 거 없어! 그냥 반으로 나누면 돼."

"엄마 애인은 다 좋은데 돈만 없다면서?"

"무려 총각이야. 나한테 푹 빠져 있고."

"돈도 없으면 사랑도 없다는 게 세상의 진리야. 여자 미모는 몇 년 못 가는 거고. 얼굴 뜯어먹을 일 없거든. 게다가 엄마는 불혹이라고, 알아? 여자가 불혹이면 양귀비나 클레오파트라도 좌절하고 마는 나이지. 뿐인가? 엄마는 애 딸린 여자라는 큰 흠이 있어. 그 남자한테 기죽지 않으려면 가게라도 하나 차려줘야 할 거야."

"근데, 딸! 네 성적이 그렇게 아무렇게나 서울에 있는 대학에 장학금 받아 들어가면 된다고 말해도 되는 수준이었니?"

"엄마는 내가 엄마 머리 안 닮은 거 모르지? 난 절대 남자한테 잘 보이기 위해서 살지 않을 거야. 나 혼자로서도 충분히 반짝반짝 빛나는 유성이 될 거니까, 두고 봐. 그러려면 정신 바짝 차리고 총명해야 해."

"너 설마, 나 증오하니?"

"혐오 정도는 되겠다. 엄마는 지금 와서 살던 방향 절대 못 바꿀걸? 그러니 그렇게 죽 사셔. 대신에 난 엄마한테서 독립할 거니까 그리 아시고."

"우리 딸, 대한 독립 만세다! 근데 너 혼자 제대로 빛나려면 머리 진짜 좋아야 하는 거다."

다행히 세상에서 가장 쉬운 것이 공부였다. 초등학교 때부터 수학 천재로서 올림피아드에 출전한 이력도 있었다. 중학교 올라가면서는 수학만 잘하는 머리를 좀 더 써서 외우기도 착실히 하고 영어에 집중했더니 시험만 봤다 하면 틀리는 문제가 한두 개뿐이었다.

책 한 권도 제대로 읽어본 적이 없는 소영을 보면서 별은 제 자신이 얼굴도 모르는 아버지의 머리를 물려받았다고 확신했다. 사람들 말대로 진짜 의사는 맞긴 맞나 보네, 하고서 슬며시 안도의 한숨을 쉬었다. 어쨌든 대학에 들어가는 건 그녀에게 일도 아니었다.

"그럼, 우리 이대로 이별인가?"

"이별이야. 다시는 나 볼 생각 하지 말고 살아야 해. 그래야 결혼 생활에 실패 안 해. 부디 그 총각하고 이 마을을 떠."

"하긴, 그이랑 나는 음성 사람이 아니니까 떠나긴 쉬워. 대전이 고향이래."

"거기로 가든가, 둘이 새로운 도시로 가든가. 어쨌든 모험은 해볼

만한 거니까. 엄마 나이에 영광인 줄 알라고. 다들 욕하면서도 속으로는 은근 부러워할 거야."

"미안, 나하고 같이 가자고 못하겠다."

"알아. 다만, 엄마가 망설이고 있는 이유는 내가 아니었으면 해. 나도 다 컸으니까 걱정 말고 새 인생을 사는 거야. 그래도 내가 요리는 몇 가지 가르쳐줄 테니 배워 가야 해. 남자한테 꾸준히 사랑받으려면 뭐라도 제대로 해 먹여야 하거든."

"넌 뭘 믿고 엄마를 그렇게 보낼 수가 있니?"

"그 남자를 만나고부터 엄마가 행복해하는 얼굴이야. 그거면 돼."

같은 여자로서 느껴졌다. 그 젊은 남자가 어떤 사람인지 전혀 알수 없다고 해도 소영이 좋아하는 모습만으로 충분했다.

소영은 별이 고등학교를 졸업할 때까지만 같이 살자고 했다. 대신에 남자가 있는 곳에 가서 동거를 시작했다. 별에게는 가끔씩 왔다.

그렇게 세월은 흘러서 드디어 별은 고등학교 졸업반이 되었고 이미 수시 입학으로 5개 대학에 합격을 해놓은 상태였다. 그녀는 과와 상관없이 4년 장학생의 조건인 곳으로 대학을 정했다.

일찌감치 대학이 정해진 탓에 그녀는 아르바이트를 시작했다. 학교에서도 이미 허락을 해주었기에 그녀는 다른 입시생들과 달리 치킨 프랜차이즈에서 일을 했다. 소영도 슬슬 결혼 준비를 하고 있었다. 이제 2월만 되면, 하고 별은 벼르는 중이다.

이제 새봄이 오면 나는 서울로 간다.

그것은 그녀에 대해서, 그녀 출생에 대해서 아무것도 모르는 사람들 속으로 들어가는 것을 의미하는 거였다.

"내가 진짜 이 동네 쪽으로 다리 뻗고 자나 봐라."

오랜 회상을 하면서 별은 비스킷을 와그작와그작 씹어 먹고 있었다.

"혼자야?"

어디선가 남자 목소리가 들려왔다. 퍼뜩 고개를 들었다. 키가 홀쩍 큰 남학생이었다.

아, 하고 별은 소리를 질렀다. 그는 사실 이 동네에서는 못 보던 얼굴이었다. 방금 전의 매장에서 현석 일행과 충돌을 일으킨 그 남학생이 분명했다.그렇다고는 해도 별은 갑작스럽게 나타난 남학생을 보고 경계심의 날을 세웠다.

"혼자라면?"

자신을 대신해서 현석을 나자빠지게 했다는 구실로 보상이라도 바란다는 걸까? 가만, 손을 다친 것 같던데?

"이리 내봐."

다짜고짜 그녀가 제 손을 앞으로 내밀었다. 남학생은 어둠에 잠긴 채로 잠자코 있었다.

"못 알아들어? 손 내밀어보라고. 너 피 쏟았잖아?"

그제야 그가 팔 하나를 내밀었다. 가로등이 희미한 탓에 제대로 보이지 않았지만 그는 냅킨 뭉치를 쥐고 있었다.

"상처 좀 봐, 세상에."

안 되겠다, 별은 주섬주섬 제 가방을 뒤적여서 파우치를 꺼냈다. 그러고는 아무 거리낌 없이 그 안에서 생리대를 끄집어냈다.

"이게 피를 흡수하는 데는 짱이니까."

"……싫은데."

음울하고 낮은 음성이었다. 별은 피식, 웃었다.

"자식, 목소리 봐라. 가만히 있어. 이대로 있으면 큰일 나."

별은 그의 손을 덥석 잡은 채로 두툼한 생리대를 가지고 손을 한 바퀴 휘감았다. 그러고는 휴대하고 다니던 투명 테이프까지 찾아서는 그것으로 처치를 마쳤다. 그의 손바닥에 얼굴을 가져가 이로 테이프를 끊어내고 있으려니까 또 말소리가 들렸다.

"이상한데."

"뭐가 이상해? 이건 비상 사태야. 다행히 상처를 꿰맬 정도는 아니니까 꾹꾹 눌러 지혈만 시키면 되겠어."

그녀가 밝은 소리로 타박을 했을 때였다.

"간호사 놀이가 좋은가 보네."

웅얼거리듯 혼잣말을 한 그가 제 목에 두르고 있던 목도리를 풀었다. 그는 그것을 그녀의 목에 둘러주었다.

"추운 것 같아서."

"요즘 애들이 이래요. 어디서 본 것은 있어가지고."

어색한 것이 싫어서 별은 일부러 하하, 소리 내어 웃었다. 그때였다.

"왕…… 해운, 왕……."

어디선가 남자아이의 비명이 들려왔다. 둘 다 놀라서 소리가 나는 방향으로 고개를 돌렸을 때다.

끼이이익, 쾅!

별은 가슴이 철렁하면서 숨을 삼켰다. 교통사고? 뭔가가 일어난 모양이었다.

언뜻, 정신을 차렸다. 남학생은 그녀를 내려다보고 있었다.

그녀는 똑똑히 볼 수 있었다. 그건 사색이 된 얼굴이었다. 어울리

지 않게 공포로 짙어진 눈동자와 부들부들 떨리던 입술까지도 별은
믿을 수 없어 했다.

"얘, 너…… 왜 그렇게 떨어?"

남학생의 공포에 질린 표정에 그녀는 더욱 놀랐다. 와락, 그가 별
의 어깨를 짚었다.

"나를 죽이려고 해."

"뭐?"

그녀의 어깨 뼈를 파고들 듯이 남학생의 손은 억셌다.

"얘가 무슨 소리를 하고 있어?"

그러자 그가 고개를 숙여왔다. 그러고는 그녀의 귓가에 대고서 재
빠르게 속삭였다.

"나를 죽이려고 한다고."

"아……."

뜻하지도 않은 말에 그녀의 머릿속이 새까매졌다.

"그럴 리가 없어."

겨우 한 마디 토해냈을 때였다. 찰나였지만 그의 눈동자에 얼핏
눈물이 맺히는 것을 알아차렸다.

"……절대 죽지 않아."

무슨 말이야?

그녀가 뭐라고 더 묻기도 전에 그가 몸을 휙 돌렸다. 그는 그대로
어둠 속으로 사라지고 말았다.

한동안 그녀는 그 자리에 우뚝 서 있었다. 심장이 벌렁거리고 귀
에서 응응, 하고 벌레 우는 소리가 들리는 것을 보니 많이 놀란 모양
이었다.

"……아파."

뭐지?

나지막한 신음 소리에 그녀가 귀를 기울였다. 아주 미세한 소리라 잘못 들은 것일 수도 있고, 바람 소리를 착각한 것일 수도 있어서였다.

"아, 아파……. 누구, 나 좀……."

분명 사람이 신음하는 소리였다. 별은 소리가 나는 쪽으로 향했다. 마른 풀이 버석거리는 가운데서 기척이 났다. 재빨리 그쪽으로 몸을 움직이며 별이 소리를 냈다.

"왜 그래요? 무슨 일이에요? 어디 다쳤어요?"

먼저 눈에 보인 것은 붉은색이었다. 처음엔 피칠갑이라고 생각해서 주춤했지만 그녀는 개의치 않았다. 일단 사람의 형태로 보이는 것에 달려들 듯이 다가갔다.

"넘어졌나 봐, 어떡해? 설마, 이게 다 피?"

"아니, 아니. 피가 아니고…… 안 움직여져."

간헐적으로 흘러나오는 말소리를 듣고 별은 아아, 하고 고개를 끄덕였다. 발목까지 내려오는 붉은색 농구 선수용의 패딩 점퍼를 피라고 오해한 모양이었다. 점차 어두움에 익숙해진 눈과 희미한 가로등으로 인해 사물이 본연의 모습을 드러냈다. 모로 누워서 다리 하나를 굽혀 턱에 대고 있는 남학생이 보였다.

그는 끙끙 앓으며 입으로는 김을 폴폴 날리고 있었다.

"잠깐만, 너 누구니? 왜 여기서 이러고 있어? 아까 교통사고…… 맞지?"

급히 얼굴이며 손을 만지는데 얼음장같이 꽁꽁 얼어붙어 있는 것이 아닌가? 별은 덜컥, 무서웠다.

"차에 치였는데 뺑소니였어. 날 두고 갔어."

"와, 진짜?"

"너, 가지 마……. 가지 마."

별이 휴대폰을 꺼내는 동안에도 학생은 가지 말라고 애원을 해댔다. 그녀는 황급히 119에 전화를 걸어서 위치를 말하고 앰뷸런스를 보내달라고 했다.

"너는 앞으로 군복무도 할 대한민국의 사내아이야, 알아들어? 이 정도는 아무것도 아닌 거라고. 그러니까 정신 바짝 차려야 한다."

별은 제 점퍼를 벗어 그에게로 덮어주고는 그 몸을 바로 눕혔다. 원래는 뼈를 다친 듯해서 가만 놔두는 게 정석일 거라는 생각이 들었다. 그렇지만 그는 바들바들 떨면서 몹시 괴로워하고 있었다. 입김을 토해내는 입과 코에서는 연이어 신음이 끊이지 않고 나왔다.

결국, 별은 그의 가슴팍을 마사지해서 피가 돌게 해야 했다. 가슴을 문질러주고 얼어붙은 뺨에 제 얼굴을 가져다 대고 비벼주었다. 그의 두 손을 마주 잡아 조금이라도 온기가 전해지기를 빌었다.

"애, 네 이름이 뭐냐고 묻는다. 또 부모님께 연락할 번호랑…… 너, 말할 수 있겠어?"

잠시 후, 도착한 구조대원에 의해 목이며 허리에 척추 부목을 대며 들것에 실리는 학생에게 별이 물었다. 그는 옅은 신음을 흘리면서 자신을 바라보고 있었다. 아, 맞다! 소문으로만 듣던 서울에서 전학 와 있다는 그 아이가 아닐까?

이름이 뭐라고 했더라?

왕?

왕 씨인 것만은 분명해. 무슨 대단한 집의 아들이라는 것 같았는데? 정치를 하는 집안의 아들이라서 문제될 것 같으니까 잠시 시골에 보내진 거라는 꽤 구체적인 소문과 함께 이름을 흘려들었었다.

"너 혹시 왕 씨야?"

뚫어지게 자신을 주시하고 있는 아이에게 그녀는 물었다.

"응."

그의 입술에서 터진 피가 주르르 흘렀다. 에이구, 하고 별은 무심코 제 소매를 잡아 늘어뜨려서 그 입술의 상처를 문질러댔다.

"왕 씨 맞으면 넌 지금 어머니나 아버지랑 같이 있지 않다는 거잖아? 어디에 연락해야 해?"

"난 왕지운, 지운이라고 해."

"이름은 됐고, 네 보호자나 어디 연락할 곳을……."

뺑소니 사고이기 때문에 아주 심각한 사건에 휘말렸다는 것을 인지하도록 별이 설명을 해주려고 입을 열었을 때였다. 지운이 그녀의 손목을 붙잡더니 간절한 어투로 말했다.

"지운, 지운. 내 이름은 왕지운이야. 네가 날마다 문병 와주면 좋겠다."

"도서관에서 책 빌려왔어."

목과 오른쪽 팔, 그리고 오른쪽 다리 하나에 각각 기브스를 하고 지운은 병실에 홀로 누워 있었다. 그런 그의 곁에 앉아서 별은 책을 소리 내어 읽었다.

"……어릴 적부터 나의 마음과 정신은 선의의 상냥한 감정으로 가득 차 있었고 나는 위대한 일을 성취하고 싶었소. 그러나 지금 돌이켜 보면 지난 6년 동안 무지한 의사들 때문에 내 병은 악화되었고 해마다 회복될 것이라는……."

책을 읽는 별의 낭랑한 음성이 울렸다. 그것은 청결한 소독약 냄새와 주삿바늘이 피부에 파고들어 갈 때에 퍼졌던 알코올 냄새와 함께 병실 안을 가득 채우는 것이었다.

"아까부터 묻고 싶었어. 왜 하필 베토벤이야?"

"이 사람 싫어? 스물일곱 살에 청력을 잃고도 위대한 대작을 만들어낸 위인인데. 원래 병원 같은데 오면 이런 희망의 아이콘으로 위로해주는 거 아닌가?"

별이 펼쳐 든 양장본 책을 무릎 위로 내려놓았다. 그녀는 책에서 눈을 떼고는 그를 보았다. 지운은 침을 꿀꺽, 삼켰다.

동그란 눈매가 특히 예뻤다. 사람을 바라볼 때는 지금처럼 뚜렷이 시선을 피하지 않는다. 여릿하게 순한 인상인데 차분해 보이는 눈빛에는 총기가 드러난다. 실핏줄이 피부에 군데군데 보일 정도로 우윳빛 피부에 사춘기 여학생의 특징인 여드름이 이마와 콧날에 도도록 나 있다. 귀엽다.

갸름한 얼굴에다가 예쁘장한 이목구비에 낭창낭창한 몸매가 매끈하게 잘빠진 탓에 누구라도 감탄할 것 같은데 은근 털털한 스타일의 아이다.

뺑소니 사고 이후로 아이는 매일 그가 입원한 병원으로 와주고 있었다.

오늘은 좀 늦었다. 아르바이트를 하는 데가 치킨 프랜차이즈라더니 그녀는 매번 통닭을 가지고 왔다. 그걸 몇 조각 먹고 있는 동안에 별은 충실하게도 물병을 채워놓고, 가습기의 물을 갈거나 냉장고에 들어 있는 과일을 꺼내 흐르는 물에 씻어서는 과도로 예쁘게 깎아놓기 시작했다.

또 그가 과일을 먹는 동안에 타월을 적셔 와서는 얼굴과 두 손, 그리고 마지막으로 기브스를 하지 않은 쪽의 발을 닦아주었다.

스스럼없는 그녀의 행동이 신기해서 뭐 하는 거냐고 물었을 때에 별은 눈을 커다랗게 뜨고 반문했다.

"이렇게 하는 거 아니야? 난 한 번도 환자를 돌본 적이 없어서 말이야."

어처구니가 없어서 또 웃음이 나왔다. 일부러 무리한 요구를 해보았다.

"발톱도 깎아줄래?"

별은 제 가방에서 손톱깎이를 꺼내더니 또각또각 발톱을 잘라주었다.

저 아이는 누군가를 좋아해본 적이 있을까? 아님, 혹시 진행형일까? 갑자기 궁금해졌다.

이 아이는 내가 아무렇지도 않아 보이나? 내가 괜찮을 리가 없잖아. 한겨울에 교통사고를 당하고는 길에 버려져서 진짜 죽을 뻔했는데. 그때 네가 처음 붙잡아준 손, 그리고 만져준 가슴, 바투 끌어안듯이하고는 제 뺨을 가져다 댔을 때에 느꼈던 온기, 나는 진짜 정신이 하나도 없었는데. 이 아이는 너무나 말짱하게 자신을 대한다.

앰뷸런스에 실려서 병원에 가게 된다면 다시는 너를 못 볼 것만 같아서 나는 필사적으로 내 이름을 일러준 건데.

"너 은혜 같아라. 지금 봐봐. 너 입원한 뒤로 내 몸이 지금 투 잡을 하고 있는 거 안 보여?"

"왜 투 잡이라는 말을 써?"

"그럼, 넌 이게 순수한 봉사로 보여? 노동이지."

"왜?"

"너한테 돈 받아낼 거니까 이건 노동에 속해."

"노동? 돈?"

별은 제가 따로 들고 온 종이 가방에서 캐시미어 목도리를 꺼내며 대꾸했다.

"응, 너 간병한 것까지 합쳐서 네 부모님께 두둑하게 받아낼 거야. 들으니까 너 아주 큰 부자라더라. 아니, 정정. 네 아버지가 유명한 정치인? 아무튼 돈 많다며? 난 일찍이 사랑이 밥 먹여주지 않는다, 돈이 밥 먹여준다는 말에 눈을 뜬 사람이니까 너 각오해야 해. 그러니까 공연히 머리카락으로 신을 삼아줄 생각 말고 돈으로 해결해. 이 목도리 예쁘지?"

심드렁한 얼굴로 지운은 목도리를 살피며 고개를 끄덕였다.

"그거 남자 것 같은데? 넌 어째 얼굴은…… 여자들 보는 만화 있지? 거기 순정만화 주인공처럼 생겨가지고는 머릿속은……."

"응, 난 뇌가 청순하지 않아. 다들 내 이름하고 얼굴에 잘도 속더라."

"그러니까 지금 나한테 하는 모든 일들은 대가를 바라는 노동이다. 그래서 그렇게 칼같이 와서 씻겨주고, 책도 읽어주고 하는 것이다?"

"그렇지, 머리 잘 돌아간다. 네가 무슨 험한 사정으로 이런 동네에 와서 사고까지 당했는지 모르겠지만, 설마 집안이 부도나서 사채업자한테 쫓기는, 그런 사연은 아니길 빌어. 난 그게 가장 최악의 시나리오 같아."

"진짜 찌들었다."

"불만이면 말해. 내일부터 다른 아이가 간병하게 할 수도 있어. 이 동네에는 너 정도면 막 쓰러져주는 여자애들 천지니까. 아마도 무상으로 병실에 와서 먹고 자고 하면서 수발들 거다. 그러면 웃옷도 벗기고 다 닦아달라고 말해도 돼."

그때였다.

노크 소리도 없이 병실 문이 활짝 열리더니 난데없이 목소리가 날아들었다.

"잘 있었어?"

별은 천천히 뒤로 돌았다.

활짝 열린 문 사이로, 남자아이가 한 명 서 있었다. 우선 처음에 든 생각은 키가 참 크구나, 였다. 백팩을 아무렇게나 어깨 한쪽에 걸치고서 허리를 똑바로 펴고 서 있는 탓에 더욱 꼿꼿하고 길쭉하게 보이는 남학생이 거기 있었다. 은백 고등학교의 교복을 입고 있는 남학생은 삐딱한 인상, 냉랭한 눈빛을 하고서 그들을 바라보았다. 아니, 정확하게는 별을 쳐다보는 거였다. 교복의 가슴팍에 새겨진 이름으로 눈이 갔다.

왕해운. 왕 씨다?

그리고 너는…….

생각났다!

치킨 매장에서 현석에게 발을 걸어 넘어뜨린 장본인, 그리고 지금 그녀 손에 쥐고 있는 목도리의 주인공이 아닌가?

별은 다시 고개를 돌려 지운의 얼굴로 시선을 옮겼다. 둘이 형제인가? 묘하게 닮은 듯 닮지 않은 두 사람이었다. 가만있자, 하고 별은 생각했다. 부잣집 정치인 아들이 왕 씨 성인 데다가 시골로 쫓기듯 내려왔다는 소문은 잘 알고 있었다.

뭘까? 뭐지?

사실 큰 사고를 당했는데도 부모가 나타나지 않고서 비서라는 사람만 휙하게 병원비 결제를 하고 가는 통에 그것이 안쓰러워 도와주고 있는 형국이었다. 뜻하지 않게 아들이 오지에서 다쳤다는데도 선뜻 와주지 않는 부모를 생각하면 집안에 얼마나 큰 불상사가 생겼을까, 싶어서 동정심이 일었다.

그리고 또 한 명은 그날 턱을 부딪칠 정도로 떨면서 자신에게 뭐라고 했더라?

'나는 절대 죽지 않아.'

남자아이가 겪는 생생한 공포에 그녀 또한 덩달아 겁먹었었다. 그런 그가 여긴 어떻게?

"해운아!"

왠지 지운의 목소리가 껄끄럽게 들렸다. 별은 자리에서 일어나 옆으로 비켜섰다. 천천히 침대가 있는 쪽으로 다가오면서도 해운의 눈은 별에게서 떨어질 줄 몰랐다.

참, 이상한 아이야.

이 아이가 왜 여기에 있어?

내게 고백을 해야 하는 내기의 대상자. 것도 일주일 안에 모든 것을 끝내야 하는.

그런데 여기 왕지운의 병실에 와 있다? 해운은 예감이 안 좋았다.

"해운아, 너 어떻게 왔어?"

지운이 그를 부르고 있었다. 저도 모르게 해운의 주먹이 꽉 쥐어졌다.

그래, 왕지운.

나 너한테 유감 있어서 왔다. 네가 그날 당한 교통사고에 대해 확실히 해둘 것은 해두자.

그는 묘한 심정이 되었다. 마치 한별이라는 제3자에게 모든 사실을 고하는 기분이었다. 그가 입을 열었다.

"토요일 밤에 난 뺑소니 사고. 그거 어떻게 났는지 내가 설명해주러 왔지."

정확히 눈은 별에게로 가 박혀 있었다.

"그날 나는 이 아이가 일하는 가게에서 나오다가 어떤 차가 나를 미행하는 것을 알아차렸어. 그래서 피했지. 마침 공원 안에 이 아이가 앉아 있더라고. 거기 숨어 있는 동안에 교통사고가 일어났어. 바보 왕지운이 나 대신에 공원 앞에 있는 큰길가에 모습을 드러낸 그 타임에 말이지. 실은 내가 이 모양이 되었어야 했다는군."

침대 곁으로 당도한 그는 지운의 기브스가 되어 있는 다리에 손가락을 세워 톡톡 두들겼다. 그의 눈길을 피하며 별은 창밖으로 시선을 옮겼다.

"왕해운, 나중에."

지운이 쉿, 하고 별의 눈치를 살폈다. 그래도 해운은 멈추지 않았다.

"웃기지 않아? 날 길바닥에서 얼어 죽게 만들려고 했대. 차로 살짝 부딪치게 해서 기절시킨 뒤에 아무 데나 버려서 영하 8도, 아니, 그 이상의 기온이었지, 그 날이? 그냥 날 동사시키려고 했다는군. 이

거야말로 완전범죄 아니야? 즉, 난 뒈져 없어져야 한다는 뜻이지."

툭툭 내뱉는 말과는 아무 상관도 없다는 듯이 그는 조용하고 어쩌면 느긋한 얼굴이었다. 눈은 아직도 별에게로 향해 있으면서 해운이 말했다.

"누군가가 죽어 없어져야 끝나는 거라면, 그 누군가는 바로 내가 되어야 한다고. 그렇지? 그게 맞는 거지?"

그의 말끝에 지운이 득달같이 소리를 질렀다.

"왕해운, 그만하지 못해?"

"왜? 네가 나 대신에 이 꼴이 되었다는 것이 면죄부라는 건가?"

별은 잠자코 있었지만 두 사람의 대화를 충분히 알아듣는 얼굴이었다.

"여긴 우리만 있는 게 아니야!"

지운이 손가락질해서 가리킨 쪽으로 해운이 몸을 완전히 돌렸다. 그러고는 별을 향해 걷기 시작했다. 나를 봐, 한별.

그러나 소녀는 무심한 동작으로 뒷걸음질을 쳤다. 해운은 두 주먹을 힘껏 움켜쥐고는 낮은 목소리로 뇌까리듯이 말했다.

"내 이야기 들어볼래? 난 왕해운이야. 생물학적 아버지는 내가 태어나기를 바라지 않았대. 내 어머니는 일부러 나를 낙태시켰다고 거짓말쳤다고 해. 일부러……. 그래야 내가 안전했으니까. 그렇게 태어난 게 나야. 그런데 차라리 그때 없어졌어야 했어."

"왕해운, 닥쳐!"

지운이 버럭, 소리를 질러 만류했지만 해운은 눈도 깜박이지 않고서 별을 보았다. 그러고는 바르르 떨리는 입술을 겨우 열었다. 그래, 너라면 내 이야기를 이해하겠지. 너도 나와 같이 근본이 다르다고 하지 않았나?

"이게 말이 돼? 그러니까 그날 교통사고는 나를 죽이려고……. 나를 감쪽같이 이 세상에서 사라지게 하려고……. 나를 진짜……."

그때에 별이 불쑥 말했다.

"넌 괜찮을 거야."

아!

해운이 눈썹을 일그러뜨리며 멈칫했을 때였다. 소녀가 한 걸음 다가와 그의 손을 꼭 잡아주었다.

"세상에 너 혼자만 그런 것도 아니야. 봐봐, 나도 그래. 엄마가 나를 임신한 순간에 아버지는 떠나버리셨대. 근데, 난 아무렇지도 않거든. 넌 남자잖아. 게다가 어른이 되려고 하고 있어. 넌 나보다 몇 배는 강할 거야, 그렇지?"

진심인 걸까?

진짜 그랬으면 좋겠다. 진정이 되는 가운데 그의 심장이 이상하게 조여왔다.

그것은 이때껏 전혀 모르던 감정이었다. 생사의 기로에서 겁을 집어 먹고 있는 저 자신과 매서운 어른들의 세계에서 쫓기듯 헤매는 불안함이 그녀의 말에 위로를 받고 있었다. 단전 아래에서부터 왈칵, 치미는 무언가가 자꾸만 그를 괴롭혔다.

눈물이 나려는 걸까?

이 아이는 내 편이 되어줄까? 그는 그녀에 대한 여러 가지가 궁금해졌다.

"넌 괜찮을 거야."

별은 온 마음을 다해 그렇게 확신했다. 눈가가 촉촉해지며 그녀는 다시 한 번 말해주었다.

"넌 정말 괜찮아."

"네 말 믿어져."

그러자 해운의 얼굴에 확신이 떠올랐다. 그가 고개를 끄덕이며 연달아 대답했다.

"믿어져, 그래."

별은 그저 고마웠다. 등이라도 두드려주고 싶은 대견한 마음이었다.

"이만 가볼게."

별이 가방을 챙겨 병실을 나왔을 때에 그가 따라왔다. 별은 은근히 안도했다. 이 아이가 내 말을 믿어서 조금이라도 편안해지기를, 그런 심사였다. 아니, 정말로 상황이 좋게 돌아가기를 빌었다.

"데려다줄게."

그러나 데려다준다는 말에는 펄쩍 뛰지 않을 수가 없었다.

"됐어, 혼자 가도 돼."

"길이 험해."

"너 나 모르는구나? 내가 이 동네의 미친개야. 길보다 내가 더 험할걸?"

그가 피식, 남모르게 웃었던 것도 같다. 병원 현관을 나서면서 별은 백팩을 어깨에 메고 코트에 달린 모자를 머리 위로 썼다. 단발머리가 쏘옥 붉은 코트의 모자 속으로 들어가 자취를 감추었다. 바깥 기온의 차가움에 코끝이 빨갰다. 해운은 교복에 외투 하나 걸치지 않고 있었다.

"넌 안 추워?"

남자아이는 아무 표정 없이 어깨를 으쓱해 보일 뿐이었다. 별은 그가 공원에서 둘러주었던 목도리를 다시 그 앞에 내밀었다.

"너 해. 원래 네 것이잖아."

"해줘."

음울한 얼굴의 그가 두 손을 주머니에 찔러 넣은 채로 고개를 숙여왔다. 별은 발뒤꿈치를 들고서 그의 목에 목도리를 둘둘 감아주었다.

"됐지?"

그러고는 환하게 웃었다. 고개를 든 그의 눈썹이 씰룩이는 것을 보았다. 맘에 들지 않는 건가?

병원 앞으로 난 길은 두 갈래로 뻗어 있었다.

"나랑 친구 하자."

늦은 밤 10시 40분, 두 갈래의 길 앞에서 머뭇거리고 있을 때에 문득 해운이 그런 말했다. 모른 척하고서 별은 길을 살폈다. 한쪽은 별의 집이 있는 읍내리로 통하는 길이었고, 다른 한쪽은 왕 씨 성을 가진 아이가 사는 별장이 있는 숲길이 난 방향이었다.

"친구 하자고."

그가 보채듯 말했다.

"늦었어."

어떤 식이든 그녀는 고개를 절레절레 저었을 거였지만 에둘러 답해주었다. 이 아이는 아픈 아이다.

"친구 해."

"너와 친구 하기엔 내가 많이 바빠."

그가 고개를 돌려 그녀를 바라보았다. 냉소적인 눈동자에 무슨 뜻이냐는 질문이 들어 있었다.

"너는 저 숲에 살지? 네가 더 위험해 보인다. 어서 들어가. 나도 금방 갈 거니까 걱정 말고."

"너 데려다주고 가면 돼."

그는 교복 상의 주머니에 두 손을 찔러 넣고 먼저 앞장섰다. 별은 그 뒤를 천천히 뒤따랐다. 그러고는 입을 열었다.

"난 너하고 친구 하기엔 좀 늦었어. 나는 계획이 있거든. 그 계획 안에 친구가 없다는 게 문제야."

"친구 해, 그냥 해."

뒤도 안 돌아보고 그가 툭 내뱉은 말에 어이가 없어 별이 걸음을 멈추었다.

"친구? 미안하지만 그런 거 안 키워. 난……."

"친구 해."

갑자기 그가 뒤를 돌았다. 별이 시선을 올려 그와 눈을 마주쳤다. 아이의 눈이 매의 그것처럼 깊고 날카롭다. 이상하다. 교복을 입고 있는 아이는 꼭 어른 같았다. 같은 또래인 지운에게서는 볼 수 없는, 세상을 다 알아버린 표정이었다. 그 점이 마음에 걸렸다.

얼마나 괴롭고 힘들었으면, 하고 별은 새삼 가슴 아팠다. 동시에 눈가가 시큰해졌다.

그것은 동질감, 어쩌면 공감이었다.

나와 같은 아이가 또 있구나.

왕 씨 남자아이들은 왜 이렇게 불쌍해? 교통사고를 당하고도 피붙이 한 명 없이 입원해 있는 왕지운도 짠내 나는데, 이 녀석은 더 가슴 미어지게 해.

"친구 해."

"그렇게 못해."

"왜?"

"나는 여기 안 있을 거야. 곧 있으면 서울에 있는 대학에 다닐 거고, 아마도 눈코 뜰 새 없이 분주하게 살게 되겠지. 너하고 친구 할 마음의 여유가 없어."

"누가 시간 빼앗겠대? 그냥 친구 하자는 거잖아."

"친구가 된다면, 나는 네가 나중에 어떻게 되는지를 다 알아야 하잖아. 못해. 그런 거."

실은 감당 못해, 라는 말을 감추었다. 별은 자신이 없었다. 그렇잖아도 그는 복잡하고 사연 많은 막장 드라마의 주인공 같기도 하고, 태풍의 핵 같은 존재인데…… 그녀는 그에 대해 더 알고 싶지 않았다.

"친구 해놓고서 내가 앞으로 어떻게 되든 상관하지 않으면 돼."

그가 낮은 어조로 중얼거렸다. 별이 고개를 저었다.

"친구 사이인데? 어떻게 상관 안 해? 난 한 번도 친구를 가져본 적이 없어서 분명히 너한테 막 매달릴 거야. 마음을 쏟을 거라고. 안 돼. 너를 지켜보려면 각오가 필요해."

타인의 일로 상처받고 싶지 않아, 라고 별은 저 혼자서 속으로 중얼거렸다. 만약에 너하고 친구가 된다면 나는 너의 상황에 안절부절 못하면서 같잖은 위로나 보태며 힘내라고 응원하게 되겠지. 그러나 너의 상황은 간단할 것이 아니기 때문에 나는 너한테 온 마음을 기울이고 가슴 아파할 거야. 그렇게 살기는 싫다.

게다가, 나는 나 자신도 인생이 녹록치 않은 탓에 누군가에게 마음 따위 줄 여력이 없다. 신경 쓰고 싶지 않아.

그때에 해운의 입에서 퉁명스러운 말이 튀어나왔다.

"넌 다 알잖아."

알아? 뭘?

그녀의 눈동자를 매섭게 쏘아보며 그가 덧붙여 말했다.

"내가 괜찮은지 안 괜찮은지 넌 알고 있어."

응? 하고 별이 놀라 반문했다.

"뭐가?"

"잊었어? 넌 나한테 괜찮을 거라고 했어. 그 말은 내가 계속 좋을 거라는 뜻이잖아. 그런데도 나하고 친구 못 해?"

"아아, 그건…….."

말문이 막혔다.

네가 정말 괜찮을까?

"알았어."

별은 배시시 웃어 보였다. 진짜 웃음이 나왔다.

"그냥 친구 아니야. 내 여자 친구 해."

그가 팔을 뻗어 별의 옷깃을 잡았다. 키는 커다란 놈이 이런 생떼라니! 별은 그가 귀여워 보였다.

"점점 큰 것을 요구하네? 못 써! 그냥 친구야."

"이성 간에 친구는 없어. 나중에 변하기 마련이야. 그러니까 어차피 사귀게 될 거, 지금 너랑 나랑 사귀는 거 해."

"그런 건 싫은데."

그의 억지가 우스워서 별이 깔깔 소리 내어 웃었다.

"넌 용감하구나."

어둠 속, 눈을 가늘게 뜨고서는 한참을 응시하고 서서 그가 한 말이었다.

"뭐가 용감하다는 건데?"

"안 배웠어? 너는 여자야. 그런데 남자에게 호감도 느끼지 않으면서 무턱대고 그냥 친구 해준다고 하잖아. 그거 용감한 거거든. 그렇게 용감할 거면 차라리 여자 친구가 낫지. 그냥 친구는 무슨."

"책에서 본 적이 있어. 지뢰밭인 것을 안다면 그것을 밟지 않으면 된댔어."

"지뢰밭? 내가 이런 꼴이라서?"

서둘러 별이 고개를 저어주었다. 사춘기의 남자아이란, 이렇게 단순하구나. 하나 더 배웠다

"사람이 한 번도 가지 않은 길을 간다면 어떨까? 가령, 수영을 한 번도 해본 적이 없는 사람이 있다고 쳐. 그 사람이 망망대해 앞에 섰어. 그 바다를 가로질러야 한다면? 바로 그런 것이 싫고 두려워. 나는 남자아이랑 친구 해본 적이 한 번도 없잖아. 아니, 내게 친구는 한 명도 없었어. 그런데도 내가 아무 거리낌 없이 이성을 사귀어야 한다는 거니? 그런 건 몇 번이고 망설이고 생각하고 또 생각해봐야 하는 일이라고, 이해돼?"

그녀의 말에 그가 곰곰 생각하는 눈빛이었다. 별은 가슴을 쓸면서 그를 달랠 구실을 찾기 바빴다.

"남자 친구 같은 거 안 만들 거야. 네가 맘에 안 들어서가 아니라, 네 환경이 나빠서가 아니라 나는……."

"내일 학교 와?"

그가 불쑥 꺼낸 화제에 별은 눈을 크게 뜨며 손뼉을 쳤다.

"아, 맞다!"

"졸업식 연습 있댔어."

"응, 우리 담임 쌤이 전화했었어. 2월 오기 전에 다시는 안 모인다고 해서 내일이 처음이자 마지막 예행연습이랬지."

신나서 그를 바라보았다. 하지만 그의 두 눈동자가 마치 암전이 된 건물 같아서 가슴이 서늘해졌다. 쓸쓸한 비포장도로 같은, 마치 손님이 빠져나가서 텅 비어버린 놀이공원같이 그는 외로워 보였다.

그렇게 힘든가?

그러나 별은 이해가 되었다. 온 우주에 혼자만 있는 것 같은 심정이 어떤지, 누군가를 의지하고 싶어도 그러지 말아야 한다고 저 자신을 단속하는 일이 무엇인지. 기실, 그런 것들을 별은 잘 알고 있었다.

2. 10년 전 그때 (2)

다음 날은 폭설이 내렸다.

별은 교복을 입고서 졸업식 연습이 한창인 강당으로 향했다. 졸업생 대표로 답사를 읽어야 한다는 교사의 당부가 있어서 별은 교무실에서 원고를 받아 들었다. 그것을 말아 쥐고서 강당으로 향하는데 벌써 3층으로 오르는 계단에서부터 와자한 소음이 귀를 때렸다. 졸업생이라고 해야 300명도 되지 않는 작은 시골 학교, 그러나 별은 성적 면에서 가장 우수한 재원이었다.

허리를 꼿꼿하게 세우고 자세를 바르게 하여 강당의 문을 열었다.

이런!

갑자기 세상의 모든 시끄러운 소리가 멈추었다. 기묘한 정적이 흘렀다.

"아!"

별은 우뚝 멈췄다.

왕해운?

그가 강당의 한쪽에 면한 피아노 의자에 걸터앉아서는 기타를 치고 있었다.

곡은 존 레논의 오 마이 러브.

기타를 연주해가며 노래를 부르는 왕해운.

학생들은 저마다 선망과 애모의 눈빛을 하고서 그에게 집중하고 있었다. 별은 침을 꿀꺽 삼켰다. 그리고 별은 알아차렸다.

자신이 강당의 문을 열고서 고개를 빠끔 내밀었을 때부터 해운이 자신을 보고 있었다는 것을.

그는 시선 한번을 흐트러뜨리지 않고서 읊조리듯 노래를 불렀다. 1절이 끝나고서 이번엔 피아노를 반주했다. 피아노 선율이 매우 능란했다. 조용한 운율로 그가 노래했다. 현지인 같은 영어 발음도 한 몫을 해서 모두의 감탄을 자아내게 했다. 별이 천천히 걸음을 옮길 때마다 그의 눈은 자신을 향하고 있었다.

별은 시험을 해보았다.

오른쪽으로 서너 걸음을 갔다. 해운의 눈이 따라왔다.

왼쪽으로 열 몇 걸음을 갔다. 해운의 눈이 따라왔다.

너 선수구나! 여자의 마음을 녹일 줄 알잖아?

내 가슴이 콩닥콩닥 뛴다.

그래도 친구 이상은 안 돼.

별이 환하게 웃었다. 자신을 향한 해운의 시선을 조롱하는 것이 아니었다. 솔직히 반가워서 그랬다. 자꾸만 툭툭 웃음이 터져 나왔다.

"얘들아, 봐봐! 재수탱이다. 한별 왔어."

"미친개 왔다."

산통이 깨진 것은 어디선가 들려온 아이들의 수런거림 때문이었다. 별은 답사 용지를 꼬옥 쥐고서는 도도하고 의연해 보이도록 고개를 쳐들었다.

너희들의 수군거림에도 나는 관심 없다, 흔들리지 않는다.

그러자 누군가가 던진 실내화가 휙, 날아들었다. 그것은 별의 왼쪽 어깨에 맞아 바닥으로 내동댕이쳐졌다. 다른 실내화가 동시에 날아왔다. 그것은 이마와 눈가를 간신히 스치고 지나갔지만 자칫 위험했다. 또다시 실내화가 몸에 맞았다.

"이것들이 비겁하게 단체로 덤비냐?"

두 손으로 얼굴을 가리고 몸을 돌려세우고는 바락, 소리를 질러 줄 때였다.

"가만히 있어!"

굵고 낮은 목소리가 들렸다. 별은 갑자기 시야가 캄캄해졌다. 뭐지? 어리둥절한 사이에 거짓말같이 해운의 품에 안겨 있다는 사실을 깨달았다. 그의 가슴팍에 얼굴이 묻혀서 앞이 새까맣게 보이는 거였다. 해운은 한 팔로 별의 허리를 휘감아 꼼짝 못 하게 하고 다른 손바닥으로는 뒤통수를 잡아 제 가슴에 꼭 묻고 있었다. 날아든 실내화가 툭툭 그의 몸에 맞고서 바닥으로 떨어지는 소리가 들렸다. 그가 살짝 움찔하는 것도 느껴졌다.

"한 녀석만 걸려……. 죽인다!"

그가 잇새로 중얼거리는 소리를 들은 별은 움직이려고 했지만 워낙에 그의 힘이 강해 꼼짝도 할 수 없었다.

"조용히 살려고 내려왔는데 안 되겠네."

그가 별의 몸을 안은 채로 고개를 들고 주변을 휘둘러보았다. 별도 고개를 빼꼼 내밀었다. 해운의 기세에 눌린 학생들이 서로 눈짓하고 있었다. 특히 여학생들은 별을 포옹하고 있는 해운에게 완전히 넋이 빠진 채였다. 또한 질투에 사로잡혀서 별을 보고 있는 모습들이 가관이었다.

"그렇단 말이지."

해운은 바닥에 나뒹굴고 있는 실내화를 집어 드느라 상체를 구부렸다. 그리고 몸을 펴는 순간에 그가 외쳤다.

"다 나오시지."

"해운아, 나 좀 봐!"

별은 그의 사정을 어느 정도는 짐작하고 있다. 분명 사고 치면 안 될 것이다. 그녀가 나서서 만류해야 했다.

"이리 와."

그녀가 해운의 손을 잡아끌었다. 그러고는 먼저 앞장섰다. 해운과 별은 강당을 빠져나와 단번에 1층의 계단까지 우르르 뛰었다. 웃음이 터져 나왔다. 쥐 죽은 듯이 조용해진 학생들을 뒤로 하고서 둘의 웃음소리만이 크게 울렸다.

둘은 운동장의 한복판에 있었다.

하아.

숨을 몰아쉬면서 몸을 굽혀 무릎을 짚었다. 세찬 바람에 할퀴듯 온몸이 긁혔다. 눈송이가 폴폴 날리는 운동장이었다.

"한별, 네가 저 아이들 살린 거다."

해운은 강당 쪽을 흘깃, 보며 거만한 어투로 말했다.

"시끄럽네요. 손에 피 묻히는 복수가 가장 저열한 법이지."

"그런 말을 할 줄 알아?"

둘은 콜록거리며 호흡을 고르면서도 할 말은 다 하고 있었다.

"책에서 봤어. 언제고 써먹으려고 외워뒀었지."

"말만 해, 싹 다 불 질러버릴 테니까!"

그의 독설을 별은 웃음으로 치부했다.

"난 그런 허세 싫어. 그리고 복수는 넣어둬. 이미 한 거나 진배없으니까. 네가 나를 끌어안고 있는 연출 덕택이야. 봤어? 여자아이들은 죄다 나를 질투하고 있더라."

콜록콜록, 그녀가 잔기침을 했다.

"전에 있던 학교에서 사고 친 적 있다."

그녀의 등을 쓸어주면서 해운이 뜬금없는 말을 했다.

무슨 사고?

눈으로 물었다. 역시 단순한 아이다. 내가 이 학교에서는 사고뭉치니까 자기도 사고뭉치였다는 고백을 하는 계산에 웃음이 비어져 나온다. 문득 깨닫고 보니 해운은 눈발 속에 서 있었다. 급히 뛰느라고 상기된 볼과 다르게 눈동자엔 차가운 기운이 감돌았다.

두근두근.

대책 없이 가슴이 뛰는 순간이었다. 별은 침을 삼키며 그의 말을 기다렸다.

"어떤 사고를 쳤을까?"

"너 같은 애를 따 시켰어."

"뭐, 저런 나쁜 인간이 다 있어? 오냐, 너 이리 와봐! 오늘 나한테 죽었다."

별이 그에게 달려들 듯이 향했다. 그의 입가에 빙그레, 미소가 그려진 것도 같았다.

"또 안기게? 얼마든지."

"뭐 저런 변태가 다 있담."

별은 억울하다는 얼굴로 미간을 찌푸렸지만 눈망울에는 미소가 방울방울 차 있었다.

다음 날, 별은 여섯 시에 눈을 떴다. 해운이 만나자고 했었다.

내가 왜 이러지?

그냥 친구 아니라고, 여자 친구 하라는 해운의 말에 끌려다니면 안 된다고 마음을 다잡았다. 하지만 그의 막무가내 돌진은 막아낼 수가 없었다.

아이고, 내 신세도 참!

처음 가져보는 친구가 남자, 그것도 사연 복잡한 집의 아들이라니. 기구하다고 해야 하나?

머리를 감고 정성 들여 헤어드라이어로 말렸다. 어깨에 닿아 뻗치는 머리카락을 안으로 말아 넣는 데에 시간을 다 썼다.

초조했다.

별은 보온병에 코코아 가루를 커다란 스푼으로 두 번이나 털어 넣었다. 펄펄 끓어오른 물을 붓고는 보온병의 마개를 닫았다. 모직 코트를 걸치고 있는데 문자가 왔다.

[안 와? 오늘은 일 안 하는 날이라고 했잖아?]

지운이었다. 지금 시간이 7시도 채 되지 않았는데? 하고 별이 당황했다. 새벽이 지나자마자 보낸 문자였다. 그것은 눈을 뜨자마자 지운이 그녀를 찾는다는 뜻이었다.

에구, 지운을 잊고 있었다.

심심하구나, 어떡하니?

미소를 그으며 별은 토도독, 키패드를 눌러 답을 보냈다.

[오늘은 누나가 심히 바쁘시다. 저녁엔 들를 수도 있겠네. 심심하면 투니버스 보고 있어라. 방학 특집으로 보노보노랑 김전일 스페셜 방영해준대.]

[무슨 일? 내가 알면 안 돼?]

빠르게 문자가 오는 것을 보고서 별은 제 이마를 톡톡 쳤다.

[빙구야, 누나 방해하면 안 되지. 착하게 기다리고 있으면 호떡 사갈게.]

"나 왔어."

벨을 울리는 소리와 함께 해운의 목소리가 들려왔다. 별은 후다닥, 현관으로 나갔다. 감색 모직 코트를 입고 그 밑으로 짙은 빛깔의 청바지 차림인 해운이 서 있었다.

자식, 바람직하게 말쑥하네.

어제 그는 좀 멀리 다녀오자고 하면서 아침 7시까지 준비하고 있으라고 했었다.

"서둘러."

"얼마나 먼 데에 가는데?"

"안 멀어, 수옥정 갈 거야."

수옥정?

충주에서 그리 멀지 않지만 문경 가까운 곳의 폭포가 있는 곳이라 다녀오려면 일정이 빠듯하긴 했다.

"너는 서울 사람이라면서 수옥정을 어떻게 알아? 누가 말해준 거야?"

버스 터미널로 가는 택시 안에서 별이 물었다. 그러자 해운은 손에 든 휴대폰을 들어 보였다.

"휴대폰? 아아, 알겠다. 지식인에 물어봤구나? '충주, 음성 주변의 관광지는 어디가 좋을까요?' 이렇게?"

그녀의 들뜬 어조에 해운이 아닌데, 라고 찬물을 끼얹듯 나직하게 대꾸해왔다. 그는 고개를 숙여 휴대폰을 만지더니 액정을 별 쪽으로 내밀었다. 거기엔 초록색 창이 떠 있었다.

'여자 친구하고 키스하려면 장소는 어디가 좋을까요? 충주 주변으로 답해주세요.'

"어림없는 소리 마!"

별이 으름장을 놓았다.

"왕해운, 너 정말 뭘 모르는구나? 친구는 욕망의 대상이 아니야."

"아니야? 그럼, 말고."

별은 어리벙벙한 표정을 하고서 그를 보았다. 그가 눈썹을 일그러뜨리며 따끔한 일침을 쏘았다.

"실망한 거야?"

설마, 라고 반문하며 별은 웃었다.

둘은 수옥정 대신에 천안 쪽으로 가는 버스를 탔다. 차 안에서 별이 가져온 보온병의 핫초코 음료를 나눠 마셨고 해운의 휴대폰에 저장되어 있는 음악을 들었다. 둘 다 대화는 없었다.

해운이 워낙에 말수가 없었고 별도 딱히 할 말이 없었던 탓이다. 솔직히 별은 여자 친구 해달라면서 첫 데이트를 할 때에 키스할 궁리나 하는 것이 사내라는 동물이구나, 하고 새삼 쇼크 먹고 있었다.

병천에서 내린 두 사람은 처음 와보는 곳이라는 신기함과 생경함을 배경으로 조금 들떴다.

"류관순 누나 생가?"

인위적으로 지은 초가집이 두서너 채가 있는 대문 앞에서 해운이 고개를 갸웃거렸다.

"요새는 누나라고 안 해. 류관순 열사, 그렇게 불러. 실컷 존경하도록 해라. 우리가 다 이런 분들 덕택에 자유와 방임을 누리는 것이니라."

찬바람이 쌩쌩 부는 가운데 둘은 몸을 움츠리며 류관순 열사의 생가를 돌아보고 나와서 다시 걸었다.

"춥다, 괜히 여기서 내렸어. 더 큰 시내에 나가서 영화라도 볼걸 그랬지?"

"싫어. 여자 친구 볼 시간도 부족한데 영화를 왜 봐?"

해운이 툴툴거리자 별이 웃었다.

"수옥정은 더 추웠을 거야. 너 거기 못 가서 부었구나?"

"그런 거 아니야."

"근데, 얼굴이 왜 그래?"

"긴장하고 있는 거야."

말하는 것 좀 봐.

별은 동그란 눈을 접으며 하하, 웃었다. 이 분위기 어쩔 거야? 얼른 그의 진지함을 무마하기 위해서 별이 두 손으로 제 양쪽 뺨을 만졌다.

"둘 다 동태 되겠다. 우리 어디 들어가."

병천의 특산물이라는 순대는 둘 다 식겁하는 메뉴였다. 해서 둘은 자장면을 먹기로 했다. 해운은 밀가루를 좋아하지 않는다면서 탕수육만 몇 점 먹을 뿐이었다. 별은 그에게 밥을 먹으라고 권하다가 대신에 잡채밥을 주문했다.

"나 잡채 싫어."

"그럼, 그건 내가 먹을게. 넌 밥만 먹어."

입이 짧은 아이구나, 하고 별은 잠시 동안 걱정했지만 의외로 그녀가 잡채를 다 건져먹을 동안에 그는 밥을 먹어치웠다.

"궁금한 거 있어."

뜨거운 물에 국화꽃이 활짝 피어난 차가 후식으로 제공되었을 때에 그가 물어왔다.

"나에 대해서라면 노코멘트 할 거야. 첫 데이트에서 여자에 대해 모든 것을 알려고 하지 마, 다쳐."

"너라면 뭐…… 대충 들어서 알고 있어."

"뭐를? 내 소문?"

별이 후다닥 발개진 얼굴을 하며 채근했지만 해운은 잠자코 있었다. 그가 궁금해하는 것이 딱히 자신에 대한 것이 아닌 것을 알고서 별은 스르르 안도했다.

"유현석이 얘기하는 거지?"

"걔를 왜 싫다고 했어? 그것도 6년 동안이나."

별은 고개를 끄덕이며 투박한 무게감이 느껴지는 찻잔을 두 손으로 감싸 쥐었다.

"같은 이유야."

같은 이유라.

해운의 눈이 어둡게 침잠하며 뭔가를 생각하는 것 같았다.

"너한테도 말한 이유와 같다고. 만약에 누군가와 친구를 하면 그 누군가에 대해 나는 끝까지 알아야 하는 거잖아. 자의든 타의든 상대방에게 휘말려야 하고. 난 그렇게 살 여유가 없어. 그 때문에 앞으로도 쭉 친구가 필요하진 않을 것 같아. 그거 아니? 난 엄마도 시집보내려는 사람이야. 타인에게 신경 쓰기 싫어서."

"엄마가 타인이야?"

"응, 엄마까지도."

별이 고개를 끄덕이며 응수하자 해운이 그 어두움이 짙은 눈을 하고서 별을 뚫어지게 쳐다보았다.

"나는 봐주는 거야? 네가 신경 써도 되는 사람으로?"

음, 하고 별이 따뜻한 국화차의 한 모금을 입에 넣었다. 쌉싸래하면서 보드랍게 차가 넘어가면서 눈물이 삼켜졌다.

"내가 불쌍해서? 내가 구구절절 불운한 가정사 이야기해주어서? 그거 듣고서 동정하는 거야?"

그럴지도, 하고 별은 혼잣말로 담담히 중얼거렸다.

지운이 누운 침상 곁에는 미숙이 와 있었다. 운한그룹의 부회장 왕만희의 아내 이미숙은 창해식품과 대현 C&C의 창립자의 딸로 더 유명한 인물이었다. 그녀에게는 지운 말고도 출가한 3남매가 있었다.

"좋구나! 이딴 데에 있어서 뭘 어쩌겠다는 거야? 네가 해운이 수호신이라도 돼? 지키긴 뭘 지켜?"

"그렇게 모른 척하셔도 소용없어요. 저도 이미 다 알고 있다고요.

제가 이 모양 이 꼴로 다친 것은 다 엄마 업보라고요."

"시끄러! 나정국이라는 작자가 유언비어 담당인가 보더라. 나정
희의 남동생이 하는 짓이 그렇지, 뭐. 거기에 휩쓸리지 마라."

"엄마는 범법자예요."

"난 너하고 입씨름이나 할 기분이 아냐. 널 강제로라도 데리고 올
라갈 거니까 그리 알아."

언제나 애정 표현이나 행동에는 박한 어머니인 미숙은 대신에 돈
으로 모든 것을 해결하려 들었다. 그러나 지운은 알고 있었다. 그녀
가 자신을 붙들고 싶어 하는 것을 말이다.

아버지의 바람기에서 유인된 외로움, 그리고 위로 삼남매를 키우
면서도 해결하지 못한 모성의 부재를 자신에게는 터놓기를 원하는
그 마음을 말이다. 그런데 그것이 지나쳐서 해운을 경계했다. 해운
의 존재가 자신을 해친다고 여긴 것일까? 아님, 할아버지나 아버지
의 익애가 해운을 향해 있다고 믿기 때문일까?

그때에 문이 똑똑 노크 소리를 내며, 미숙의 비서가 문을 열었다.
어디서 봤더라?

아아, 알았다. 해운이 몰고 다니는 똘마니들이었다. 그들이 주섬
주섬 미숙을 향해 눈치껏 인사를 했다. 미숙은 가볍게 고갯짓을 해
주고는 일어섰다.

"하여튼 고 박사님 병원으로 이동 준비할 테니, 그리 알아라."

그때, 종현과 인태가 침대 곁으로 다가오며 주변을 둘러보았다.

"해운이는?"

"여기도 없어? 별장에도 없어서 와본 건데? 아, 알겠다. 미친개! 미
친개랑 있는 걸 거야. 그 미친개가 오늘은 패스트푸드점에 없었잖아."

62

"드디어 내일이면 일주일째지? 작전 들어간 모양이구나."

둘이 쿡쿡, 웃으며 주고받는 말 속에서 지운은 뭔가가 감지되었다.

"무슨 말이야? 미친…… 개는 뭐고, 작전은 또 뭐야?"

"아아, 그런 게 있어. 넌 몰라도 돼. 그나저나 많이 다친 거야? 살짝 부딪쳤다더니, 그 정도가 아닌데?"

갑자기 지운이 버럭, 소리를 질렀다.

"말해! 무슨 일이야?"

미숙은 두 명의 비서에게 뭔가를 지시하고 있다가 넌지시 끼어들었다.

"해운이는 여기서 사고 치면 끝이다. 내가 이미 걔가 여기 있는 것을 아는 이상……."

"말하라니까, 왕해운이 어디서 뭔 짓을 하고 다니는 건데?"

종현이 먼저 사태의 심각성을 의식한 모양이었다. 그는 사람 좋아 보이는 넉살을 부리며 말했다.

"그 왜, 우리 학교에 미친개라는 여자아이가 한 명 있어. 그냥 그 아이에 대해 내기를 했거든. 그 임무 완수하려고 적진에 들어간 셈이니까 걱정 마."

"미친개? 혹시 한별?"

지운이 목에 대고 있는 기브스도 잊고서 몸을 일으켜 세우려고 했다. 그러자 인태가 부축을 해주며 별거 아니라는 듯이 끼어들었다.

"대수롭지 않은 일이야. 흥분하지 마. 그저 일종의 연애 사업이라고 간주하면 돼."

"연애 사업은 아니다. 엿 먹이는 건데."

종현의 발끈에 지운이 충격을 받은 표정을 지었다.

"별? 그 아이한테 엿 먹이는 짓? 지금 둘이 같이 있는 건가? 야, 너희들, 빨리 불지 못해?"

"그게 그러니까, 왕해운이 겉모습은 뻔지르르하잖아. 그걸 이용해서 한별이에게 다가가는 거야. 오늘 보니까 둘이 어디 놀러간 것 같은데? 근데, 요는 이거야. 한별이 해운이한테 고백을 하는 거지."

"그럼, 별에게 고백 받는 게 게임의 원칙인 거냐?"

"아니지, 실은 별이 고백을 하는지, 안 하는지는 중요하지 않아. 정작 중요한 것은 이거지. 우리 왕해운이 별을 뻥 차주는 거."

"그렇지. 실연의 상처를 줘서 엿 먹이는 거, 그거 아무나 못 한다."

잘하는 짓이다!

지운이 욕설을 뱉어냈다. 침상 곁의 테이블에 손을 뻗어 휴대폰을 찾았다. 그러나 별은 전화를 받지 않고 있었다.

보자.

지운은 비릿한 미소를 지었다. 별이 해운에게 진저리칠 기회가 아닌가? 이 세상의 모든 소녀들이 해운을 마다하지 않을 수는 있어도 그 가운데 별이 있는 것이 싫었다. 왠지 그런 맘이었다. 그러니 잘된 것이다. 이 마당에 해운의 비열한 수법을 들통 내면 그만인 것이다. 내가 다 불어버리지, 뭐! 그러면 간단해진다.

운한그룹의 혼 외 자.

해운의 운명이었다. 지운은 해운을 지나치게 경계하며 잡아먹으려고까지 하는 모친 쪽이 이해되지 않았다. 해운은 그런 아이가 아니었다. 매사에 푸르딩딩 부어 있고 담배며 술이며 온갖 불량한 짓을 한 것도 알고 보니 저 살기 위한 하나의 방편이었을 만큼 그 아이는 '운한그룹의 아들'에 욕심 갖고 있지 않았다. 어쩌면 살아남기 위한 발악으로 제 딴에는 머리를 쓴 것이다.

운한의 후광은 싫다, 그냥 숨어 있는 2인자로 살고 싶다고 토로했었다. 지운을 안심시키며 그는 제 어머니가 재물에 연연해하는 속물인 것을 부끄러워할 줄도 알았다. 그래서였나?

지운은 해운을 그다지 싫어하지 않았다. 그리고 둘은 가는 방향이 애초부터 다르다고 믿었다. 해운은 제 어머니의 영향으로 섬세하고 예민한 감성이 있었고 자신은 비록 아직은 버겁기만 해도 운한의 준비된 예비 주인이었다.

별 같은 여자아이가 자신에게 마음이 기울어지는 것은 시간문제라고 믿었었다. 시골에 묻혀 살기는 해도 별은 영악한 아이였다. 황태자와 사생아를 구분 못하는 바보는 아니라고 생각했다. 물론 별을 손안에 쥐고 뭘 어쩌려는 것은 아니다.

그저 해운과 별이 나란히 서 있는 모습을 상상하기 싫었다.

진짜도 못 알아보는 바보라고 지운은 비웃었다.

진짜는 나야, 알아?

해운과 별은 차가운 바람이 부는 거리에서 손을 붙잡고 걷다가 팬시 전문점으로 들어갔다. 별은 편지 봉투와 편지지를 골랐다. 검은색 바탕에 총총 은색과 금색의 별이 박힌 편지지였다.

"엄마한테 쓸 거야. 나는 대학에 잘 다니고 있어요. 미팅 같은 건 안 해요. 다들 나보다 못생겼으면 어떡해? 이런 내용이 될 테지."

별이 환하게 웃으며 편지지와 봉투를 흔들었다. 팬시점에서 나온 둘은 잠시 애견 카페에 들어가 몸을 녹였다. 거기서 별은 편지를 썼고, 해운은 소파에 머리를 기대고서 귀에 이어폰을 꽂은 채로 별을 보고 있었다. 주위에 있는 애견들에게 관심을 가지라고 일러도 그는 묵묵히 별에게로만 시선을 두었다.

이제 돌아갈 시간이었다.

"그거 말인데……."

애견 카페를 나와서 버스를 타는 곳까지 걸어가면서 내내 궁금하던 것을 물었다. 그는 팬시점에서 편지지와 봉투를 계산하면서 뭔가를 따로 들고 있었다. 그녀 모르게 산 것이 궁금하지 않을 수가 없었다. 카페에서 보여줄 줄 알았는데 그는 그러지 않았다.

"응, 너 주려고 일부러 샀어."

찬바람이 부는 골목 어귀에서 그가 잠깐 걸음을 멈추었다.

"젠장, 날씨도 안 도와주고, 장소도 안 도와주네. 수옥정 정도는 되었어야 했는데."

"왜? 설마, 키스할 계획이야?"

"이리 와, 춥다."

그는 남의 집 벽에다가 별을 붙여 세웠다. 그러고는 주머니에서 작은 상자를 꺼냈다. 아주 작은 별 모양의 오르골이 나왔다. 뚜껑을 열면 멜로디가 흘러나오는 은색의 별 모양 오르골은 아주 예뻤다. 심장이 떨린다는 느낌을 알 수 있었다.

"나도 줄 거 있는데."

별은 카페에서 썼던 편지를 내밀었다.

"역시."

"연애편지 같은 거 아니니까 너무 좋아하면 안 돼. 대신에 1월 첫

날에 읽어. 지금 읽지 말고."

그때, 별의 휴대폰 벨이 울렸다.

"받지 마. 나한테 집중해."

"잠깐, 있어봐. 아, 왕지운이다. 얘가 혼자 병원에 있어서……."

"입술에 안 할게, 대신에……."

그가 별의 뺨에 쪽, 소리 나게 입맞춤을 했다.

"잊지 마. 너의 첫 남자가 나야."

아우, 아우, 아우…… 야!

별이 돌아서서 발을 동동 굴렀다. 이러는 게 어디 있어?

"영광인 줄 알아. 넌 나를 좋아한다고 했어."

"그게 뭐가 영광이야? 네가 좋아서 해놓고."

"이리 와봐."

그가 별의 손목을 붙잡았을 때에 폰에서 문자 음이 울렸다.

"좀 비켜봐, 지운이 얘는 보호자도 없이 입원해 있는 환자란 말이야."

별은 해운을 밀치고는 휴대폰의 화면을 보았다.

거기에는 이런 글씨가 쓰여 있었다.

[내 말이 다 맞아. 그러니까 이거 끝까지 봐줘. 왕해운이 학교 아이들하고 내기를 했대. 너한테 고백을 받기로 말이야. 그러니까 너는 절대 고백 같은 거 해주지 마. 왕해운이 너를 갖고 놀려고 공개적으로 장난치는 거야. 거기에 넘어가면 안 돼.]

아!

별은 급히 문자가 떠 있는 액정을 껐다. 그러고서 별은 아직도 자신의 한쪽 손목을 거머쥐고 있는 해운의 손을 보았다. 자신의 옴팡

진 손목, 그 손목을 해운은 한 손바닥에 다 감싸 쥐고 있었다. 해운의 눈으로 시선을 옮겼다.

자신을 오묘한 것 보는 모양으로 뚫어져라 쳐다보는 눈동자, 그것은 귀한 것을 가졌다는 희열에 차 있었다.

이게 다 장난이라고?

나에게 무작정 친구 해달라고 졸랐던 것도 모두 거짓말이고?

멀리 가자고 해서 둘만의 시간을 보낸 것도 가짜 연출이었고?

그녀는 애써 자신을 다독이며 입술을 깨물었다.

이게 뭐야?

아니, 내 마음은? 지운의 말이 사실이라면 나는 완전히 바보가 되는 셈이 아닌가? 별은 순간적으로 심장이 미어져 오는 아픔을 느꼈다.

아직 어린 그녀에게 삶은 '살아가는 것'이 아니라 '견디는 것'이었다. 어른인 척을 하는 법을 익혔었다. 그런데 이런 식으로 누군가가 자신을 희롱하는 것은 있을 수 없는 일 같았다.

그것도 너 왕해운, 방금까지도 내 가슴을 설레게 했던…… 온몸의 맥이 풀리는 기분이었다.

어쩌지? 어떡하나?

그녀는 해운의 얼굴을 보면서 그가 멀쩡한 환경에 있는 것이 아니라는 데에 생각이 미쳤다.

"해운아."

침을 한번 삼키고서 그를 불렀다. 약간 목소리가 갈라져 나왔다.

"응."

성실하게 잘도 대답해준다.

"해운아."

"응, 말해."

"지금 이러는 거 말이야. 나를 벽에다 밀어붙여서 꼼짝 못하게 만드는 거, 이거 왜 이러는 건데? 멜로 영화보고 흉내 내는 거야?"

곧이어 지긋이 자신을 바라보던 눈에 수줍은 빛이 스며들었다. 뭔가 아주 소중한 말을 하려는 듯한, 그런 눈빛에 별의 가슴이 저려왔다.

"근사한 말."

그의 입이 벌어지는가 싶더니 밖으로 내뱉어진 소리는 딱 한마디였다.

"무슨?"

"근사한 말 할 거라고!"

재차 대답을 하는 그의 모습이 무언가 크게 들떠 있는 것도 같았다. 뭐가 근사한 말이라는 건지, 하고 별이 딴생각을 하는 순간이었다.

"결심했거든, 난 너하고 결혼할 거야."

"오버 좀 하지 마."

아주 나를 가지고 놀려는 수작이구나. 별의 얼굴이 어두워지는 찰나, 그가 그녀의 손목을 낚아챘다. 그러고는 그 손을 제 왼쪽 가슴에 가져가 문질렀다.

"봐, 심장이 막 뛰어. 미치겠어. 네가 너무 좋아서 행복해."

발갛게 익은 얼굴은 마치 진심 같아서 별은 그저 혼란스럽기만 했다.

"이런 게 바로 사랑하는 마음이야. 알겠어."

순간, 별이 눈을 또렷하게 뜨고서 그와 눈 맞춤을 하였다.

"해운아, 내 눈을 봐봐. 괜찮아, 어서 날 봐."

그의 눈동자와 쨍, 하고 부딪쳤다. 스스럼없이 받아치는 눈빛, 거기에는 아무런 거짓도 들어 있지 않고 순수하였다. 별은 또 마른침을 삼켰다.

"한별, 너! 너하고 할 거라고. 결혼. 앞으로 기대해."

"미친 거 아니야?"

"응. 미쳤어. 이 정도는 해놔야 너는 평생 나를 잊지 못할 거 아니야?"

"……평생 잊지 못하게 하려는 수작?"

겨우 입을 열어 물었을 때에 해운은 거리낌 없이 응수했다.

"응, 너는 지금부터 죽을 때까지 나를 잊지 못할 거야."

"너는……."

뭐라고 더 말을 하려고 하는데 해운이 먼저 말했다.

"너를 안 보면 죽을 것 같아서 그래."

별은 심장이 욱신, 아팠다.

이 바보야, 이미 난 너의 짓궂음을 탓할 수가 없게 되었어. 나는 너의 상황과 형편을 마음 아파해. 진심으로 동정해. 너의 고독을 잘 알아.

너의 현실을 나는 받아들이면서 맘 아파하며 그렇게…….

나는 네가 좋아졌는데

그래, 어차피 난 이 고장을 뜬다. 너도 마찬가지로 어디론가 사라질 바람이겠지.

난 너에게 당해주면 그만이다. 그냥 날 갖고 놀아서 행복하면 돼.

그리고 어차피 이런 건 흔적도 안 남을 테지. 이것이 그나마 내가 너에게 가졌던 호감에 대한 선물일 거다.

오랜 생각을 끝으로 마침내 별은 입을 열었다.

"그럼, 정식으로 해."

"정식?"

"응, 네가 나한테 하려고 했던 고백 말이야. 들을게."

해운이 숨을 한번 크게 들이마신 뒤에 뱉어냈다. 그러고는 옅게 웃는다. 일견 표정의 변화가 없던 얼굴에 수줍은 미소가 피어오른 것은 뜻밖의 장면이었다.

세상에, 멋졌다.

해운의 이런 모습에 어느 누구든 좋아하게 될 거라는 생각이 들었다.

덥석, 해운은 별의 양 손목을 잡았다. 이제 두 사람은 마주 보고서 서로의 손을 붙잡은 상태가 되었다.

"자아, 잘 들어둬. 언제가 될지 모르겠는데, 내가 결혼이라는 것을 하게 된다면⋯⋯."

아하, 하고 해운이 고개를 흔들었다. 이건 너무 장황해, 제 스스로 타박을 하더니 두 눈을 크게 뜨고서 입을 열었다.

"나 결심했어. 결혼, 그거 꼭 너랑 하겠어."

그래, 놀아주니까 좋니?

결혼 운운하는 것을 보니 이 녀석이 진짜 나를 가지고 놀려고 작정했던 거구나. 다행이다, 알아차려서. 바보, 난 네가 너무 불쌍해서 넘어가주는 거라고.

맘속으로 그에게 대꾸를 하면서 별은 눈을 질끈 감았다.

"왕해운, 잘 들어. 이번엔 내 차례야."

역시나 시골 촌구석의 아이는 속이기 쉬웠어!

그냥 여자 친구 하라고 미끼를 투척했더니 덥석 물더라고!

벌써부터 그의 조롱과 비웃음이 느껴지는 듯했다. 별이 눈을 떴다. 두 눈에 눈물이 가득 차올라 있었다. 네 차례라면서? 하듯이 해운의 눈이 다그치고 있었다.

"널 좋아해, 좋아해, 좋아해, 좋아해…… 백 번이라도 해줄 수 있어. 좋아해, 좋아해, 좋아, 좋아. 네가 너무 좋아, 좋아, 좋아……."

눈물이 줄줄 흘러서 중얼거리는 입속으로 짠 맛이 났다.

"널 좋아해, 좋아해, 좋아해, 좋아해…… 나 한별은 왕해운을 좋아해."

계속해서 중얼중얼 같은 말을 되풀이하는데 갑자기 몸이 들썩였다. 와락, 해운이 그녀를 끌어안아버린 거였다. 그가 제 키보다 작은 별의 어깨와 등을 양팔로 푹 감싸며 정수리에 턱을 괴었다.

"이러면 내가 진짜 미치잖아."

그가 후아, 하고 깊은 숨을 내쉰 다음에 입술을 밑으로 내렸다. 그가 뜨겁고도 떨리는 입술로 별의 머리카락에 키스했다.

"너 스무 살 생일에 진짜 키스할 거야. 하게 해줄 거지?"

"응."

자신의 감은 눈에서 눈물이 떨어지는 것을 그의 옷자락에 묻으며 별은 속으로 중얼거렸다.

나쁜 놈.

별을 집 앞에까지 데려다주고 그는 한걸음에 별장으로 돌아왔다. 신이 났다. 드디어 내 편이 생겼다.

"이런 시골에까지 와서 생명의 위협을 느낀다는 녀석이 하고 다니는 짓은……."

한쪽 팔과 다리에 기브스를 한 채로 목에도 부목을 대고 있는 지운이 목발을 짚고서 그 앞에 서 있었다.

"그래, 한별이 너한테 고백하더냐? 아주 좋아 죽으려고 해?"

"뭐 잘못 먹었어?"

해운은 그를 스치듯 지나쳤다. 병원에 있어야 할 녀석이 별장에 어떻게 온 거야? 그는 냉장고 문을 열어 사이다 캔을 꺼냈다. 별을 생각하면 갈증이 돌았다. 뭔가가 참을 수 없어져서 시원하고 톡 쏘는 것으로 속을 달래고 싶었다. 목발을 짚으며 다가온 지운이 뒤통수에 대고 소리를 질렀다.

"나도 이젠 더 이상 너 커버 못해! 네가 죽든지 말든지, 어디서 후레자식 소리나 듣고 평생을 비렁뱅이로 살든지 말든지 관여 안 하겠다고! 나 서울 올라간다. 그 말 하려고 기다렸어."

흥, 하고 해운이 코웃음을 치고는 꿀렁꿀렁 사이다를 마셨다. 그러고는 뒤돌아서서 냉담한 어조로 물었다.

"왜 그렇게 꼬여 있지?"

"너 하는 행동을 봐. 이런 작은 시골 마을 아이를 가지고 노는 거 재밌어? 네 주제가 그런 것밖에 안 돼?"

"그런 적 없어."

해운은 바로 대답을 해왔다.

"자식아, 가지고 놀지 않았으면 진심으로 놀았냐?"

"너무 예뻐서 뺨에 키스도 했는데? 앞으로 결혼하자는 약속도 했고."

"잘하는 짓이다. 요즘 같은 시대에 그런 걸 곧이곧대로 받아들이는 여자가 어디 있어? 한심하고 재수 없는 녀석!"

욕설을 지나치다 여긴 것일까? 해운은 지운의 눈을 뚫어지게 직시하며 조용히 말했다.

"살인자! 너희 어머니 말이야. 아니, 봐줄까? 살인 미수쯤으로? 아직 내가 살아 있으니까?"

이 자식이, 라고 울분에 찬 포효를 터트리며 지운이 그에게 달려들었다. 그러나 몸이 말을 듣지 않은 가운데 바닥으로 허물어지듯 목발과 함께 내동댕이쳐지고 말았다.

"너, 대체 별한테 무슨 짓을 한 거야?"

"진짜 돌았군. 네가 별의 일에 왜 참견해? 네 몸이나 간수해. 이번처럼 나 대신에 다치지나 말고."

해운은 부엌 바닥에서 신음을 하는 지운은 본 척도 않고서 거실로 나갔다. 지운은 주머니에서 주섬주섬 휴대폰을 꺼냈다.

별의 문자가 떴다.

[왕해운이 너무 불쌍해서 넘어가줬지. 좋아한다고 수십 번 말해줬어. 학교 아이들한테 실컷 떠벌리라고 해. 오히려 걔를 가지고 논 것은 나니까.]

다음 날부터 해운은 별을 찾아왔다. 하루도 빠짐없이 왔다. 주로 별의 아르바이트를 하는 가게에 와서 한쪽 구석에 앉아 있었다.

'자식이, 아직 내기가 남았나. 좋아한다고 해줬으면 된 거 아닌가? 왜 자꾸 나타나? 신경 쓰이네.'

별은 묵묵히 제 일을 하면서 그를 무시하지도, 그렇다고 막 환대하지도 않았다. 해운은 또 그녀가 사람 많은 곳에서는 당연한 행동을 한다고 여기는지 별 불만이 없어 보였다. 어느 날은 한두 시간, 또 어느 날은 족히 대여섯 시간을 손도 대지 않는 치킨을 시키고 앉아 그녀를 지켜보는 것으로 시간을 보냈다. 그 흔한 휴대폰도 들여다보는 일이 없이 그는 오로지 별을 지켜보는 것으로 시간을 다 보냈다. 그러다 사라져서는 그녀가 가게 문을 닫고 집으로 돌아갈 때 다시 나타나 바래다주고는 했다. 이상하게 해운은 같이 첫 데이트를 했을 때처럼 적극적이지 못했다. 서먹서먹하게 말을 제대로 잇지 않으면서 마치 수줍은 듯이 행동했다. 별도 총총 발걸음만 재촉할 뿐으로 그와 대화를 시도하지 않았다.

한번은 그녀가 다가가 조용히 일렀다.

"너도 네 할 일이 있을 것 아니야? 이렇게 시간 죽여도 돼?"

해운은 바싹 다가온 그녀가 반가운 나머지 덥석 손목을 잡아 끌며 제 얼굴을 가까이 붙여왔다.

"내 할 일? 지금 하고 있어. 것도 아주 잘 해내고 있지."

"무슨 소리야?"

"너 보고 있잖아."

그의 눈에 깃든 것은 희열이 분명했다. 별은 속으로 아리송하지 않을 수 없었다. 이건 누가 봐도 그녀가 예뻐 죽겠다는 눈빛이 아닌가?

"저기, 이 손 좀 놓고. 저기, 해운아. 내가 뭘 어떻게 해주어야 하는 거야? 뭐, 내가 저기 사거리에 나가서 너를 좋아한다고 소리라도 질러줄까?"

무슨 내기가 남아서 얘가 이런 걸까?

"넌 참 열심히 산다. 너한테 배웠어."

"배울 것도 참 없다."

별은 혀를 차면서 돌아서서 주방 쪽으로 향했다. 자식이, 상대해주니까 점점…… 하고 그녀는 투덜거렸다.

이 일로 가장 큰 수혜를 보는 사람은 사장이었다. 해운의 모습이 가게 한쪽에 보이면 으레 그렇듯이 여학생들이 몰려들었기 때문이다. 사장은 해운에게 각종 음료를 제공하면서 은근히 별에게 잘해주라는 언질을 비치기도 했다. 해운은 사장에게 뭔가를 부탁하는 것 같더니 바로 다음 날은 가게에 들어오자마자 커다란 나무 이젤을 폈다.

그러더니 그는 그림을 그렸다. 아직 손님을 받지 않은 이른 시간이었지만 사장의 묵인 하에 해운은 자리를 차지하고 앉아서 스케치를 하고 붓질을 했다.

'완전 선수 아니야? 나한테 멋있게 보이려고 작정을 하고 폼을 잡으며 그림쟁이 흉내를 내는 건가?'

오후에는 사람들이 웅성거리며 해운의 그림을 둘러쌌다. 별은 호기심을 이기지 못하고 가까이 다가갔다가 멈추고 말았다.

"넌 아직 아니야."

해운이 붓으로 그녀를 가리키며 만류했던 탓이다.

"나도 그다지 관심 없음!"

별은 갑자기 자존심이 확 다치는 것을 느끼며 퉁명스럽게 쏘았다. 그리고 가게 문을 닫을 때까지 그를 아는 척하지 않았다.

하루 종일을 이젤 앞에 앉아 있던 덕분으로 해운은 별과 함께 가게 문을 나서게 되었다.

"저거 안 가져가?"

"내일도 와서 그릴 거니까. 거의 완성되긴 했지만."

"내일도 그림 그릴 거야? 저기, 해운아. 나 너한테 할 말이 있어."

해운은 제 목에 두르고 있던 목도리를 풀러서는 별에게 둘러주었다.

별은 그의 다정함이 싫었다. 이런 게 다 거짓이면 제대로 된 능욕이 아닌가? 그녀는 여태 참았던 것을 폭발할 지경에 왔다.

"나 이제 너 안 볼 거야. 여기 오지 말았으면 해."

갑자기 터진 폭탄에 정신 못 차리는 사람처럼 해운은 그녀를 뚫어지게 응시하기 시작했다.

"너 이제 오지 마. 내 눈앞에서 확 꺼져주라고."

"내가 요즘 너한테 서먹하게 굴어서 그래? 사실, 너무 수줍어서 그랬어. 뭘 말해야 할지 모르겠고, 요즘이 너무 꿈같이 달아서 정신을 차릴 수도 없을 만치……."

안 되겠다. 별은 입을 열었다.

"왕해운! 나 사실 완전 여우야. 아니, 요즘 여자들 대부분 이래. 나 너한테 일부러 속아 넘어가주고 있는 거라고. 어디, 불쌍한 영혼 하나 살리자는 셈으로 너한테 넘어가주고 있단 말이야."

무슨?

해운의 짙은 두 눈썹이 모아졌다. 별은 점퍼 주머니를 뒤적여서 휴대폰을 꺼냈다. 그리고 지운에게서 받은 문자를 보여주었다.

"네가 나한테 같잖은 프러포즈 한 날에 왕지운이 보낸 메시지야."

[……왕해운이 학교 아이들하고 내기를 했다. 너한테 고백을 받기로 말이야. 그러니까 너는 절대 고백 같은 거 해주지 마. 왕해운이 너를 갖고 놀려고 공개적으로 장난치는 거야. 거기 넘어가면 안 돼.]

"이건?"

해운의 입이 열리기 전에 별이 냉큼 말했다.

"봐, 미안하지만 난 보통이 아니야. 살아남기 위해, 용을 쓰며 여기까지 왔다고. 진짜 이기는 방법은 따로 있어. 나한테 장난친 것을 내가 간파했다고 해서 바로 씩씩거리며 분을 내는 게 아니야. 이처럼 우아하게 장난친 상대를 가지고 노는 거지. 미안, 여태 너를 가지고 논 건 나였어."

감정이 격앙되지 않게 하기 위해 그녀는 말을 끊고 매서운 눈빛으로 그를 노려봐주었다. 그러고는 말을 이었다.

"네 마음을, 그리고 너의 그 함부로 내기를 걸었던, 불순했던 동기나 의도를…… 내가 희롱했다고, 알아? 넌 여우한테 잘못 걸려들었어. 어쨌든 난 너에게 청혼도 받아냈으니까 이 내기의 승자는 나야."

"한별!"

그가 별의 손목을 움켜쥐었다. 와락, 겁에 질린 별은 주춤 몸을 뒤로 돌려서 갑자기 소리를 질렀다.

"누구 없어요? 아무도 없어요?"

"왜? 왜들 그러는데? 싸우냐?"

다행히 사장이 주차장에서 차를 끌고 나오다가 그들을 보고 브레이크를 밟았다.

"저 좀 태워주세요, 사장님."

별은 해운의 손이 느슨해진 틈을 타서 사장의 차에 올라탔다. 상황을 잘 모르는 사장은 허허, 너털웃음을 터트렸다.

"사랑싸움이야? 좋은 때다. 너희들은 지금이 얼마나 호시절인지 모를 것이다. 암, 그렇고말고. 걱정 말아. 자네 여친은 내가 집으로 고이 모셔다줄 테니, 얼른 집으로 들어가거라."

"별, 한별!"

차의 후미등에 대고 해운은 소리를 질렀지만 이미 별을 태운 차는 출발하고 있었다.

"감사합니다, 내일 뵙겠습니다."

차에서 내린 별이 사장에게 공손하게 인사를 했다. 문을 열고 들어오는데 센서가 켜진 틈으로 현관 바닥의 단화가 보였다. 엄마? 별은 반가움 반, 놀라움 반으로 신발을 벗을 틈도 없이 방 안으로 달려 들어갔다.

"엄마?"

"왜 이렇게 늦니? 치킨 집에서 매일 이렇게 끝나? 학생을 이런 시간까지 부려도 돼? 내가 얼마나 너를……."

"뭐야?"

별의 눈이 보름달만 하게 커졌다. 불이 환한 안방에 소영이 앉아 뭔가 주섬주섬 짐을 싸고 있었다. 마구 뒤엉켜 있는 옷들, 헤집어놓은 화장대 서랍 속의 물건들과 장롱 맨 꼭대기에 쌓아놓았던 오래된 짐들까지 바닥에 한데 엉클어져 있었다. 이사 가기 전의 짐 정리가 되지 않은 방이 떠올랐다. 아니, 전쟁 통에 피난을 떠난 빈집이 이런 모양이리라.

"우리 떠나야 해. 아무도 모르는 곳으로. 아니, 그놈이 못 쫓아오는 곳으로 가야 해. 어서 서둘러. 너 어차피 서울 간다고 했지? 콜택시 불렀다."

"엄마?"

별은 들고 있던 가방을 툭 바닥에 떨어뜨렸다. 소영의 얼굴이 엉망이었다. 한쪽 눈에는 검푸른 멍이 들어 있었고, 눈동자에는 빨간 핏물이 번진 데다가 입술이 뭉개져서 코까지 부풀었다. 동네 사람들 사이에서 '별이 엄마는 연예인 누구 머리를 하고 다니네.' 라는 놀림 반의 동경 어린 소리를 듣던 헤어스타일도 엉망으로 뻗쳐 있었다. 자세히 보니 굳은 핏줄기가 목에서 쇄골까지 뚜렷이 있었다.

별은 앞이 깜깜해지면서 목덜미가 타들어가는 통증을 느꼈다.

"엄마, 엄마, 왜 이래?"

"가자, 얼른."

소영은 허겁지겁 제 몸에 점퍼를 걸치고는 트렁크를 들어 올렸다.

"시간이 없어. 가면서 다 말해줄게."

"엄마, 사고 쳤어?"

"사고는 그 자식이 쳤지. 세상에, 통장 다 내놓으란다. 사실, 별이 너 평생 교육비잖아. 그 어마어마한 걸 달래. 그것도 몽땅. 자기가 투자해서 더 뻥 튀겨놓을 수 있다나, 뭐라나. 그래도 그건 아니지 싶더라. 절대 내놓지 않았더니 갈수록 못살게 구는 거야. 안 되겠어서 도망쳐 나온 길이야. 별아, 너도 알지? 그건 사랑이 아니지?"

"사람을 이렇게……."

"일단 나가자고! 택시 왔어."

소영은 별의 어깨를 붙잡아 일으켜 세웠다.

"괜찮아, 괜찮을 거야."

얼이 빠진 것처럼 그 와중에도 별은 제 스스로에게 속삭이듯 중얼거렸다. 어렴풋이 왕해운, 그의 얼굴이 스쳐 지나갔다.

해운은 뭐가 뭔지 알 수 없었다. 분명히 별은 그의 여자 친구였다.

여태 가져본 적 없는 이성 친구일 뿐만 아니라 자신과 소통을 하는 최초의 대상이었다. 그 아이를 생각하면 자신도 모르게 몸에 힘을 빡 주고 자세도 바르게 하게 된다.

대학? 유학?

운한그룹의 후계자 중의 한 사람?

애초에 그런 건 염두에 두지 않은 인생이었다. 항상 지운과는 반대로 삐딱하게 경계를 긋고 살기를 원했다. 어머니인 정희의 욕심을 추잡하다 증오했다. 정희에게 찬물을 끼얹고 싶었다. 유명 재벌의 숨겨둔 아들이 알고 보니 사고뭉치에 인생 낙오자였더라는 세상의 평가를 들려줄 작정이었다.

그리고 지운의 어머니인 미숙에게는 그리 말하고 싶었다.

'걱정하지 마십시오. 절대로 당신들의 리그에는 끼어들지 않을 겁니다.'

남의 가정을 순식간에 파탄 내는 도구, 돈을 빌미로 태어난 인생이 자기 자신이었다. 혐오심이 적나라하게 이빨을 드리운 짐승같이 그를 삼키는 이유였다.

그런 그가 태어나 처음으로 타인에게 괜찮을 거라는 말을 들었다.

'넌 괜찮아.'

그를 안도하게 했던 말.

나도 이제부터라도 열심히 살 작정이었는데. 이 악물고 공부를 하고, 대학도 가고, 그럴 마음이었는데. 목표가 생겼는데, 그랬는데…….

'널 좋아해, 좋아해, 좋아해, 좋아해…… 네가 너무 좋아, 좋아, 좋아…….'

녹음기처럼 되뇌어주던 말을 나는 믿었었다.

동그란 눈에 차오르던 눈물, 꼬옥 쥐고 있던 손목의 나긋하던 느낌은 다 무엇이었나? 사실을 말해주고 싶었다. 아니, 말해야 한다. 내가 장난으로 시작했다고, 그러나 너에게 다가간 순간에 난 알아차렸다고.

이것은 장난이 아님을 깨달았다고.

난 너에게 가장 가까운 사람이 되고 싶었노라고.

결혼을 하자고 했던 말, 네가 이후로부터는 영원히 내 것이었으면 좋겠단 마음먹은 거, 그런 것들은 모두 진짜라고.

진짜, 진짜…… 진짜란 말이야!

악을 쓰듯 그는 진심을 말해야 했다.

아니, 변명일 뿐인가? 그렇다고 해도 그는 별에게 사실을 털어놓을 것이다.

"편지가 있었지?"

그 편지를 쓸 당시에는 진심이었을 것이다. 1월 1일이 되었을 때에야 읽으라던 손 편지는 한별, 그 아이의 진심이 들어 있을 거였다.

그는 그것을 항상 안쪽 주머니에 집어넣고 있었다. 허겁지겁 편지가 든 봉투를 꺼내 들었다. 가로등 불빛이 희부옇게 가라앉은 전봇대에 의지해서 그는 편지지를 펼쳤다. 앙증맞은 소녀 특유의 글씨체가 우선 그의 눈에 들어왔다.

<왕해운에게.
내 이름은 별이야.
한별.

키는 167, 체중은 일급비밀이지만 넌 눈치껏 알아맞히길.

이미 성장판은 닫힌 것 같아. 나중에 대학 가서 하이힐 신어주면 돼.

먼저 내 이름에 대한 소개부터 해볼까?

엄마가 나를 낳고는 난감했대. 아버지라는 분이 책임을 진다고 해서 처녀의 몸으로 낳기는 낳았는데 그게 아니었다나 봐. 거액이 든 통장을 주며 어디든 가라고 하는 바람에 많이 힘들었다고 해. 엄마는 나중에라도 내가 아버지의 딸이라는 증표가 되길 원해서 이름을 별이라고 지으셨단다. 아버지에겐 이미 다른 자녀들이 있었는데 하늘, 우주 뭐 이런 이름이었다나? 그래서 그들과 혹시라도 연관 있게 보이라는 의미로 그냥 별로 낙찰이 된 거지. 성은 엄마를 따랐어.

엄마는 나를 낳고 가족들과도 의절이 되는 바람에 끈 떨어진 연이 되셨단다.

내가 왜 이런 과거를 늘어놓는지 알아?

해운아.

너에게 드리운 태생의 아픔이 얼마나 큰 충격인지 나는 알아.

힘을 내라고, 열심히 살자고 나는 너에게 말할 자격이 되는 것 같지 않니?

친구 하자고 했어?

그것도 여자 친구?

잊지 마. 너는 첫 데이트에서 키스하자고 한 사람이야.

우리가 나중에 더 컸을 때에 이건 욕먹을 일이야.

무슨 남자가 고등학교 졸업도 안 한 녀석이 대뜸 그런 식으로 덤비니?

치한이 될 뻔했다고.

그래도 난 네가 좋아.

있지, 해운아.

사람에겐 절대적인 것이 한 가지씩은 있대.

그것이 어떤 사람에겐 종교가 될 수도 있고,

아버지나 어머니가 될 수도 있고,

자식이 될 수도 있고,

돈이나 명예 같은 것이 될 수도 있어.

근데 난 일찌감치 마음을 비웠었어.

엄마까지도.

내겐 그 무엇도 절대적인 것이 될 수가 없다고 생각했어.

절대적인 게 있으면 안 돼. 왜냐?

살기 힘들어. 왜 그런 줄 아니? 갑자기 그 절대적인 것이 사라지면 모든 것이 한순간에 같이 사라지는 거거든. 난 그게 두려웠어. 어쩌면 이기적인 거지.

그런데 그 이기심과 두려움을 넘어서서 너를 내 안에 들일 계산을 해볼게. 내 마음에 너를 위한 자리를 조금 만들겠어. 아직은 아주 작더라도 점점 부풀어서 커질 것을 기대하자.

혹시라도 우리가 떨어져 있게 되더라도 말이야.

이 넓은 세상에서 누군가 한 명쯤은 너를 이해하고 있다는 사실을 잊으면 안 돼. 태어난 것부터가 잘못된 것이라고 힐난을 당해본 사람의 마음을 나는 잘 알고 있거든.

해운아.

넌 괜찮을 거니까 두고 봐.

아니, 우린 괜찮을 거야.

2006년 12월 18일, 천안의 애견 카페에 너와 단둘이 처음으로 카라멜 라떼를 마시며,

한별.>

세상에, 이렇게 착한 너를!

내가 너를…… 농락한 거야?

뭔가가 치밀어 오른다. 어떻게 해야 하지?

이렇게 사랑스러운 너를 내가 아프게 한 거야? 가야 한다. 별에게 내 진심을 말해야 해.

차가운 바람보다 빨리 달려 별의 집 앞에 당도했다. 별이 사는 집은 독채였다. 항아리가 놓이고 화단이 꾸며진 마당이 딸린 집의 대문은 활짝 열려 있었다.

쿵쿵.

"별아, 한별!"

한참 동안 문을 두드렸다. 아무리 시간이 지나도 사람이 나오기는 커녕, 기척도 없는 것이 이상하다 싶었다. 페인트칠이 된 손잡이를 당기니 스르르 문이 열렸다.

"별아!"

뭐, 이런 엿같은 경우가 다 있지?

센서가 들어온 현관에 한 걸음 내디뎠을 때에 누군가가 자신을 덮쳐왔다. 더불어 퀴퀴하고도 역한 술 냄새가 훅 끼쳤다.

"여편네하고 아이는 어디 있어? 넌 알지?"

한 팔로 제 어깨를 감싸서 꼼짝 못하게 하는 남자의 힘을 느낀 찰

나에 오른쪽 손등으로 날카로운 칼날이 스쳤다. 앞뒤 생각 안 하고 해운은 남자를 휙 패대기쳤다. 철푸덕 소리를 내면서 남자가 쌀자루같이 마룻바닥으로 엎어졌다. 그의 손에는 단도가 쥐어져 있었다. 40대 초반쯤으로 보이는 남자는 키가 작았지만 덩치는 있어서 다부져 보이는 몸매를 자랑했다.

"이 새끼가!"

남자의 시뻘겋게 핏발이 선 눈에는 푸르댕댕한 살기가 담겨 있었다. 해운은 남자가 덤비지 못하도록 칼을 쥔 손목을 꾸욱 눌러 밟았다. 다행히도 만취한 남자는 더 이상의 행패를 부릴 힘이 남아 있지 않았다.

"어디 있냐고? 나만 놔두고 어디로 내뺀 거냐고?"

남자는 울부짖고 있었다. 해운은 간지러운 느낌에 손을 보았다. 오른손이었다. 왼손으로 감싸 쥐니 피가 묻어났다. 그제야 이가 악물려지는 통증이 또렷이 살아났다.

별, 별은 어디로?

"어디 갔지? 별이, 넌 어디로 사라졌어?"

휴대폰은 꺼져 있었다.

어찌 된 영문인지 그 후로 별은 자취를 감추었다.

며칠 후, 별은 학교 문제를 해결하기 위해 혼자 조용히 음성 동네를 찾았다. 학교에서 졸업장을 가져가며 별은 채 계산하지 못한 아르바이트비를 찾기 위해 치킨 매장으로 갔다. 사장은 소문으로 인해 별의 사정을 어느 정도는 헤아리고 있었다.

"똑똑한 너는 어딜 가서든 잘하고 살 것이다."

월급봉투를 건네며 격려를 하던 사장은 갑자기 소리를 질렀다.

"아! 그렇지! 마침, 잘 됐다! 별이 너 저거 가져가면 되겠다."

뭘요? 하듯이 별은 사장이 가리키는 쪽으로 고개를 돌렸다.

그림?

잊고 있었다. 왕해운, 그가 하루 종일을 앉아서 그림을 그리던 이젤이 아직도 세워져 있었다.

"저걸 제가 왜 가져가요?"

별은 씁쓸한 미소를 지었다.

"너 아니면 누가 가져가?"

사장은 팔짱을 끼며 턱짓을 했다.

"이젤은 무거우니까 그림이나 가져가라는 거지. 아주 너를 제대로 그려놨더라. 오는 손님들마다 너를 찾거나 하면 내가 저 그림을 보여주곤 했단다."

이게 무슨?

별은 후다닥 급한 몸짓으로 이젤이 세워진 곳으로 향했다. 서둘러 그림을 돌려 제 눈앞으로 가져왔다.

아!

별은 순간, 심장이 철렁 내려앉는 아픔을 느꼈다. 다음 순간엔 눈물이 고였다. 침을 꿀꺽 삼키며 그림을 보았다.

연필로 스케치를 하고 은은한 파스텔 톤의 물감으로 선을 칠한 초상화에 그려져 있는 것은 별의 얼굴이었다.

"정말 잘 그렸지? 솜씨가 보통이 아니야. 나도 네가 이렇게 예쁘장한지 이거 보고 알았다니까."

중후한 목소리로 감상을 말하는 사장의 소감은 결코 틀린 것이 아니었다. 별은 눈물이 그어진 뺨을 손등으로 거칠게 닦아냈다.

누군가가 나를 소중히 여겨주었으면, 하고 별은 내내 생각한 적이 있었다. 그러나 감히 바란 적은 없었다.

그런데…….

누구도 나를 이런 식으로 봐주지 않았다. 아마도 죽을 때까지도 그녀는 자신을 이런 식으로 보는 사람을 만나지 못할 것이다.

그림 속의 별은 충분히 사랑받고 있었다. 해운의 시선은 별의 미소를 집요하게 파고들어 그림으로 나타냈다. 따뜻한 별의 미소가 입가에 감돌고 있는 얼굴은 감동 그 자체였다.

왕해운, 네가 그림을 그릴 줄 알았어?

그림을 잘 그리려면 눈에 보이지 않는 것까지도 표현할 줄 알아야 한다고 들었다. 해운의 섬세한 솜씨에 탄복한 이유가 그것이었다.

미처 제 자신도 알지 못했던 별의 얼굴이 묘사되어 있었다. 잔머리카락이 흩어진 이마는 성실했으며, 미소가 담겨 있는 두 눈은 꿈을 꾸듯 포근하고 사랑스러웠다. 내가 언제 저런 미소를 짓고 살았나?

별은 가슴이 뭉클해서 견딜 수가 없었다.

너는 나를 소중히 여기고 있었구나. 너는 나한테 진심이었는데.

그가 그린 별의 얼굴, 그것은 백 마디 말보다 뚜렷한 말이었다.

'내 여자 친구 해.'

별은 그의 말소리가 들리는 것 같아서 눈물을 훔쳐냈다.

가게에서 시간을 보내다가 별이 일을 마치고 귀가할 무렵에 해운이 나타난 어느 때가 생각났다.

그는 주머니에 손을 찔러 넣고 침통한 빛으로 말이 없었다. 같이 데이트랍시고 하루 동안 나들이했을 때와는 너무 다른 태도에 무심코 별이 물었었다.

'뭐 화나는 일이 있어? 분위기가 왜 그래?'

그때 그는 이런 대답을 했었다.

'난 지금 바이올린 현의 떨림같이 온몸이 긴장해 있어. 너를 머릿속에 그리고 있어서 흥분했나 봐.'

'서울의 남자 고등학생들은 다 너같이 말하나 봐?'

그의 말에 공감하기 어려워서 공연히 빈축을 던졌던 그녀였다. 그런데 이제 알았다.

해운은 그녀의 얼굴을 바라보다 그것을 마침내 머릿속에서 그림으로 형상화하고 있었던 거다. 그러다 결국 이젤을 세우고 스케치를 하고 물감으로 선을 칠하고…….

"봐, 가져가지 않고는 못 배기겠지?"

사장은 별의 그림을 가리키며 본인이 더 우쭐해 있었다.

"아, 소식 못 들었나? 별이 네 집에서 그 학생이 피칠갑이 되어 앰뷸런스에 실려갔는데. 어떤 남자가 범인이라고……."

"예?"

별은 외마디 소리를 질렀다.

그림을 둘둘 말아 옆구리에 끼고서 별은 황급히 휴대폰을 뒤적여 지운의 전화번호를 찾았다. 몇 번 신호가 가지 않아서 그의 목소리가 들려왔다.

-한별? 너 맞아?

"지운아, 있잖아……."

별은 뭐라고 말을 해야 좋을지 갈팡질팡하고 있었다. 침을 한 번 꿀꺽 삼키고 다시 대화를 시도해야 했다.

"해운이가 다쳤어?"

-너 아무것도 몰라? 대체, 지금 어딘데? 너 행방불명되었던데?

"이야기가 길어. 그보다 해운이가 다쳤다는 게, 그것도 우리 집에서 그랬다는 게 무슨 말이야?"

-정말 감감무소식이네? 너한테는 어쩌면 통쾌한 일일 수도 있겠다. 왕해운, 진짜 재수 없는 녀석이지. 사고가 난 날, 너를 찾아간 모양이야. 하필, 너는 이미 짐 싸서 사라지고 없었고. 그런데 거기서 깡패를 한 명 마주쳤겠지? 경찰 조사 결과 네 새아버지라고 하더라고. 그 인간이 흉기를 소지하고 있었고. 해운이가 손을 깊게 찔렸어. 아버지가 아셔서 서울로 데리고 올라왔어. 이게 전부야.

"괜찮아? 해운이, 괜찮은 거야?"

-나도 지금 걔랑 안 있어서 잘 몰라. 네가 전혀 모르고 있는 것 같아서 말해주는 건데, 해운이 걔는 미술에 천재적인 재능을 타고난 아이야. 어찌 보면 인생 망친 셈이지.

"그 정도야? 손을 못 쓰게 됐어?"

-몰라, 네가 알아서 찾아보든가. 넌 해운이 좋아하지도 않잖아? 그렇게 가책 느낄 필요는 없지 않을까?

"만나게 해줘."

-어쩌냐, 한별? 나 지금 공항이다. 외국 나가는 길이야. 너무 늦었어. 우리 다시는 못 보는 거겠지.

뭐에 찔린 사람처럼 지운은 전에 없이 퉁명스럽고 차가웠다. 그러나 지금 별은 그런 것을 따질 겨를이 없었다.

아아, 왕해운.

그녀는 말아 쥔 그림을 가슴에 품고 조바심에 발을 동동 굴렀다.

미친! 한 번 데이트해놓고는 결혼하자고 다그치더니!

그래, 잘하는 짓이다!

열아홉 살 겨울의 바람이었다. 한 번에 몰아친 바람은 사납게 들떠 있었다. 이런 건 처음이었다.

누군가가 자신을 소중히 여기는 기분, 누군가가 자신을 한없이 관대하게 받아들이는 기분이 이런 거였나? 그러나 행복감도 잠시, 그 누군가는 바로 자신 때문에 안타까운 상황에 직면해 있다고 한다. 그러나 그녀는 그에게 갈 수도 없다. 소식조차 모른다.

3. 10년 후 그들의 시작

<현대 여성 미술 협회와 신홍회 부회장 역임을 한 여류 화가 나정희 인터뷰, 인사동 '갤러리 일월(日月)'에서 개인전 개막전에 예술을 말하다.>

별은 노트북 한글 창에 일단 기사 제호부터 만들었다. 그러면서 나정희 화백의 인터뷰에 실을 사진을 고르기 시작했다. 독일식 책상에 앉아 찍은 사진 한 장이 그중 그래도 밝고 친근한 분위기였다. 둥글고 큰 호박색의 원석을 귀걸이로 착용한 탓인지 사진이 전체적으로 유했다. 다른 사진들의 깐깐한 인상에 비해 그나마 마음에 들었다.

이미 나 화백의 비서를 통해 서면으로 인터뷰를 마친 상태였다. 작품 설명을 먼저 쓸까, 아니면 약력을 먼저 쓸까.

다 식어버린 커피가 든 텀블러를 들어 버릇처럼 입술에 대고는 망설이고 있을 때였다.

"한! 안 들리나 봐? 전화, 2번."

데스크의 김지현 선배가 다소 큰 소리로 그녀를 부르고 있었다. 2번? 외부 연결이라는 뜻이다. 별은 서둘러 제 책상 위의 전화기를 집어 들고는 공손한 어투를 썼다.

"예, 전화 받았습니다. 진 문화사 '아트 매거진'의 한별입니다."

-안녕하십니까? 안라영입니다.

안라영? 아아, 하고 별은 고개를 끄덕거렸다. 나정희 화백의 직속 비서였다.

-저희 나 화백님께서 직접 인터뷰를 하셨으면 해서 연락드렸습니다.

"직접이요?"

무심코 별은 탄성을 지르며 자신을 주시하고 있는 김 선배를 향해 손가락으로 브이 자를 그려 보였다. 오케이, 성공이라는 뜻이다. 김 선배는 의자에서 몸을 반쯤 일으키며 자신을 향해 똑바로 받으라는 사인을 보내고 있었다. 둘 다 잔뜩 고무된 채였다.

"저희로서는 영광이고요, 시간은 어찌 됐든 나 화백님이 편하신 쪽으로 응하겠습니다. 다만 다음 주의 화요일이 기사 마감입니다."

-잘 알겠습니다.

"혹시 원하시는 담당자가 따로 있거나……. 저희 쪽의 칼럼리스트로 유명한 분이……."

별은 열렬히 만세를 부르고 있는 김 선배를 보며 다소 흥분된 억양으로 말을 이었다. 그렇지만 안 비서는 전화기 속에서 차가운 대답을 해왔을 뿐이다.

-아닙니다. 처음 지명한 대로 한별 기자님이 직접 오셨으면 하십니다.

예스, 해냈다!

선배 모르게 별은 마음속으로 자신의 뜻이 드디어 관철되었음을 기뻐했다.

"한, 한…… 나를 봐, 여기!"

김 선배는 그녀를 뚫어지게 살피며 자신을 추천해달라고 무언 중에 조르고 있었다.

별은 어깨와 목 사이에 전화기를 끼운 채로 두 손으로 연방 엑스자를 만들었다. 신호를 알아들은 김 선배는 으으, 하고 안타까운 신음을 삼키며 낙심한 티를 냈다.

"네에, 그러시군요. 시간 편하신 대로 알려주시면 되겠습니다. 감사합니다."

끝까지 상냥하게 전화를 마치고 나서 별은 자리에서 벌떡 일어났다. 동시에 김 선배도 일어나며 양손을 허리에 대고 씩씩거리기 시작했다.

"뭐야? 데스크를 무시하는 이 느낌적인 느낌은 뭐지?"

"지현 선배가 워낙에 발이 넓잖아요. 아마 나 화백은 본인의 마음에 드는 신입 기자를 원하는 것 같아요. 게다가, 제가 또 얼마나 스토커처럼 굴었어요?"

별은 통화를 하느라 붉게 달아오른 얼굴을 손 부채질했다.

"화백님이 직접 저를 지명하셨다고 하니 어쩔 수가 없게 되었습니다. 제가 인터뷰 따오는 걸로……."

"아, 방심하지 마. 그 양반 되게 까다로워. 한, 너는 감당이 안 될지도 몰라. 아마 그래서 신입을 지명했을 수도 있겠네. 저 맘대로 주무르고 보려고"

"제가 찰흙인가요? 주물러지게?"

"서양 미술사에 능통한 에디터 붙여준다고 그렇게 매달려도 인터뷰는 극구 사양한 양반이 갑자기 무슨 바람이 불었대? 저쪽 매일 경제지의 아트 쪽에서도 직접 모시고 싶어서 안달들이던데. 우선 우리가 인터뷰 싣게 생겼네. 그건 자축할 일이다."

"그럼, 가상 인터뷰 뽑아볼게요."

"오늘만큼은 한, 네가 부럽다. 빨간 펜 준비할 테니 각오해."

별이 노트북의 키보드에 막 두 손을 올려놓았을 무렵에 휴대폰의 문자 음이 톡, 울었다.

[오늘도 야근해? 설마? 아니지?]

같은 오피스텔을 쓰는 친구 유진이었다. 그녀는 자신의 동기를 소개시켜준다고 요새 안달이 나 있었다.

"한! 혹시, 저번에 소개팅 봤던 그…… 후배 문자 아니야?"

선배는 또 선배대로 자신이 소개를 시켜주었던 남자를 들먹이며 별의 눈치를 살폈다. 별은 배시시 웃으며 연두색 케이스를 입힌 휴대폰을 가만 흔들어 보였다.

"룸메이트요. 오늘도 야근이냐고 물어보네요."

"아이고, 분발 좀 해! 한, 자네는 스물아홉이야. 후딱 서른 오고, 그러면 나처럼 된다. 연애도 나이 끝물이면 재미없어."

"저 평생 혼자 살 건데요."

"알아, 알아. 한별 에디터는 입사할 때부터 지금껏 고수하는 철칙

이 딱 하나밖에 없다는 거, 우리 다 알아. 자기 독신주의자 고집하는 것도 밉지 않고 지지하는 편인데, 그래도 연애는 할 만하다. 결혼이랑도 상관없고⋯⋯."

어떻게 연애와 결혼이 상관이 없다고 말하지?

김 선배의 잔소리가 본격적인 궤도에 오르기 직전에 다행히도 홍은경 기자가 새로 쓰는 칼럼에 대한 자문을 구한답시고 일어났다. 별은 슬며시 안도의 숨을 내쉬면서 유진에게 답장을 보냈다.

[야근은 아닌데, 엄마가 심부름 시킨 거 있어서 가회동 들러야 해.]

[또 석이 네가 맡았어? 이번엔 뭐야? 유치원 학부모 회의?]

[아이가 마흔일곱 살 먹은 늙은 엄마는 싫대. 어쩌겠어? 이 한 몸 불태워야지.]

[너희 엄마는 항상 보면 너에게 너무 당당하신 것 같아. 가게도 네가 해준 거라면서? 너는 어떻게 된 아이가 아버지한테 물려받은 전 재산을 엄마한테 다 주냐? 너희 엄마는 새로 가정까지 가지셨는데, 딸이 준다고 그걸 가지고 덥석 식당 차리고. 암튼 한별, 열녀 납시었네.]

[열녀가 아니라 효녀겠지. 공부 좀 해라, 레지던트 2년차 김유진.]

더 이상의 대화를 피하고자 얼른 연막을 쳤다. 유진은 눈치가 빠른 친구라서 별의 의도를 알아챈 것 같았다. 바이바이, 하고 대화를 끝내는 유진의 이모티콘을 보며 별은 자그맣게 웃었다. 유진은 별이 친부로부터 받은 재산이 상당하는 것을 알고 있는 사람이었다. 별은 서울에 자리 잡으면서 소영이 새로운 연애를 시작하자 달마다 쓰게 되어 있는 돈을 몽땅 내놓았다. 그것은 이른바 소영의 결혼자금이 되었다.

소영은 그 돈을 가지고 요리 자격증을 갖고 있는 남자와 함께 한 식당을 차렸다. 바로 이런 부분 때문에 유진은 별이 요즘 아이들 같지 않다면서 신기해했었다. 그러나 한 가지, 유진이 간과하고 있는 것이 있었다. 소영은 별을 위해 작은 오피스텔 전세금을 마련해주었다. 유진은 그 오피스텔에 함께 사는 처지였다.

별은 가상의 기사를 완성해서 김 선배에게 들이밀어 놓고는 일찌 감치 회사를 나왔다. 살인적인 야근은 어제까지 꼬박 일주일을 채웠다. 덕분에 마감이 지난 오늘은 일찍 들어가도 된다는 허락을 받았었다. 별은 빨간색의 경차를 몰아 YBY 방송국으로 갔다. 중구 순화로에 있는 라디오를 겸한 뉴스 전문 방송국이었다.

대학원 진학을 준비하고 있는 별은 서서히 프리랜서로 전향할 계획이었다. 그러자, 같은 회사의 주부 잡지 파트에서 일하는 진이경 선배가 자신의 학교 동기라는 피디를 소개해주었었다. 라디오 국의 이경진 피디는 서른네 살의 남자였다. 그는 한 달에 두 꼭지만 맡으면 되는 프리랜서를 구한다고 부탁을 해놓았단다. 이에 진 선배는 대학 영문과를 졸업하고서 문화 월간지와 미술 계간지를 만드는 잡지사에서 일한지 5년이 되는 별이 딱이라고 추천을 해주었다.

YBY의 '예술과 세상'이라는 프로그램은 작가를 따로 두지 않은 탓에 이경진 피디가 혼자 맡아 보는 식이었다. 그러니까 별은 이 피디에게 한 달에 두 번씩 고정으로 원고만 만들어주면 되는 거였다.

오늘은 두 번째 미팅이었다. 첫날은 그저 감수를 해주는 정도였는데 오늘은 한 무더기의 서양화가들의 목록을 받아올 예정이었다.

원래 이메일로 파일을 주고받을 계획이었다가 오늘만은 설명을

디테일하게 들어야 한다며 간곡히 방문하기를 원해서 이루어진 미
팅이었다.

별은 숄더백을 추슬러 메며 프로듀서실로 들어갔다. 18평쯤 되려
나? 원탁의 테이블과 의자들, 그리고 한쪽 구석의 정수기가 놓인 것
이 전부인 방은 휴식 중인 피디와 작가들로 복작이고 있었다. 이 피
디는 자리에 없었다. 지하 주차장으로 들어서기 전에 수위실을 경유
하며 라디오국의 이 피디를 만나러 왔다고 밝혔기 때문에 곧 있으면
나타날 것이다.

한별이다!
믿을 수 없었다. 이렇게 보다니?
지운은 별을 보고 있었다. 마호가니 문을 열고 들어선 그녀는 수
줍은 자태로 누구에게랄 것도 없이 고개를 숙여 인사를 하고 있었
다. 그러더니 홀로 정수기 쪽의 구석 자리로 갔다. 의자 위에 목도리
를 풀어놓고 모직 코트를 벗어놓았다. 열아홉 살에 잠깐 봤을 때와
하나도 달라지지 않은 모습 그대로였다.

그녀는 아무렇게나 묶은 머리를 다시 풀러 손가락으로 빗더니 차
분하게 어깨에 드리웠다. 그러고는 입술에 코랄 빛의 틴트를 칠하고
있었다.

오랜만이다, 별.
여기서 널 보게 될 줄은.
그는 조금은 설레는 심정으로 별을 보았다. 알기나 할까? 해운이
자식이 엄청 찾아다녔는데.
왕해운 그 자식은 바보다.

해운이가 너 때문에 무슨 짓을 했는지 알면 너는 과연, 어떤 얼굴을 할까?

지운은 오늘 '이학수 갤러리아 승마단' 감독과 함께 YBY 방송국의 6시 뉴스 특집에 출연을 할 계획이었다. 그는 한국의 승마 국가 대표로서 아시안 게임과 그랑프리 대회를 참가했던 덕분에 현재 국제 마장마술 협회의 최연소 임원을 맡고 있었다. 어렸을 때부터 승마를 하기는 했지만 솔직히 그가 잠시 동안이라도 국가 대표 선수로 활약한 것도 그렇고 세계적인 마장마술 협회의 임원이 된 것도 따지고 보면 운한그룹의 후원 덕분이었다.

막 방송국 관계자들과 인사를 주고받고는 큐시트를 읽고 있을 때에 그는 누군가가 별의 이름을 대며 통화를 하는 소리를 들었다.

'아, 한별 때문에 진짜! 그래. 나 좀 살려주라. 겨우 오늘이 두 번째다. 오늘 미팅도 겨우 잡은 거야. 절대로 틈을 안 줘. 생기기는 참 귀여운데 뭐가 그렇게 쌀쌀맞은지, 원. 진이경, 너도 오작교 역할 하려면 좀 제대로 해야지. 성사만 잘되면 누나라고 해줄게.'

한별.

큐시트의 운한그룹에 대한 홍보 자료까지 첨부한 부분을 넘기면서 지운은 아무도 모르게 귀를 기울였다.

아닐 거야.

그런 이름은 흔하니까.

그는 앉아 있던 자리에서 슬그머니 일어나 통화를 하고 있는 피디에게로 다가갔다. 대충 야상 점퍼를 걸쳐 입고서 면도도 거른, 꺼칠해 보이는 서른 중반의 남자가 전화기를 귀에서 떼며 그를 보았다.

저런 늙다리 녀석이 별이를 어떻게 하지 못해서 안달이 난 모양이군.

그는 조금은 어이가 없었다.

그렇게 해서 지금 그는 프로듀서들의 휴게실이자 대기실에 진을 치고 있었던 거다. 피디의 통화를 엿듣고서 그녀가 여기서 대기하고 있을 거라는 내용 때문이었다. 확인하고 싶었다.

별이 맞는지.

그리고 현재, 영락없는 별을 마주하고 있었다. 자연스럽게 해운이 떠올랐다.

'미친 거지. 아님, 진짜 코 꿴 주제이거나.'

어떻게 그럴 수 있을까? 진짜 고수는 아무 데나 마음을 주지 않는다. 그런데 어떻게 그렇게 아주 잠깐 지나친 인연을 그리도 못 잊는지, 그는 해운이 이해가 되지 않았다.

갑자기 별이 뒤로 돌아 문 쪽을 보았다. 철렁, 지운의 가슴이 내려앉았다. 눈길이 여전히 고왔다. 그러나 그녀는 그를 알아보지 못하는 것처럼 심상한 표정으로 이내 다른 곳으로 시선을 옮겼다.

이 피디에게서 시안을 받고서 원고 방향에 대해 간단한 브리핑을 들은 뒤에 별은 이만 가보겠다고 했다.

"영문과 나왔던데? 근데, 하는 일은……."

이 피디가 머뭇거리며 그녀의 얼굴을 뚫어지게 보았다. 별이 씽긋 웃으며 눈이 반달 모양이 되었다.

"예, 그렇게 되었네요. 더한 거 말씀드려요? 저 원래 수학 머리만 있는 사람이에요."

"교직 이수도 했다면서?"

"정교사 자격증도 받았어요. 근데 교생 실습을 하다가 느낀 건데 고등학생들이 저하고 너무 나이 차가 느껴지지 않는 거예요. 적성에도 맞지 않고요. 한 사람 한 사람, 인격적으로 대해야 하는데, 그냥 우르르 콩나물시루 안에 든 콩나물로 인식되더라니까요. 한동안 학원에서 햇병아리 시간 강사 하다가 대학 선배가 잡지사 취직시켜준 케이스예요."

"선배라는 사람이 잡지사를 차렸나 보군."

"아니, 그런 건 아니고요. 아쉽게도 제 주변엔 그런 부르주아가 없어요."

별은 참으로 밝게 웃었다. 이 피디는 물끄러미 그녀의 미소를 바라보느라 같이 웃어야 할 타임을 놓치고 말았다.

"……외국 예술서나 미술 작품을 번역해서 달마다 잡지에 실어야 하는데, 마침 제가 요긴하다고 해서 아르바이트 식으로 시작했다가 아예 정직원 된 셈입니다. 처음엔 제가 지금 뭐하는 건가, 싶더라고요. 그런데 뜻밖에 보람 있어요. 예술계 동향을 파악하느라 바쁘게 발로 뛰어서 문화 예술을 일반인들에게 소개하고…… 이런 일이 은근 재밌어서 참 다행이라고 생각하고 있어요. 저요, 제법 우아하다는 소리 들어요. 겉으로 볼 때는 원로 예술가도 만나고 전시회도 다니고 하잖아요. 뜻하지 않은 행복도 있어요. 유명한 나 화백 알지요? 승화(昇華) 나정희 화백이요. 절대 사람들에게 나타나지 않는다는 분 있잖아요? 그 화백이 도통 인터뷰 안 하기로 유명하거든요. 근데, 저 이번에 그거 따냈어요. 이건 비밀인데요, 제가 그 화가 거의 스토킹 했어요."

"그래. 좋겠네."

이 피디는 가슴이 두근거려서 정신이 하나도 없었다. 그러나 내색을 않기 위해 애꿎은 커피잔을 들이켰다. 오늘은 아메리카노 이것으로 벌써 일곱 잔째다.

"앞으로 다른 계획은 없나? 신문사라든가 그런 데로 이동하고 싶지는 않고?"

"대학원 진학을 생각하는 중이에요."

왜? 하고 그가 눈으로만 물었다.

"저는 원래 일보다는 공부가 맞아요."

커피잔을 쥐고 있는 별의 매끈한 손톱이 눈에 들어왔다. 뭔가 간질간질한 느낌에 퍼뜩 지운이 고개를 든다.

"남자 친구는 여태 없었어?"

별이 고개를 젓고는 또 웃어 보였다.

"바로 퇴근인가? 같이 저녁 먹지. 이것도 나름 회식인데."

"유치원 들러서 아이 선생님 면담하고 가야 해요."

"아이?"

그의 반응을 예상했다는 듯이 별이 까르르 웃었다. 그녀가 자꾸 웃으니까 다른 자리에 앉아 있던 사람들이 흘끔거렸다.

"일어나보겠습니다, 피디님."

별은 그에게 공손하게 인사를 했다.

지운은 뉴스 룸으로 향하고 있었다. 그렇잖아도 오민석 실장이 리허설이 시작된다면서 그를 채근하는 문자를 보내고 있었다.

뭔가 아쉽다. 해운이 그토록 몸 달아서 찾는다는 사실을 내가 별에게 슬쩍 말해줘야 하는 것은 아닌가? 저렇듯 번듯한 직장인이 되어 있다면 이제 해운의 레이더망에 걸려드는 것은 시간문제일 것이다. 그는 다시 몸을 돌렸다. 다시 온 길을 되짚어서 그는 계단으로 뛰었다. 급했다.

"별!"

"아?"

서두르기를 잘했다. 막 로비를 걸어오고 있는 별을 마주칠 수 있었다. 별의 눈이 휘둥그렇게 커지면서 얼굴빛이 상기되었다.

"나 알아보겠어?"

"왕지운?"

별은 부지런히 그의 얼굴을 살폈다. 그 자신을 보는 눈빛에는 반가움 대신에 아쉬움이 짙었다. 뭐야? 혹시 내게서 해운의 흔적을 찾기라도 하는 건 아닌지.

"반갑……."

뚜르르르.

그의 휴대폰이 울렸다. 젠장, 뉴스 룸의 리허설! 촉박한 약속으로 인해 그가 낭패라는 듯이 어깨를 으쓱했다.

"바쁜가 봐. 얼른 가."

"내가 여기 왜 와 있겠어? 뉴스 룸 출연."

"설마, 재벌 3세의 비하인드 스토리?"

"아니, 전(前) 승마 마장 마술 대표로서 온 거야."

"그래? 열일해, 왕지운!"

별은 바로 어제도 만났던 친구처럼 친근하게 주먹을 쥐고 파이팅을 해 보였다.

"이것 좀 받아. 나중에 꼭 같이 밥 먹자."

다음 순간에 지운은 서운했다. 별은 인사치레라도 그가 건넨 명함을 받으려 하지 않았다.

"나 바빠. 얼른 넣어둬."

그의 채근에 별은 희미하게 웃으며 뒷걸음질을 쳤다.

"솔직하자. 우리 나이에 둘이 만나서 밥 한 번 먹고, 두 번 먹고…… 그거 확실한 거 아니면 안 좋은 거야."

"확실한 거?"

지운은 가만 별을 내려다보았다. 별이 가방 끈을 버릇처럼 추스르더니 입을 열었다.

"응, 너 약혼녀 있잖아."

"약혼녀? 어떻게 알았어?"

"운한그룹의 막내가 대동건설 딸하고 결혼할 거라는 거, 온 나라가 다 아는 사실인데?"

갑자기 어떤 치기가 꾸물꾸물 잔등을 타고 올라왔다. 지운은 몸을 돌리던 것을 멈춰 서서 설명을 했다.

"몰랐어? 대동건설 딸하고 결혼할 사람은 내가 아니라 왕해운인데? 해운이 요즘 잘 나가."

부러 거짓말을 했다.

나중에 치졸하다고 욕을 들어도 좋았다. 원망을 들어도 괜찮다. 가만히 지운은 별의 기색을 눈여겨 살폈다. 왕해운의 약혼녀라는 단어에서 어떤 불똥이 일어나는지를 말이다. 그러나 별은 아무런 표정이 없는 얼굴로 그렇구나, 하고 차분한 어조로 응수했을 뿐이다.

왕해운, 너도 한번 겪어봐.

가지고 싶은, 열망하는 것을 기어이 손에 넣을 수 없는 고통을 말이야.

운한그룹의 제대로 된 후계자는 바로 자신, 왕지운뿐이다. 그러나 어찌 된 일인지 아직도 운한의 전부라고 할 수 있는 그들의 조부는 해운의 마음을 얻기 위해 기를 쓰고 있었다.

모멸감, 패배감, 열등감…… 등등의 괴로움은 점차 지운의 뇌리를 좀먹고 있었다. 원래는 해운과 우호적인 관계였던 과거는 그야말로 옛말이 되었다.

세인들은 그에게 '대기업 재벌 3세'라는 수식어를 붙이며 찬탄들을 쏟아냈다. 그는 혹독한 훈육 속에서 양육강식의 지배자가 되기 위한 훈련을 받고 자랐다. 하지만 아무도 가르쳐주지 않았다. 아래라고 내려다보던 사람에게 느끼는 열등감을 어찌 다스려야 하는지 말이다.

"넌 공부 아직 안 마쳤겠네?"

별은 담담히 물었다.

"아직 갈 길이 멀다. 내년이나 생각해."

"그래도 취업 걱정은 안 해도 되는 인생인 것을 감사하며 살고 있어. 그 험난한 과정을 잘 버텨서 끝내 해내길 빌어."

"덕담이네, 고맙다. 해운이한테는? 전할 말 없어?"

조심스럽게 물었다.

"어릴 때는 혼자만 떨어져 나간 조각 같았는데, 이제야 온전히 맞춰진 것 같아 다행이야."

별은 숨을 한 번 삼키고 이렇게 말했다.

"그렇게 전하면 돼?"

"죽는다, 왕지운. 그냥 내 기분이야. 전해서 뭐하게?"

별은 예전의 고등학생으로 돌아간 듯이 그의 복부에 주먹질을 하는 시늉을 해 보였다.

해운아, 내가 사고 좀 쳤다. 넌 졸지에 별에게는 다른 여자와 약혼한 사내가 된 거다.

어쨌든 그는 지금 당장은 최선을 다해 방해하고 싶었다.

두근두근.

해운의 심장이 미친 듯이 맥동을 하고 있었다. 그는 제 자신이 별의 뒤를 좇았다는 사실이 도무지 현실 같지가 않았다.

오래된 가옥이 다닥다닥 붙은 골목에 별이 몰고 있는 빨간색의 경차가 꾸물거리며 기었다. 그러더니 아슬아슬하게 자신의 차를 뒤따랐다. 너무 바싹 붙으면 곤란했다. 해운이 윈도우를 살짝 열어 고개를 뒤로 빼는데 어디선가 낭랑한 음성이 들려왔다.

"별, 별, 별!"

남자아이의 애타는 소리는 끝날 줄을 모르고 이어졌다. 그의 눈이 뒤의 경차로 향했다. 맨 먼저 보도블록 위로 옥스퍼드 화가 올라섰다. 가느다란 발목에 닿는 기장의 검정 바지와 블랙 코트를 입고 있는 여자였다. 그녀는 얼굴의 반이나 가리는 선글라스를 쓰고 머리를 흐트러뜨리고 있었는데 달려드는 아이를 향해 두 팔을 벌렸다.

"정말 사 왔어? 터닝메카드?"

"영어로 하랬지? 그리고 별이 뭐야? 바비 돌이라고 부르랬잖아?"

"별이 반가워. 헬로우 바비……."

까르르, 별의 웃음소리에 가슴이 철렁했다. 자세히 살폈다. 정말 네가 한별, 맞아?

잡지사 주차장에서 진을 치고 있다가 그녀가 차를 몰고 나오는 것을 무작정 따라온 해운이다.

한별, 별아!

"내가 너를……."

그는 혼자 중얼거리다 감정이 격해지는 바람에 더는 말을 잇지 못했다.

별이 갑작스레 사라진 이후, 충주 음성의 은복 고등학교를 졸업한 학생들을 추적하는 것을 비롯해서 그해에 입학한 대학을 알아보아도 한별이란 이름은 없었다.

김별, 조별, 류별…… 희한하게도 보란듯이 한별은 찾을 수가 없었다. 나중에는 지방의 대학과 전문대까지도 샅샅이 뒤졌지만 소용없었다.

별은 제 손목에 걸고 있던 끈으로 머리를 한데 모아 묶고는 아이의 이마에 뽀뽀를 했다.

선글라스를 벗어봐, 하고 그는 마음속으로 주문을 외우듯 말했다. 가뜩이나 해거름이 짧은 겨울철에 그녀의 모습은 어둠 속으로 잠기고 있었다.

이틀 전이었다. 모친이 그를 찾아왔었다.

'우리 아들, 나한테 뭐 해줄래? 네가 그렇게 찾던 그 아이 말이다. 세상 참 넓고도 좁아요. 아트 매거진의 에디터로서 나를 취재하겠대.'

심장이 뛰었다. 얼마나 거세게 뛰는지 그는 정신이 하나도 없을 지경이었다.

정말로 한별이 맞느냐고, 그는 정희를 다그쳤다. 정희는 바로 명함을 내밀었다. 금박으로 입힌 명함 속에는 천만다행으로 증명사진이 박혀 있었다. 여권을 만들 때 찍은 듯이 헤어밴드로 이마를 드러내놓고 찍은 사진이었다. 덕분에 오목조목한 별의 단정한 이목구비가 한눈에 들어왔다. 그녀, 별이 맞았다.

그렇게 찾아 헤맸을 때는 어디에도 없던 그녀가 아닌가?

'1년 전부터 한별이라는 이름을 가진 에디터가 그렇게 집요하게 굴었었어. 내가 작년에 아이린 화장품과 콜라보레이션 한 소녀 초상화 있지? 네 손으로 여학생 얼굴 그린 거 있잖아. 자꾸 집요하게 그 그림을 가지고 캐묻는 폼이 수상쩍더라니. 네가 그림의 주인이라는 것을 알아챈 게 아닐까? 그게 아니면 적어도 내가 소녀 초상화를 그린 사람이 아니라는 것을 눈치챘거나. 아주 취재 좀 하자고 끈덕지게 붙어서 처치 곤란이야. 어쩐다니?'

'취재에 응하겠다고 하십시오.'

그렇게 인터뷰를 성사시켰다. 첫사랑의 행방을 늘 애타게 찾아다녔던 아들의 형편을 잘 아는 정희는 마뜩찮은 태도로 취재를 허락했었다.

그는 더는 기다릴 수가 없어 이렇게 별의 회사까지 찾아오고 끝내 그 뒤를 밟는 중이었다.

어떻게 나타나지?

불쑥, 어떻게 내 모습을 드러내나?

계속해서 긴장되었다. 그러나 별은 그대로 아이를 뒷좌석에 태우고는 차문을 닫았다. 그러더니 그의 차를 향해 빵, 하고 클랙슨을 울렸다.

오케이, 비켜준다.

그렇다고 해서 네 인생에서 비켜주는 건 아니야.

영어 유치원을 나온 별은 아이를 근처의 가게에 내려주었다.

'달토끼'

이름도 고즈넉한 분위기의 한식 전문 식당이었다. 거기서 아이와 헤어진 별은 다시 차를 몰았다.

참 안정적으로 운전하네.

차는 신촌의 골목을 굽이굽이 돌더니 어느 오피스텔의 지하 주차장으로 들어가 버렸다. 미행 아닌 미행처럼 그녀의 차를 따라가던 그는 꼭 길 한복판에 버려진 처량 맞은 강아지 꼴이 되었다.

별아, 하고 그는 가슴이 먹먹해진 채로 이를 사려 물었다.

넌 내가 괜찮을 거라고 했잖아.

그거 거짓말 아니지?

그런데 난 그동안 네가 보고 싶어서 하나도 괜찮지가 않았어.

별은 아주 바쁘지만 않으면 엘리베이터 대신에 계단을 이용하는 편이었다. 그녀가 살고 있는 오피스텔은 3층이었다. 타박타박 계단을 걸어 올라가 현관문의 비밀번호를 눌렀다.

안에 들어서자 기다렸다는 듯이 왁자한 텔레비전 소음이 달려들었다. 같이 살고 있는 친구 유진이 하루 쉬는 날이었다.

별과 같은 대학 동기인 그녀는 레지던트 생활에 지쳤다면서 어디 날로 먹는 방법은 없을까, 하고 목하 궁리 중이라고 했다.

"밥은?"

별은 코트의 단추를 끌러내면서 물었다. 텔레비전 시청하는 일이

유일한 낙이라는 유진은 화면에서 눈도 떼지 않으며 시큰둥하게 대답했다.

"그렇게 묻는 저의가 뭐야? 나보고 저녁밥을 해놨냐는 뜻? 아님, 밥은 먹었느냐는 뜻?"

"전자야."

저녁밥 얻어먹기는 틀린 모양이네, 하고 별은 코트와 목도리를 들고서 침대 쪽으로 갔다. 원룸 식으로 된 방은 침대가 놓인 안쪽과 주방이 한 공간에 있는 구조였다. 그녀는 옷을 갈아입고는 싱크대 곁으로 가서 냉장고부터 열었다.

"시간 늦었는데 그냥 장아찌하고 뜨거운 밥하고, 오케이?"

"밥 안 해도 돼. 1초 송중기 기억해? 우리 치프. 너랑 먹으라고 휴대폰으로 피자 시켜줬다."

"김유진!"

냉장고 문을 닫지도 않고 별이 뒤로 돌아 유진을 불렀다. 단호한 어조임을 눈치채고서 유진이 후다닥 바닥에서 몸을 일으켜 앉았다. 종일 잠을 잔 탓인지 퉁퉁 부어 있는 얼굴과 아무렇게나 묶어서 당고 머리를 하고 있는 유진은 두 손으로 싹싹 비는 시늉부터 했다.

"그럼, 어떡해? 나 좀 살고 보자. 내가 아무리 지금 너한테 겨우 얹혀 있는 신세라고 말해도 막무가내인 걸 어쩌라고? 나는 을(乙)이다. 철저하게 한별, 고것이 갑(甲)이다. 그래서 내 맘대로 못 한다고 설명도 했단 말이야. 근데 어쩔 수가 없어. 우리 치프가 제발, 너하고 연결만 시켜달라고……."

"유진아, 나 정말 그런 거 안 해. 그리고 너도 그만해. 나를 팔아 술 얻어먹는 짓 말이야."

더 이상 말을 말자고 결심하며 그녀는 다시 냉장고 쪽으로 돌아서서 밑반찬이 든 용기들을 꺼냈다. 슬금슬금 유진이 그녀 쪽으로 와서 동그란 상을 펴고 수저를 챙기는 일을 돕기 시작했다. 그러면서 혼잣말로 궁시렁거렸다.

"계집애, 천연발효 도우 피자인데. 취소해달라고 했어, 됐지?"

"알았어. 청국장 끓일게. 피자 따위는 잊는 거다, 콜?"

"하긴, 다이어트엔 피자보다 청국장이 낫지! 게다가 우리 한별표 청국장이라, 횡재했다."

금방 기분이 좋아진 유진은 흥얼거리면서 뚝배기를 찾아 생수를 부었다. 별은 냉동실에서 마른 표고버섯과 다시마 등을 꺼내며 무심히 말했다.

"만약, 네 치프나 동기들이 소개팅 시켜달라고 조르면 나한테 이미 남자가 있다고 해."

"그 방법은 작년에 다 동났어. 내 주변 반경 2미터까지의 인맥들은 너 솔로인 거 다 알아."

"그럼, 새로 생겼다고 둘러대든지."

"아이고, 한별! 사람이 왜 그리 건조하니? 그 얼굴 그렇게 쓰려면 나 줘라."

"나…… 누구 있어."

불현듯 혼잣말같이 내뱉은 그녀의 말에 유진의 귀가 솔깃했다.

"너 지금 뭐라고 했어?"

"남자 있다고."

"거짓말! 내가 너 스무 살 때부터 쭉 같이 있어서 아는데, 넌 그야말로 모태 솔로 부대의 대장쯤 될 거다. 어디서 거짓부렁이냐?"

후, 하고 숨을 깊게 내쉰 다음에 별은 어눌하게 중얼거렸다.

"있었는데 아마도 아닌 것 같아. 사실 나, 오랫동안 기다린 사람이 있었거든."

"그렇다면 나 만나기 전에 있었다는 건데? 별, 너 은근히 공부만 한 게 아니었구나?"

별의 눈시울이 붉어진 것을 보며 유진은 집요하게 캐묻고 싶었다. 하지만 별은 이내 다른 말을 꺼냈다.

"베란다에서 묵은 김치나 퍼와. 김치 쫑쫑 썰어 넣어야 네가 좋아하는 겨울 청국장이 될 것 아니야?"

"나도 이렇게 늙어가는구나. 남자가 다 뭐냐? 그저 먹는 것 앞에서 약해지는 병이 또 도졌어."

"유진아."

마른 멸치의 대가리를 뚝 떼다가 문득 별이 물었다. 어? 하고 베란다 쪽에서 유진이 건성으로 대답하는 소리가 들렸다.

"인터뷰 있는데, 빈손으로 가면 좀 그렇겠지?"

"회사에 진행비 청구한다면 나의 고견을 밝히겠다. 누구 만나는데 그래?"

"화가야. 중년의 여류 화가. 절대 대중 앞에 모습을 나타내지 않는 것으로 유명한 분. 해서 성의껏 내 손으로 뭐라도 챙겨가야 할 것 같아서 그래."

"에디알 홍차 같은 거 어때? 보니까 홍차나 커피 싫어하는 예술인 못 봤다. 아니, 못 본 건 아니고 어디서 들은 풍월이 그렇다는 거지."

"고견 고마워."

별은 손질한 멸치를 망에 담아 뚝배기에 담으며 해운을 떠올렸다.

항상 보면 대한민국 마장마술 대표라고 해서 공공연히 항간에 노출되고 있는 왕지운은 정해진 항로를 잘 가고 있는 배가 연상되었었다. 그래서 언론에 전혀 보이지 않는 해운이 늘 궁금했었다.

우연찮게 지운을 만난 뒤라서 그런가? 그녀는 해운, 그에 대해 생각이 깊어졌다. 사실, 지난 몇 년간 그녀는 해운의 자취를 찾고 있었다.

운한그룹의 홈페이지를 찾는 기본적인 행위로는 아무 효력이 없었다. 일부러 그런 것인지 해운의 동선은 어디에도 나타나지 않았다. 승마 국가 대표로 화려한 이목을 끄는 지운과는 대조적인 행보여서 은근 마음이 아팠었다.

그림을 그릴 줄 안다고 했었지? 그런 그가 손에 부상을 입었다면서 어린 지운은 그녀에게 통쾌하지 않느냐는 식으로 다그쳤었다.

해운이 그렸던 그녀의 초상화는 아직도 소중하게 간직하고 있었다. 그림 속의 자신이 중요한 게 아니었다. 그림을 그리기 위해 자신을 바라본 그의 눈길을 상기하는 것이었다. 언젠가 한 번쯤은 그와 재회하지 않을까, 하고 그녀는 그림을 보며 작은 기대를 했었다.

'……대동건설 딸하고 결혼할 사람은 내가 아니라 왕해운인데? 해운이 요즘 잘 나가.'

지운의 말이 귀에 둥둥 울렸다.

그래, 그래야 맞아.

넌 정말 내 말대로 괜찮아졌구나. 다행인 거지, 그렇지?

별은 묵은 김치와 두부를 넣어 청국장을 끓여서 유진과 저녁을 먹었다. 밥을 먹는 동안에 유진은 재잘재잘 연예인의 가십을 떠들고 자기는 의사 될 소질이 전혀 없다는 푸념을 늘어놓더니 결국은 별의 연애를 이야기했다. 별은 일절 대꾸가 없었다.

"유진아."

어느 순간에 별은 나직한 어조로 그녀를 불렀다.

"아우, 한별! 네가 그렇게 부르니까 갑자기 위장 속에서 밥알이 곤두서는 것 같고, 모골이 송연해진다. 약속한다, 친구야! 너 다시는 소개팅 시장에 안 끌어들일게. 너를 이용해서 선배들한테 술 얻어먹는 짓도 이젠 안 할게. 됐지?"

"그게 아니고. 그림…… 있잖아. 인물화 그런 거."

"스물아홉인데도 그저 칙칙한 인생 같으니라고! 밥상머리에서도 회사 일이냐?"

난 또 뭐라고, 하면서 유진은 가슴을 쓸어내리는 얼굴을 했다.

"유진아. 화가는 자신들만의 고유한 화풍이 있잖아. 넌 야유미 쿠사마 좋아한댔지? 그 화가 같은 경우는 강박증을 물방울무늬로 나타내는 화풍이 특이해서 어느 누구도 모방이 안 되는 건데. 그러니까 내 말은 한 사람의 손에서 나오는 화풍을 딴 데서 발견했다고 치자."

"이것이 셜록 홈즈 미드를 실컷 보더니, 이젠 그림에서도 추리 하고 앉았네."

"나 지금 진지해. 내 말 들어봐. 너, 내 얼굴 그려진 초상화 봤었지?"

"진짜 주인과는 반대로 아주 날개 달린 천사를 그려놨더만. 너하고 하나도 안 닮게 그린 그림? 그거 왜?"

"아이린 화장품이 콜라보 들어간 그림이 바로 나정희 화백의 '소녀의 초상'이거든? 그게, 그게 말이야……."

그제야 유진은 허공에서 수저를 딱 멈추었다.

"잠깐, 기다려봐!"

유진은 허둥지둥 화장대에 다녀왔다. 그녀의 손에는 화장품 파우치가 들려 있었다. 검정 가죽의 파우치는 나 화백의 '소녀의 초상'이 디자인 된 제품이었다.

"그러고 보니 그렇네! 이럴 수가! 맞아, 별아. 네 얼굴, 그거 그러니까…… 와, 소름 끼친다. 지금 보니 완전 판박이네. 그럼, 네 얼굴을 나 화백이 그린 거였어?"

"아니, 그건 다른 사람이 그렸어. 그래서 말이야, 내가 나 화백을 열심히 스토킹 했었던 거야. 그리고 그 결실이 내일인 셈이지."

"네 초상화 들고 가면 되겠네? 가서 따져. 그림 표절했냐고 말이야. 나 화백은 '소녀의 초상'으로 확 뜬 거잖아."

"아니, 확인만 할 거야."

"무슨 확인?"

"그런 게 있어."

사그라질 것 같은 목소리로 별은 대답하고 다시 젓가락을 집어 들었다. 확실한 것을 알 수 없는 유진은 답답한 나머지 친구에게 퉁박을 해댔다.

"야, 한별! 넌 진짜 속을 알 수 없는 아이야. 나나 되니까 네 친구 해주는 거라고."

"이 오피스텔, 뺄까?"

"별아, 사랑해."

그러나 밥을 다 먹은 뒤에 디저트랍시고 귤을 까면서 유진은 또다시 투덜거렸다. 별은 언제나 남의 말을 잘 들어주는 척을 하고는

끝내 그 속을 보여주지 않아서 상대방을 기만하는 나쁜 버릇이 있다
고 말이다.

인사동에 개인 화랑을 갖고 있는 나 화백의 작업실은 성북동에
위치해 있었다. 다음 날, 성북동으로 향하는 별의 발걸음이 긴장과
설렘으로 다소 빨랐다. 성곽과 한옥이 눈을 심심하지 않게 해주는
골목을 걸으며 별은 휴우, 하고 숨을 내쉬었다. 날이 차다. 별은 고즈
넉한 골목을 지나 길상사가 가까운 한국 가구 박물관 앞에 섰다. 별
은 휴대폰을 꺼내 안라영 비서가 보낸 주소를 다시 한 번 확인했다.

"가구 박물관 뒤로 200미터 뒤에 있다고 했는데? 어라, 그 뒤는
산이잖아?"

며칠 전에 내린 겨울비 덕분에 길바닥은 얼어붙어 있었다. 그녀가
차를 끌고 나오지 않은 이유였다.

한 손에는 홍차 꾸러미가 든 종이 가방을 들고 어깨 한쪽에는 노
트북이 든 가방을 걸고서 별은 부지런히 걸음을 옮겼다.

가구 박물관 뒤의 외진 숲으로 난 길에 드디어 나 화백의 작업실
이 나타났다. 고택을 꾸민 단층집이었다.

활짝 열려 있는 대문 안에 들어서서 마당에 깔린 자갈을 밟으며
별은 고즈넉한 분위기에 취하는 기분이 들었다.

작업실만 보면 서양화가가 아니라 동양화가라고 해도 믿겠다. 별
은 처마 밑에 달린 풍경이 미미하게 흔들리는 것을 보고 있었다.

저벅저벅.

그때, 자갈밭을 밟는 소리가 우측에서부터 들려왔다. 자연히 별의
고개가 그리로 향했다.

낯선 곳, 낯선 공간. 그런데 낯설지 않은 사람이 그녀의 시야에 들어왔다.

"너는……."

별의 심장이 쿵, 하고 소리를 내며 떨어지는 것 같았다.

믿을 수 없게도 왕해운, 그가 맞았다.

자신을 그린 초상화와 똑같은 화풍으로 그림을 그리는 나 화백을 추적한 보람이 있었다.

"오랜만…… 이다."

해운의 느리고 낮은 목소리가 들렸다.

별이 찬찬히 그를 살피기 시작했다.

쥐색 니트에 검은 진바지를 입고 피코트를 걸쳐 입은 그는 안색이 파리한 것 외에는 그녀가 기억하는 모습 그대로였다. 달라진 것이라면 불량 학생이라는 이미지를 더해주었던 노란 빛이 나던 머리색이 이제는 칠흑같이 검은 머리가 단정하게 선을 그린 이마를 가리고 내려와, 잔잔하게 부는 차가운 미풍에 살랑거렸다. 그의 눈동자와 시선을 맞추면서 별은 흠칫 숨을 들이켰다.

이글이글 뭔가가 타는 것 같은 그의 눈이나 분위기는 시간이 멈춘 것 같은 이곳과는 전연 딴판이었다.

'너는 마치 야생을 어슬렁거리는 한 마리 표범 같구나.'

예전에도 그랬는데.

별은 갑자기 목이 메였다.

너는 여태 괜찮지 않았나 봐? 어디 안 좋았던 건가? 습습한 물기가 눈에 총총 돌았다. 그는 운한그룹 오너의 아들로 자리매김했다. 잘된 일이다. 약혼도 하고…….

약혼도 하고!

잘된 건 맞는데, 하고 그녀는 불시에 일어나는 묘한 감정에 서먹해질 수밖에 없었다.

별이다!

해운은 심장이 주체 없이 뛰는 느낌을 지우기 위해 침을 꿀꺽, 삼켰다. 귀가 왕왕 울렸다. 우주가 운행하고 지구가 돌고 있는 것도 잊은 채 오직 한 가지, 별이 그의 눈앞에 있다는 사실만 알 것 같았다. 아직 어린 소녀였던 별은 10년이 흘러 그의 앞에 여자로 나타났다.

"너는……."

그를 알아본 것일까?

별은 말을 잇지 못하고서 두 눈을 커다랗게 뜬 채로 우뚝 멈춰 섰다. 다행히도 오늘은 선글라스를 쓰고 있지 않았다. 화장기 없는 새하얀 얼굴이 말끔하다. 동그랗고 맑은 눈망울이 거침없이 그를 향해 열려 있었다.

플레어로 퍼지는 검정 알파카 코트 안에 얌전히 받쳐 입은 겨자색의 원피스와 진주 귀걸이가 별이 오늘의 인터뷰를 위해 꽤 구색을 맞추었다는 것을 알려주고 있었다.

가녀린 어깨는 예전에 그가 포옹을 했던 그 어깨였다. 그때처럼 선이 가늘고 훤칠한 몸이 여전히 예뻤다.

예전에, 그날도 한창 겨울이었다. 편편한 등짝을 그의 손이 쓸어내렸던 기억, 둥글고 예쁜 뒤통수에 손바닥을 가져가 감쌌던 것도, 뜨거운 정수리에 살포시 내려앉았던 제 입술의 감촉이 일시에 되살아나는 기분이었다.

'좋아해, 좋아해, 좋아해⋯⋯.'

언제 다시 들어볼 수 있을까? 지금도 이렇게 꿈결 같은 너의 고백인데.

그게 진심이었으면 얼마나 좋았을까?

그의 시선이 끈질긴 것을 알아챘을까? 문득, 별의 뺨이 일시에 발개졌다.

너는 내가 반갑지 않은가 보구나.

별의 눈빛은 많은 것을 담아내지 않고 있었다.

차라리 반가운 척이라도 하지.

그는 끓어오르는 제 속을 무신경함으로 위장하고자 이내 딱딱하게 인상을 굳혔다.

"오랜만이다, 한별."

애써 담담한 척 손을 내밀어 악수를 청했다. 별은 여전히 꼼짝 않고 서서 그의 손과 얼굴을 번갈아 보더니 돌연 말했다.

"여전하구나."

잔잔하지만 뭔가 그를 회피하는 억양이었다. 해운의 몸이 저절로 움츠러들었다.

"해운이 너는 무조건 상대의 손을 붙잡으려고 해. 그 버릇 고쳐."

"너한테만 그랬어."

"뭐가?"

"너한테만 그랬다고."

타인에게 친구 하자고 한 것도, 나와 결혼하자고 한 것도.

나는 너 외에는 아무한테도 그래본 적이 없다. 영원히 너한테만 그럴 것이다. 그의 속마음도 몰라주고서 별은 눈을 감아버렸다.

"악수가 싫다니까 그냥 인사나 하지. 안녕, 잘 지냈어?"

반짝, 별은 눈을 치떴다. 그 고요한 눈동자에 예전에 보였던 친밀함이라던가 순수한 환희가 더 이상 드러나 있지 않았다. 절망스럽다. 해운은 가만히 두 주먹을 그러쥐며 이를 악물었다.

너는 정말 내 생각 안 하고 살았구나?

내가 너 때문에 무슨 짓을 하고 지금 네 앞에 서 있는지도 모르고서 너는 그렇게 깔끔한 모양으로 싹 돌아서서는 나를 잊고 있었구나.

물론 짐작하고 있었다.

"10년 만이야."

별이 그렇게 한마디 했을 때였다.

"어머? 오셨네요? 찾아오시느라 고생 많으셨습니다. 길이 미끄럽고 험했죠?"

쨍, 하고 유리가 깨지듯이 안라영 비서의 소프라노 음성이 그들 사이를 비집고 들어왔다. 마치 마법 같았던 둘만의 해후는 그렇게 끝났다.

"안녕하십니까, 한별입니다."

별은 무덤덤한 태도로 고개를 숙여 인사를 했다.

별은 나정희 화백의 얼굴에서 자꾸만 해운의 얼굴을 겹치고 있었다. 별로 닮았다고 여겨지지 않았다. 그저 큰 키에 서늘한 분위기가 일맥상통할 뿐으로 둘에게서 모자(母子)라는 느낌은 없었다.

눈썹을 문신한 데다가 진한 스모키 화장을 한 탓에 정희의 얼굴은 이질적인 느낌이 났다. 마음속으로 별은 이 여자가 왕만희 부회장의 내연의 처라는 것에 기분이 묘한 것을 느꼈다.

"……듣고 있어요? 이런 것을 어찌 잡지에 실을 수나 있겠느냐고요."

그렇다.

절대 그럴 수 없었다.

별은 테이블 위에 펼쳐진 노트북과 보이스 레코더를 물끄러미 내려다볼 뿐이었다. 나 화백의 고백은 조금은 충격적이었다.

나는 가짜라고, 미대를 나오긴 했지만 회화에는 자신이 없었다고, 그저 아들의 그림을 전시하고 팔았더니 나중에는 흔하지 않은 선과 여백을 적절히 이용할 줄 아는 화가가 되어 있었노라고 했다.

"난 지금 커밍아웃을 하고 있는 거예요. 그것도 한 기자님한테요. 진지한 내용이니까 잘 들어야 해요. 천재는 바로 내 아들이야. 세상은 속고 있는 거라고요. 내 이름을 알린 '소녀의 초상'은 사실 우리 아들 작품이야."

푸르스름한 뱀의 문양이 새겨진 발렌티노의 롱 원피스를 입고 있는 정희는 끊임없이 담배를 피워 물면서 이야기를 늘어놓고 있었다.

"저 녀석이 스무 살도 되기 전의 겨울에 손을 크게 베였어요. 출혈도 심했고 인대도 끊어지고. 나중에 인대와 혈관을 잇고 붙이는 수술만 세 번 정도 했는데 완전히 낫진 못했어. 더덕더덕 기워낸 것에 불과했지. 오른손잡이였다는 것이 비극이었던 거고. 그런데 쟤 아버지는 그림 그리는 것을 아주 싫어했기 때문에 손의 신경이 손상된 것을 반기는 것 같더라고. 쓸데없이 붓질하지 않아서 좋다고 하는 양반이니까."

결국, 별은 보이스 레코더의 전원을 꺼버렸다. 녹음하지 않기로

했다. 과거의 선뜩한 아픔이 스며들어 꾸역꾸역 목까지 차고 올라왔다.

스무 살이 되기 전의 겨울이라 하면…… 맞구나.

"……아드님은 다시는 그림을 그릴 수 없게 된 건가요?"

별이 처음으로 입을 열어 질문을 했다. 원래 준비했던 질의는 하나도 사용하지 않을 것 같아서 아예 노트북의 전원도 꺼버린 채였다.

"솔직히 난 의심하고 있어요. 나도 그림을 전공한 사람이니까 그 정도는 알거든. 신경 손상이 있다고 해도 손가락을 구부리는 데는 그리 문제가 없으니까 별 문제 없을 텐데. 저 녀석은 다시는 이젤 앞에 앉지 않아. 대신에 나하고 협상을 했지. 미친 듯이 스무 살의 겨울 끝자락에 그렸던 그 소녀 얼굴을 팔아치우자고 말이야. 그렇게 아들의 그림을 내 이름으로 팔아치웠고, 나는 갑자기 천재 여류 화가가 되었죠. 이게 나의 스토리 전부예요."

"어머니!"

느닷없이 해운의 목소리가 그들 사이를 비집고 들어왔다.

"쟤 앞에서 담배 피우지 말라니까요."

그는 성큼성큼 들어와 정희의 손에서 담배를 낚아챘다. 정희는 깔깔 웃었고 해운은 다시 방을 나가버렸다. 별은 그저 우두커니 앉아 있을 따름이었다.

"가지고 들어와요!"

정희는 바깥에 대고 소리를 질렀다. 안 비서는 창호지가 발라진 미닫이문으로 액자를 하나 들고 들어왔다. 50호 정도의 액자에는 유화 그림이 들어 있었다.

"이것은 우리 아들의 선물. 인대를 잇는 수술을 하고 회복하기 전의 재활 치료 때였나? 제목이 뭔지 알아요?"

군청색과 검은색을 거친 질감으로 표현한 바탕에 노랗고 하얀 점이 수두룩하게 점처럼 박힌 그림이었다. 군이 제목을 알려고 하지 않아도 될 것 같았다.

"기자님 거예요. 가져가세요. 안 비서, 포장해놔요."

별은 잠자코 그림에서 눈을 떼지 않고 있었다. 희부연 담배 연기를 내뿜으며 정희가 자조적으로 웃었다.

"기자님 명함을 본 순간에 바로 알아차렸어요. 아마 이 집안에서 기자님 이름 모르면 간첩일걸요? 이렇게 멀쩡하게 서울에서 잡지를 만들고 있었다니. 근데 왜 한별이라는 이름으로 대학을 다니지 않았던 거지요? 찾는 데에 애먹었잖아."

"스무 살 무렵에 엄마가 재혼을 하시면서 제가 성을 바꿨어요. 그러다 다시 제 성으로 돌아온 겁니다."

"일부러 이름을 바꾼 것은 아니고?"

"그럴 리가요?"

별은 조심스럽게 노트북을 가방에 집어넣으며 주섬주섬 짐을 챙겼다. 돌아가야겠다.

"고마웠습니다. 인터뷰는 제가 알아서 만들겠습니다. 저번에 비서님을 통해서 서면으로 보내주신 것을 토대로 하면 무리 없을 것 같아요."

"이봐요, 기자 아가씨. 아니, 별 양."

약간은 격앙된 음성으로 정희가 그녀를 불렀다.

"우리 아들 봐야지?"

"문 앞에서 벌써 만났습니다. 이미 인사도 마쳤고요. 멋진 젊은이
가 되어 있더라고요."

별은 저 자신의 딱딱한 어조에 담긴 감정이 원망이 아니길 빌었
다. 난 정말 그 아이한테 볼일이 없다.

"그림은 꼭 가져가요. 걔가 다친 손으로 그린 것은 그게 전부야.
그 후로 그림은 손 놨으니까."

고택을 나서던 별은 또다시 해운과 마주쳤다. 그는 담장에 몸을
기대고 서서 자신을 쳐다보고 있었다.

삐딱하게 고개를 틀고 그녀를 보는 시선을 차단하느라 별은 뒤도
돌아보지 않았다.

단둘이 있지 말자.

너 괜찮은 거 봤으니까 됐어.

그녀의 고집스러운 걸음에 맞추어 그가 한 발짝 두 발짝 따라오
는 소리가 들렸다.

왜 따라오고 그래?

어깨에 멘 가방이 무거웠고 두 손에 쥐고 있는 액자 때문에 손이
시렸다. 그러나 내색 않고 더욱 걸음을 빨리했다.

"데려다줄게."

"관둬. 뭐 하러 그래?"

별이 타박하듯 대꾸하며 걸었다.

"저기 차 세워놨어."

해운이 툭 뱉어내듯 말하고는 그녀를 앞지른다.

"싫어. 조금만 가면 버스도 있고 역도 있어."

"야!"

그가 그녀의 어깨를 붙잡고 세우더니 두 손에 들고 있는 액자를 빼앗듯이 했다. 그리고 어깨에 걸고 있는 노트북이 든 가방을 제 팔에 끼웠다.

그는 뭐든지 막무가내다. 10년 전부터 그랬다. 이러면 나는 어찌해야 하는가? 별은 은근히 아닌 척하면서 그의 손을 주의 깊게 살폈다. 오른손이랬지? 그러나 그는 성큼성큼 걸어 자신의 렉서스가 세워진 곳으로 향했다.

"너 천재였어?"

별안간 그의 뒤통수에 대고 별이 소리쳤다.

"왕해운! 대답해봐. 너 그림에 천재였냐고 묻잖아?"

그러자 해운이 돌아섰다.

"너도 내 그림 봤잖아?"

설명이 되지 않았냐는 얼굴로 뚱하게 뱉어낸 말에 별은 실소했다.

"천재네, 천재 맞아."

그때 골목 안을 돌풍이 쌩 하고 지나갔다. 둘 다 눈을 질끈 감고 몸을 움츠려야 했다. 바람이 깊은 골을 만들면서 마치 사람을 후려치듯이 하는 동안에 별은 이를 딱딱 마주치며 몸을 떨었다. 추위에 떠는 별을 본 해운이 잽싸게 다가와 그녀를 벽에 밀어붙였다.

골목을 맴돌던 바람이 빠져나가고 나서 잠잠해진 틈에 별이 눈을 떴다. 그리고는 어이가 없어서 또다시 작게 웃었다.

해운이 두 팔을 그녀의 머리 위로 뻗쳐서 벽을 짚고는 그녀를 감싸듯 하고 서 있었다.

"폼 잡는 건 여전하네."

그래도 너니까 그 어떤 폼도 멋진 거구나, 하고 별은 속으로 말했다. 그러나 거북했다. 그가 바싹 붙은 채로 자신을 뚫어지게 주시하는 시선이 따끔했다.

"비켜."

그를 밀치고서 걸음을 옮겼다. 덥석, 해운이 그녀의 몸을 돌려세웠다. 왜 이래, 하고 뿌리치려는 그때에 그가 입을 열었다.

"말 좀 듣지? 데려다주고 싶어."

별은 그에게서 돌아서며 흠흠, 하고 헛기침을 했다. 그의 차에 불이 들어왔다. 해운은 차의 뒷좌석 문을 열어 액자와 가방 등을 내려놓고서는 그녀를 향해서 조수석 문을 열어주었다.

"싫어, 너하고 안 가."

"너는 궁금하지도 않아?"

"그러게, 너는 왜 나를 찾았을까? 같잖은 사과나 하고 싶었겠지. 내가 아무리 시골 아이들에게 단체로 따를 당하는 처지였어도 그렇지. 네가 가지고 놀 권리는 없었으니……."

"진심이었어!"

해운이 작은 소리로 말했다.

"너한테 한 말…… 나는 진짜였단 말이야. 오히려 네가 나를 가지고 놀았지."

"아우, 그래. 말 나온 김에 여기서 다 풀고 사과할 것은 하고 바로 끝내자. 난 어서 들어가봐야 해."

진짜 하려던 말은 이런 게 아니었어, 해운아.

별은 울고 싶은 마음으로 가만히 속엣말을 했다.

그러자 해운은 거친 숨을 몰아쉬며 말했다.

"그리 간단하지가 않아. 너 책임져야 해! 너 때문에 나 이렇게 됐어."

그의 억지에 그냥 가슴이 미어졌다. 별은 오래도록 그를 그리워한 자신에게 벌을 내리고 싶었다.

바보같이, 그깟 그림 한 장이 뭐라고!

별의 눈에 눈물이 핑 돌았다.

"우리가 지금 몇 살인지 알아? 사춘기 맹꽁이 시절이야 충분히 나를 쥐고 흔들어서 네가 웃을 수는 있다고 치자. 그래, 그거 이해해. 그 치기에 그 정도는 당해줄 수 있어. 근데, 지금은 아니야. 나는 이제야 아무렇지도 않게 살 수 있는 어른이 되었어. 갑자기 네가 나를 방해하면 나도 더 이상은 가만히 있지 않을 거야."

해운이 손을 내밀었다.

"타. 춥겠다."

"이 그림은 가져갈게. 네가 나한테 사과하고 싶다면 다 받아줄 거고. 근데 왕해운, 너하고 딱히 할 말은 없어."

"딱 한 가지만 묻자."

숨을 씩씩거리면서 별은 고개를 끄덕였다. 눈물을 감추기 위해 고개를 돌려 왼쪽으로 향했다. 바람에 흩날리는 머리카락이 립글로스를 바른 입술에 닿았다. 그가 손을 내밀어서 입술에서 머리카락을 떼어냈다. 별이 야멸치게 고개를 흔들어 그의 손길을 피했다. 그가 나직한 어투로 물었다.

"너는 나…… 안 보고 싶었어?"

"응."

거짓말을 했다. 실은 보고 싶었다. 이따금씩 방송 매체나 인터넷에 근황을 나타내는 운한그룹의 아들인 왕지운을 볼 때마다, 소식이 들려오지 않는 그가 너무 궁금했었다.

"너는 나 걱정되지 않았어?"

"조금도."

역시 거짓말이었다. 그녀에게 괜찮을 거라는 말 한마디를 듣고 싶어 했던 남자아이, 그 아이는 마치 우물 앞에서 해갈을 원하는 얼굴로 그녀의 머릿속에 심심찮게 나타나 답을 조르곤 했었다. 정말 자신이 괜찮은지를 확인받고 싶어 했었다. 그런 그를 별은 늘 걱정했었다.

"내기에서 이겼으면 됐잖아. 내가 또 아무렇지도 않으니까 됐고. 그러니까 그걸로 속죄할 필요는 없어. 이제 우리는 어른이야. 지나간 것은 지나가게 놔두는 거야."

그의 입술을 깨무는 얼굴이 지독하게 아름답다는 생각을 했다. 별은 이 상황이 도저히 납득이 되지 않는 채로 잔뜩 엉클어진 실타래를 보는 기분이었다.

"너, 책임져!"

불꽃이 사르르 일어나는 모양으로 그의 눈빛이 묘하게 일그러졌다. 정글을 누비는 야생 동물이 그녀 앞에 사람의 탈을 쓰고 서 있는 것 같아서 별은 잠시 두려워졌다.

"내 손이 망가져서 평생 그림을 그릴 수 없게 된 것도……. 모두가 다 너 때문이니까."

아, 어떡해.

지금 쟤 말에 끌려가면 안 돼. 하고 별은 짧게 몸서리를 쳤다.

"그래, 내가 그렇게 재수 없는 여자야. 그러니까 나한테 가까이 오면 안 돼. 어쨌든 나 때문에 그런 거니까 사과는 하고 일말의 죄책감을 가지고 살아갈게. 그러니까 내가 미안해…… 욱."

갑작스럽게 별은 팔을 붙잡힌 채로 그에게 안기고 말았다. 거칠게 숨을 내쉬며 해운은 울분을 토해냈다.

"내가 고작 너한테 같잖은 사과나 들으려고……."

그가 숨을 삼키며 마저 중얼거리듯 말했다.

"미안하다, 그 말 한마디 들으려고 이때껏 널 기다린 줄 알아? 아무한테도 눈길 안 주고 여태 너만 찾았어!"

별의 뒤통수를 감싼 그의 손바닥에 힘이 들어갔다. 흑, 하고 별은 입술 사이로 새어 나가는 흐느낌을 간신히 참아야 했다.

나도 너 그리워했어.

너무 아프게 말이야.

그러나 정작 하고 싶은 말 대신에 별은 다른 말을 꺼냈다.

"놔줄래? 나 회사 들어가봐야 해."

4. 불타오르네

이른 아침, 출근 시간에 맞추어 별의 차가 오피스텔 지하 주차장을 빠져나오고 있을 때였다.

……삶 속에서 한 줄기 빛으로 다가온 운명을 믿으시나요? 오늘은 데카메론의 저자가 만난 운명…….

차분하게 책에 대한 해설을 해주는 라디오 방송을 틀어놓고서 전방을 주시하던 별은 화들짝 놀랐다. 전봇대가 아닐까 싶은 검은 옷을 입은 남자가 별의 경차가 나오는 방향에 우뚝 서 있었다. 아차, 싶은 순간에 별은 브레이크를 밟으며 눈을 질끈 감았다. 끼이익, 날카로운 마찰음이 요란하였다.

급정거한 차 앞에서도 그 사람은 미동 하나 없었다. 자칫 그냥 돌진했으면 사고가 날 뻔한 상황이었는데도 말이다.

"죽고 싶어서 작정했나?"

시동을 끄면서 별은 놀란 가슴을 부여잡고 숨을 토했다. 몸이 바들바들 떨렸다. 한참이 지나도 진정되지 않아서 운전대 위에 엎드려 버렸다.

똑똑, 이윽고 창문을 두드리는 소리가 났다.

"뭐야? 나 이렇게 보험 사기단에 걸린 건가? 하, 혹시 강도 만난 건 아니겠지?"

계속해서 차 문을 두드리는 소리가 멎지를 않았다. 울상을 하며 별은 겨우 차창을 열었다.

"제 차에는 블랙박스가 있어요. 딴말하기 없기예요. 아저씨가 차를 피하지 않고 진입로에 서 있었잖…… 아? 너였어?"

별은 할 말을 잃고 바짝 고개를 들었다. 해운이 거기 서 있었다.

"열어."

해운은 훌쩍 큰 키를 접어 그녀와 눈을 맞추고 있었다. 검은 후드가 달린 바람막이 점퍼를 입고 있는 그는 어제 성북동의 고택에서 봤을 때와는 또 다른 인상이었다.

무뚝뚝하면서도 창백해 보이는 표정의 그는 이마가 시원스럽게 드러나 있었다. 아직 어스름한 아침의 사위는 그를 푸른 먹빛으로 보이게 했다.

어떻게 또 너야?

별은 입술을 깨물면서 미간을 찌푸렸다. 예감이 안 좋다.

"아, 정말……. 너는 어떻게 여기서 툭 튀어나오니? 우연치곤 참!"

제대로 말을 잇지 못하고 더듬는 사이로 해운이 직접적으로 대답을 해왔다.

"우연 아니야. 너 마주치려고 작정하고 왔어."

그는 조수석에 타면서 별의 뺨을 슬쩍 집었다가 놓았다. 별은 이제 하얗게 얼어붙어서 말을 잇지 못했다. 교통사고를 낸 줄 알고 진정되지 않은 심장이 한몫을 해서 해운의 존재는 그녀를 단박에 무력하게 했다.

"정신 좀 차리지?"

그가 별의 팔을 붙잡아 자신 쪽을 보게 했다. 똑바로 눈이 마주쳤다고 느낀 순간에 그의 형형하게 빛나는 눈동자에 불이 지펴졌다. 이런 건 위험하지 않나? 10년 전의 그가 꼭 이런 눈빛이었던 것을 기억하며 별은 당황스러웠다.

"이런, 놀라게 할 생각은 없었는데."

그가 다시 차 밖으로 나가서 운전석의 문을 열었다.

"내가 운전할게."

"왕해운."

넋을 놓고 앉아서 별이 그의 이름을 불렀다. 그가 왜, 라고 다소 쌀쌀맞게 대답했다.

"진짜 나 기다린 거야?"

"응."

"그럼, 너는 내가 여기 사는 것을 다 알고 있었다는 거네?"

"너 다니는 회사부터 해서 나는 이제 너에 대해 모르는 거 하나 없어. 네 사수가 너한테 남자를 들이대고 있는 것도 다 알고 있고, 또 그 라디오 프로그램 피디 아저씨까지도 너에게 반해서 한창 작업 시작한 것도 전부 다……. 다 알고 있지. 미리 말해두는데, 난 너에 대한 권리가 있는 사람이니까 스토커라고 질색하기만 해봐. 그거 아니야."

할 말을 잃고서 별은 가만 숨을 고르다가 질문을 했다.

"그런 정력과 에너지를 나한테 쏟는 이유가 뭐야?"

"너는 남자가 한 여자한테 꽂힌 다음에 하는 행동이 뭐라고 생각해? 지금 네가 말한 그 정력과 에너지를 쓰는 거 아닌가?"

"왜 나한테 꽂혔는데?"

너에게는 이미 결혼할 여자가 있다고 했던가? 그녀는 어제 밤새 인터넷으로 검색 엔진을 돌린 일을 생각했다. 대동건설의 영양(令孃)인 김희경은 재벌가 자제들 중에서도 화려한 스타일과 파티광이라는 거침없는 행보로 언론에서 주목받고 있었다. 패션을 사랑한다는 그녀는 미국에서 디자인을 전공하는 중이었다. 그녀는 어느 기사에도 해운에 대한 언급이나 나란히 찍힌 사진 한 장이 없었다. 결혼에 관한 인터뷰에서도 희경은 그저 '운한그룹의 막내'와의 혼맥을 자랑하듯 떠들었다. 그 막내가 해운이었구나, 하고 별은 그녀를 유의 깊게 살폈다.

"네 여자가 참도 좋아하시겠다."

별은 절로 퉁명스럽게 말을 쏘았다.

"내 여자? 좋아해야지, 그럼."

별을 바라보는 해운의 입꼬리가 말려 올라가더니 씩, 웃었다. 별은 어이가 없었다.

"일어나, 너 운전 못 해."

해운은 그녀를 일으켜 조수석으로 이끌었다. 안전벨트까지 매주고는 입바람을 후, 불었다. 별이 눈을 감았다. 그사이에 머리카락이 흐트러진 이마에 해운이 쪽 하고 도둑 키스를 했다.

"왜 이런 짓을……."

별의 얼굴이 확 붉어지면서 신음이 터져 나왔다. 그녀와 달리 해운은 아무렇지도 않은 얼굴로 이내 정면을 보았다.

"나는 간밤에 잠 한숨 못 잤어. 그래서 잠자는 거 포기하고 여기로 온 참이야. 너 보니까 살 것 같다."

"왜?"

"뭐가?"

뭐가, 라니?

이렇게나 상황을 제대로 인지하지 못하는 건가? 별은 심각한 인상으로 연거푸 그에게 질문을 했다.

"왜 나 때문에 잠 한숨 못 자야 했고, 왜 나를 보니까 살겠다는 거냐고?"

"그때는 살점이 떨어져 나가는 줄 알았어."

그는 바로 답했다. 그런 그가 먼 데를 응시하는 것 같은 눈을 하고 있었다.

"너는 내가 닿을 수 없는 곳으로 가버렸으니까. 그 뒤로 내내 나는 아팠어. 그런데 만났어. 이렇게 내가 볼 수 있다는 게 믿겨지지 않아. 행복해. 마음 같아서는 당장 우리 둘만 있는 곳으로 가고 싶어. 그리고 잊었어? 너하고 나는 결혼을 맹세한 사이야."

그가 깊게 한숨을 내쉬고는 덧붙였다.

"그동안 나는 별 상상을 다 했어. 만약에 너를 찾았을 때에 혹시라도 네게 무슨 일이 생겼다고 해도 나는 꼭 프러포즈 약속을 지키겠다고 말이야."

"내 경우의 수가 뭔데?"

"사고가 나서 성형 수술을 받아 얼굴이 전보다 못하게 되었다든가, 살이 팍 쪄서 못 알아보게 되었다든가, 유부녀가 되어 아기를 낳고 있었다든가……."

아악, 하고 비명을 지르며 별이 그의 어깨를 주먹으로 때렸지만 소용없는 일이었다. 그녀의 주먹을 잡아채 제 입술에 문지르며 그가 웃었다.

"이런, 손이 얼었네. 얼른 가자."

차가 움직이기 시작했다.

"어떻게 지냈어?"

그녀의 심상한 질문에 해운도 역시 대수롭지 않다는 식으로 입을 열었다.

"한 가지만 했어."

"한 가지?"

"너 보고 싶어 한 일."

"너는 정말! 왕지운은 국가 대표 승마선수도 하고 매스컴에 나오고 그러더만……."

"왕지운은 이 세상에서 네가 가장 순수하고 예쁜 여자인 줄 알더라. 그리고 내가 왕지운하고 똑같으면 안 되지."

지운을 언급한 것은 잘못한 일 같았다. 별은 무릎 위의 치맛자락을 손으로 구기면서 난감해했다.

왕지운과 같지 않다.

이 아이에겐 얼마나 큰 치부이자 상처인가?

"왜? 난 괜찮을 거라면서?"

자괴감으로 조용해진 별을 보는 해운의 눈에는 웃음기가 돌고 있었다.

"네 말대로 난 괜찮아. 이젠 너까지 만났으니 나는 앞으로 더 괜찮을 거야. 안 그래?"

"있지, 해운아. 내가 아무리 괜찮다고 너를 독려한다고 해도 말이야. 그건 인생을 잘 살겠다는 네 의지가 있어야 돼. 네가 괜찮아지려면 나 같은 여자가 하는 몇 마디 말보다는 네가……."

그가 불쑥 그녀의 말을 막으며 단언했다.

"됐어, 네 말 한마디로 난 충분했어."

그녀는 잠시 망설이다가 고개를 끄덕였다.

"그렇다면 다행스런 일이고."

그러고는 손가락으로 차창을 가리켰다.

"나 지금 출근길인 거 몰라? 너 지금 어디로 가는 거야?"

"넌 나를 우습게 봤구나. 조금 있다가 우리 나 화백께서 네 사수한테 전화해줄 거야. 오늘 너 데리고 한 번 더 인터뷰하겠다고. 그러니까 너는 바로 성북동 작업실로 출근하는 걸로 되어 있는 거지. 게다가 우리 마담께서는 꽤 까다로운 스타일이라 인터뷰가 하루 종일 걸린다지?"

그의 말에 슬그머니 부아가 치밀어 오르기도 하고 기가 막혀서 별은 맥이 탁 풀리는 것을 느꼈다.

"이거 납치 아니니?"

"넌 내가 알기에 단 한 번도 타인으로부터 애지중지로 여겨진 적이 없었어. 아버지는 물론이고 네 어머니란 분도 마찬가지야. 이 남자, 저 남자에게 정은 줬어도 너에겐 그 정도는 아니었던 것 같아. 지금도 진짜 핏줄인 너보다는 새로운 남편의 아이에게 더한 애착을 보이시는 것을 난 잘 알고 있지."

어머나, 하고 부지불식간에 별이 탄성을 냈다.

"네가 뭘 알아서⋯⋯."

네가 뭘 알아서 내 아픈 데를 건드리고 있어? 둑에서 물이 터지듯이 눈물이 왈칵 솟았다.

"처음 만났을 때부터 넌 강해 보였어. 어른인 척하는 게 아니라 진짜 어른이었지. 하지만 나는 이제 네가 가장 필요로 하는 것이 뭔지를 알아. 네 상처를 안다고. 아마 너 자신조차도 몰랐을 거야. 그냥 혼자서 대책 없이 아프고 외로웠겠지. 이젠 나한테 오면 돼. 난 너밖에 없는 사람이니까. 나는 너를 소중히 여기는 것이 목표야."

별은 있는 힘을 다해 고개를 흔들어 눈물을 식도 안에 가두었다. 나빠! 내 가장 깊은 곳에 있는 치부를 들춰냈다.

"이때껏 너한테 들은 말 중에서 가장 우스운 말이야. 근데 어디로 납치하는 거야? 나 안전한 건가?"

그녀는 한 손으로 이마를 짚고서 가라앉은 억양으로 행선지를 물었다.

"수옥정."

그의 예상치 못한 대답에 별이 다시 운전석 쪽으로 몸을 틀었다.

"거긴 왜?"

"아무래도 너하고 첫 키스를 해야 할 것 같아. 우리 그때 하지 못한 것."

얘가 사람 잡는다, 라고 별은 뜨악해했다.

별은 휴게소에 면한 편의점에서 전자레인지에 데운 단팥죽을 두개 사왔다. 차 안에서 둘은 그것으로 아침을 떼웠다. 충주를 지나 수옥정이 가까워 올 때에, 뜬금없이 별이 말했다.

"나, 너 미워했어. 네가 날 가지고 내기를 한 것을 알았을 때 말이야."

나는 진심이었는데, 하고 말을 잇지 못하고 별은 눈물을 삼켰다. 그가 한 손을 뻗어와 정수리를 감쌌을 때에 별이 머리를 좌우로 흔들었다.

"억울했어. 처음엔 미치도록 억울했어. 그런데 네가 사라지고 나서…… 사실, 나도 너 그리워했어."

별은 불안정하게 흔들리는 눈동자로 그를 바라보았다. 차 좀 세워줄래? 별이 소곤거리듯 말하자 해운이 갓길에 차를 멈추고 채근했다.

"뭐가 어떻게 된 건지 차근차근 말해봐."

"난 네가 상처 받는 것이 싫었어."

별은 작은 목소리로 말하기 시작했다.

"네가 괜찮게 살았으면 했어. 어디서 무엇을 하더라도 하고 싶은 것을 하면서, 쭉쭉 뻗어나가지는 못하더라도 사람들에게 인정받으며 행복하게 살기를 바랐단 말이야. 어릴 적의 음성에서처럼 누군가가 자신을 해치려 한다고 불안해하면서 좌절하는 일이 없기를…… 난 그랬는데."

울먹울먹, 별은 자신이 울보가 되어버렸다고 한탄했다.

"그것뿐?"

귀를 기울이고 있던 해운은 물었다. 툭, 하고 별에게서 떨어진 굵은 눈물 한 방울이 손바닥에 감싸 쥐고 있는 테이크아웃 커피잔 속으로 들어갔다.

"해운아, 나 있잖아……"

눈물이 그어진 뺨을 엄지손가락으로 쓸면서 심상한 어조로 해운이 만류했다.

"있잖아, 해운아. 나 네가 그린 그림 봤다."

그는 더 이상의 말을 놓치고 말았다. 별이 그의 어깨를 마구 두들겼기 때문이다. 퍽퍽, 한 손에는 커피잔을 쥐고서 다른 손으로 별은 해운의 어깨를 소리가 나도록 때렸다.

"그렇게 다쳐서 사라지면 어떡해? 그런 그림 한 장 남겨놓고 소식 한번 못 전한다는 게 말이 돼?"

때리는 대로 맞고 있는 해운이 또 너무 안돼 보여서 별은 왈칵, 울음을 터트렸다.

"쉬이, 이리 와."

해운이 별의 몸을 끌어안았다. 덕분에 별의 손에 들린 얼마 안 남은 커피가 쏟아졌다. 그래도 해운은 오열하는 별의 몸을 포옹하며 한 손바닥으로 정수리를 감싸주었다.

"울지 마, 응?"

해운이 한숨 쉬듯 속삭여주었다.

"네가 무작정 내 손을 잡아주면서 나에게 괜찮을 거라고 안심을 시켜준 그날부터 나는…… 너한테 대책 없이 빠져서는…… 여기까지 왔어. 이제 너에 대해서는 뭐든지 안 끝날 것 같아."

그의 옷에 얼굴을 문지르며 별이 애처롭게도 울었다. 입술을 지그시 깨물던 해운이 인상을 일그러뜨렸다.

"안 되겠다, 너무 예뻐서 못 견디겠어!"

덥석, 키스가 시작되었다. 해운은 별의 얼굴을 양손으로 감싸 쥐고서 그 입술에 제 입술을 부딪쳤다. 세게 부딪친 탓에 아팠는지 별의 눈이 커다래졌다. 해운은 별의 입술을 비집고 들어가 혀를 놀렸다. 뜨겁고도 눈물 맛이 나는 혀에 닿았다. 별의 뜨거운 혀를 찾아 휘감고서 제멋대로 놀려댔다. 그것은 눈앞이 아찔하도록 달콤한 키스였다.

"놔……. 싫어!"

별은 그를 뿌리쳤다. 호흡 조절도 안 되는지 숨을 들이마시고 뱉어낼 줄을 몰랐다.

"……할 줄 몰라."

"아, 젠장. 넌 이 나이 되도록 키스도 안 하고 뭐 했냐?"

그는 제 손등으로 입술을 문지르며 당황해했다.

"안 하면 되잖아."

잠이 들었던 모양이다. 별은 제 딸꾹질 소리에 눈을 떴다. 해운이 통화를 하는 소리가 잠결에도 귀를 간질였다. 그녀는 히터가 틀어진 차 안에서 코트를 덮고 잠들어 있었다.

"……들어가서 보도록 하겠습니다. 제가 알아서 할 테니 염려마시라고 해주십시오."

그는 귀에서 휴대폰을 떼기도 전에 별이 자신을 보고 있는 것을 알아차렸다. 단번에 차갑고 무감한 얼굴에서 반가운 기색이 번지며 해운이 깼어? 하고 말했다. 응, 하고 고개를 끄덕여주니 그가 손을 뻗어 머리카락을 쓸어 올려주었다.

"너, 30분 이상을 잤다."

"어제 한숨도 못 잤거든."

왜? 라고 묻는 그에게 그녀는 코를 찡긋해 보였다.

"너 같으면 10년을 소식 모르고 있던 친구를 만났는데 잠이 오겠니?"

"친구?"

그가 별의 잔등 밑으로 팔을 집어넣어 힘을 주었다. 그녀의 몸은 이내 그의 옆구리에 붙은 격이 되었다. 차가 심하게 좁아서 그녀를 맘껏 안을 수가 없는 것에 해운이 짜증을 냈다.

"내 차를 가져왔어야 했는데. 이건 좁군."

"왕해운, 너 죽었어. 나 입술 아파."

"거울 한번 봐, 안 아프게 생겼나."

룸 미러로 제 얼굴을 살핀 별은 깜짝 놀랐다. 우습게도 눈이 퉁퉁 부어 있었고 윗입술은 오리처럼 툭 튀어나왔다.

"······왕해운, 너!"

"세상에 키스하다가 잠이 드는 여자가 어디 있냐? 덕택에 실컷 원 없이 했지."

굳이 수옥정까지 갈 필요를 느끼지 못하고 다시 차를 돌려 서울로 올라가기로 한 그들은 중간에 식당에 들러서 밥을 먹었다.

"기막혀서! 그렇게 찾을 때는 코빼기도 안 보이더니."

별은 투덜거리고 있었다. 해운은 전골냄비에서 버섯과 소고기를 건져내 별의 앞 접시에 놔주며 툭 대답했다.

"내 말이 그겁니다."

"네가 그린 그림이 결정적이었어. 나하고 똑같이 생긴 그림이 돌아다니는데, 그걸 내가 못 알아볼 것 같아? 너 지금 뭐하고 살아?"

"그림 놨어. 덕분에 아버지 좋은 일만 시켰지. 그 양반은 내가 붓질하는 거 아주 질색했거든. 너희들보다 1년 늦게 대학 들어갔어. 한국에서 경영학과 최고 학부 마치는 게 내 아버지의 소원이었는데, 그것도 이루어드렸고. 지금 나도 입사해 있어."

별은 그가 자신의 탓으로 좋아하는 그림을 못 그리게 된 것은 아닌가, 하고 다시금 울적해졌다.

"나도 너에 대해 다 알아봤다. 너, 네 어머니 식당 차려드렸던데? 너에 대해 책임지겠다는 명분으로 친부가 네 몫으로 크게 떼어준 돈이라고 들었는데. 아무튼 한별은 혼자 착해요."

"착하긴! 속으로는 얼마나 투덜대고 있는데?"

앞 접시에 담겨진 소고기를 골라서 다시 해운의 접시로 옮기며 별이 그를 흘겨보았다.

"여태 연애는 안 했더라……?"

해운은 은근히 어눌한 어조로 물었다.

"안 한 게 아니라 일단 튕기고 보는 거야. 미안하지만 내가 지금 가장 미모가 포텐 터지는 시기라서요. 더 두고 보는 거지."

"백설공주의 계모도 못 봤어? 세월에 장사 없다. 미모가 한 번에 훅 가버리는 날엔 어쩌려고 그러시나?"

"뭘 모르는구나? 부귀영화를 좇는 자는 지혜를 얻을 수 없단다. 중국에 그런 속담이 있어."

"네가 진짜 지혜롭다면 나를 밀어내선 안 돼."

워워, 하고 별이 고개를 저었다.

"왕해운! 방금 너한테 페널티 지급했어."

"내가 같이 살아달라고 하는데, 페널티로 주는 거냐? 하트를 날려야지, 이 여자야."

"네 약혼녀가 알아? 네가 나한테 이러는 거 말이야."

약혼녀.

드디어 그녀는 언급을 했다.

"한별, 넌 예전에 내 청혼에 바로 응답했었어. 잊지 마."

해운은 똑바로 눈을 들어 별을 응시하였다. 별은 거듭 입을 열었다.

"네 약혼녀 말이야."

"어디서 무슨 말을 듣고 이러는 거야?"

잠시 침묵이 흐른 다음에 그가 나직하게 중얼거렸다.

"난 너밖에 없어."

아아, 하고 별은 마음속으로 이해했다. 어찌 됐든 집안끼리의 사정으로 인해 정혼은 되어 있지만 그것을 해운은 인정하고 있지 않은 모양이었다. 이거 어떻게 해야 하나? 그녀의 갈등이 짙은 얼굴을 보며 해운은 다시 한 번 확인하듯 말했다.

"너 말고 아무도 없어."

쏘는 시선에 무심코 별의 몸이 움츠러들었다.

그들이 서울에 도착한 시간은 어느덧 해가 뉘엿뉘엿 지면서 높다란 빌딩에 그늘이 생기는 오후 시간이었다.

"들어가봐."

별이 성북동 작업실 앞에 해운을 내려주면서 말했다.

"수옥정에서 하지는 못했지만 우린 진짜 키스한 거야. 너 딴말하기 없기다."

"무슨 서른이 다 되어가는 남자가 그렇게 키스에 목을 매냐? 너 진짜 이상해."

"내겐 일생일대의 계획이 있었어. 나는 너를 다시 만나게 되면 10년 전에 예정했던 대로 수옥정에 데리고 가서……."

그가 잠깐 말을 멈추더니 한쪽 입꼬리가 올라갔다.

"키스부터 하고 싶었거든."

"아우, 아우…… 오글거려서 더 이상 못 있겠다. 나 회사 들렀다가 얼른 가봐야 해."

"너……."

갑자기 해운이 운전석의 윈도우에 손바닥을 가져갔다. 차가운 유리 너머로 자신을 향한 마음을 억누르지 못하고 서 있는 해운을 보며 별은 한숨을 내쉬었다.

"별아."

그의 음성이 젖어 있어서 별은 절로 표정이 굳어지면서 긴장이 되는 것을 느꼈다.

"너는 나 피하면 안 된다?"

어린아이같이 조르는 것 같은 그의 말에 심장이 내려앉는 기분이었다. 별은 애써 차분하게 응수했다.

"너는 안 바쁘냐? 난 이제 조금 있으면 기사 마감도 닥칠 거고, 여기저기 소개팅 끌려다니면서 라디오 프리랜서 일도 해야 하고, 아무튼 많이 분주한 사람인데."

진심을 섞어 웃자고 한 소리였지만, 그는 웃지 않았다. 할 수 없이 별은 해운의 지나치게 신중해 보이는 얼굴에 대고 안녕, 인사를 한 다음에 차창을 스르르 닫았다.

다음 날, 퇴근 시간 무렵이었다.

"어이, 한! 일어나자. 지금 우리만 남았어. 무슨 어울리지 않게 일 중독 코스프레야? 내가 저 나이 때는 연애 중독이었는데, 퇴근하자!"

아까부터 별은 두터운 화첩을 들여다보느라 정신이 없었다. 벌써 외투를 걸치고 나서 퇴근을 재촉하던 김 선배는 그러면 남아서 연구를 더 하든가? 하고 놀렸다.

"가요, 갑니다."

별은 허겁지겁 코트를 입고는 숄더백을 손목에 걸면서 화첩을 품에 안았다.

"그거 집에 가져가서 일하려고?"

"일까지는 아니고요."

올 컬러의 화첩은 꽤 두툼하고 커서 별의 품 안에 다 들어찼다.

"그게 어디 책이야? 무기지."

7층으로 올라오는 엘리베이터를 기다리며 김 선배와 별은 로비에 나란히 섰다. 두서너 명의 남자 직원들로 보이는 사람들이 그들 뒤에 서 있었다. 갑자기 김 선배가 탄성을 질렀다.

"어머나? 내가 멘탈이 가출했었네? 어떡해, 한별. 나 큰일 났다."

"언제는 늘씬함이 가출했다더니, 이번엔 멘탈이 가출이세요?"

"아니, 이젠 의리도 가출하게 생겼네. 한, 지금 당장 신라 호텔 커피숍에 가야 해."

난데없는 소리에 별이 두 눈을 크게 떠서 김 선배를 바라보았다. 마침 엘리베이터 문이 열렸으므로 둘은 그 안으로 들어갔다. 함께 들어온 남자들 중의 한 명이 자연스럽게 별의 품에 들어 있는 화첩을 받아들었다. 들어주겠습니다, 라는 목소리도 잊은 채로 별은 김 선배의 말에 충격을 받고 있었다.

"설마, 신라 호텔 커피숍이라면……."

"딩동댕! 바로 그거야. 내 후배가 한별을 만나기로 한 날이지. 아주 잘 생겼다. 전도유망한 증권가의……."

별의 눈에는 황망한 빛이 떠올라 있었다. 그 눈빛에 대고 김 선배가 변명조로 답했다.

"알아, 알아. 우리 한은 절대 결혼은 안 하겠다고 했지. 아니, 연애를 안 하겠다인가? 근데, 이 사람 괜찮아. 내가 너무 아까워서 그래. 사실은 말이야, 지난달에 워크숍 갔을 때에 찍은 우리 팀 사진을 내가 카카오 스토리에 옮겼거든. 그랬더니 한, 자기를 소개시켜달래. 죽은 사람소원도 들어주지 않느냐고 하면서 아주 적극적으로 부탁하는 걸 어떡해. 응? 자기도 한번 만나보는 건 나쁘지 않잖아? 선남선녀는 자주 만나야 하는 거라고. 만나서 안 되겠다 싶으면 퇴짜 놔도 돼. 그러다 혹시 아니? 만에 하나 너도 빠져들어서 결혼까지 갈 수도 있는……."

"회사 생활이 힘든 것은 이런 경우를 두고 하는 말이에요. 선배, 제가 만약에 이 약속을 거절하면 앞으로 저 어떻게 보시려고 해요?"

"반대로 말한 것 같은데? 한이 나를 어떻게 보려고 해?"

"미워요, 갑질."

별이 침울하게 중얼거렸을 때였다.

"안 가도 돼."

누군가가 별의 손목을 낚아채듯 움켜쥐었다. 아, 하고 그녀와 김 선배가 다 같이 놀란 토끼눈이 된 순간에 엘리베이터 문이 열렸다.

"가자."

어머, 어떡해?

이런 걸 두고 뭐라고 하지? 외나무다리에서 적을 마주친 격? 아니, 호랑이 피하려다가 곰을 만난 격? 모두 틀렸다. 별은 은근히 그를 보면서 기뻤다. 그래서 저도 모르게 반갑게 마주 웃었다. 곁에 선 김 선배의 눈이 경악으로 물드는 것도 무시하고서 그녀는 맘껏 해운을 반겼다.

짙은 검은 빛이 도는 감청색 슈트 차림에 붉은 계열의 넥타이를 맨 해운, 그가 그녀의 손목을 쥔 채로 자신을 보고 있었다. 엘리베이터에 탈 때부터 받아 들었던 컬러판의 화첩을 한 손에 든 채였다.

"이미 10년 전부터 남자가 있었다고 말하면 되지 않나?"

그도 말을 하면서도 어이가 없는지 웃고 있었다.

"언제 와 있었어?"

별이 그를 보며 반쯤 눈을 감았다. 그가 충동적으로 고개를 숙여 별의 미간에 쪽 입맞춤했다. 그러더니 그는 곧 별의 가방을 제 손에 받아 들며 빙글, 웃어주었다.

"네 사무실 앞의 복도에서 1시간 전부터 너 나오기만을 기다리고 있었어."

"왜?"

쭈뼛, 별이 새삼스럽게 수줍어하며 물었을 때에 해운이 거침없이 대답해왔다.

"네가 보고 싶어서."

흰 치아를 드러내며 활짝 웃는 해운의 얼굴에서 별은 뭔가 울컥, 하고 치미는 것을 느꼈다. 그래, 뭘 더 바라나?

우린 괜찮을 거야. 그치, 해운아?

아니다, 절대 괜찮지가 않다.

해운의 공식적인 여자를 간과하면 안 될 것 같았다. 하지만 두 가지 마음이 공존했다. 해서 망설이고 있었다.

앞으로 우리는 어떻게 되려나?

해운에게는 약혼한 여자가 있다. 보니까 해운은 아니었다. 그 여자와 일절의 감정이 없어 보인다는 얘기다.

그러나 분명 그녀는 그에게 절대적으로 필요한 여자라는 생각이 들었다. 그를 받쳐줄 부와 권력이 있는 여자가 있는데 자신이 뭣하러 그의 곁에 있을 수 있단 말인가?

좀 더 차분하고 냉정해질 필요가 있었다. 그녀는 자신은 이미 단단하다고, 절대 무르지 않다고 마음을 다잡았다. 나는 내가 목표한 삶이 있어, 절대 이런 일로 흔들리거나 아프진 않을 거야. 사랑? 별거 아니야.

아닐 거야.

그들은 인사동의 일월(日月)갤러리에 와 있었다. 회사에서부터 별을 기다렸다는 해운은 그녀를 데리고 나 화백의 소유로 되어 있는 화랑으로 왔다. 전시실은 1층과 2층으로 나뉘어져 있었는데 해운은 그 중 2층으로 안내했다. 각기 다른 크기의 액자들로 가득 찬 벽 앞에서 별은 감회가 남다른 표정으로 넋을 놓고 있었다.

"추울 텐데. 뭐라도 마셔야지."

그림 앞에서 꼼짝 않고 서 있는 별에게 해운이 밀크 코코아 한 잔을 타왔다.

"나 커피가 간절해."

입술을 쭉 내밀고 아부를 하는 모양으로 별이 그에게 애교를 부렸다.

"보통 여자가 그러면 말이야……."

해운이 탐탁지 않다는 듯이 낮게 중얼거렸다.

"남자가 적당히 넘어가주어야 하는 건가? 근데, 난 말이야……."

그가 말을 마치기도 전에 고개를 숙여 별의 뺨에 입술을 묻었다.

"여기서 조금만 움직이면 입술인데 어떡할까?"

"커피를 포기할게."

별이 하하, 웃으며 그의 몸에서 떨어졌다. 그러고는 보라는 듯이 코코아가 담긴 잔을 입술에 대고 한 모금 마셨다.

"코코아가 달다. 따뜻하고."

"꼭 너같지?"

"기억 안 나? 별이 너하고 내가 첫 데이트를 한답시고 먼 데를 가기 위해 고속버스에 탔을 때에 말이야. 너는 보온병에 초콜릿 음료를 타 왔었어. 생전 처음으로 그런 걸 마셨는데, 그 후로 쭉 생각나. 너같이 달달하고 따뜻한 것이었거든."

"하하, 이 녀석 신통방통하구나. 기억력도 아주 좋네. 천재라더니, 참!"

별걸 다 기억한다고 별이 우스갯소리로 타박을 하자, 그가 딱딱하게 굳은 얼굴로 정색을 했다.

"정말이야. 난 너를 한 번도 잊은 적이 없었어."

별은 간질간질, 오금이 저렸다.

해운은 연이어 말했다.

"네가 보고 싶을 때면, 그림을 봤어. 모네의 '수련'을 특히 좋아했지. 연못 위에 떠 있는 꽃들이 별로 보이거든. 그 그림을 보고 있노라면 꼭 네가 느껴졌어."

"그거 알아? 나도 원고 쓰다가 알았는데 모네는 자기 작업실의 첫째 조건이 하루 종일 온 방 가득히 햇빛이 들어오는 거였대."

"그런 화가가 그린 작품이 '수련'이라니. 어두운 수면 위에 피어난 꽃들을 마치 밤하늘에 떠 있는 별로 착각하게 하는 기법이 참 훌륭해. 그래서 네가 보고 싶을 때마다 나는……"

울컥, 가슴이 미어지는 것 같아서 별은 얼른 화제를 돌렸다.

"넌 이 냄새 안 나? 아까부터 화랑에 들어오면서 느낀 건데 원두 냄새가 진동하는 거야. 그러니까 더 커피가 땡긴다고나 할까? 너는……"

"너, 3년 전쯤에 탈장 수술했던 기록 있더라. 뭐야? 나도 없는데 너 혼자 수술 받은 것에 가뜩이나 화가 치밀어 오르는데, 더 기분 나쁜 일은 뭔지 알아? 네 의료 기록 카드에 빈혈, 철분 부족이라고 적혀 있었다는 거야. 커피 작작 마셔야 돼."

"그 정도 빈혈은 여자라면 누구나 있는 건데."

언제 또 병원 기록은 봤다는 거야, 하고 별이 새침하게 쏘아붙이자 해운이 누그러진 태도를 보였다.

"내가 모르는 시절의 너에 대해 뭐든 궁금한 것은 못 참겠어서 전부 털었어. 과했다면 사과할게."

그의 염려스런 어조에 별은 잠자코 머그잔을 기울여 코코아를 마셨다.

"코코아가 맛있으니까 일단 봐준다."

"이리 와봐, 별아."

해운이 별의 손목을 붙잡고 우측 방향으로 돌게 했다.

"너한테 꼭 보여주고 싶은 게 있었어."

저마다의 액자 안에는 거칠고 대담한 붓질로 형태가 잡힌 정형화가 들어 있었다. 어떤 것은 꽃이기도 하고, 또 어떤 것은 레고 로봇이었다가 어떤 것은 농구화이기도 했는데, 하나같이 유화 칠이 두터웠다. 과연, 한창 젊고 혈기 왕성한 남자의 터치가 분명해 보였다.

"정말 네가 스무 살 되기 전에 완성한 것들이야?"

"그때는 그랬어. 무조건 그리고, 또 그리고……. 여기 보면 린시드 유가 떨어져서 코팅 감이 떨어지는 그림들도 보여. 하도 그려대니까 기름이 닳았더라고."

별은 그림을 보던 눈을 해운에게로 돌렸다. 여태 그녀를 바라보던 해운의 눈과 시선을 쨍 부딪쳤다.

위압감이 느껴지는 짙은 색의 정장 슈트를 입고 있어서 그런가? 갑자기 어렸을 때의 소년이 시간을 당겨서 어른으로서 곁에 와 있는 것 같았다. 단지 옷 때문은 아니었다. 무서운 생명력, 해운에게서 느껴지는 것은 바로 그것이었다. 별은 두 눈을 휘둥그렇게 뜨고 그를 보았다. 공연히 콧날이 찡하게 아프고 눈시울이 타는 듯이 뜨겁다.

"나한테 그림 보여주고 싶었어?"

응, 하고 해운이 고개를 끄덕거리며 다소 들뜬 눈빛으로 말했다.

"너를 만나기 전에는 이것들이 나의 전부였으니까."

"전부였다고?"

"응, 그 당시의 나에게는 그림이 전부였어. 어머니는 반대했지. 나를 인문계 고등학교에 전학을 시켰었는데 거기서 나는 갖은 행패를 부렸어. 그래서 끌려가다시피 하며 간 곳이 충북의 음성, 바로 네가 살고 있었던 곳이지. 그곳에서 엄청난 행운이 기다리고 있을 줄이야. 그렇게 나의 전부가 바뀌었어. 행복해."

그는 별의 몸을 붙잡아 제게로 기대게 해놓고는 다른 벽을 가리켰다.

"저기, 보이지? 제목 읽어봐."

별은 노란색이 점점 진한 금빛으로 변한 캔버스가 덩그러니 담긴 액자의 제목을 소리 내어 읽기 위해 입을 열었다.

"별은……"

그러나 더 읽지를 못하고 목이 메어왔다.

"읽어줘."

해운이 다그쳤다.

"별은 못 떠도 너는 와야지."

제목을 모두 읽고서 별은 흑, 눈물을 떨어뜨렸다. 해운이 별의 어깨에 두 손을 짚었다.

"수술 후에 아무것도 그려지지 않아서 바탕만 칠해둔 거야. 그려지는 것은 없었어. 너를 놓쳤으니까. 넌 오해한 채로 자취를 감췄고, 난 공허 상태였어. 손이 이래서 형태가 잡히지도 않았고. 봐봐, 편지 한 장을 붙여놓았지."

해운의 말대로 자세히 보면 금빛으로 덧칠이 된 바탕에 편지지가 한 장 붙여져 있었다. 그녀가 건넸던 편지, 공교롭게도 그것은 처음이자 마지막 편지가 되었더랬지.

"우리는 괜찮을 거야. 피하지 말자, 별아."

해운이 별의 머리를 제 가슴에 묻고는 등을 토닥토닥 두드려주었다. 뭐가? 네 약혼녀는 어쩌고?

별은 싱숭생숭해서는 입술을 꼭 깨물었다.

"그러고 보면……"

별은 문득 성북동의 고택 작업실에서 해운이 절규처럼 퍼붓던 말이 상기되었다.

'너 책임져야 해! 내 손이 망가져서 평생 그림을 그릴 수 없게 된 것도…… 모두가 너 때문이니까!'

별이 그의 품 안에서 불쑥 고개를 치켜들었다.

"많이 아팠었니?"

"응. 꽤 많이. 네가 보고 싶으니까 진짜 아프더라."

해운은 바로 대답을 해주면서 별의 눈물이 짓이겨진 뺨을 손가락으로 어루만졌다.

"아니, 손 말이야. 많이 아팠냐고 묻잖아."

"나는 네가 알아야 할 것 같아서…… 제대로 내 맘을 알아야 할 것 같아서 너한테로 달려갔어. 그런데 너 대신에 이상한 남자가 기다리고 있더라. 그 남자는 너와 네 어머니를 찾으며 나한테 칼을 휘둘렀어. 그 과정에서 내 손이 베였고. 그 정도로 끝. 그리 심각한 건 아니야."

"미안."

별이 경악하며 눈을 더욱 커다랗게 떴다.

"미안하면, 내가 키스해도 돼?"

해운이 별의 입술에 살포시 제 입술을 내리려다가 양해의 눈빛을 했다. 별의 눈동자에 맑갛게 차오른 눈물을 못 본 척할 수가 없어서 그는 다른 말로 분위기를 바꿨다.

"너는 내가 키스하려고만 하면 손에 꼭 뭘 들고 있더라."

"그 반대야. 내가 꼭 뭘 들고 있을 때에 너는 하필 내게 키스하려고 하는 거야."

별빛에 153

눈물이 방울방울 맺힌 눈망울에 미소를 달고서 별은 왼손에 들려 있는 머그잔을 그에게 내밀었다.

"해운아."

그러고는 말했다.

"이거 치워. 그리고 나한테 키스해."

너를 사랑해.

진심을 억누르면서 그녀는 대신에 키스를 허락했다. 해운이 머그 잔을 받아 바닥에 내려놓았다.

"제대로 순서 지키려고 했더니 안 되겠네."

그가 고개를 들었을 때에 그 눈에는 전부터 별이 본 적이 있는 야생의 그것이 번들거리고 있었다. 그는 성큼 다가와 별을 포옹했다. 그러고는 별의 엉덩이에 두 손을 대고서 번쩍 안아 들었다. 이제 별의 다리는 그의 허벅지를 감싸고 있었다. 그녀를 안은 채로 그는 걸음을 옮겨 구석진 곳으로 갔다. 코너에 있는 책상에 의자가 하나 놓여 있었다.

그는 털썩, 의자에 앉았다. 별은 그의 허벅지에 걸터앉은 격이 되었다.

"나 할 말이 더 있어. 너는 내가 괜찮을 거라고 했잖아. 난 안 괜찮게 살았어. 너 때문에 하나도 괜찮지 않았다고. 나는 너 매일 보고 싶어 했는데. 그거 너무 아팠어. 이런 건 금방 끝나는 거라고 누군가가 가르쳐줬지만 그 말은 전혀 맞지 않았어. 나는 나아지지 않았으니까. 차라리 다른 데가 아프고 말지, 네가 보고 싶은 데도 보이지 않는 고통에는 장사 없더라. 죽겠으면 죽어야 하는데, 죽어지지도 않고 나는 매일 너 때문에 아팠어."

그가 별의 이마에 제 이마를 대며 속삭였다.

"나 진짜 너만 보고 싶어 했어. 너 이제 딴 데 못 가!"

흑흑.

별이 눈물이 글썽해진 채로 그의 목에 두 팔을 둘렀다. 그리고 키스를 했다. 뜨겁게 벌려진 그의 입 안에 제 혀를 집어넣으며 채근을 했다. 어서 빨아들이라고.

갑자기 해운은 씨익, 웃으며 별의 입 속에서 중얼거렸다.

"다들 이렇게 키스하나? 심장이 터질 것만 같다."

그가 별의 혀를 희롱하며 끈적끈적하고도 깊은 키스를 이어갔다. 능란하게 혀끼리 비비게 하며 입천장을 슬쩍슬쩍 맛보는 등, 그는 별의 입 안을 충분히 맛보았다. 그러면서 별의 원피스 단추를 열었다. 옷자락을 들추어서 끊임없이 맨살을 찾아 부비니 별이 칭얼거리며 신음했다.

"아, 미안!"

깜짝 놀란 해운이 별을 챙겼다.

"놀랐어?"

"아니, 부끄러워서."

그의 입 속에서 별이 웅얼거리며 잘도 대답해주었다.

"미안, 안 만질게."

그는 즉시로 손을 떼어내고는 사과해왔다. 그러면서도 거칠어진 숨결 사이에서 키스를 계속하며 그녀의 입 안을 탐미했다.

"……너무 뜨거워."

마치 불덩이를 삼킨 듯이 그는 애가 탔다. 그렇게 그녀의 입술을 정신없이 탐하면서 그는 왠지 감동을 받고 있었다. 그렇게 한참을 제 욕심만 채울 수가 없어 가만가만 템포를 느리게 하노라니 별이 키스에 집중을 못 하는 것 같았다.

"왜, 싫어?"

또다시 그가 물었다. 그의 겁먹은 눈동자에 별이 희미하게 웃었다.

"아니, 네가 너무 야해서 정신이 없어."

"너무 좋으면 야해지는 거야."

그가 뜨거운 숨을 별의 입 안에 불어넣으며 더욱 간절히 혀를 놀렸다.

그때였다. 갑자기 그의 휴대폰에서 벨소리가 딩동, 울렸다.

"어쩌지, 별아?"

그가 신음을 삼키며 물었다.

"왜?"

"알람이 울렸어."

"바빠? 무슨 일?"

"이탈리안 레스토랑에 예약해놨거든. 너 근사한 거 먹이려고."

"아니, 안 그래도 돼."

"할 거야. 오늘 너 만나려고 데이트 코스 공부 했었어. 헛물켜게 하지 마."

쿡쿡, 별이 참지 못해 웃음을 터트리자 그도 '귀여워, 별이' 하고 웃어버렸다.

지운은 자신이 머물고 있는 호텔 라운지에서 미숙을 만나고 있었다.

"식사나 하자. 호텔 음식은 다 고만고만해도 그나마 여기가 가장 낫더라. 이태리 셰프가 참 잘해."

진홍색의 벨벳 클로슈를 쓰고서 샤넬 원피스를 차려입은 그녀는 잔뜩 멋을 낸 모습으로 지운의 팔짱을 꼈다. 아들과 오랜만의 멋진 디너 데이트를 할 생각에 몹시 들뜬 얼굴이었다.

본 메뉴가 나오기 전에 막 애피타이저가 담긴 접시를 받아 들었을 때였다. 미숙이 창가의 테이블 쪽을 가리키며 눈빛을 흐렸다.

"오, 저기 봐라! 해운이가 와 있구나."

"아, 별……."

뒤돌아 본 지운의 얼굴에서 웃음기가 싹 가셨다. 창가의 포인세티아가 꾸며진 예약석 쪽이었다. 해운은 별의 코트를 벗겨주면서 긴장이 역력한 얼굴이었고, 별은 흡족한 듯이 그의 귀에 대고 뭐라고 속삭이는 중이었다. 잔뜩 힘이 들어가 있던 해운의 표정이 일시에 붉어지며 당황해하는 빛이었다. 그러자 별의 눈이 감기며 쌩긋 웃음꽃이 피었다.

그 웃음에 말려들어 간 해운의 눈동자의 넋이 나가 있었다.

저것들이, 하고 지운은 순간적으로 빈정이 상했다

시작한 건가?

내가 분명히 왕해운은 공식적으로 약혼까지 했다고 그랬는데!

말쑥한 정장 차림인 해운과 보랏빛의 코트에 우단 원피스를 입은 별의 모습이 오래된 연인들같이 잘 어울리는 것도 한몫을 해서 지운은 심통이 났다.

사실 지운은 별에 대해 약간은 당황스러운 감정이었다. 나 같으면 해운이 같은 자식에게 동하지 않겠는데, 하고 그는 이상한 치기까지 합세해서 바짝 약이 올랐다.

"……비겁한 자식."

지운의 혼잣말에 미선이 호기심을 표했다.

"왕해운 말이니? 저 아이가 언제 비겁하지 않을 때가 있었나? 쟨 태어난 것 자체가 민폐인 아이야."

"저 아이가 별이에요."

툭, 내뱉듯 별의 이름을 말했을 때였다. 뭐? 하고 단번에 미숙이 기함을 했다.

"그럼, 지금 그 아이를 만나고 있다는 말이냐? 찾지도 못했다고…… 난 그렇게 들었는데? 영감은 아직 저 아이를 못 찾았다고 했었어."

"아마도 얼마 안 됐을 거예요."

"영감도 모른다는 거지? 오전까지만 해도 아무 소리 없으셨거든."

"미친……. 왕해운, 저 녀석이 미친 거지요. 분명히 둘은 오래 못 가요. 갈 수도 없고요. 그런데도 한 여자의 인생을 망치려고 해요."

"내가 모르면 모를까, 이렇게 신은 또 내 편이로구나."

반짝거리는 포크를 내려놓으며 미숙은 들뜬 얼굴을 했다.

"왕해운이나 나정희는 바보들이다. 정신 똑바로 차리고 살아도 격랑에 부딪친 어선인 주제들인데, 자기네가 무슨 군함인줄 알고 있어."

"군함으로 착각하는 게 어쩌면 당연할걸요? 해운이 저 녀석 뒤에는 조부가 있잖아요. 지금도 신사업 프로젝트에 얼마나 공들이고 있는 줄 아세요?"

"그건 그렇고 해운이도 참! 보는 눈이 저렇게 없다니? 저런 여자 아이를 뭐가 좋다고 몇 년을 징징거리며 찾아 헤맸을까? 그냥 수수하구나."

이렇게 되는 건가?

지운은 암울한 기분으로 별과 해운 쪽에 시선을 두었다. 어느새 별은 해운의 옆자리에 붙어 앉아 있었다. 그러더니 해운의 어깨에 머리를 기대고는 휴대폰으로 사진을 찍었다. 해운은 또 굳은 얼굴이었고, 별은 방실 웃고 있었다.

진짜 좋은가 보다.

별의 얼굴을 보며 그는 착잡하기만 했다. 이유는 알 수 없었다. 그나저나 앞에 앉은 미숙은 무슨 꿍꿍이가 그리 좋은지 연방 흐흐 웃고 있었다.

"저런 여유가 없을 텐데? 네 아버지가 해운이 저 녀석이 별을 만나는 것을 알게 되는 날이면……."

그렇지, 모든 게 끝나는 거 아닌가?

가만, 하고 지운은 번뜩이는 생각에 눈을 감았다. 잠깐 스친 인연이었지만 별, 저 아이는 현명한 아이였다. 그래, 그게 좋겠다.

별은 모르고 있는 거다.

차마 제 입으로 말할 수가 없어서 해운은 별에게 말하지 않았을 수도 있다. 해운의 약혼 소식은 거짓말이었으니까 그렇다고 쳐도 말이다.

다른 사실을 말했다면 별이 저렇게 스스럼없이 해운에게 빠져든 얼굴일 리가 없다. 지운은 별에게 해운의 사정을 설명해줘야겠다고 결심했다. 설마, 현명한 아이라면 해운의 인생이 망쳐지는 것을 두고 보지만은 않겠지.

레스토랑에서 별은 재잘재잘 이야기를 하고 있었다. 그중에 슬프
거나 안 좋은 스토리는 하나도 없었다.

그는 설레서 지금 제 입으로 무슨 음식이 들어가는지 알 수 없을
지경이었다. 별과 함께 식사를 하고 있다는 사실이 믿겨지지 않을
만치, 지금 이 순간이 그는 행복했다.

별의 모습은 전부 아름다웠다.

소믈리에가 권한 와인을 따라주니까 눈을 가늘게 뜨고서 음미를
해가며 홀짝이는 모습도, 해운이 손수 고기를 썰어 포크로 찍어 내
밀어주는 대로 사양하지 않고 오물오물 받아먹는 모습도, 커다랗게
떠진 눈에 감탄과 행복의 빛을 담아 자신을 바라봐주는 시선도……
어느 것 하나 설레게 하기에 충분했다.

"너희 어머니가 항상 다른 남자를 찾았을 때에 너는 어떤 기분이
었어?"

디저트가 나왔을 때에 해운은 평소 궁금하던 것을 물어보았다.

"정말 투정 한번을 안 한 거야?"

별이 커피잔에 각설탕을 풍덩 빠뜨리며 응, 하고 대답했다.

"너는 어째 그렇게 전부 바람직한 모습뿐이지?"

그의 칭찬에 별이 과찬이야, 라고 얼굴을 붉혔다.

"난 언제나 두려웠어. 피해 의식에 빠져 있었고. 나 때문에 엄마
인생이 행복하지 않을까 봐 난 그것이 항상 두려웠던 것 같아. 어렸
을 때부터 엄마의 눈치를 봤어. 차라리 나를 버리고 어디든 가지,
하는 마음도 있었고. 그래서 엄마가 누구를 만나서 좋은 얼굴이기라

도 하면 나도 모르게 가슴을 쓸었어. 다행이야, 하고 말이야."

"엄마는 엄마지. 왜 눈치를 보고 그래?"

"……내가 피해를 끼친 사람이니까."

스무 살, 아직 대학도 가지 않았을 때의 자신의 모습이 별의 얼굴 위로 오버랩 되었다.

'그림은 네 길이 아니다. 절대 안 된다. 그리고 내가 시키는 대로 후계자 수업 받아라. 넌 네 할아버지께 평생 감사하고 살아야 할 거다. 네 어미와 너를 거두는 조건은 그것뿐이니까. 착한 아들이 되는 거다. 그런데 해운아……'

아버지 왕만희는 아들을 완전한 자신의 편으로 만들고 싶어 했다.

'여자아이를 찾는다고 들었다. 절대적으로 아닌 것은 아닌 거다. 그 아이는 1회용 장난감일 뿐, 진짜 너의 것은 아니란 말이다. 이제 넌 운한그룹의 아들이니까 그에 어울리는 짝을 준비하면 된다.'

그의 시야에는 천진한 웃음을 짓는 별의 얼굴이 잡혔다. 한 손으로 귀를 가리는 머리카락을 치우며 그녀가 말갛게 웃었다.

이것이 현실인데…….

대답해, 왕해운!

그때 쩌렁쩌렁 울렸던 만희의 비명 같던 다그침이 환청처럼 울렸다.

어서 대답해!

"……해운아?"

문득, 별이 의아한 눈길로 그를 주시하고 있었다.

"너 아파 보여. 얘, 고기는 너나 많이 먹어야겠다. 빈혈 같아."

"아찔해서 그랬어. 이제 괜찮아."

"왜 아찔했는데?"

"네가 내 눈앞에 있으니까. 있지, 별아. 너는 절대 1회용 장난감이니 그런 거 아니다."

그것은 진심이었다.

"무슨 소리야?"

"그냥, 그렇다고. 넌 나의 진짜 여자라고."

그는 다짐하듯 거듭 말했다.

"밥이나 먹읍시다."

별은 그의 말을 인정하려 들지 않았다.

해운은 조바심을 내지 말자고 자신을 다독였다. 이렇게 내 앞에 있잖아. 절대 없을 것처럼, 이 세상 사람이 아닌 것처럼 흔적조차 없던 그녀가 이렇게 내 앞에서 웃고 있지 않은가? 아직은 이 사실만으로도 충분했다. 아직은······.

잠시 후, 밤이 늦어서 식사 이후에 더 이상의 데이트 코스를 진행할 수가 없는 연인들 모양으로 그들은 아까부터 별의 오피스텔 앞에 차를 세우고 있었다.

"내일은 뭐 해?"

쉬이 차에서 내리지 않는 별이나 차 문을 열어주지 않고 있는 해운이나 둘 다 아쉬움이 그득한 얼굴이었다.

"나 내일 출장 간다."

"출장?"

뜻밖의 말에 해운이 별의 뺨을 어르던 손길을 멈추었다.

"태백에 전시실을 오픈한 화백 부부가 있어. 여태 시간 안 내셨는데 내일은 된대. 다녀올게."

"태백? 지방이잖아?"

"응."

"무슨 지방에 전시실을 내는 화가가 다 있냐?"

"어머, 얘 봐라. 누구는 뉴욕에도 내는데, 우리나라 지방에 전시실 내는 것을 깔보는 것 같은 발언이네?"

"그런 거 아니야. 네가 멀리 가니까 원망스러워서 그렇지. 언제 오는데?"

"일찍 출발해서 오후에 올 거야. 취재 오래 안 걸리거든."

"태워다줄까?"

그렇게 말해놓고서 해운은 아, 하고 탄성을 올렸다.

"아, 내일은 일이 있구나."

"거봐. 기차를 타는 게 더 빨라. 다녀와서 전화할게."

"이리, 이리로 좀……"

해운이 별의 어깨를 감싸며 제 품에 가두었다. 조막만 한 별의 얼굴이 그의 어깨에 묻히자 간지러운 입김에 그가 신음을 터트렸다.

"아주 내가 죽게……"

해운은 뒷말을 삼키며 별의 얼굴을 제 눈앞으로 끌어왔다.

"내가 죽도록 예뻐."

서로의 얼굴이 포개졌다. 별의 눈이 감겨진 순간에 해운이 키스를 했다. 아랫입술을 쭉쭉 빨아들이다가 윗입술을 문대고 그다음에는 거칠게 입 속으로 혀를 밀어 넣었다. 별의 발끝이 오그라드는 키스는 오랫동안 계속되었다.

하아…….

숨이 찬 탓에 얼굴이 떼어진 순간, 그가 말했다.

"한 번 더 하고 싶어."

해운이 별을 다시 끌어안았다. 그의 혀가 더욱 깊이 들어왔다. 숨결도 앗아갈 것처럼 한동안 깊은 키스가 이어진 뒤에 또르르, 물방울이 뺨으로 그어지며 별이 속삭였다.

"내 옆에만 있어주겠다고 약속해."

해운이 무뚝뚝하게 잘라 말했다. 아니, 하고 별이 고개를 저었다.

"쉿!"

해운은 그녀의 머리를 두 손으로 감싸며 깊은 한숨을 토해냈다.

"너를 버리는 일은 없어."

그럴 거야, 하고 제 자신에게 타이르듯 덧붙이며 해운이 별의 이마와 콧날, 그리고 입술에 차례로 키스했다.

"그 말 안 믿어. 하지만 너는 좋아."

별의 장난스러운 말에 해운은 실소를 터트렸다. 아무튼 그 모양까지도 너무 예쁘고 아파서 해운은 또다시 그녀를 제 품에 안았다. 심장이 쿵쾅쿵쾅 미친 듯이 뛰었다.

다음 날이었다.

-고객님의 전원이 꺼져 있어…….

"애가 진짜 미쳤나?"

미친 건 별이 아니었다. 해운은 제 자신이 미치고 팔짝 뛰는 줄 알았다. 새벽부터 눈발이 흩날리기 시작하더니 기상청에서는 전국이 영하권에 머문 지 며칠째에 이은 폭설이라고 했다. 강원도 지방은 더했다. 서울도 가시거리를 확보하기 어려울 만큼의 눈이 내리는 날이었다.

하필이면 이런 날에, 하고 해운은 입술을 깨물었다.

별은 태백으로 출장을 다녀온다고 했었다. 그런데 오후 5시가 다 되어가도록 통화가 연결되지 않고 있었다.

"어허! 이거 말로만 듣던 의처증 수준인 것 같다? 왕해운, 정신 차려."

보다 못한 정희가 타박을 해왔다.

"불안해요. 걔가 어떻게 내 앞에 나타났는데. 또다시 사라질 것 같아서 내 자신이 통제가 안 돼."

"뭘 사라져? 나도 사람 볼 줄은 안다. 그 아이, 너 무척이나 좋아하더구나. 그 애의 눈빛을 상기해봐."

"좋아하는 건 진즉에 알고 있었어요. 근데 얘는 나보다 대단해요. 감정을 막 감출 줄도 알고 무엇보다 정돈을 해. 통제도 능할걸요? 난 도저히 그렇게 못 해요. 별이, 걔만 보면 미쳐. 미쳐버릴 것만 같아. 너무 소중해서 미쳐버릴 것만 같다구요. 나는 그 녀석이 혹시 나를……."

그가 말을 잇지 못하면서 눈시울을 붉혔다. 정희와 함께 아까부터 컴퓨터 작업을 하고 있던 안 비서가 시선을 마주치며 심각한 표정들을 지었다.

"저기, 아들아. 그 정도면 정상이 아닐 거야. 별, 그 아이도 너가 무섭겠다. 뭐든 적당히, 알지?"

"제길, 별이한테 적당히가 되어야 말이지!"

그는 힘주어 한마디를 욕설처럼 뱉어내더니 다시 휴대폰을 들여다보았다.

"안 되겠다, 저 나가요."

키홀더와 함께 코트를 휙 집어 드는 그를 보며 안 비서와 정희가 놀라서 둘 다 뒤따라 나왔다.

"이 폭설에 차를 끌고?"

정희가 혀를 내두르자 해운이 안심하라는 얼굴을 해 보였다.

"직접 데리고 오려고요. 보니까 자가용 끌고 갔대요. 걱정돼."

"뭐가 걱정돼?"

"눈길에 운전 중이잖아요!"

"아니, 그 정도로 죽나?"

"위험해요! 내가 안심이 안 돼."

"지프차로 하십시오. 눈길엔 최고입니다."

안 비서가 다탁에 놓인 다른 키홀더를 찾아서 그에게 건네주었다. 고맙다는 대꾸도 안 하고 대문을 나서는 해운의 뒷모습을 보며 안 비서는 한숨을 폭 쉬었다.

"아아, 한별 에디터가 부럽다. 나도 저런 사랑 받아봤으면. 확실히 그림을 그린 사람이라 그런가, 예민하게 날이 서서는 오감을 다 터트리며 사랑하네요."

"부러울 것 없어. 해운이 재 아버지가 아는 날엔 전부 허탕인 걸, 뭐. 내가 겪어봐서 알아. 제왕의 기운을 타고 나서 돈방석에 오른 남자들은 위험해. 나만을 바라봐주는 일 같은 건 불가능하거든."

쓸쓸하게 웃는 정희를 향해서 안 비서가 물었다.

"그럼, 한별 에디터 하고는 결혼까지 못 가요?"

"당연하지! 해운이는 별하고 절대 결혼 못 해."

어머나, 잔인해!

안 비서가 엉겁결에 비명을 질렀다.

예기치 않은 폭설로 인해 별은 영동고속도로에서 갇힌 꼴이나 마찬가지였다. 최종찬 화백 부부가 유숙하고 가라고 했을 때에 말을 들을 걸, 하고 후회하는 중이었다. 취재를 마치고 바로 출발했는데도 불구하고 서울에 당도하려면 아직 갈 길이 멀었다.

꾸물거리며 기듯이 하는 차는 영동고속도로의 한복판에 왔는데도 제자리걸음이었다. 더욱이 휘날리는 눈발은 사나워서 시야가 흐렸다. 아무리 와이퍼를 작동시켜도 그때뿐이었다.

사방이 깜깜해지자 별은 그제야 전화 생각이 났다. 귀에 이어폰을 꽂으려고 보니 전원이 꺼져 있었다.

아이고, 이걸 이제 알았다!

인터뷰를 할 때에는 예의상 휴대폰을 죽여놓는 버릇이 있었는데, 그걸 잊고 있었다. 별은 제 부주의를 탓하며 서둘러 전원을 눌렀다.

기다렸다는 듯이 부르르 전화기가 울었다. 해운이었다. 하하, 하고 별은 그의 목소리를 반기며 통화 버튼을 클릭했다.

"전화하셨습니까?"

-젠장, 너…….

해운은 숨을 몰아쉬면서 욕설을 할까 말까 망설이고 있었다.

"어어, 너무 하드 해. 너 욕하는 컨셉이었어?"

-너, 별이 너…… 전화기도 꺼놓고, 너…… 내가 너 때문에 죽어봐야 정신 차리지?

아뿔싸! 걱정한 거야?

별은 허둥지둥 그를 안심시키기 시작했다.

"아아, 내가 인터뷰할 때에는 전화기를 꺼놓는 버릇이 있어. 나 지금 서울 올라가는 중인데 폭설이 장난이 아니네."

-거기 어디쯤인데?

그가 가만 숨을 고르며 물었다.

"응, 아직 고속도로······."

-내가 지금 가고 있으니까 걱정 마.

오고 있으니 걱정 말라고? 네가 오는 게 더 걱정되는데?

그녀는 펄쩍 뛰었다.

"어딜 온다고 그래?"

그러나 별의 눈길 운전은 위험하다는 해운의 고집은 전혀 꺾이지 않았다.

-별이 넌 지금부터 내가 하는 말을 잘 들어야 해. 먼저 비상등을 켜, 알아들어? 그리고 갓길에 차를 세우고 있어. 내비게이션 틀어져 있지? 내게 위치를 말해주면 돼.

지시를 하는 그의 목소리에 불안한 기색이 역력했다.

"너 겁먹고 있구나, 그렇지?"

바보, 하고 별은 그를 놀리고 싶은 심사였다. 얘가 지금 나 때문에 완전히 겁쟁이 됐네. 그랬는데도 그가 순순히 시인을 해왔다.

-맞아, 누구 때문이겠어?

해운은 한껏 풀이 죽은 소리로 제 속내를 털어놓았다.

-책임져. 아주 무서워 죽겠다. 내 머릿속에는 이 세상에서 가장 위험한 일이 뭔지를 자각하고 있어. 그건 바로 자기 여자가 먼 곳에서 눈이 오는 고속도로를 달리고 있는 현실이지.

자기 여자?

그의 말에 묵직하게 가슴을 누르는 무언가가 있었다. 자애로움, 편안함, 온기······ 등등. 너무나도 달달하고 부드러운 감정들이 어디선가 뭉텅뭉텅 잘려 나온 느낌이다. 마치 병들고 시들었던 나무가 초록의 수액을 빨아들이는 모양으로 그녀는 부드러운 감정을 흠뻑 머금었다. 이것들은 모두 해운에게서 온 것들이다.

내가 이렇게나 애정결핍이었던가?

별은 갸우뚱 고개를 흔들며 자기 자신을 의심했다. 그러고는 결론을 내린다. 자신은 애정결핍이 아닐 테니 해운은 연애 선수가 분명하다. 그녀는 이내 활짝 웃으며 해운을 달랬다.

"나 안전벨트도 매고 있는데다가 천만다행으로 고속도로가 정체되는 바람에 모두가 거북이 운행하고 있어. 그리고 너 모르는구나? 운전하기에는 고속도로가 일반 도로보다 훨씬 낫다. 그러니까 안심하고 있으라고, 알았지?"

-아가씨, 그냥 내 말 좀 들어주지.

해운이 투덜거리고는 나직하게 울리는 음성으로 그녀를 불렀다.

-별아…….

이어폰을 통해 그의 거칠어진 숨결이 정돈되지 않은 채로 귓속으로 감겨왔다. 별은 숨을 죽였다. 얘가 진짜 걱정하고 있구나. 공연히 미안해진다. 별은 그를 안심시켜주기로 마음을 먹는다.

"아우, 야! 버터왕자 왕해운, 알았어. 기다릴게. 기다린다고요."

자식, 내가 봐준다.

별의 두 뺨이 홍조로 물들면서 눈시울이 붉어졌다.

미안해, 해운아.

나도 네가 좋아. 이 마음은 진짜야.

너를 맘 놓고 사랑할 수가 없을 것 같아.

그러니까 나한테 너무 잘해주지 마. 나는 나쁜 아이야.

통화를 끝낸 그녀가 망연자실한 얼굴로 앉아 있을 때였다. 뚜르르르, 바로 전화벨이 울렸다. 모르는 번호였다. 취재원일 수도 있는 상황이라 그녀는 바로 전화를 받으며 제 신분을 밝혔다.

"네에, 아트 매거진의 한별입니다."

-이제야 전화를 받네? 너 지금 내가 얼마나 많은 통화 시도를 했는 줄 알아?

낮게 웃는 남자의 목소리였다. 뭐야? 오늘 나를 찾는 사람이 왜 이렇게 많은 거야?

-나 지운이야.

"아하, 어쩐 일? 잘 지냈어?"

별은 의외라고 생각하며 인사를 건넸다.

-아직도 일해?

"아, 외근 나왔어. 취재하러 왔다가 들어가는 길이야."

-이 눈길에? 아니, 너같이 여리여리한 여자를 누가 그렇게 일을 시켜먹는 거야?

"미안, 나 그런 발언 싫어해."

별은 웃으며 차 안에 놓인 텀블러를 찾아 쥐었다. 커피는 식어서 밍밍하고 텁텁한 맛이 났다.

-그래? 이거 실수했나 보구나. 그래, 어디야?

"아아, 넌 몰라도 되는 곳이야. 지금 고속도로에서 앞뒤로 꽉 막혀 있는 상황이거든."

-헬리콥터 타고 가볼까?

"진심? 오, 그거 좋은 생각이다. 개인 전용기는 없니?"

별은 아이고, 하고 한 손으로 배를 부여잡으며 깔깔 소리 내어 웃었다.

-진심인데? 너하고 할 이야기도 있고. 좀 봐야겠어.

어쩐지 단호한 어조에 별이 웃음을 뚝 끊었다.

"지금?"

-응, 지금.

"아서라, 해운이 올 거야."

-그래? 그렇단 말이지.

그가 잠시 말을 멈추고 생각을 하는 것 같더니 불쑥 말했다.

-내가 먼저 가서 잠깐 이야기 나누고 오면 돼. 몰라? 어차피 해운이는 나 못 이겨. 난 헬리콥터라고.

-28일 현재, 서울을 비롯한 영서, 영동 지역에 폭설이 내리고 있습니다. 당초 기상청에서는 수도권 등지에 5mm 안팎의 눈이 내릴 것이라고 예보했으나 함박눈이 내리면서 대설주의보가 발령됐습니다. 이에 기상청 관계자는…….

얼마나 지났을까?

시간이 지나면서 라디오 뉴스에 주파수를 맞추고 있자니 죄다 대설주의보에 대한 속보뿐이었다.

기다리는 일은 지루하고도 흥분되었다. 별은 귤 몇 알을 까먹고는 건조해진 손바닥에 핸드크림을 바르면서 해운을 염려했다. 자기가 슈퍼맨이라도 되나? 이 폭설을 헤치고 온다는 건 또 뭐야?

여전히 고속도로 위의 차들은 꼼지락꼼지락, 개미가 먹이를 나르는 모양으로 꾸물거리고 있었다.

"해운아, 네가 오는 게 더 더딜 것 같지 않니?"

별은 해운의 말대로 비상등을 켠 채로 갓길에 차를 세워두고는 전화를 끊지 않고 있었다.

-거의 다 왔어. 견인차가 방금 인터체인지를 통해서 너 있는 데로 갈거래. 난 지프차로 가고 있고.

벌써?

별은 탁한 눈발이 흩날리고 있는 고즈넉한 풍경에 취해 지루함을 잊으려 노력하며 해운에 대한 것을 생각하고 있을 때였다.

"한별!"

불현듯이 낯선 목소리가 그녀의 귀를 때렸다. 별은 차창을 열었다. 지운, 그가 서 있었다. 순간적으로 그녀가 꺅, 하고 소리를 질렀다.

"진짜야? 너 진짜 온 거야? 전용기?"

"아니, 헬리콥터."

위아래로 딱 맞는 스키복을 입고서 선글라스를 끼고 있는 지운의 모습은 어디 스키장에라도 있었던 모양으로 보였다.

"내가 언제 거짓말하는 거 봤나? 하긴 볼 틈도 없었지. 순식간에 내뺀 사람이 누구더라? 그래놓고 몇 년 만에 나타나 왕해운하고 연애하고 돌아다니지를 않나, 암튼 넌 이상해."

아하, 하고 별은 큰 소리를 내어 웃었다.

"그래, 나 이상한 여자다. 왕지운, 늦은 김에 더 늦어야겠네. 해운이가 올 거거든."

"뭐야? 나보다 늦는 건 왕해운인데? 잊지 마. 걔는 항상 늦었어. 걔보다 내가 먼저였었지, 안 그래? 그나저나 차 문 안 열어줄 거야? 여긴 갓길이라 위험하다고."

꾸물거리는 차들이 기어가는 형국이긴 해도 고속도로였다. 그러나 별은 표정이 굳은 채로 고개를 절레절레 저었다.

"해운이 온다고 했잖아. 넌 헬리콥터인지 뭔지 타고 도로 돌아가."

"내가 할 이야기가 있다고 하지 않았어?"

그때였다.

-왕지운? 걔가 왔어?

별은 여전히 해운과의 통화 버튼을 끄지 않고 있었다. 덕택에 별과 지운의 대화 내용을 들은 모양이었다.

-한별, 무슨 일이야? 왕지운? 걔가 거기 있어?

"응, 그렇게 됐어."

별이 휴대폰을 들어 지운에게 보이며 대꾸를 했다. 지운은 어깨를 으쓱하면서 어처구니없다는 얼굴로 빙글, 웃었다.

"기가 막혀서!"

"기가 막힌 김에 돌아가. 다음에 보자."

"그런 게 어디 있어?"

해운이 나타났다. 아, 하고 별은 두 눈을 반짝거리며 해운을 반겼다. 동시에 지운은 몸을 틀어 해운을 보았다. 별은 그제야 차 문을 열고 밖으로 나왔다. 해운은 영역 표시를 하는 짐승처럼 곧바로 제 점퍼를 벗어 별의 머리부터 씌워주었다.

"왕해운, 한별한테 너무한다는 생각 안 들어? 어차피 적당히 가지고 놀다가 버릴 거면서……."

지운의 비아냥은 끝까지 이어지지 못했다. 해운이 몸을 돌려 바로 지운의 멱살을 움켜쥐었기 때문이다.

"누가 적당히 가지고 논대?"

"그만 가자, 해운아."

별이 해운의 팔을 붙들었다. 그제야 해운의 눈이 별에게로 돌려졌다. 박꽃같이 흰 얼굴에 떠오른 두려움과 공포가 무엇에 기인했는지를 아는 바람에 공연히 숙연해졌다. 미안함으로 언짢아진 해운은 누그러진 어조로 툭 뱉어냈다.

"이 자식이 하는 말 듣지 마."

"안 들어, 안 듣고말고. 여기서 이러지 말고, 얼른 가자."

"말이 되는 소리를 해라. 두 사람이 이러는 게 무슨 의미가……."

"네가 상관할 바가 아니라고 본다."

해운은 이를 꽉 깨물며 그의 멱살을 풀었다. 지운의 입에서 빌어먹을, 하고 욕설이 튀어나왔다.

"이러고 다닐 시간에 프로젝트나 잘 마감하시지. 알아? 내가 너 실적으로 확실히 뭉개줄 거거든."

"기대하지."

해운은 으르렁거리듯이 낮게 대답했다.

5. No more dream

사륜구동 차를 타고서 원주 시내로 나온 그들은 어렵지 않게 호텔에 체크인을 할 수 있었다. 하지만 스위트룸이 비어 있지 않은 덕분에 트윈 룸에 묵어야 했다. 벌써 자정이 가까운 시간이었다.

"많이 추웠지?"

룸에 들어가자마자 해운은 별을 침대에 앉히고는 양말부터 벗겨냈다. 별은 그의 손길이 닿는 것만으로도 펄쩍 뛸 정도로 놀랐으나 그는 그녀의 발목을 꽉 쥐었다.

"가만히 있어."

그는 젖은 양말이 벗겨진 두 발을 마사지하기 시작했다. 별은 꼴깍, 하고 마른 ㅍ침을 삼켰다.

"이런 날씨에 단화가 뭐냐?"

귀 뒤로 머리카락을 넘기며 별이 변명을 했다.

"화백님들 만나는 자리에 어그 부츠는 너무 아닌 것 같아서 말이지요."

"젠장, 발가락이 얼어붙었어."

별은 부끄러워서 발개진 뺨을 하고 그의 부지런히 움직이는 손을 바라보고만 있었다. 돌연, 발을 쥐고 주무르던 해운이 맞다, 하고 소리쳤다.

"내 정신 좀 봐라. 너 저녁도 안 먹었지?"

별은 해운과 단둘이 호텔 안에 있는 것만으로도 벅차서 시장기가 도는 것이 문제가 아니었다. 사실은 호텔방에 들어왔을 때부터 그가 전처럼 키스해오지 않을까, 하는 맘으로 정신이 하나도 없었다.

"그렇게 심하게 고픈 건 아니고."

별은 헤실헤실 웃고는 자신의 긴장감이 들키는 것이 싫어서 얼른 제 가방을 열어 보였다.

"있잖아, 해운아. 남들은 잡지 에디터의 가방이라고 하면 뭔가 우아한 것이 들어 있는 줄 안다. 내가 그 환상을 확 깨주지. 봐라, 귤만 잔뜩 있다."

"귤 가지고 되겠어?"

웃자고 일부러 과장되게 말했는데도 해운은 전혀 웃지를 않았다. 아니, 더욱 진지했다.

"응, 얼른 먹고 뜨거운 물에 씻으면……"

재잘거리던 입을 멈추면서 별이 그의 눈치를 살폈다. 에이, 설마! 오늘이 그날이겠어? 난 아무런 준비가 되어 있지 않을 뿐만 아니라…… 아직 모르는 것투성인걸?

세상에서 공부가 가장 쉬웠다. 그 말을 반대로 하면 공부 빼고 전부 어려웠다. 아아, 하고 별은 심장이 발랑대며 춤추는 것을 의식하지 않으려 애쓰고 있었다.

'내가 음란 마귀에 사로잡혔어!'

별은 제 머리털을 뽑아버리고 싶었다. 자꾸만 해운에 대해 이상한 상상을 하고 있는 제 자신을 발견했던 탓이다.

야, 왕해운! 남자가 말이야, 그러면 못 써! 이럴 때에 키스부터 해주면 어디가 덧나나……. 하고 별은 아직도 키스를 해주지 않고 있는 해운이 야속했다.

첫 키스를 나눈 지 얼마 안 되어서 그런가? 그녀는 키스의 세계에 눈을 뜬 참이었다. 오늘도 눈길을 헤치고 달려온 해운과 딱 맞닥뜨렸을 때에 별은 그가 자신에게 키스를 할 거라고 예상했었다. 그러나 해운은 별을 제 차로 태우면서 다행이다, 라는 말만 중얼거렸을 뿐이다. 운전대를 잡은 손 하나를 뻗어서 머리카락만 연방 쓰다듬었을 뿐, 그녀가 생각한 스킨십은 더 이상 없었다.

"해운아, 저기……."

나 말이야, 너하고 키스하고 싶은데.

이렇게 고백하는 거야, 하고 단단히 마음을 먹은 별이 고개를 들었을 때에 어느덧 해운은 욕조에 물을 받고 있었다.

목욕? 단숨에 얼굴이 화르르 빨개졌다. 욕실을 나온 그는 비치되어 있는 수화기를 붙잡고 룸서비스를 요청하고 있었다.

"데운 우유와 베이커리 종류 좀 부탁했어. 괜찮지? 너 빈속이면 안 될 것 같아서."

"나는 그냥 귤만 먹어도……."

여전히 귤 타령을 하는 그녀의 몸을 그가 와락, 안았다.

"십년감수했네. 이렇게 무사해서 정말 다행이야. 너, 다시는 출장이니 그딴 거 다니지 마라."

그의 손바닥이 별의 뒤통수를 만지며 쓰다듬었다.

"오늘만 이래. 평소에는 수도권으로만 다니니까 안심해."

해운은 그녀를 그대로 안아 들고서 성큼성큼 큰 걸음으로 욕실로 향했다. 그러고는 자연스럽게 별의 외투를 벗기고는 니트 카디건의 단추를 끌러냈다. 마지막으로 흰색의 면으로 된 슬립이 나왔을 때에 별은 그의 손목을 붙들었다.

"해운아."

"아, 미안!"

둘 다 얼굴이 발갛게 익어 있었다. 해운은 허둥지둥 별에게서 벗겨낸 옷들을 챙겨 가지고는 욕실을 나갔다. 후후, 하고 별은 어색하게 웃었다.

샤워 후, 그녀가 배스 가운을 걸치고서 따뜻한 우유와 베이글을 먹을 동안에 해운은 차가운 맥주를 마셨다. 그의 얼굴이 지나치게 파리한 데 비해 두 눈동자가 뜨겁고도 깊어서 별은 얼굴이 화끈거릴 지경이었다.

"너 아파 보인다."

그녀의 눈길을 피하며 해운이 맥주 캔을 일그러뜨렸다.

"너 때문이야. 하여튼 뭐든 다 너 때문에 그래. 내가 아픈 것도, 좋은 것도."

별은 혹시 내가 무슨 잘못을 했나, 되짚어보다가 낙심한 어조로 투덜거렸다.

"다시는 너 걱정시키지 않을게."

그가 화장대로 가서 헤어드라이어를 가지고 왔다.

"이리 와, 별아. 머리 말리자."

그는 별의 머리에 둘둘 말려져 있는 타월을 벗겨낸 다음에 결이 고운 머릿결을 손가락으로 빗질하기 시작했다. 별은 괜스레 조마조마한 채로 심장이 욱신 조여오는 것을 느꼈다. 그의 숨결이 귓가에서 쌕쌕 울렸다. 저도 모르게 침이 꼴깍 삼켜졌다. 그는 화가 난 것도 같고, 아픈 것도 같았다. 어찌 되었든 모두 자신 탓이리라. 윙, 하고 헤어드라이어가 따뜻한 바람을 내쏘는 동안에 별은 심장의 고동이 제자리를 찾길 원했다.

"잘 자."

해운이 별의 어깨를 끌어안아 이마에 쪽, 키스를 해주었다. 트윈룸의 특성상 침대는 따로따로 써야 하는 것이 맞다. 맞는데, 하고 별은 그의 눈을 똑바로 쳐다보며 입을 열었다.

"지금 둘 중의 하나만 골라봐. 네 상태 메시지를 나한테 전달한다고 치자. 지금 너는…… 아파? 아님, 화났어?"

"꼭, 둘 중의 하나만 골라야 해?"

응, 하고 별이 고개를 끄덕끄덕했다.

"그럼, 해당사항 없음이야."

"무슨 소리야? 둘 중의 하나만 골라보라니까. 너 지금 화났거나 아픈 게 맞아."

"왜 그렇게 속단하는데?"

"왕해운, 너! 너는 나한테 키스도 안 해주고……."

시무룩한 얼굴로 별이 아주 작은 소리로 중얼거리며 차마 말을 잇지 못했다. 어제까지는 그렇게 밝히듯이 키스를 하더니 오늘은 아주 작정한 듯이 안 해주고 있잖아, 라고 그녀는 화를 내고 싶었다.

"뭐라는 거야?"

해운이 별의 턱에 손가락을 가져가 살짝 치켜세워서 제 눈을 마주쳐주었다.

"해운이 너 무지하게 화났다는 거 알아."

"뭘 안다고 그래?"

그의 어조가 사뭇 신경질적이다. 별은 눈물이 목까지 차올라서 퉁명스럽게 쏘아붙였다.

"화났잖아? 왜 자꾸 화났는데도 화가 안 났다고 그래? 너 오늘 나한테 키스했어, 안 했어? 그리고 자꾸만 말도 안 하고, 막⋯⋯."

별아, 하고 해운이 그윽한 목소리로 그녀의 이름을 불렀다. 흥, 안 넘어간다. 별이 새치름하게 얼굴을 틀어 그의 시선을 피했을 때였다.

"그런 게 아니라⋯⋯."

그가 머뭇거리며 별의 얼굴을 양손으로 감쌌다. 그의 벌건 물이 스며든 눈과 부딪치며 별은 순간적으로 소름이 끼치는 것을 느꼈다. 얘는 또 왜 이런 눈일까? 이건 화가 난 것도 아니고, 아픈 것도 아니다. 별이 잠시 어리둥절해 있는 사이에 해운이 낮은 속삭임으로 끌탕을 했다.

"내가 지금 너 안고 싶어서 미치고 있어. 간신히 이 악물고 참고 있는 거라고."

뭘 알지도 못하면서, 하고 해운은 그녀를 품에 안았다.

"너를 만지고 싶어서 몸이 막 덜덜 떨려."

별의 뒤꿈치가 올라가도록 그의 포옹은 깊었다. 영원히 풀지 못할

180

정도로 그는 그녀를 안은 팔에 꽉 힘을 주었다.

"해운아."

별이 그의 품에서 겨우 얼굴을 들어서 말을 걸었다.

"이제부터 우리는 서로 영문 몰라 갈팡질팡하지 말자. 오해하지도 말고. 우리는 사랑만 하자. 내가 몰랐어. 그냥 나는 너하고 키스가 하고 싶었을 뿐이었는데……."

"내가 너를 어쩌지 못해서 이상해진 것뿐이야. 조금 지나면 괜찮아질 거야."

"조금 지나면? 어떻게 괜찮아지는데?"

"이런, 별아."

그가 이맛살을 찌푸리며 웃었다.

"아까부터 해운이 너하고 키스가 하고 싶었어. 내내 너하고 있을 동안에, 아니 그 전부터 나는 너만 생각하면 키스가……."

쉬이, 하고 그가 달래는 어조로 별의 말을 급히 가로챘다.

"내가 말할게. 키스, 그거 내가 더 하고 싶었어. 그리고 그 이상도……."

해운이 별의 입술에 제 입술을 묻었다. 입술이 짓눌려지는가 싶더니 혀가 만났다. 타액이 섞이고 질척한 소리를 냈다.

이내 둘의 숨이 거칠어졌다. 그가 손 하나를 아래로 뻗어 가운 위로 엉덩이를 틀어쥐었다. 한숨 섞인 신음을 뱉으며 그가 별의 가운이 벌어진 틈으로 입술을 옮겨갔다. 목을 지나쳐 쇄골을 쓸더니 어깨에 안착해 쯉, 소리를 내며 피부를 입 안으로 삼킬 듯이 빨았다.

으으, 하고 별이 신음을 했다.

"별아."

그가 별을 불렀다. 응? 자동적으로 별이 대답을 했다.

"너 예뻐."

"그래서 싫어?"

문득 이상한 질문을 툭 해놓고 저도 웃어버렸다.

"아니, 너무 좋아서……."

그가 말문이 막힌 것처럼 별의 어깨에 침을 바르며 망설이다가 고백을 했다.

"하고 싶어."

"알아."

별이 속눈썹을 파르르 떨며 눈을 감았다.

"정신 똑바로 차리고 들어, 한별. 난 너밖에 없어. 그러면 다 된 거야, 알아?"

그래, 알았어.

알고 있어.

별의 감은 눈으로 맑은 눈물이 또르르 뺨을 타고 그어졌다.

"네가 아까 지운이 녀석한테 차 문도 안 열어줬을 때에 좋아 죽는 줄 알았어. 고마웠고 기분 좋았어."

별은 눈물 젖은 눈으로 쌩긋, 웃어 보였다.

"쉬이, 괜찮아."

해운이 아이를 달래는 소리를 하며 별의 가슴을 애무하고 있었다. 한 손에 쥐어지지 않는 유방은 하얗고 포동했다. 별의 마냥 순해 보이는 얼굴에, 반전인 듯 가슴의 모양은 충분히 관능적이어서 보는 것만으로도 흥분이 고도되었다. 복숭아를 연상시키는 그것은 해운이 그동안 남몰래 상상했던 모양 이상이었다.

그는 입술로는 유두를 애무하며 다른 쪽은 손으로는 맘껏 만지며 감촉을 즐겼다. 둘 다 상기된 얼굴로 신음하고 있었다.

"아파?"

"아니, 괜찮아."

별은 작게 한숨을 내쉬며 답해주었다.

"참 예쁘다."

하얗고 토실한 유방을 맘껏 탐하던 그의 입술이 다시금 별의 입술로 향했다. 젖은 입술들이 키스를 나누었다.

"……괜찮아?"

쪽 소리를 내며 입술을 떨어뜨린 채로 그가 물었다. 별은 대답 대신에 눈으로 웃어주었다. 그의 손이 아래로 내려가 아랫배를 지나쳐 수풀에 가 닿았다. 별이 흠칫, 몸을 떠는 순간에 해운의 입술이 다시 키스를 해왔다. 별의 혀를 어르면서 애간장을 다 태우는 사이에 기다란 손가락이 은밀한 부분을 만진다. 하도 해운의 입술이 유방을 애무한 덕분에 아래는 축축한 습기로 차 있었다.

은밀한 부분을 더듬는 해운의 집요한 손길이 뜨거운 열기로 휩싸였다. 별은 신음했다. 그는 키스를 계속 퍼부으면서 연방 손가락을 놀려 별의 수풀과 그 안을 헤집어놓았다. 그렇게 하기를 약 5분쯤, 그는 이내 입술과 손가락을 떼어냈다.

"정말 괜찮겠어?"

자꾸 확인을 하는 그는 별의 몸이 유리라도 되는 것처럼 행동하고 있었다. 별이 괜찮아, 라고 침착한 음성으로 대답해주자 그가 몸을 일으켜 앉았다.

흐트러진 머리카락이 그의 이마와 눈을 가린 채로 벗은 몸에는 어느새 땀방울이 돋았다. 밝지 않은 어스름한 조명 밑에서의 그의 몸은 근사한 것이었다. 단단한 근육으로 이루어진 상체는 매끈하게 뻗어 군살 하나 없었다. 항상 보면 해운의 분위기는 야생의 한 마리 검은 표범이 연상되었다. 슈트나 니트 셔츠를 입고 있었을 때의 그는 이런 수컷의 날것이 생생한 몸을 제대로 감추지 않았다. 그런 그가 발가벗은 채로 눈앞에 있다니, 별은 그의 몸을 노골적으로 찬탄하며 바라보았다. 굳이 경이로움을 숨기지 않았다.

"봐도 돼?"

그때, 그가 양해를 구하는 눈빛을 했다.

"뭘? 아, 어떡해……."

별이 꺄악, 비명을 삼켰다. 해운이 별의 하얀 허벅지를 최대한으로 넓게 벌렸다. 각각 양쪽으로 벌어진 다리는 해운의 두 손바닥이 우악스럽게 쥐고 있었다.

그는 거침없이 그 사이에 제 얼굴을 가져갔다. 그의 뚫어지는 시선이 느껴져 별이 입술을 앙다물고서 질끈, 눈을 감았다.

"미안, 내가 그동안 쌓인 게 좀 많아. 아니, 아주 많아. 오늘 너한테 해보고 싶은 것 다 해볼 거니까……."

그가 말을 멈추더니 단숨에 내뱉었다.

"너 각오해."

"……좋아."

별이 손등으로 제 눈을 가리며 얕게 한숨을 내쉬었다. 그러자 해운의 입술이 별의 그곳, 깊고 은밀한 곳에 닿았다.

츱츱, 할짝할짝…….

야릇하게 질퍽한 소리를 내면서 해운의 혓바닥이 별의 그곳을 애무하고 있었다. 그는 별의 몸을 발가벗겼을 때에도 내내 그곳에 시선을 두었다. 여태껏 추악하고 음탕하게 느껴지기만 하던 곳에 사랑하는 남자의 관심이 집중해 있다는 사실이 오묘하면서도 수줍어서 별은 발가락을 구부렸다.

해운의 혀는 뜨겁고 부드러웠다. 살살 간질이는 것 같다가도 입바람을 불어 수풀을 헤집어놓고 뾰족하게 세운 혀끝으로 구멍 안을 뒤적거렸다.

참을 수 없는 열락에 빠지면서 별이 몸을 뒤채며 신음을 냈다. 그래도 봐주지 않고서 해운은 별의 그곳에 깊고도 농밀한 짓을 진탕 했다.

"아아, 해운아. 나…… 이상해."

끝내 참지 못하고 별이 뜨거운 단숨과 함께 비명을 토해냈을 때에 해운은 잠시 멈췄다가 또다시 시작을 했다.

"그만, 나 이상하단 말이야."

"이상한 게 아니야."

그의 입술과 혀는 별의 그곳을 핥았다가, 쭉쭉 빨아들였다가, 콕콕 쑤셔대기까지 했다. 그리고 손가락까지 합세해서 툭 튀어나온 돌기를 만져주었다.

야릇한 감각이 한 번 차올랐다가 가장 높은 꼭대기에 이르렀다. 아아, 하고 별이 시트를 움켜쥐면서 허리를 들어 올렸다. 별의 골반을 잡으며 해운이 절정을 맞이하는 것을 도와주었다.

별이 심호흡을 하는데 해운이 기쁨에 찬 어조로 칭찬을 해주었다.

"장해! 그거야, 별아."

뭐가 그거냐고 묻지 못할 정도로 별은 온몸이 저릿한 쾌감에서 허우적대고 있었다. 이윽고 그가 손가락으로 별의 깊은 곳까지 들어왔다.

"으으……."

"아파?"

"아니, 그런 건 아닌데."

해운은 별의 얼굴 표정을 살피면서 조심스럽게 가운데 손가락으로 구멍을 넓히고 있었다.

"아프면 말해."

"응, 으응……."

갑자기 손가락이 쑥 빠져나갔다. 젖어서 번들거리는 손가락을 들어 보이며 그가 씩, 짓궂게도 웃었다.

"다시 한 번 할 거야. 아프면 말해야 해."

"으응, 알았어."

치과도 아니고 아프면 손 들까?

자꾸만 확인을 하는 그가 얄미워서 별은 샐쭉해졌다. 그러나 더 이상 그럴 수가 없었다. 그의 손가락이 안으로 깊이 들어와 세세하게 질벽의 주름을 만졌기 때문이다.

"힘주면 다쳐."

해운의 주의가 있었다. 그는 더듬더듬 그녀의 안을 잘도 탐험하더니 입을 열었다.

"잘 참았어. 별아, 이제 손가락이 아니다."

슬그머니 긴장이 되었다. 별이 고개를 들고서 해운아, 하고 그를 보았다. 응? 하고 쉬어버린 음성으로 해운이 대꾸했다.

그의 상기된 얼굴이 생경스러웠다. 이글거리는 눈으로 자신의 아래에 온통 집중하고 있는 것이 그녀의 가슴을 더욱 뛰게 만들었다. 이 아이는 나 아닌 다른 여자에게도 이런 모습인 걸까? 아닐 것이다.

별은 그렇게 믿어졌다. 왠지 가슴이 뭉클해졌다.

"내가 만약에 아프다고 징징거려도 넌 절대 멈추면 안 돼."

"별아."

그가 그윽한 눈길로 별을 뚫어질 듯이 보았다.

"응, 말해."

"너는 나와 하는 키스가 좋다고 했지?"

"응."

대답해놓고서 새삼스럽게 별은 얼굴을 붉혔다.

"이건 그것보다 몇 배, 아니 몇 백배로 좋아. 그렇게만 알면 돼."

"믿어볼게."

별은 방싯, 웃었다. 해운이 참을 수 없다는 듯이 몸을 덮쳐왔다. 그리고서는 별의 입술에 물어뜯을 듯이 격하게 키스를 했다.

"그렇게 웃으면 나는 어떡하라고……."

그녀의 입 안에 대고 그가 웅얼거리는 말에 별이 아아, 탄식조로 길게 신음을 터트렸다.

"들어갈 거야."

탁하게 가라앉은 목소리로 해운이 말하는 순간에 불끈, 튕기듯이 닿는 살덩이가 제 아래를 비벼댔다.

해운의 물건이다.

별은 붉게 번진 눈시울이 촉촉해지면서 하체의 힘을 풀었다. 어떻게 하면 그의 몸을 제대로 받아들일 수 있는지 제 나름대로 고심한 흔적이었다.

"……그래, 그렇게."

해운이 격려하며 제 몸을 밀어 넣기 시작했다. 그러면서 고개를 숙여 별의 입술에 뜨거운 키스를 해주었다. 밑으로는 꽉 들어찬 남자의 맨살이 밀고 들어오는 것을 느끼며 입술로는 키스를 받는 행위는 별의 생애에 다시 없을 순간이었다. 그것도 상대는 왕해운, 나를 사랑하고, 내가 또 사랑하는 사람이라니!

별은 자신의 행운에 감사했다.

아니, 사랑에 감사했다.

"힘을 빼야 해. 안 그러면 너 다쳐."

별이 어느새 힘을 주고 있었나보다. 별은 황급히 몸의 긴장감을 풀기 위해 입을 벌리고 숨을 토해냈다. 그러다 어느 한순간!

"아악!"

별이 비명처럼 신음을 내질렀다.

"아파?"

깜짝 놀란 얼굴로 해운이 물어왔다. 땀방울이 맺힌 얼굴이 붉어진 가운데 그의 숨결이 너무나도 거칠어서 별은 하마터면 그에게 네가 아픈 것 아니냐고, 도리어 묻고 싶을 정도였다.

"아프냐고?"

후아, 하고 그는 숨을 크게 내쉬더니 별의 이마에 제 이마를 대고는 잠시 쉬었다.

"참을 만해."

"용하네. 일단, 들어가기는 다 들어갔어."

"……그렇구나. 대단해, 왕해운."

"네가 잘한 거지."

해운이 상반신을 일으켜 앉더니 제 물건을 집어삼킨 별의 그곳을 응시하였다. 또다시 수줍음이 살아나서 별은 살그머니 눈을 감았다.

육중하면서 거대한 몸이 뻐근하게 느껴졌다. 쓰라리기도 하고 간지럽기도 한 감각에 별은 아리송했다.

"아직 움직이지는 않을 거야."

그는 일일이 설명을 해가면서 별에게 양해를 구했다.

"근데, 좀 만질게."

뭘?

별의 눈이 의아한 감정을 담고서 반짝 떠졌다. 그러자 해운의 손끝이 그곳의 가장 꼭지에 닿았다. 으응, 하고 별이 몸을 이리저리 뒤척이는 것도 상관 않고서 해운은 부지런히 손가락을 놀려서 클리토리스를 희롱했다. 몰랐다. 그곳이 그리 예민할 줄이야!

"으으으으, 으읏……."

별은 이를 악물고서 간질간질한 쾌감에 지지 않기 위해서 기를 썼다. 소용없었다. 푹 젖어서 표피가 드러난 클리토리스는 해운의 손가락에 농락당하며 여태까지 중에서 가장 큰 오르가즘을 선사하였다.

"아, 해운아…… 그만, 그만……."

발가락이 오므라들면서 척추를 타고 스멀스멀 열락의 꽃이 피어 올라와 기어이 애원하게 만들었다. 아흑, 하고 해운도 신음을 삼켰다. 그의 몸이 완전히 들어간 상태에서 별의 쾌락이 끝까지 다다른 것은 위험한 일이었다. 오르가즘에 이른 질벽이 남자의 물건을 꽉 쥐고서 조물조물 씹어대는 통에 해운은 견딜 수가 없었기 때문이다.

"미안, 못 참겠어서. 움직일 거야."

해운의 물건이 깊이 삽입이 된 채로 밖으로 나갔다가 도로 들어오기 시작했다.

"아픈 거 아니지?"

"으흣…… 응."

신음과 섞여 말도 제대로 나오지 않았다. 해운이 별의 양 발목을 붙잡고서 제 엉덩이를 움직여 부지런히 피스톤 운동을 했다. 살과 살이 부딪치는 규칙적인 소리와 함께 씨근덕거리는 숨소리, 그리고 간간히 터지는 신음 소리 등이 그를 더욱 흥분으로 이끌었다.

"……별아!"

계속해서 찔러대는 움직임을 하던 해운이 어느 순간에 크흑, 하고 헐떡거렸다. 저도 모르게 별의 이가 악물려지고 허리에 힘이 들어갔다.

"그렇게 힘주면, 너……."

한숨과 섞인 신음을 내며 그가 헐레벌떡 제 물건을 빼냈다. 별은 희미하게 젖어 있는 남자의 물건을 보았다. 검고 붉은색인 그것은 상상한 것 이상으로 크고 굵었다. 그것은 바들바들 떨면서 꼿꼿이 서 있었다.

"이리로……."

그가 별의 몸을 안아 일으키더니 끈끈한 땀으로 젖어 있는 몸으로 그녀를 꽉 부둥켜안았다. 그는 별의 질 입구를 손으로 더듬더니 제 물건 위에 앉혔다.

"아파?"

"안 아파."

그의 물건이 쑥 들어오는 순간에 별은 아찔한 감각에 몸을 떨었다. 해운이 별의 찰진 엉덩이 살을 만지며 으흑, 하고 소리를 냈다.

"너무 예쁘다."

그가 혼잣말로 감탄사를 연발하더니 숨을 몰아쉬면서 일정한 간격으로 그녀의 엉덩이를 위아래로 움직이기 시작했다. 그러면서 흔들거리는 별의 유방에 입술을 묻었다. 아래에도 신경이 쓰이는 것이 버거운데 가슴까지 공략을 당하니 별은 정신이 하나도 없었다.

"흐윽, 흑……."

별의 호흡이 가팔라지면서 흠칫 몸이 떨렸다. 해운의 이마에 착 달라붙은 머리카락으로 별의 땀방울이 떨어졌다. 그는 못 견디겠는 별의 심중은 아랑곳없이 연이어 유방의 꼭지를 물고 놓지를 않았다. 아랫배에 힘이 들어가며 발끝으로 열기가 확 퍼져 나갔다. 아랫도리가 맞붙어 있는 곳에서는 홧홧한 기운이 점점 고조되고 있었다.

"자꾸 힘주면 너 다친다니까."

끄응, 하고 별의 유방에 얼굴을 묻은 채로 해운이 경고했지만 소용없었다. 움찔, 별의 몸이 떨면서 해운의 물건을 옥죄고 있었다. 아랫배까지 차고 올라올 것처럼 찔러 들어오는 그의 물건은 힘찼다. 덕분에 제 온몸의 신경과 감각이 달아오를 대로 달아올랐다. 그러다 어느 한순간, 별은 불꽃이 펑 터지는 것을 경험했다.

굉장히 거칠어진 신음과 함께 해운이 숨을 내뿜으면서 그녀의 몸을 비틀어 제 물건을 뽑아 들었다. 비릿한 밤꽃 향이 훅 끼치며 별의 허벅지로 뜨거운 액체가 뿌려졌다. 동시에 별의 몸이 시트에 눕혀졌다.

"이리와."

"흡……."

해운의 입술이 별의 입술에 닿아 달콤한 키스를 계속하고 있었다. 까무룩 잠이 들려는 그녀의 입술을 그는 탐하고 또 탐하고…… 영원히 탐할 것처럼 굴었다.

"너를 만나서 나는 너무 다행이라고 생각해."

해운이 그녀의 가슴에 파묻고 있던 고개를 들고 말했다. 두 손바닥을 침대 시트에 대고서 엎드린 채였다. 아직 열기가 가시지 않은 눈으로 별을 쏘듯이 보았다.

"나도 마찬가지야."

"그럼, 좀 더 행복한 얼굴을 해봐. 그래야 내가 살지."

"회오리바람 같아. 왕해운 네가 내 인생에 나타났다가 사라진 일, 그리고 어른이 되어 만나서 이렇게……."

별의 시선이 그와 맞닥뜨렸다. 둘 다 형형한 욕망으로 가득 찬 눈이었다. 해운은 별의 붉어진 눈가와 헝클어진 머릿결과 붉게 부풀어 오른 입술 부위 등을 꼼꼼하게 살폈다. 가슴이 둥당거렸다. 돌연, 자신의 맨발이 짓이겨놓은 꽃잎을 보듯 죄책감도 함께 들었다. 내가 너를 드디어 가졌구나, 하고 남자의 정복감에만 취할 줄 알았는데 사무치는 죄책감은 또 의외였다. 너는 나에게 다 주었어, 하고 그는 고맙기도 했다. 아무튼 여러 가지 감정이 교차하며 그를 어지럽혔다.

"예쁘다."

그가 고개를 숙여 별의 입술에 키스를 하기 시작했다. 응응, 하고 별이 고개를 내저으며 완강하게 입술을 닫아버렸다.

"싫어?"

그의 눈에 불안함이 한가득이었다. 별이 배시시 웃었다.

"아니, 힘들까 봐."

"별, 너는? 아파?"

해운이 진심으로 걱정을 하는 얼굴이었다. 별이 그의 어깨에 두 팔을 두르며 까르르 웃었다.

해운이 와락 달려들어 입술에 키스했다. 건들기만 해도 녹을 것 같은 혀에 그의 혀가 닿아 타액을 섞었다. 해운이 진저리를 치면서 그녀의 몸을 깊이 끌어안았다. 그리고 손가락에 타액을 묻혀 밑으로 가져갔다. 다행히 푹 젖어 있는 별의 그곳은 절정의 기운을 완전히 떨치지 않고 있었다.

쉬이, 그가 소리를 내며 돌기를 찾아 부드럽게 원을 그렸다. 별이 비 맞은 새끼고양이처럼 끙끙 앓기 시작했다. 그는 한없이 다정한 손길로 애무를 계속했다. 그녀의 뜨거운 입김이 그의 가슴 부근에 닿았다. 해운이 부르르 몸을 떨었다.

"한 번만 더."

그는 별의 틈으로 비집고 들어갔다. 불끈, 굵게 힘을 주고 있는 그의 물건이 사정 봐주지 않고 별의 질벽을 마구 긁어갔다. 그녀의 다리 하나를 제 어깨에 걸었다. 붉은 속살의 움찔거리는 모양이 훤히 들여다보였다. 꽤나 자극적인 장면에 그는 더욱 흥분하였다.

그는 별의 몸을 자신에게로 바짝 붙였다.

안 아프냐고 한 번 확인을 하고서 그는 맘껏 별을 취했다. 밤 하늘의 별이 아름답다고 해도 너보다는 못할 거다, 라고 그는 혼자 감탄했다.

그의 몸을 받아들이며 홍조가 된 얼굴로 잔뜩 욕망에 취해 있는 여자는 제 여자가 분명했다. 아직 처음인 별의 질벽은 그를 완벽하게 옥죄면서 물고 늘어졌다. 그는 진땀을 흘리며 어떻게든 사정을 늦추기 위해 기를 써야 했다.

보드라운 여자의 가냘프면서 뜨거운 몸, 그리고 남자의 욕망을 들쑤셔 놓는 할딱거림, 옅게 흐르는 신음에 그는 몹시 황홀했다

해운의 눈이 떠졌다. 아침인지 오후인지 분간이 어려웠다. 침실의 커튼 사이로 들이치는 빛은 대낮이 분명했다. 부스스한 머리를 만지면서 상반신을 일으켰다. 뻐근해진 아랫도리로 인해 뭔가 이상해서 해운은 두리번거리다가 바로 자신의 곁에 누운 별을 발견했다. 그리고 둘 다 알몸인 것도 알아차렸다.

모로 돌아 누운 별의 잔등이며 어깨에 그가 새겨 넣은 입술 자국이 분분히 있었다. 그것은 아주 자극적인 앵글이었다. 별은 깊은 잠에 빠져 있었다. 일정한 숨을 쌕쌕 내쉬는 사이에 앓는 소리가 섞여서 흘러나오는 것을 들었다. 공연히 가슴이 철렁하였다.

어젯밤에 내가 너무 내 욕심만 채웠나? 해운은 느닷없이 후회스러웠다.

어떻게 이 아이의 얼굴을 보나? 처음의 수줍음이 가시자마자 조심스러움도 사라지고 두 번 세 번 할 동안에 점점 야수로 변해간 나를 원망하는 것은 아닌지.

이제부터 별과 함께할 것이다. 누가 뭐라고 해도 자신 있었다. 어떤 장벽이라도 넘을 기운도 넘쳤다.

스멀스멀, 긴장이 되면서 그는 절로 몸에 힘이 들어갔다. 이미 섹스를 한 사이라고 해도 그는 새삼스럽게 별의 곁이라는 사실이 어색해졌다.

나는 너를 가졌고, 너도 나를 가졌다는 것!

그것은 앞으로 남은 시간을 둘이서 함께 보낼 사이라는 뜻이었다.

그는 그렇게 의미를 두었다.

침대 옆의 테이블에 끌러놓았던 손목시계를 집어 확인하니 벌써 11시가 넘어 있었다. 뚜껑이 열려 있는 생수병을 기울여 마시면서 얘를 어떻게 깨우나, 망설이고 있을 때였다.

인기척을 느꼈는지 별이 몸을 뒤척이다가 자신 쪽으로 돌아누웠다.

꿀꺽, 그는 마시던 물을 뱉을 뻔했다. 마음의 준비도 되지 않았는데 별이 일어나서 그에게 말을 걸어온다면, 하고 상상만으로 놀라고 있었다. 별의 속눈썹이 파르르 떠는가 싶더니 이어서 반짝 눈이 떠졌다.

"해운아……."

이런, 해운은 숨을 들이켰다. 그녀는 해운에게 아는 척을 하더니 부은 눈덩이를 비비며 몸을 일으켰다.

긴 머리가 어깨와 목덜미로 흐트러지며 그의 시야를 놀리는 것 같았다. 별의 가슴이며 쇄골이며 할 것 없이 분홍색 반점들이 꽃처럼 피었다. 별은 눈만 부은 것이 아니었다. 입술도 그랬다. 그의 입술이 빨아들인 부분들은 전부 붓고 색이 변한다는 것을 깨달았다.

앞으로 조심해야겠다, 하고 해운은 다짐하면서도 선뜻 잠에서 깬 별에게 말을 걸 수 없었다. 아, 쑥스러워라.

별은 발가벗은 제 몸도 의식하지 못하는지 앉은 채로 그에게 좀더 다가왔다. 그러더니 발라당, 그의 허벅지로 머리를 대고 누웠다. 미처 시트가 덮여져 있지 않은 굵은 허벅지를 베개 삼아 눕더니, 별은 털이 까슬하게 난 피부에 제 얼굴을 비볐다.

"훗, 좋아라."

저 혼자 허벅지에 뺨을 대고서 애무하던 별이 고개를 들어 그와 눈을 마주쳤다.

"해운아……."

착 가라앉은 음성으로 별이 그를 불렀다.

"좋다."

해운은 문득 뺨이며 목이 울긋불긋 달아오르며 할 말을 잃었다.

"행복해."

별이 연이어서 고백을 했다.

"사랑한다고 해봐."

그가 다그쳤다. 별은 피식, 웃었다.

"욕심도."

"밥 먹어야지."

욕실 거울 앞에서 제 모습을 감상하듯 들여다보고 있노라니 해운이 부르는 소리가 들려왔다. 별은 물기를 마저 닦아내고는 새하얀 배스 타월을 걸쳐 입었다. 가려진 부분은 그렇다 치고 가슴 부근에 온통 빨간물이 들어서 새삼 부끄러웠다. 별은 머리를 묶어 올린 후에 욕실을 나갔다.

"어머나, 내 속옷?"

"내가 빨았었어."

알몸에 가운만 걸치고 나왔더니 해운의 손에 자신의 팬티가 쥐어져 있었다. 그는 헤어드라이어를 들고 젖은 속옷을 말리는 중이었다.

"그걸 언제?"

"먼저 샤워하면서."

참 잘했어요, 하고 별은 건성으로 칭찬을 하면서 냉큼 테이블로 갔다. 거기에는 룸서비스로 시킨 아침 겸 점심 식사가 차려져 있었다. 삼계탕에 양장피와 탕수육…… 죄다 고단백 음식인 탓에 별의 눈이 휘둥그레졌다. 그러고는 풀썩, 소파에 앉다가 별이 인상을 썼다. 그 표정을 놓치지 않고서 해운이 물었다.

"아파?"

안 아파, 라고 말하며 별이 두 손을 열심히 내저었지만 해운은 다소 시무룩한 얼굴이었다.

"액면 그대로 좀 믿어라. 난 분명히 안 아프다고 했다. 어서 와, 밥 먹자."

"거의 다 말라가."

별은 해운이 마저 속옷을 말리는 동안에 휴대폰을 쥐고 유진에게 문자를 보냈다. 눈길에 막혀 원주의 호텔에 머물고 있다는 내용을 쓰면서 조금 막막하기도 했다. 만약에 유진이가 혼자? 하고 물어온다면 뭐라고 대답을 할까?

"눈은 그쳤지만 우리 천천히 올라가자."

해운의 말에 어차피 오늘은 토요일이니까, 하고 그녀는 마음 편하게 생각하기로 했다. 해운이 오디오 리모컨을 작동시키자 베토벤의 황제 교향곡이 흘러나왔다.

"일부러 너 욕실에서 씻고 나오는 타임에 맞추어 황제 중에서 2악장 골라놨어."

그는 왠지 의기양양해 있었다.

"왜?"

가장 먼저 요구르트를 스푼으로 떠먹으며 별이 물었다. 해운은 뺨을 붉히며 그냥, 이라고 대답을 해주었다.

"어디 책에서 봤니? 같이 잠을 자고 나서 여자들은 베토벤의 황제 중에서 특히 2악장을 틀어주면 환장한다…… 이런 내용?"

"어떻게 알았지?"

해운이 푹, 웃었다. 채 마르지 않은 머리가 이마를 가리고 내려와 있었다. 별은 그의 머리카락을 치워주면서 살짝 만졌다. 실크의 감촉이 이럴까? 부드럽다.

"내가 만약에 너와 함께 아침을 맞게 된다면 꼭 들려주고 싶다고 생각한 곡이거든."

"그러니까 왜?"

"몰라, 그냥 그러고 싶었어."

음악에 관해서 퍼뜩 떠오르는 것이 있어서 별이 어조를 높였다.

"맞아, 너 피아노랑 기타도 연주하던데. 그럼, 손 다치고 나서는 음악도 못하게 된 거야?"

"……덕분에 아버지만 신나셨지. 예술이라면 아주 치를 떠는 양반이거든."

"이상하다. 본래 대기업 운영하시는 분들 보면 예술과 문학에 조예가 깊던데. 그렇게 보이기 위해 따로 공부도 하시고."

"단순히 취미로 끝나지 않을 공산이 커서 그런가…… 내가 하는 건 몹시 싫어하셔."

그렇게 말하면서 해운이 손을 내밀어 별의 입술에 묻은 요구르트를 훔치더니 그 손가락을 제 혀로 핥았다. 전혀 의식하지 않고 하는 행동 같았다. 별은 빙그레 미소를 짓고는 모른 척해주었다.

"정말, 어디 아픈 데는 없어?"

해운이 젓가락으로 김이 모락모락 나는 양장피 접시에서 해삼을 찾아 별의 입에 넣어주며 물었다.

"아픈 게 아니라 구름 위를 둥둥 떠다니는 것 같아. 이런 거 너무 좋아. 격하게 좋다고."

"그렇다면 고맙고."

"너니까 그런 것 같아. 아무하고는 이런 거 모를 테지?"

식사를 마치고 나서 별은 호텔에 비치된 전기주전자를 이용하여 커피를 끓였다. 외진 도시에서, 그것도 완전히 밀폐된 것 같은 공간의 단둘이라는 현실은 지극히 낭만적인 것이었다. 이제 막 사랑을 시작하는 연인들의 완벽한 시간을 두 사람은 좀 더 즐기고 싶었다.

별은 커피잔을 양손으로 감싸듯 하고서 그의 무릎 위에 앉았다. 그리고 제 손에 든 커피잔을 그의 입술에 조금씩 축여주듯 했다. 불쑥 해운은 결혼을 말했다.

"결혼?"

"그래, 결혼."

"너는 나를 만나기만 하면 그러더라. 내가 그렇게 좋니?"

별이 전혀 심각하지 않게 건드렸지만 해운은 묵묵히 설명조로 답했다.

"나는 내 인생에서 지나치기는 해도 발을 담그지 않을 것들을 미리 정하고 있었어. 특히 결혼 같은 거. 어렸을 때부터 막연히 나는 결혼을 해서 가정을 갖는 일에는 발을 빼고 살아야지, 이런 생각들을 했어. 예를 들면 이런 거지. 어제 너하고 차 안에서 지나치는 풍경들과 집들을 봤잖아. 그것들을 보면서 나는 절대 저런 풍경에는 발을 디딜 일이 없을 것이다, 하고 생각해. 차창으로 스쳐 지나가며 보기는 해도 말이지. 그런 것처럼 나는 일반 사람들이 대부분 통과의식처럼 치르는 한 사람과 가정을 이루는 일에 대해 관심 없었어. 그런 것들은 나하고 아무 상관없는 것으로 치고 살았다는 말이지."

"누가 들으면 웃겠다. 그런데도 너는 나를 만나자마자 결혼을 맹세했단 말이지? 그것도 우리 둘 다 귀 밑에 피도 안 마른 열아홉 살 청춘이었을 때였지."

"네 옆에 있으면 안심이 돼. 그때나 지금이나."

별은 할 말을 잃어서 남은 커피를 제 입으로 가져가 마셨다. 해운이 별의 벌어진 가운 틈으로 손을 넣어 가슴 하나를 감싸 쥐었다.

"스치듯 지나치는 풍경을 보면서 나는 절대로 저기에 들어갈 일이 없을 것 같다고 맹신했는데, 그게 아니더라는 소리지. 너는 도저히 그냥 스치고 지나갈 수가 없어. 나, 너하고 헤어져서 반 미쳤을 때에 결심했었어. 꼭 너를 내 사람, 나의 것으로 만들겠다고."

이토록 나한테 간절한 너를 나는 어떡한다?

난 두렵다.

이건 보통 일이 아니야. 그냥 심심풀이 땅콩처럼 연애를 하다가 가볍게 돌아서서 헤어지면 안 되는 건가? 난 할 수 있을 것 같은데? 해운이 상처 받을까?

"만약에, 해운아."

별이 입을 열었다. 이미 해운은 그녀의 목 언저리에 코와 입술을 박고서 흠뻑 숨을 들이켜고 있었다. 그의 허벅지를 타고 앉은 터라 별은 이미 남자의 몸이 다시금 흥분하고 있는 것을 알아차렸지만 살짝 무시했다.

해운아, 하고 다시 한 번 별이 그를 불렀다.

"있지, 풀과 꽃이라는 말이 있대. 베려고 생각하면 풀 아닌 것이 없고 품으려고 생각하면 꽃 아닌 것이 없더라, 이런 소리래."

해운은 별의 가느다란 목선에 혀를 내밀어 할짝이며 관심 없다는 표현을 했다. 그녀는 일부러 모른 척했다.

"어제 만났던 태백에 전시실 오픈하신 화백님이 해주신 말이야. 뭔가 너무 뭉클해서 써먹으려고 외워뒀어. 뜻이 뭘까? 얼핏 들으면 함부로 꽃을 꺾지 말자, 이런 자연 보호 문구 같지 않니?"

말해놓고서 별이 자그맣게 웃었다.

"풀의 입장에서도, 또 꽃의 입장에서도 다 오해를 받을 수 있다면서, 살아보니까 인생이 그렇대. 보기에 따라서 풀로 보이기도 하고 꽃으로 보이기도 한다며……. 그래서 말인데, 해운아. 난 네가 참 좋아. 근데……."

아직 둘의 나이는 스물아홉, 아직 서른도 안 되었다. 해운의 성격으로는 바로 결혼할 것 같은 이 상황을 우선 그녀는 무마시켜야 했다.

"해운아. 우리 연애만 할까?"

"별아."

그가 가만 별을 보았다. 왜? 하고 별이 그의 까칠한 턱에 제 얼굴을 가져가며 물었다.

"넌 모르지? 너 때문에 나는 어떤 목적들이 수두룩해졌어. 오래 살고 싶어진 이유, 담배를 끊으며 건강관리 해야 하는 이유 등등, 모두가 너 때문이야. 너를 원 없이 아껴주고 행복하게 해주려면 나는 우선 좋은 사람이 되어야 해. 건강하게 오래 살아야 한다고, 알아?

그러니까 나 막지 마. 아니, 막아봐. 너 못 해."

"우리는 아직 나이도 있으니까 연애만 생각해보는 거야, 좋지?"

"연애라."

그냥 시간이 가지 않았으면 좋겠어.

별은 그의 목에 두 팔을 두르며 이마에 키스했다.

"······이 누나의 깊은 뜻을 네가 알아?"

별은 퉁명스럽게 쏘아붙이며 그의 이마에 콩, 제 이마를 박았다. 해운이 그녀의 겨드랑이에 손을 넣어 간지럼을 태우며 지지 않고 받아쳤다.

"따지고 들자면 내가 오빠가 되지 않나?"

둘은 일요일 밤까지 호텔에 머물다가 서울로 돌아왔다.

월요일, 별은 인쇄소에 들렀다가 사무실로 향하던 길이었다. 조금 짬이 난 틈으로 지운에게 전화를 걸었다. 눈길이 위험하다는 구실로 내친김에 원주의 호텔에서 시간을 보내고 있었을 때에 지운이 그녀에게 문자를 보내왔다.

[해운이하고 있는 거겠지? 네가 알아야 할 게 있는데 궁금하면 전화 줘.]

그녀는 지운의 여상한 말이 궁금해졌다.

-먼저 전화를 다 주고, 이거 너무 반갑네.

신호음이 떨어지자마자 지운의 들뜬 목소리가 들려왔다.

"해운이한테 약혼녀가 있다는 얘기를 해주려는 거야? 너는 나한테 뭐가 그렇게 할 이야기가 많은데?"

앞뒤 다 자르고 질문부터 던지는 그녀에게 잠시 침묵하던 지운이 되물었다.

　-만나게 해줄까?

　"누구를?"

　-왕해운의 약혼녀. 마침, 대동건설 따님이 한국에 들어와 있긴 해.

　"오케이."

　순순히 별이 대답했다.

　지운은 아차산 입구에 있는 카페테리아에 와 있었다. 통유리로 된 벽으로 눈이 군데군데 쌓인 넓은 마당에 새들이 내려앉아 부리로 바닥을 쪼는 풍경이 내려다보였다.

　눈밭이 된 산에 먹을 것이 떨어졌나 보다, 라고 지운은 별 시답잖은 생각들을 하며 브라질 원두 커피를 마시고 있었다.

　그때, 울타리가 쳐진 마당 안으로 고급 세단 한 대가 멈추어 섰다. 잽싼 움직임으로 종업원이 다가가 키를 받아들자 차 문이 열리며 모피로 된 롱 베스트를 걸친 요란한 차림의 여자가 나왔다. 그녀는 전면이 유리로 된 카페를 훑어보더니 곧장 입구로 향했다. 지운은 빙글, 웃었다.

　김희경, 대동건설의 막내딸이자 고명딸로서 공식적인 자신의 약혼녀로 나이는 두 살 많은 서른 살이었다. 지운의 공식적인 약혼녀라고는 해도 미국의 디자인 스쿨에 다니는 처지로 오랜만에 만나는 터였다.

　"총알같이 달려온 것을 보니 신났나 보군. 역시 왕해운이다, 이건가?"

　은은한 피아노곡이 흐르는 가운데 빈티지한 소품들이 눈길을 끄는 카페테리아에는 테이블마다 손님들로 북적이고 있었다. 다행히 지운은 창가의 외따로 떨어진 자리를 택했기 때문에 소음이 얼마 없었다. 희경은 창가자리 하나를 꿰차고 있는 지운한테로 다가왔다.

"살 뺀다더니."

달달한 라떼를 주문하는 그녀에게 한마디 했더니 절대로 주눅 들지 않고 달려들었다.

"지금은 축적하는 기간이다, 왜?"

"가장 저렴한 자동차도 튜닝을 그 정도 하면 아우디 TT 될 건데, 너는 어째 모양이 그게 그거냐?"

"원래 티가 나지 않아야 프로라고. 야, 왕지운! 뭘 모르고서 주둥이 나불대는 것 좀 이제 그만 졸업해라. 그리고 해운이가 저번에 그랬었어. 나한테서 뺄 살이 어디 있느냐고, 알아?"

"그렇게 말한 왕해운은 현재 바람이 불면 날아갈 것 같은 처자하고 연애를 하고 있지. 팩트는 그거야."

"죽을래?"

얼굴 마주치기만 하면 서로 으르렁대는 두 사람을 빗대어 일각에서는 '톰과 제리'라는 별명을 만들어 붙이기도 했다. 이목구비가 뚜렷한 서구적인 미인인 그녀는 뼈대가 두꺼운 데다 골격이 남자같이 크고 튼튼해서 늘 다이어트에 신경 쓰고 살았다. 한국에 들어온 이유도 아마 골치 아픈 몸매 때문으로 알고 있었다.

"자세히 말해봐. 해운이에게 여자가 어디 있어서?"

선글라스를 벗으며 희경이 본격적인 질문을 시작했다. 그녀는 해운을 오랫동안 흠모하며 살아왔다. '혼 외 자'인 왕해운은 첫눈에 그녀의 마음을 단번에 앗아가 버렸다.

그녀는 그저 조용하고 음울한 그의 얼굴에 반했다. 그는 그런 얼굴로 피아노를 치고, 바이올린을 연주하다가도 그림을 그렸다. 승마를 하고 골프를 치는 지운과는 뭐든지 반대였다. 지운보다 훨씬 섬세하면서 외골수인 데다가 거칠기까지 했다.

포악한 맹수가 뚜렷이 선을 긋고서 누구도 넘어오지 못하도록 진을 치고 있는 모습, 그러나 진정한 자기의 소유에게는 얼마나 애달플지가 상상이 되었다. 알면 알수록 가볍지 않은 그에게 점점 호감을 느꼈다.

아무튼 해운을 본 그날 이후로 희경의 짝사랑은 변함이 없었다. 일찍이 그녀에게는 혼처가 정해져 있었기에 뭘 어쩔 의도는 없었다고 해도 그녀는 해운을 지켜보는 것만으로도 행복해했다. 거부당했지만 고백한 적도 있었다. 집안에서는 펄쩍 뛸 일이지만 만일에 해운이 자신의 고백을 받아주었더라면, 하고 그녀는 늘 아쉬운 마음이었다.

"그보다는 해운이가 첫사랑을 찾았다는 소식부터 들어야겠는데."

그럴 줄 알았다는 듯이 희경은 덤덤한 얼굴이었다.

"시간 문제였지. 그렇게 온 나라를 뒤졌으니."

"서울에 살고 있더라. 월간으로 발행되는 문화 예술 잡지 있지? 그 '아트 매거진'인가 뭔가 하는. 거기서 에디터로 일하고 있어."

"오, 말 된다. 왕해운은 또 그림에 일가견이 있잖아? 그 여자도 미대 같은 거 나왔겠구나?"

"몰라, 아무튼 만났어. 그리고 연애하는 재미로 좋아 죽으려고 해."

"왕해운이 좋아 죽는 얼굴이라니? 한 번도 본 적이 없어서 상상이 안 돼."

갑자기 무거운 침묵이 맴도는가 싶더니 지운이 어이없다는 듯이 웃었다.

"꼴통에 폭력이나 일삼던 녀석에게 일편단심도 안 어울리지."

희경이 후우, 하고 깊은 한숨을 내쉬더니 클러치를 뒤적여 담배를 찾았다. 그러다가 주변 눈치를 살피고는 지운을 향해 입을 열었다.

"혹시 왕지운, 너 나 포기시키려고 부른 거 아니지? 왕해운은 첫사랑 소녀 찾았으니 넌 이제 그만 나한테 복귀해라, 뭐 이런 거?"

"네가 나 아니라고 했듯이, 나도 너 아니야. 실은 나, 별이 좋아해."

희경은 키득거렸다.

"사랑의 작대기는 항상 어긋나는 법이지. 내가 너 그럴 줄 알았다. 그래도 넌 별, 그 아이를 위한답시고 뭘 포기하거나 그러지 않을 걸? 해운이는 봐라. 포기했잖아. 첫사랑 소녀와 사랑을 이루기 위해 가장 높은 곳에 서야 한다고 했던가? 그림도, 뭣도 다 끊어냈지. 스스로 회사 들어간 거 봐. 진짜 소설 써야 해. 해운이 스토리는 말이야."

"네가 왕해운의 약혼녀라고 알고 있어."

"누가?"

"그 첫사랑."

"어째서?"

"그 아이도 소식은 듣고 있었나 보더라. 저번에 우연히 만난 자리에서 내가 식사나 한번 하자고 인사했더니 너무 철벽을 치는 거야. 뭐라는 줄 알아? 내가 대동건설의 딸과 결혼을 약속한 사이라는 것을 다 알고 있대. 그래서 내가 그랬지. 내가 아니라고, 해운이가 약혼했다고……."

"오오, 제대로다."

"우리들의 희망 사항이지."

깔깔, 웃음을 터트리면서 희경은 재미있어 죽겠다는 얼굴이었다.

"조신하게 굴어봐, 좀. 해운이 그 자식이 은근 보수적이야. 별, 그 아이를 직접 보면 알게 될 거다. 얼마나 여자답고……."

그는 말을 더 잇지를 못하고서 하릴없이 앞에 놓인 커피잔의 손잡이를 거머쥐었다.

"여자답다는 말은 좀 어폐가 있네. 아무튼 너 같지는 않다고. 옷도 그게 뭐냐? 해운이가 동물 사랑하는 거 몰라? 근데 그렇게 모피로 만든 조끼만 주구장창 입고 다니는 심리는 대체, 뭐야? 사랑은 상대방에 대한 관심이야. 넌 애초에 글러먹었어."

"됐고, 일단 내가 만나주기만 하면 되는 거지? 내가 초칠 일이……."

아무렇게나 지껄이는 희경의 말을 막으며 지운은 돌연 그늘진 눈빛으로 혀를 찼다.

"어렸을 때 해운이는 나보고 미술 후원이나 해달랬어. 근데 일이 이렇게 되어버리네. 여자 한 명 만나더니 완전 달라져서는 아버지가 시키는 대로 하고 살겠대. 난 뭐야?"

"에구, 게다가 약혼녀라고 있는 나도 해운이앓이를 하고 있고. 왕지운 불쌍해서 어떡해? 나 그거 생각나. 해운이가 병 얻었잖아? 그 여자아이를 찾아다니다 그랬다면서? 완전 폐인이 되어 병들어 누워 있으니까 할아버지가 수행원들 이삼십 명 끌고 간 사건은 유명한 일화지. 네 아버지 불러서는 애를 죽이려 작정했냐고 불호령 치시고. 그러니까 네 아버지가 해운이한테 왜 이러는 거냐고, 막 엄포하고

별빛에 207

달래다가 들은 말이 그거라면서? 여자아이 때문이라고, 그러니까 어른들이 해운이한테 하는 말이 강해져라, 네가 운한의 주인이 되어봐. 지운이 살 떨리는 순간이었지……? 그것 참!"

"저 자식도 이젠 제가 가지고 싶은 것, 특히나 가장 손 안에 쥐고 싶었던 것을 제가 가지지 못한다는 것을 경험하겠지. 재밌어. 그 가지고 싶은 것이 별이라면?"

"한별? 그 애한테 내 입으로 직접 왕해운의 약혼녀라고 밝히면 되는 거야? 드라마처럼 너 따위는 올려다볼 남자가 아니다, 이렇게 한 방도 날리고?"

"그러면 누가 좋대?"

지운이 쓴웃음을 짓고는 툭 내뱉었다.

"사실을 말해줄 사람이 필요해."

"사실?"

"걔네들이 더 나아가기 전에 네가 이쯤에서 찬물을 끼얹어줘."

둘 사이를 괴괴한 적막이 가로지르며 카페 안의 음악만이 겉돌았다. 지운은 어두운 이마를 내려 테이블로 시선을 박았고, 오랫동안 해운을 좋아해온 희경의 표정은 착잡하게 일그러져 있었다.

"아무튼 사실만 말해. 그거면 충분해."

별은 똑똑한 아이니까, 하고 지운이 덧붙여 말했다.

별은 커피가 든 잔을 내려놓고서 맞은편에 앉아 있는 여자의 눈을 응시하였다. 희경은 아이스크림을 한입 가득 베어물면서 농담을 하듯이 말했다.

"다시 말해줘요? 해운이는 내 약혼자가 아니라고요. 지운이 녀석이 장난친 거예요. 왜 그런 장난을 쳤냐고 물어봐줘요. 내가 다 말해 줄게요. 지운이는 지금 약이 올라 있는 거예요. 해운이가 이복형제 인 것은 잘 아시죠? 그런 이복형제와 뭐든 반을 나누고 살아야 할 자신이 없어서래요. 처음엔 제법 사이가 좋았다는데, 그건 왜 그런 줄 아세요? 해운이는 링에 오르기도 전에 수건부터 던져서 기권할 아이로 보였거든요. 제 아버지가 상위 1%의 재력가라고 하는 데도 아무 야망도 없이 그저 작곡이나 하고 그림을 그리는 예술가로 살고 싶은 아이가 해운이였대요. 그런데 불쑥 어디서 사랑 타령을 하더니 그 여자 때문에……"

말을 멈추고 희경은 아이스크림이 든 스푼을 입에 넣었다. 그녀는 기사의 사진으로 본 그대로다. 부족함 없이 자란 티가 역력한 아가 씨는 아무 고민도 없어 보였다. 그녀는 막힘없이 줄줄 해운에 대한 것을 이야기해주었다.

"본인이 하고 싶지도 않은 일을 선택한 거지요. 해운이가 그 집안 에 입적되어 있는 건 맞아요. 그러나 승계 구도에서 한참 떨어져야 하는데도 불구하고 지운이와 동등한 위치래요. 내년이면 미국으로 경영 대학원 공부하러 나갈 거고요."

"그림은 손을 다쳐서 그렇다고……."

"손 다친 건 맞는데, 그것 때문에 그림 포기했다는 건 거짓말일 거 예요. 저도 직접 들은 말인데, 해운이가 그랬었어요. 내 여자는 내가 지킨다, 하고요. 다들 웃었지만 해운이는 진지했어요. 미래 운한의 새 주인이 목표랬어요. 그 순간 지운이의 심장에 비수가 퍽, 꽂힌 거 지요. 우습게 보면 안 돼요. 해운이 능력 있어요. 하긴, 해운이한테는 차라리 잘된 일인지도 몰라요. 송충이는 솔잎을 먹는 격이지요. 그렇게 태어난 걸요, 뭘."

별은 물이 들어 있는 컵을 들어 올렸다. 희경이 냉랭한 목소리로 원망을 토했다.

"난 말이에요. 해운이한테 고백을 한 적도 있어요. 내 집안에서 길길이 반대하는 것도 무릅쓰고 나는 너를 사랑할 수 있다고 했지요. 진짜 내 맘은 그래요."

별은 그렇군요, 라고 한숨 쉬듯 답했다. 희경도 마찬가지로 한숨을 뱉어내더니 말했다.

"둘이 한창 연애중이라면 왕 부회장님이 모를 리가 없어요. 부회장님은요, 해운이의 입장에서 가장 걸맞는 혼처를 들이대느라 들떠 있어요. 그런데 해운이가 하는 일은 뭐든 그 양반의 귀에 들어가거든요? 잊지 말아요. 해운이 주변은 다 적대적이라고 보면 돼요. 덕분에 설움 많았어요. 혹시나 해서 하는 말인데 조심하세요. 부회장님은 해운이의 첫사랑은 장난감 정도로 치부하니까요. 방해된다면 가차 없이 치울걸요? 나와 해운이가 딛고 사는 데는 일반인이 생각하는 그 이상의 일이 벌어지는 곳이에요."

"아직 솜털이 보송보송하더라. 안됐다."

취재 약속이 있어서 먼저 가봐야 한다면서 카페테리아의 문을 나서는 별의 뒷모습에 대고 그녀가 혀를 찼다. 어느새 그녀의 곁에는 지운이 다가와 있었다.

"말했어?"

"응."

"전부 다?"

"그래, 속 시원하겠다! 내가 너 찌질한 것까지 다 불었다."

"뭐래?"

지운은 유리창으로 별의 뒷모습을 좇으며 끈질기게 물어왔다.

"뭐, 생각이 많겠지. 그렇지만 쟤는 결단을 할 거야. 해운에게 가장 어울리는 여자가 어떤 여자인지 알았을 테니까."

별이 차 키를 건네주는 주차요원에게 웃어 보이고 있었다. 해운이가 빠진 여자로구나, 라고 희경은 혼잣말을 했다.

벌써 30분째.

해운은 왕 부회장과 대치하고 있었다. 58세의 왕만희는 몸 관리를 제대로 하고 사는 편이라 호리호리한 키에 배가 나오지 않은 중년의 모습이었다. 그는 아까부터 굵은 눈썹을 일그러뜨리며 아들을 조용히 노려보다 입을 열었다.

"……결혼을 하겠다는 거냐? 다시 말해봐."

해운은 가만히 있었다. 대답은 한 번으로 족했기 때문이다.

"그 아이는 그냥 지나가는 바람이 아니라는 뜻?"

묵묵부답으로 일관하는 해운을 향해 만희가 빽, 고함을 쳤다.

"대답해! 네 머리에는 대체 뭐가 들어 있는 거냐?"

잠잠한 해운을 보던 만희는 울화가 치민 얼굴로 책상 위의 폰을 눌렀다. 곧이어 문이 열리면서 정은섭 대리가 들어왔다. 그는 평소 해운의 모든 것을 관리, 보고해오는 사람이었다. 만희는 해운과 나란히 서 있는 정은섭 대리에게 말했다.

"그거 해운이 보여줘."

정 대리는 일초의 망설임도 없이 제가 들고 있던 태블릿 PC를 해운에게로 건넸다. 거기에는 기사 한 토막이 들어 있었다.

<중앙선거관리 위원회(이하 선관위로 표기함)는 총선 출마 예정
자들에게 홍보성 인터뷰 기사를 미끼로 해서 돈을 받은 잡지사 대표
모 씨와 기자 1명을 고발했다고 밝혔다. 선관위에 따르면 모 잡지사
대표는 문화, 예술부 소속의 기자를 통해 홍보성 인터뷰 기사를 싣
겠다고 하고 이천여만 원을 받은 혐의를 주장했다……>

해운이 일시에 파리해진 얼굴을 번쩍 쳐들었다.

"이런 식으로 벼랑 끝으로 몰고 가시겠다는 겁니까?"

"아직은 아니야. 여차하면 터트릴 준비를 하고 있다는 걸 보여주
는 거다. 넌 아직도 내가 이런 사람이라는 걸 모르는구나. 그렇게 미
숙해서 원. 봐라, 이 아비는 그런 사람이란 말이다. 확실히 하겠다.
그 아이하고 결혼은 안 된다. 회포 풀었으면 이만 정리해. 괜히 앞길
창창한 아이가 너 만나서 힘들면 쓰겠냐?"

"제가 평생 아껴주고 사랑해줄 여자입니다."

"요즘 세상은 돈이면 다 돼. 돈으로 맘껏 아껴주면 되잖아? 바보
같은 자식, 아직도 하는 짓이……."

"아버지가 그림 포기하라고 해서 포기한 것 아닙니다. 잊지 마십
시오. 그 아이 때문에 제가 아버지처럼 살겠다고 선택한 것을요."

"그럼, 끝까지 나를 따라해. 명문가 여자 만나. 우리 같은 사람은
여자 하나에 얽매이지 않는다. 별이라고 했나? 그 아이에게는 애석
하게도 그냥 가지고 놀다가 버리는 쪽만 있을 뿐이다."

잔인한 인간, 하고 해운의 입에서 중얼거림이 튀어나온 순간에
만희가 달려들었다. 그러나 다행히 그들 사이에 있던 정 대리가 만
희의 몸을 포옹하듯 안았다.

"부회장님, 곧 외주 업체의 본부장님들과 미팅이 있으십니다. 당장 흥분은 금물입니다."

그러고는 꿈쩍도 하지 않고 있는 해운을 향해 다급한 소리를 질렀다.

"지체하지 마시고 어서 나가십시오."

-왕해운.

지운에게서 전화가 걸려온 것은 해운이 회사 빌딩의 지하주차장으로 향하고 있을 때였다.

"말해."

-어쩔 속셈이셔? 너도 알다시피 나는 별을 아주 모르는 사람도 아니고, 네게 책임감이라는 게 있긴 한 거냐? 적당히 가지고 놀 상대한테 네가 뭘 해줄 수가 있는데?

"결혼할 거야."

-내가 얘한테 다 말했어. 그 정도만 알아둬라.

"제길, 왕지운!"

-나 별한테 호감 있어. 걔한테 신세졌던 것도 있고. 미리 말해줘야 걔도 나중에 덜 털릴 것 아니야? 네가 풋내 나는 첫사랑이랍시고 얘한테 직접거리는 것을 내가 그냥 지켜볼 수는 없잖아. 예전에 별이나 간호해준 의리도 있는데.

해운은 휴대폰을 떼어내고는 바로 엘리베이터의 버튼을 눌렀다. 별에게로 가야겠다, 당장!

6. 나는 너밖에 없는데

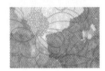

희경과 헤어진 별은 그 길로 인사동으로 취재를 왔다. 유란 갤러리에서는 신인 화가들의 그룹전이 한창이었다.

별은 전시회의 주체인 대학 교수와 인터뷰를 막 끝낸 참이었다. 그는 했던 말을 또 하는 식의 말주변을 가진 사람이라서 별은 참 힘들게 취재 노트를 작성한 참이었다. 전시된 그림 몇 장을 지면에 실어달라는 부탁에 따로 촬영 기자가 오지 못했다고 양해를 구하며 별은 다음을 기약할 수밖에 없었다.

"그럼, 내일이라도 포토 선배님 오시라고 할게요. 지면에 실어야 하는 그림은 전문가가 찍어야 되거든요."

"이거 감사합니다. 그럼, 좋지요. 너무 친절한 분이 오셔서 제가 참 도움이 됩니다."

교수와 악수를 하고 있는데 갤러리 출입문이 벌컥, 열렸다. 별은 한순간에 알아차렸다. 해운이 왔다! 저도 모르게 가슴이 통통 뛰는 것을 억제하며 별은 평소의 억양으로 인사를 했다.

"취재에 응해주셔서 고맙습니다. 후학을 위한 그 마음이 부디 이 나라 예술계에 화려한 꽃으로 피어나길 빕니다."

"말도 참 예쁘게 하시네, 기자 양반."

허허, 웃어주는 교수에게 깊은 목례를 하고 돌아서는데 아니나 다를까, 해운이 서 있었다.

아, 하고 별은 무심코 비틀거리는 몸으로 의자를 붙들었다. 그가 뚜벅뚜벅 걸어와 양팔을 붙잡아주었다. 무릎까지 내려오는 검은 코트를 걸치고 청동처럼 푸르스름한 낯의 그는 그야말로 거기 모인 모든 사람들의 시선을 한 몸에 받고 있었다. 별은 무심결에 그의 팔을 뿌리치고서 뒷걸음질을 쳤다.

"할 말이 있어서 왔어."

그녀가 뒤로 물러나는 것을 눈치챈 걸까? 해운이 그녀 곁으로 바짝 다가왔다.

"일 끝난 거 맞지?"

응, 하고 별이 고개를 끄덕거리며 주변의 눈치부터 보았다. 어느새, 방금 인터뷰를 마친 교수와 저만치 몰려 있던 신인 화가들 몇 명, 그리고 갤러리 안을 돌고 있던 손님들 몇이 그들을 주시하고 있었다.

"나가자."

그녀가 먼저 해운에게로 다가갔다. 그가 말없이 그녀의 노트북이 든 가방을 제 어깨에 걸었다. 그리고 가만 손을 잡아주었다. 별이 곁눈으로 그의 얼굴을 올려다보았다. 뭔가 절박해 보이는 눈빛이 심상치가 않았다. 혹시, 내가 오늘 김희경을 만났다는 사실을 알아챈 걸까?

해운과 손을 잡고 나란히 출입문을 통과하던 별이 걸음을 멈추어 섰다.

"별아?"

해운이 쥐고 있던 그녀의 손을 힘주어 꾹 잡았다.

별은 그를 똑바로 쳐다보기가 부끄러워졌다. 그가 몸을 굽혀서 별의 정수리에 쪽 키스를 해왔다.

"무슨 생각했어?"

별이 갑작스럽게 몸을 돌려 그를 마주보고 섰다.

"해운아, 있잖아……."

"응, 왜?"

"내가 아틀리에 차려줄게. 평생 그림만 그리면서 살아도 돼."

말해놓고서 하하, 하고 별이 웃었다. 해운은 고개를 갸웃하며 웃지 않았다. 대신에 무뚝뚝하게 한마디 했다.

"나는 너밖에 없어."

그러고는 갑자기 와락, 그녀를 당겨 안고는 속삭였다.

"나는 너밖에 없다고!"

"쉬잇, 알았어."

해운의 차가 있는 데까지 가는 길은 갤러리 출입문을 나와서도 구불구불한 빙판길을 한참 올라가야 했다. 비틀거리는 별을 부축하다시피 하면서 해운은 조심스레 빙판 위를 걸었다. 차가운 바람이 강하게 휘몰아치는 인사동의 쌈지길은 매섭게 얼어 있었다. 바람에 붕 떠오르는 치맛자락을 누르기 위해서 별이 잡힌 손을 빼내려 비비

적대자 해운이 급히 만류했다.

"손 놓지 마."

잡은 손을 통해 해운의 체온이 느껴졌다. 별의 가슴이 통증으로 찌르르 울렸다. 두 사람이 디디는 발걸음마다 위태했다. 비틀, 그녀의 스텝이 엉클어지자 해운이 멈추어 섰다.

"업힐래?"

"괜찮아. 천천히 걸으면 돼."

시간이 걸려서 차가 주차되어진 곳으로 왔을 때에 해운이 말했다.

"나랑 같이 가."

"어디?"

"어디든."

"너 따라가면 다신 못 와?"

그건 별이 제 자신에게 하는 소리였다.

'회장님은요, 해운이의 입장에서 가장 걸맞은 혼처를 들이대느라 들떠 있어요……. 해운이 주변은 다 적대적이라고 보면 돼요. 부회장님은 해운이의 첫사랑은 장난감 정도로 치부하니까요.'

지운의 약혼녀라고 했던가? 김희경의 말소리가 그녀의 귀를 쟁쟁 울렸다.

결국 해운에게 공식적인 피앙세 따위는 없었다. 그러나 그런 사실로 기뻐할 수가 없게 되었다.

해운이, 너 어떡하니?

넌 왜 이렇게 내가 좋은데?

분명 너와 함께 있으면 안 되는데, 그 사실을 머리로 똑똑히 인지하고 있는데, 그럼에도 나는 너를…….

해운아, 하고 별이 가만히 그의 이름을 불렀다. 그러고는 사랑해, 라고 혼자 속으로 속삭였다.

'나도 너를 사랑해.'

때마침, 이가 덜덜 떨릴 정도의 시린 바람이 두 사람의 몸을 쌩 할퀴며 헤집었다. 별이 고개를 숙여 이를 질끈 물어 임시방편으로 바람을 피하는 순간에 해운이 포옹해왔다. 그는 제 코트의 앞섶을 열어 별을 품에 안으며 속삭였다.

"좋다."

별이 그의 품 안에서 깊은 한숨을 내쉬며 같은 말을 해주었다.

"좋다, 우리 별이."

그가 별의 허리와 어깨를 꼭 부둥켜안으며 또다시 속삭였다.

"안아보자."

"응, 안아줘."

별은 그의 쑥색 니트 셔츠에 얼굴을 묻었다.

"할 말이 있어. 해운아, 들어줄 수 있어?"

"그래. 근데, 지금은 아니야."

그가 꿈쩍도 하지 않고서 코트로 감싸고 있는 시간이 길어지자 별이 채근했다.

"해운아, 너 춥겠다."

"잠깐만, 조금만 이렇게……."

"안 추워?"

"추워도 너를 놓기 싫어서 그래."

"차에 들어가자. 내가……."

별이 망설이며 겨우 입을 뗐다.

"내가 키스해줄게."

"키스…… 가지고 돼?"

"그럼?"

"하고 싶어."

그가 으스러져라 별을 안았다. 힘이 들어간 해운의 팔 때문에 별의 온몸이 아플 지경이었다.

"해운아, 아파."

"있지, 별아. 사람들이 막 나에 대해 떠들면서 혹시라도 뭐라고 하면……."

"알아, 다 알고 있어."

네가 나를 왜 그렇게 사랑하는지 희미하게라도 알 것 같아. 우린 같은 행성의 같은 외계인인가 봐. 지구에서는 겉도는 비극적인 외계인들이 우리야. 그런 우리가 많고 많은 사람들을 헤치고 마주쳤으니 짠, 하고 불똥이 튄 거지, 안 그래?

별은 흐르는 눈물을 그의 옷에 닦아내며 울먹거렸다.

"누가 뭐라고 해도 해운아, 우리끼리 질릴 때까지 사랑하면 돼."

질릴 때까지.

제발, 부디 그랬으면.

해운은 빙글, 웃었다.

"별이 고백, 죽여준다."

그래놓고 그가 그녀의 정수리에 뜨거운 숨을 토해냈다.

"우리가 질릴 일은 없을 거야, 절대."

세차게 몰아치는 바람, 인사동 쌈지길의 공영 주차장, 오후 6시의 해거름 지는 때의 격한 포옹, 상대는 왕해운…….

이만하면 별은 행복하다고 자조했다.

"아아, 급해."

해운은 호텔방 안으로 들어오자마자 들고 있던 별의 가방을 휙 던져버렸다. 그러고는 별의 몸을 벽에다가 밀어붙였다.

"왜 이리 초조해해?"

"몰라, 네가 먼지처럼 사라질 것 같아서 불안해 미치겠어."

"그거 병 아니야?"

"그럴 걸? 별, 너 때문이야. 너와 만나고 헤어졌던 시간이 마치 번 개같이 지나갔는데……. 그랬는데, 네가 너무 독하게 각인되어버린 거야. 나는 불안해. 너를 10년이나 걸려서 만났잖아. 또다시 네가 떠 나버릴 것 같아서 나는 항상 불안해."

그녀의 손목을 거머쥔 채로 해운은 찌르듯 그녀를 보며 중얼거렸 다. 서늘한 눈동자가 불이 붙듯 뜨거워서, 별은 조금 당황했다.

그가 그대로 별의 목에 얼굴을 묻었다. 하얀 목선에 가져다대는 숨결이 벌써 뜨거웠다.

"아, 미안!"

별이 비명 비슷하게 소리 지르자 그는 급히 사과를 해왔다. 그러 나 말뿐으로 그의 거칠어진 숨결과 붉어진 눈자위는 다른 뜻을 내포 하고 있었다.

"해운아, 뭐가 급해서……."

"지금 내가 뭐가 가장 급하겠어?"

으르렁 거리듯 내뱉고 나서 그가 제 넥타이를 빠르게 늘어뜨리고 는 별의 입술에 키스를 해왔다. 아주 물어뜯을 것 같은 키스였다. 별의 눈이 커다래지면서 순식간에 붉은 빛이 양쪽 뺨으로 번졌다. 이것은…….

격정적이었다.

여태 경험해본 것이 아니다. 그의 혀 놀림은 성급하고도 위태롭게 별의 혓바닥을 쓸어내며 다그치고 있었다.

"……해운아."

"……."

해운은 별의 몸을 바싹 붙이며 한 손으로는 옷을 들추어 맨살을 더듬었다. 곧이어 고개를 밑으로 내려 목을 애무했다. 곧이어 별의 상의가 벗겨지고 가슴이 드러났다. 그는 선 채로 진분홍색의 유두를 집어삼키듯이 입에 넣었다. 너무나도 생경하고도 강렬한 떨림에 별이 두 손으로 해운의 머리를 잡으며 앓는 소리를 냈다.

"흡, 해운…… 아."

"좋아."

그 역시도 신음하며 거칠게 젖가슴을 치댔다. 손 하나가 밑으로 내려가 팬티를 걷어 내리고 성마르게 여자의 비밀스런 곳을 더듬는다. 제대로 만져지지 않자 그는 신경질적으로 별의 옷을 벗겨버렸다. 그러고는 벽에 밀쳐진 별의 다리 하나를 제 팔에 걸쳐두었다. 이제 별의 아래는 활짝 벌어졌다. 오소소, 소름이 돋는 별의 몸을 그는 와락 포옹하며 달래는 소리를 냈다.

"그래, 착하지?"

그는 제 벨트 버클을 찾아 풀기 시작했다.

"난 너만 생각하면 밑으로 피가 몰리는 느낌이야. 못 견디겠어. 아주 환장해."

그는 바짝 곤두선 제 물건을 별의 안으로 찔러 넣었다. 다행히 그녀도 물기 머금어 젖은 채였다.

"윽."

그는 이를 질끈 악물며 미간을 찌푸린 얼굴로 별의 속으로 완벽하게 들어갔다. 뜨겁고 부드러운 그녀의 속은 너무도 질펀해 있었다. 자신을 환영하듯 그녀의 속살은 그를 한 치의 틈도 없이 옥죄며 빨아 당기는 것 같았다.

"움직일 거야, 괜찮지?"

으응, 하고 신음 소리로 대신 답을 하는 별의 눈가에 쪽 키스를 하고는 그가 피스톤질을 하기 시작했다. 쾌감이 달구어지고 있었다. 그는 점차 속력을 높였다. 지금은 어찌해도 별에게 미안하지 않을 것 같았다.

오래지 않아 둘의 몸에서 더운 열기가 퍼지더니 찔러 올리는 쪽이나 이 악물고 받아들이는 쪽이나 똑같이 절정에 올랐다.

"아!"

그러나 해운은 있는 힘을 다해 사정하지 않으려 했다. 쉴 틈을 갖기 위해 키스를 했다.

혓바닥끼리 얽히면서 상대의 입 안을 말끔하게 훑는 키스는 시간 가는 줄 모르고 길게 이어졌다. 마침내 별의 입에서 가느다란 신음이 새어 나오며 아직도 물건을 물고 있는 속이 가파르게 전율하기 시작했다. 두 번째의 절정을 맞이하는 모양이었다. 해운은 그녀의 입에서 제 입술을 떼어냈다.

"괜찮아?"

별의 눈가에 눈물이 그렁그렁한 것을 그가 손가락으로 훔치며 다시 물었다.

"괜찮냐고?"

별은 흔쾌히 괜찮다는 얼굴로 그의 뺨을 손으로 쓸어주었다. 그는 벽에 붙어 있는 그녀의 몸을 훌쩍 들어 올렸다. 꺄악, 하고 별의 새된 비명이 울렸다. 서로 연결이 된 채로 해운은 별의 몸을 안고 저벅저벅 걸었다. 그것은 또 다른 자극이어서 둘의 몸을 더욱 달아오르게 하고 있었다. 해운은 한가운데에 놓인 테이블 앞으로 갔다.

"돌아서봐."

그가 별의 몸에서 제 물건을 빼내며 말했다. 별은 순순히 그에게서 돌아섰다. 그녀는 테이블에 두 손을 짚고서 엎드린 상태가 되었다.

"아파?"

그가 끙, 하고 나직한 숨을 토해내며 제 물건을 여자의 비밀스럽고도 깊은 곳으로 밀어 넣기 시작했다.

"더 좋게 해줄게."

해운의 손가락이 아래로 파고들어왔다. 별의 몸이 움찔, 떨었다.

"괜찮아, 괜찮은 거야."

그는 톡 불거져 나온 클리토리스를 살살 애무했다. 점차 별의 호흡이 가팔라지더니 얼마 안 있어 왈칵, 애액을 쏟아냈다. 그에 뜻하지 않은 기쁨과 만족을 느낀 것은 해운이었다.

"우리 별이, 좋았어?"

그가 귓가에 더운 숨을 내뿜으며 별의 어깻죽지에 입술을 묻었다. 별은 대답 대신 고개를 틀어 그의 입술을 머금었다. 그가 달게 별의 혀를 삼키듯 했다.

달콤한 쾌감, 바싹 끌어당겨 안은 몸, 뜨거운 열기, 쉬이 사그러지지 않는 욕망…… 등등, 이 모두가 전부 두 사람만의 은밀하고도 행복한 시간이었다. 별의 몸속에 들어 있는 그의 물건이 이젠 스스럼없이 마구 찔러대며 부볐다. 이전보다 더욱 거침없고 간절한 몸짓이었다.

별의 테이블을 짚고 있는 팔이 떨리면서 자꾸만 엎어지려 했다. 그가 고꾸라지는 별의 몸을 붙잡아 제가 지탱하며 더욱 몰아쳐갔다.

찰싹찰싹.

살과 살이 부딪치는 소리가 점점 커졌다. 그들에게서 나오는 숨 가쁜 신음 소리도 마찬가지였다. 그의 물건이 별의 애액을 잔뜩 뒤집어 쓴 채로 들락날락하기 바빴다. 점점 가죽에 든 무언가가 팽창하여 터지기 일보 직전까지 왔다.

"……좋다."

결국 팽창했던 무게가 이기지 못해 찢기듯 절정에 도달했을 때였다.

"좋았어?"

"으응."

"사랑해."

끝 간 데 없이 몰아붙이는 통에 살과 살이 비벼지면서 그의 자극에 의해 폭발하는 순간에 들은 속삭임이었다. 별은 절로 가슴이 뭉클해지면서 동시에 이를 악물어야 했다.

나도 너를 사랑한다고 대답해줘야 하겠지?

그게 맞는데, 하고 별은 비명 같은 신음을 흘리며 눈을 감아버렸다.

끊임없이 그는 그녀를 졸라댔다.

"사랑한다고, 너."

"알아."

겨우 입을 열어 대답했다.

한차례의 폭풍 같은 시간이 흐른 뒤에 두 사람은 소파 위에 나란히 누워 있었다. 실오라기 하나 걸치지 않은 맨몸이었다.

"진짜 좋았어?"

여느 때와 달리 해운은 집요하다.

"응."

대충 대답해주면서 그의 맨 가슴에 코를 박고서 별은 혼자 키득거렸다.

"얼마나?"

"너만큼."

더듬더듬 해운의 손은 별의 가슴을 찾아 쥐며 부드러운 감촉을 갈구하는 중이었다.

"그렇게 급했어요?"

쉬어버린 음성으로 별이 놀리듯 물었다. 해운의 기다란 손가락이 별의 수풀을 더듬어 안쪽을 지분거렸다. 별의 칭얼거림에도 그는 능숙하게 마치 악기를 연주하듯이 촉촉한 곳을 들락거렸다.

또다시 서서히 지펴지는 불기에 별이 진저리를 쳤다. 가운데 손가락, 유독 기다랗게 뻗은 그의 그것은 조심스럽게 안으로 들어가서 오톨도톨한 내벽을 자극했다.

"쉬이, 괜찮아."

그도 별과 같이 목소리가 착 가라앉아 있었다. 결코 서두르지 않으면서도 그의 손가락은 연신 별의 속을 헤집었다. 그의 호흡이 높아지는 소리를 들으며 별은 한숨을 내쉬었다.

"……또 하자."

그가 별의 귓가에 흐트러진 머리카락을 그러모아 치우고는 거기에 입술을 가져가 쪽, 소리를 내며 키스했다. 그의 입술은 아직도 뜨겁다.

"또 해, 응?"

부스럭, 기척이 나서 눈을 뜨니 한밤중이었다. 미등의 뿌옇게 흐린 시야로 해운의 옆모습이 보였다. 그는 별이 깰까 봐 조심하면서 사이드 테이블로 손을 뻗어 휴대폰을 확인하고 있었다. 발가벗은 등에 자잘한 근육이 선명한 해운의 몸을 흡족해하며 무심코 별이 웃었다. 그 소리가 들렸나 보다.

"깼어?"

해운이 희한한 것을 본다는 얼굴로 자신을 보고 있었다.

"왜 그렇게 봐?"

"너는 잠자는 얼굴도 예쁘더라. 근데, 자다가 깼는데도 이렇게 예쁘면 어떡해? 아주 환장하겠어."

해운이 미지근한 생수병의 뚜껑을 열어 별의 입에 넘겨주었다.

"에구, 우리 해운이 사랑받으려면 평생 늙지 말아야겠다."

"아냐, 내 옆에서 늙어줘. 제발, 그래줘."

그는 별이 마시고 남은 병을 기울여 꿀꺽꿀꺽 마셨다. 목울대가 움직이는 모양을 가만히 주시하며 별은 가슴이 뭉클한 행복을 느꼈다. 내가 너를 많이 좋아하고 있나 보네, 하고 그녀는 새삼 깨달았다.

"늙어서 추하기까지 한데 바가지 긁는 여편네가 되어 있는 모습은 좀 보여주기 거시기하다. 누가 그러더라. 유독 첫사랑이 아름다운 이유는 둘이 열렬히 좋아 지내던 그 시절이 가장 젊고 싱싱했던 시절이라 그런 거라고."

그러면서도 별은 평생 해운의 옆에서 바가지 빡빡 긁는 아내 노릇을 하고 살았으면, 하고 진정으로 바랐다. 모든 것이 불확실한 지금의 현실을 벗어나 빨리 늙어버리고 싶다는 부질없는 생각도 들었다.

"아무튼 깜짝 놀랐다. 네가 너무 예뻐서."

해운이 고개를 숙여 별의 이마에 키스를 해왔다. 아아, 기분 좋아. 별이 몸을 움츠리며 웃었다.

"지금이 나의 전성기인가 봐. 잠자는 얼굴도 예쁘고, 깨어난 얼굴도 예쁘다니."

"나 혼자만 간직하려고 했는데, 비밀 하나 말해줄까?"

"뭔데?"

"섹스하는 너, 기막히게 예뻐."

그가 이번엔 입술을 밀착해왔다. 겹쳐진 입술 사이로 서로의 숨결이 흘렀다. 그의 혀가 별의 혀를 달래듯 얼러댔다. 끄응, 하고 별의 몸이 뒤틀렸다. 뜨거운 열기가 확 몰아치는 느낌이었다. 벌써 두 번의 정사를 거쳐 절정의 기운을 삭히는 중인데도 불구하고 새로운 열락이 꿈틀거렸다. 하아, 하고 아직은 키스에 서툰 별이 숨을 토했다.

"우리 왕해운은 밝히는 것으로 만렙 찍으시겠다."

"요 예쁜 것!"

키득거리며 해운이 별의 몸을 홀렁 제 몸 위로 올려놓았다. 둘 다

실오라기 하나 걸치지 않은 나신이었다. 별은 그의 몸 위에 엎드린 채로 젖꼭지에 코끝을 비벼댔다.

"너 자꾸 예쁘다, 예쁘다, 하지 마. 만약에 내가 못생겼으면 그냥 팽하겠다는 거잖아."

"내가 너 예쁘다는 뜻은 그런 게 아닌데."

그가 갑자기 정색을 하며 말했다. 그러자 별이 까르르 웃으며 그의 겨드랑이 사이의 음습한 부분을 만졌다. 더 정확히는 털을 보듬어보는 거였다. 궁금했었다. 해운의 벗은 몸을 통째로 만져보고 혀로 맛보고 자세히 쳐다보고…… 그러고 싶었다. 마치 해운이 별의 몸을 그러듯이.

"정말이야, 네 말이 나를 확 끌어당겼어."

해운이 별의 머리카락을 차분하게 만져주었다.

"너는 나한테 그랬어. 괜찮아, 해운아…… 또 그렇게 말해줄래?"

"백 번이라도 해주지, 암요. 우리 해운 씨는 괜찮을 거예요. 막, 막, 막 괜찮을 거예요. 내가 너에게 이런 말을 한다면 너는 기운이 나서 더 괜찮은 사람이 될 거야. 말의 힘을 믿어. 특히 내가 너에게 하는 말을 믿어, 알았지? 자다가도 떡이 생길 거야."

"이러니 반하지 않을 수가 있나."

그가 별의 목선을 매만지며 가라앉은 목소리로 말했다.

"아무도 내게 그런 말을 해주지 않았을 때야. 게다가 지운의 어머니는 나를 눈엣가시로 여기며 가만두지 않겠다고 했지. 모든 것이 불안정했어. 사방이 적이고 나를 향해 옥죄어오는 분노는 살기가 묻어 있었더랬지. 살아 있다는 것만으로도 타인에게 민폐가 되는 경우니까. 죽으면 끝나려나? 별 이상한 짓을 다 하고 자포자기로 내몰려 있는데 한 사람도 내게 괜찮다고 해주는 사람이 없었어. 어린 나는 아직은 무섭고 외로운데……."

"괜찮아, 괜찮아. 쉬이, 해운아."

연거푸 중얼거리는 별의 소리에 해운이 더욱 깊이 안아주었다. 별의 등에 올린 두 손이 강아지를 쓰다듬듯이 연신 위무하고 돌아다녔다. 이러다간 또 한바탕 정사를 치를 것 같아서 별은 슬그머니 다른 것으로 화제를 돌렸다.

"너는 꿈이 뭐였는데?"

"그림 그리며 살고 싶었어. 녹음실에서 음악 프로듀싱이나 하고. 뭐, 그 정도."

"다른 건 없었어?"

"없었어."

냉랭하게 내뱉는 말에 흠칫 놀라 별이 다시 물었다.

"그림 그리는 꿈이 졸지에 사라졌는데도 넌 괜찮아?"

"응, 좋아. 나에게 이젠 네가 있으니까."

"다 들었어, 해운아. 너 그림을 못 그리게 된 게 아니라 안 그리게 된 거라면서?"

두근두근, 그가 혹시라도 어디서 듣고 왔냐고 따지기라도 하면 어쩌지? 그러나 해운은 별 미동이 없이 담담하게 사과를 했다.

"거짓말해서 미안해. 사실 그때의 난 너를 붙잡기 위해서라면 진짜 팔도 없앨 수가 있었어."

"쉬잇, 됐어. 그런 말 하지 마."

"네가 나를 좋아해주지 않을까 봐 걱정되어서 그랬어. 해서 네 착한 심성을 이용한 거야. 내가 너 때문에 손을 못 쓰게 되었다는 사실을 알면 너는 나를 돌아봐주겠거니 했어. 난 비겁한 놈이지. 네 연민의 정에 기댔던 거 사과할게."

"어쨌든 다행이다. 손은 장애가 아니라는 이야기잖아."

"아니, 무용지물이야. 그림은 접었으니까."

"그 약속……."

별이 잠시 말을 멈추고 그를 내려다보았다. 눈시울이 길쭉한 해운의 눈, 그리고 묘하게 상실감으로 빛나는 눈동자는 그를 몇 살은 더 들어 보이게 만들었다. 다른 또래의 남자들에게서는 결코 볼 수 없는 성숙함이 그를 감돌고 있었다. 희경이라는 여자는 말했었다.

'내가 왜 해운이를 보고 첫눈에 반했는지 알아요? 완전 분위기 깡패잖아요. 그냥 한 번 눈을 마주친 순간에 알아봤다니까요. 아! 이 아이는 야수의 본능을 갖고 있으면서도 제 여자에게는 한없이 다정한 남자가 분명해. 맞죠? 난 별 씨가 부러워요.'

내가 그런 해운의 사랑을 받아도 괜찮은 걸까? 내가 어떻게 해야 맞는 건가? 여러 가지로 복잡하고 차가운 머릿속으로 별은 이미 분명한 결론을 준비하고 있었다.

"해운아, 지금 무슨 생각해?"

희미한 어둠 속에서 그가 핏기 없이 창백한 얼굴로 가만히 있었다.

"당연한 걸 물어."

그를 위로할 방법을 알지 못하는 별은 어떻게든 다른 무언가를 찾아야 했다. 그녀가 입을 열었다.

"난 늘 네 생각이지."

"내 생각?"

"난 반드시 너하고 결혼할거야. 그러려면 회사에서도 입지가 견고해야 해. 아버지? 그 양반은 나를 자신과 똑같은 판에 찍어서 당신 자리에 앉히려고 하는 야욕이 있어. 그게 본인의 애정 표현인 줄 알지. 하지만 난 그렇게 살지 않을 거야. 만약에 그렇게 된다고 해도 그건 내 의지로 가능한 거야."

"너하고 결혼하면 한별은 사모님 소리 듣는 거야? 난 솔직히 그런 욕심 없는데?"

"쉿, 그만. 더 이상 말하지 마."

"아니, 아니……."

"다른 생각은 하지 마. 나는 너랑 있어서 그저 설레기만 한데."

그는 별을 바닥에 눕히더니 다리 하나를 들어 제 어깨에 걸쳐놓았다. 꺄아, 하고 별이 숨넘어갈 듯이 비명을 질렀다.

"해운아, 우리 이 호텔에 들어와서 이러면 벌써 세 번째야."

"몰라, 안 그러면 불안해서 못 견디겠어."

"왜 불안한데?"

해운은 우욱, 하고 미간을 찡그리며 힘겹게 답을 했다.

"네가 나를 불안하게 해."

이미 몇 차례 절정으로 인해 달아올랐던 덕분에 별의 몸속은 부드럽게 연해져 있었다. 뜨겁고 감질나게 착착 감기는 그녀의 속에서 그가 신음했다. 퐉퐉, 그의 맨살이 닿는 소리가 요동하면서 피스톤질이 규칙적으로 이어졌다. 그러다 한층 빨라졌다. 별의 호흡이 가파르게 올라가기 시작했다.

"별아……."

그의 거칠어진 음성이 나지막하게 흘렀지만 별은 대답을 해줄 수가 없었다. 온몸이 녹아내리는 감각에 미쳐 날뛰기 시작하는 심장이 문제였다. 게다가 그는 능숙한 손길로 클리토리스를 애무하고 있었다. 별은 발개진 얼굴로 금방 울 듯한 표정이었다.

"해운…… 아."

"너, 어디…… 가지 마."

"얘는 내가 어딜 간다고 그래?"

왜 이렇게 불안해하는 걸까? 그녀는 그의 격정과 불안을 이해하면서도 어렴풋이 슬펐다.

"무조건 있어…… 나하고."

그는 가장 깊은 곳까지 불쑥 들어와 한참을 뭉개며 비비적거렸다. 거친 호흡과 다급한 몸의 움직임으로 인해 그에게 파정의 순간이 왔음을 알아챘다. 별은 제 아랫부분을 마구 요분질쳤다. 이미 푹 젖은 그녀의 질벽에 힘을 주어 그의 물건을 옥죄었다. 그러면서 연이어 그의 물건에 대고 움직여서 그가 견딜 수 없도록 만들었다.

"아가씨, 많이 늘었어. 역시 인간은 학습해야 해."

해운이 이맛살을 찌푸리며 웃었다.

"웃었어?"

아직 여유가 있다, 이거지? 별은 소리가 날 정도로 힘껏 그의 물건에 대고 아래를 비비고 있었다. 윽, 하고 해운이 인상을 쓰더니 허리를 격하게 움직여댔다.

"엄마얏!"

불시에 별에게 절정이 찾아왔다. 크게 당황한 별이 움찔거리는 속으로 그의 물건을 물고 늘어졌다. 그러면서 눈을 감고는 입을 벌려 맘껏 신음을 질렀다. 몸이 그와 함께 녹아내리는 느낌이었다.

아아, 해운이 네가 너무 좋아.

"읏, 으으…… 좋아."

해운의 입에서 고통스러운 것 같은 신음이 터졌다. 그가 해방을 맞고 있었다. 한참 부풀어올라 경련하는 여자의 속이 그의 페니스를 능란하게 죄었다. 해운은 미간을 찡그리며 별을 칭찬했다.

"대단해."

저도 모르게 별은 안도하며 그에게로 팔을 뻗었다. 순순히 해운이 몸을 겹쳐왔다. 키스가 이어졌다. 해운은 계속해서 별의 입술을 빨아들이고 있었다. 아직도 그의 물건을 몸속에 놔둔 채로 별은 스르르 잠에 빠졌다.

다음 날 새벽에 해운은 별을 오피스텔 앞에 데려다놓으면서 단단히 약속을 했다.

"나만 믿는 거야, 알았지?"

"이래놓고 슬며시 입대하는 거 아니야?"

"벌써 복무 마쳤다. 학부 늦게 마친 거 보면 모르겠어?"

뜻하지 않은 말에 별이 놀라 눈을 둥그렇게 뜨며 확인을 했다.

"우와, 대박! 언제?"

"하도 너 찾겠다고 난리니까 군대부터 집어넣으시더라, 근데 의가사 제대하고 말았어."

"혹시 손 때문에?"

"아니, 이건 소문나면 안 되는 건데……."

해운이 운전석에 앉은 채로 그녀에게 손가락을 까딱해 보였다. 가까이로 다가오라는 손짓이었다. 별이 해운의 입가에 귀를 가져갔다. 해운이 별의 귀 뒤로 머리카락을 넘겨주더니 소곤거렸다.

"확실한 건 모르겠는데 아버지가 돈으로 어떻게 한 것 같아. 아직
이 나라는 돈에 매수가 잘 되나 봐."

"부정부패의 주범인 재벌을 개혁하자, 이거구나."

별이 콧잔등에 주름을 잡으며 웃었다.

"진짜 믿네? 저렇게 허술하다니! 나는 원래 일본에서 태어나는 바
람에 군대가 의무가 아니었어. 아버지가 홧김에 집어넣었다가 은근
내가 적응 잘하니까 빼낸 거지."

"어서 가."

"너 들어가는 거 보고. 멋 부린답시고 치마 입고 다니지 마. 감
기 걸리면 안 돼."

"벌써 간섭 들어가는 거야?"

"물론이지. 이제부터 맘껏 할 거야."

뽀얀 입김을 뿜으며 별이 활짝 웃어 보였다. 귀여운 것, 하고 해운
도 웃었다. 그녀는 팔 하나를 들어 흔들면서 그의 차가 멀어질 때까
지 서 있었다.

"유진아."

아직도 이불 속에서 쿨쿨 잠을 자고 있는 유진의 곁으로 다가간
별이 풀썩 누웠다. 몸이 안 좋다. 밤새 그와 지나치게 섹스에 탐닉한
벌인 모양이다. 인간은 제 욕심만 채우면 안 되는 건데, 하고서 별은
그대로 바닥에 등을 대고 누워서 손바닥을 이마에 얹었다. 욱신욱신
몸이 아린 가운데 열이 나는 것도 같았다.

"밤새 사무실에서 교정본답시고 야식으로 족발 뜯다 온 거야? 아

님, 나이트클럽에 간 다음에 3차, 4차하고 온 거야?"

눈을 감은 채로 유진이 비아냥댔다.

"너희 고등학교 교훈이 창의적인 인간이었다면서? 다른 예도 들어줘봐."

"그래? 밑져야 본전이다. 이건 어때? 첫사랑 남자애를 만나서 둘이 밤새 떡치다가 들어온 건가?"

"오, 마이 갓뜨…… 유진아, 기다려봐. 당장에 편의점 가서 돗자리 사 올게."

"자다가 김밥 옆구리 터트리고 앉았네. 뜬금없이 돗자리는 왜 찾아?"

"유진이 너, 팔자 폈다. 계집애, 매일 편하게 먹고 살 궁리만 하더니 이렇게 길이 열리네. 지금 당장 돗자리 사 들고 미아리 가면 되겠어!"

"그 말은……."

불현듯 잠이 확 깨는 얼굴로 유진이 벌떡 일어났다.

"나야말로 오, 마이 갓이다! 너, 드디어 처녀가 아닌 게 되는 거냐? 그러니까 내가 말한 대로 네가 지금……."

"근데 웃프게도 재벌이야."

별의 낮은 중얼거림에 맥이 탁 풀린 모양으로 유진이 도로 드러누웠다.

"관둬라. 날 샜다."

"그치, 유진아? 그래서 발로 뻥, 차주려고 하는데……."

"외제 자가용 사주고 보석 박힌 반지 손가락에 끼워주면서 사랑한다고 고백했구면? 넌 넘어가주고?"

"아니, 그런 거 없던데?"

"그 재벌이 무엇이 중한지를 모르는구나."

"나밖에 없다고…… 하더라."

"계집애, 센치해지지 마라. 뭘, 너밖에 없겠냐? 돈하고 너겠지."

뚜르르르, 별의 휴대폰이 울었다. 그녀의 눈이 자동적으로 녹색 사과 모양의 벽시계에 붙었다.

오전 6시 40분.

이 시간에 누가?

손을 뻗어 휴대폰을 가져왔다. 발신자 표시가 뜨지 않았다. 예감이 안 좋았다. 두고 보고 있자니 전화벨 소리가 끊어졌다. 숨을 내쉬는 사이에 연거푸 전화벨이 울렸다. 할 수 없이 별은 휴대폰의 액정을 클릭했다.

-아트 매거진의 한별 에디터님이시죠?

낯설고도 중후한 남자 목소리였다.

"예, 그렇습니다만……."

-곧 뵈었으면 합니다. 지금 집 앞에 차가 한 대 서 있을 겁니다. 운한그룹의 왕만희 부회장님이 아침 식사를 청하셨습니다.

끄아아, 하고 이상한 괴성을 지른 것은 유진이었다. 한쪽 통화로 되어 있던 탓에 대화 내용을 모두 들었던 모양이었다.

"사랑한다, 한별! 진짜구나? 운한? 설마 그 왕지운이 네 첫사랑이었던 거야? 그 승마 국대? 너, 너, 너……."

"잘못 짚었어. 왕해운이야."

"왕해운? 처음 들어보는 이 느낌적인 느낌은 뭐지?"

"있어, 진짜 착한 사람."

별은 자리에서 몸을 일으켰다. 눈앞이 핑 도는 것이 괴로웠다. 그녀는 이를 악물고서 욕실로 향하며 유진에게 말했다.

"아스피린, 게보린, 타이레놀, 애드빌…… 이 중에 한 개라도 있으면 어서 내놔."

"야, 그런 것 가지고 되겠냐? 진정제나 신경안정제, 아니면 알코올이 낫겠다."

요즘 만희는 호텔에 머물고 있었다. 그는 별을 불러내서 호텔 조식으로 단둘이 식사를 하는 중이었다.

"어리석게 굴지 마라. 게임에선 말이다, 현명한 쪽이 이기는 법이야. 넌 부디 현명한 아이이기를 빈다. 보니까 머리도 꽤 총명하던데? 고등학생 때까지도 수학이면 수학, 영어면 영어, 못하는 게 없더구나. 거기다가 직장은 또 예술 잡지의 편집부라. 예술도 알아야 하고 문맥에 맞게 글도 써야 하는 직업이 아닌가? 그건 자네 머리가 우뇌, 좌뇌 모두 발달했다는 증거야. 아주 유능한 사람이라는 건데, 아깝군."

"무엇이 아깝다는 겁니까?"

차분한 목소리로 대답을 하는 별을 보고 만희는 잠시 수저질을 멈추었다.

"못 알아듣는 거냐? 보아하니 머리는 좋은 것 같은데……."

이미 사진을 통해 본 일이 있어서 낯이 익은 여자애였다. 분이 보얗게 묻어날 정도로 하얀 피부에 이목구비가 반듯하니 예뻤다. 키도 크고 호리호리한 채로 단정하게 갖춰 입은 무채색 정장 차림이 몸에 잘맞았다. 어디 하나 나무랄 데 없는 스타일이었다. 눈매도 곱고 앳

된 것이 아직은 때가 묻지 않아 보였다.

"식사 계속해요. 오늘 전복이 특히 신선해."

그가 다시 수저질을 하는 사이에 별이 물어왔다.

"제가 해운이와 왜 안 된다는 건지……."

"똑똑한 자네가 몰라서 묻나? 난 흠 없는 혼맥을 원하네. 자네도 알다시피 해운이는 혼 외 자야. 내가 아무리 제대로 공부시켜서 승계 구도에 앉힌다고 해도 그 점은 미비할 거란 말일세. 그걸 혼사를 통해 상쇄할 계획이라네. 우리 바닥에서는 그런 경우가 아주 없지는 않거든."

"음악도 못 하게 하시고, 그림도 못 그리게 하시고, 좋아하는 여자와 결혼도 못 하게 하시고…… 나중에 얼마나 후회하시려고 이러십니까? 해운이한테 미움 받지 않으시려거든 지금이라도 당장 그만두십시오."

후우, 하고 만희는 수저를 내려놓고서 냅킨으로 입가를 훔쳤다. 그러자 곁에 서 있던 비서가 잽싸게 붉은 빛이 진한 홍차 잔을 내려놓았다. 아까부터 전복죽의 그릇에 수저만 담그고 있던 별에게도 같은 것이 놓였다.

"어린애 데려다가 말싸움 할 일이 아니지. 내가 자네를 보자고 한 것은 말일세. 우리 아이가 자네한테 너무 깊이 빠지는 것이 두려워서랄까……."

"헤어져주겠습니다."

별은 단숨에 말을 쏟아냈다.

"뭘 걱정하시는지 잘 알고 있습니다. 저는 해운이를 사랑합니다. 평생 아껴줘도 모자랄 것 같은 사람이에요. 그런데요, 이기적이면

238

안 되잖아요. 제 욕심만 채우면 안 되잖아요. 저는 그 아이에게서 돌아설 수 있습니다. 이것이 그 아이에 대한 제 사랑입니다. 하지만 시간을 좀 주세요. 해운이가 이 세상에서 평생 받을 사랑을 제가 주고 싶습니다. 그때 돌아서도 돌아설 수 있을 것 같아요. 길어도 6개월, 이 계절이 지나고 여름이 오기 전에는 헤어져줄 결심입니다."

음, 하고 신음 소리를 내며 만희의 별을 응시하는 눈빛이 가늘어졌다. 다시 보는 거였다. 이 아이의 무엇이 진심이고 무엇이 거짓인지 발 빠르게 분석하고 있었다. 침착한 태도로 별은 그의 눈을 마주 보면서 말을 이었다.

"대신 제가 헤어져주기 전에 어르신이 손쓰지 말아주세요. 저는 약속은 지키려고 할 테니까요. 일찌감치 해운이가 어르신이 물려받을 회사에서 제 자리를 찾게 해주십시오."

"내가 계산한 것과는 너무 차이가 나서 뭐라고 할 말이 없네."

"벌써 아시고 계시겠지만 제 부친은……."

갑작스럽게 별의 눈가가 붉어졌다. 꽉 다문 입매가 부들거렸지만 이내 맘을 다잡고서 그녀가 말을 이었다.

"제 아버지라는 사람이 어머니를 버렸습니다. 어머니는 얼마 안 있어서 자살을 하셨고, 지금 저를 딸이라고 키워주시는 분은 그 어머니의 동생입니다. 누구든 사연 없이 태어난 사람이 없다고, 저는 해운이의 태생을 이해합니다. 그리고 지금은 그 아이 자체를 사랑합니다."

"솔직히 말해줘서 고맙네."

"제 출생이 미흡해서 해운이의 짝이 될 수 없다고는 생각하지 마십시오. 저는 괜찮은 사람으로 자라기 위해 충분히 애를 썼으니까요. 제가 제 출생에 대해 말씀드리는 의도는 이렇습니다. 저는 해운이가 어떤 식으로 태어나고 자랐는지를 알고 있습니다. 아마 아드님에게는 제가 맞을 겁니다. 분명히 그럴 겁니다. 그런데도 스스로 물러난다고 하는 이유는……."

별은 잠시 말을 멈추었다가 숨을 내쉬었다. 만희는 귀를 기울이기 위해 들고 있던 잔을 내려놓았다.

"어르신의 잘못된 판단을 따르려는 겁니다. 어르신은 힘이 세지요. 돈을 가지고 못 할 것이 없지요? 거기에 맞서 싸우기 싫어서입니다. 해운이를 괴롭히거나 아프게 하지 마십시오. 그럼 분명히 저는 어르신의 뜻에 따라 헤어져주겠습니다."

"앞뒤가 안 맞아. 나보고는 해운이를 괴롭히지 말라고 했잖아? 그런데 자네가 그렇게 뒤통수치듯이 떠나가면 해운이가 꽤 많이 아플 텐데?"

그가 떠보듯 물었다.

"사랑의 열병으로 아파하는 것은 한 번으로 족할 겁니다."

"아, 그렇지! 이 녀석이 자네 때문에 대체 몇 년을 배냇짓한 거야? 그래도 수확은 있었지. 그 덕에 입사도 했잖아. 그런 면에선 자네가 신통하긴 해."

"연애 감정은 길어야 3년 간대요. 어르신도 이 여자, 저 여자 배회하셔서 잘 아시잖아요?"

앙큼하게도 어른의 치부를 단번에 치고 들어온다. 만희는 어처구니가 없었지만 꾹 참아야 했다. 어쨌거나 헤어져준다지 않은가? 제 부족한 분수는 알고 있다는 말이지. 아니다, 자존심은 살아서 그런 내색은 안 했지, 참!

"아무튼 길지 않을 겁니다. 어르신은 몇 달만 참아주십시오."

"자네가 손해 보는 건데."

"해운이가 저를 많이 좋아해줍니다. 제가 일생 어디서 이런 사랑을 받을 수 있겠습니까?"

"그거면 됐다?"

"충분해요."

별은 무릎을 덮은 냅킨을 걷어내더니 일어나 가벼운 목례를 했다.

"들어가보겠습니다."

"뭐, 필요한 건 없나?"

"다시는 이런 자리 만들지 마십시오."

별은 서늘한 눈빛으로 일별을 고하고는 식당을 나왔다.

그날, 집에 돌아온 별은 앓아누웠다. 의학도로서의 상식을 가지고 유진이 내린 진단은 노로바이러스였다. 온몸에 열꽃이 피어나도록 고열이 오르면서 구토가 나왔다. 게다가 설사를 하느라 화장실을 들락날락하다, 별은 회사에 휴가를 내기로 했다.

"어떻게 쓸 휴가인데. 너, 나하고 같이 이번 여름에 티벳에 가기로 했잖아? 여행사에 전화부터 해야 하는 거 아니야?"

별을 대신해서 회사에 전화를 걸어준 유진은 죽을 끓이면서도 끊임없이 투덜거렸다. 별은 잠깐이라도 혼자 있고 싶다는 생각을 했다. 그녀는 휴대폰의 전원을 분리하면서 눈물을 글썽거렸다. 연락이 닿지 않으면 가장 곤란해할 사람이 해운인 걸 알기에 그것이 가장 마음 아팠다.

'미안해, 해운아. 지금 내가 정신이 없구나. 잠깐 혼자 생각을 해야 할 것 같아. 해운이 너에게 뭐가 가장 좋은지가 우선이 될 테니까, 걱정하지 말고 조금만 기다려줄래?'

"……휴가? 회사에 그런 걸 냈단 말입니까?"

해운은 별의 전화기가 꺼져 있는 것에 안달이 난 지 오래다. 벌써 이틀이 지나고 사흘째, 별의 전화는 먹통이었다. 그래서 오늘은 잡지사의 편집부로 전화를 걸었더니 난데없이 휴가를 냈다는 소리를 들었다.

-예, 룸메이트라는 분이 연락주셨는데요. 한 기자가 노로바이러스인가, 아무튼 식중독이라는 것 같은데요? 그런 거에 된통 걸렸다지 뭡니까? 급한 용무이십니까? 휴대폰으로…….

젠장!

해운은 잠시 망연자실해 있다가 정 대리를 불렀다.

"대리님, 저 지금 가야 할 곳이 있습니다. 마무리 부탁드리겠습니다."

그는 이틀 전부터 구미에 내려와 있었다. 운한그룹의 제지, 펠트와 가구를 가공하는 제 1공장에서 실무 담당자들과 함께였다. 한창 기계의 설비와 물품 공정에 관해 연일 릴레이식으로 프레젠테이션을 받는 중이었다.

"어디를 가신다는 겁니까? 이러다 부회장님이나 원로 회장님이 아시는 날에는 일 납니다."

"지금 안 가면 당장 저부터 큰일 나겠습니다."

"별 양 때문이십니까? 실은 차마 이런 말씀을 드릴 수가 없어서 입 다물고 있었는데 말입니다……."

우물쭈물, 그의 눈치를 살피는 정 대리가 안쓰러워서 해운은 툭 내뱉었다.

"꾸준히 입 다물고 계십시오."

벗어놓았던 코트를 걸치고 사무실을 나오는 사이에 쪼르르 뒤따라온 정 대리가 황급히 말했다.

"한별 양이 부회장님을 만났답니다. 그것도 도련님이랑 호, 호……텔에서 보내시고 난 후에, 집 앞에서 한별 양을 내려주셨던 날 바로…… 부회장님 기사 양반이 별 양을 픽업해서……."

"미치겠네!"

욕설과 함께 해운이 문짝을 주먹으로 쾅, 내리꽂았다.

"그걸 왜 이제야 말씀하십니까? 제가 분명히 빠르고 신속하게 대처해야 한다고 안 그랬습니까?"

폭설로 얼어붙은 고속도로는 어둠 속에서도 반짝거렸다. 체인을 감았다고는 해도 얼음이 박힌 아스팔트는 위험한 길이었다. 속력을 내느라 운전대를 꽉 잡은 해운의 심경은 착잡하기 그지없었다.

별이 걱정되었다.

오직 별에 대한 염려가 머릿속을 떠나지 않고 있었다

정 대리가 왕 부회장의 비서와 이를테면 내통하는 사이인 것이 그나마 도움이 되었다.

'분명하게 헤어져주겠습니다…… 별 양은 이렇게 답변하셨답니다. 그러니 제가 고민 안 하겠습니까? 이걸 어떻게 보고하나, 진짜 괴로웠습니다. 저도 이해해주세요.'

정 대리의 말에 해운은 심란했다. 동시에 분노했다. 그것은 별을 직접 만난 아버지를 향한 분노였다. 별에게는 그저 미안한 마음뿐, 원망은 추호도 없었다. 정말이지 그는 그랬다. 별, 그녀에게로 꽂힌 큐피드의 화살은 일절 미움이나 증오를 보태지 않았다. 그저, 그는 별이 아프지 않기를 빌었다.

제발, 별아.

아프면 안 돼.

몸도 마음도.

'헤어져주겠습니다.'

전방으로 시선을 둔 그의 귀에 왕왕 울리는 것이 있었다. 그것은 별의 음성이 입혀진 채로 그의 귀를 사정없이 파고들었다. 그는 그녀가 순간을 모면하기 위해 거짓말을 한 것이기를 빌었다.

별아, 불안해할 것 없어.

우리들의 미래는 내가 생각하면 돼. 네가 없이 나는 살아갈 자신이 없는 사람이야. 너는 그것만 알아주면 안 되겠니? 내가 너무 이기적인 거야?

겨우 별이 살고 있는 오피스텔 앞까지 왔지만 그는 난처했다. 별의 전화기가 꺼져 있는데다가 오피스텔의 몇 호에 사는지를 알 수 없었던 탓이다.

제길, 침착했어야 해!

무턱대고 차를 몰아 서울로 온 것은 잘한 일이 아니었다. 그렇다고 해도 다른 수는 없었다. 별이 살고 있는 동네에 있다는 사실만으로 그는 조금 안심하고 있었다. 타들어가는 속을 간신히 억제하며 그는 정 대리에게 전화를 걸었다.

"부탁합니다. 별의 가족 사항이 들어 있는 서류가 있을 겁니다. 그중 아무 연락처를 찾아서 제게 전송해주십시오."

-아무나가 어디 있습니까? 서류에 달랑 어머니 한소영 씨밖에 없는 것을요. 아아, 도련님…….

"그 도련님 소리 좀 어떻게 못하십니까?"

버럭, 해운이 소리를 질렀다. 그러나 전혀 기죽지 않은 어조로 정대리가 설명을 했다.

-제가 직접 들은 것은 아니지만 황 비서가 말하기를, 별 양의 어머니라는 사람은 진짜 어머니가 아니시랍니다. 진짜 어머니는 자살한 것 같고, 그 분은…….

"그만합시다. 끊겠습니다."

그는 황급히 전화를 끊고서 생수병을 쥐었다. 별의 입에서 듣지 않았지만 그는 이미 알고 있는 사실이다. 벌컥벌컥, 다섯 모금도 넘게 물을 마시고는 심호흡을 길게 해서 속을 가라앉혔다. 누구든 별의 문제를 가지고 나불대는 것은 싫었다. 그는 우선 별을 봐야 했다. 별이 괜찮은지 확인이 먼저였다.

드디어 문자 음이 울렸다. 한소영의 연락처였다. 밤 10시가 넘는 시각이지만 그는 서슴지 않고 전화를 걸었다.

……계집애가 탈이 났지 뭐예요? 다들 한별한테 속더라고요. 겉모습은 야리야리하니까 바람이 불면 휙 날아갈 스타일인 줄 아는 모양인데, 걔가 원래 튼튼하기가 장비 저리가라예요. 근데, 이번엔 뭘 잘못 먹었나? 식중독인지 장염인지 걸려서 기어들어왔지 뭐예요?

소영은 화통한 사람인 것 같았다. 회사 동료라고 하니까 별 경계심 없이 주소를 불러주기까지 했다. 그러면서 문병을 올 예정이면

문 앞에서 미리 전화 한번을 더 달라고 덧붙였다. 별이 세수할 시간은 줘야 할 거라면서.

곧바로 해운은 내비게이션의 안내를 따라서 전에 한 번 와본 적이 있는 '달토끼'라는 식당 앞에 도착했다.

땡그렁, 풍경 소리가 요란하게 문이 열렸다. 지푸라기로 매어둔 메주 모형과 황토색의 천정이나 볏짚으로 벽을 마감한 인테리어가 특이했다. 식당 안에는 군데군데 통나무 밑동처럼 만들어진 테이블에 서너 명의 손님들이 앉아 있는 것 말고는 사람이 얼마 없었다. 처연한 가야금 산조를 흘려들으며 해운은 카운터가 있는 곳으로 곧장 다가갔다.

치마 길이가 짧은 계량 한복을 입고서 카운터 뒤의 선반에서 무엇인가를 끄집어내려고 하는 여자가 소영인 것 같았다. 손이 닿지 않아 발뒤꿈치를 들고서 훌쩍 뛰어오르려는 그녀를 위해 해운이 팔을 뻗었다.

"이것입니까?"

선반 위의 반투명한 병을 집어 드는 그를 향해 소영이 뒤돌아섰다.

"어머, 멋진 분!"

두 눈에 감탄사를 담아 그를 올려다보는 소영에게 해운이 단도직입적으로 말했다.

"별이 찾으러 왔습니다."

"지금 눈앞에 있는 이 멋진 젊은이는 누구신가?"

소영은 기대와 흥분에 찬 눈빛으로 해운을 위아래로 훑기 시작했다. 그는 제 소개부터 했다.

"제가 별이 남자 친구입니다."

"그냥 보이프렌드……."

"그런 거 말고 별이 사랑하는 사람 말입니다."

"와우, 계집애! 전생에 이순신 장군 휘하에서 거북선 노 저은 모양이군."

휘파람을 불며 소영이 요란한 탄성을 뱉어냈다. 그러자 해운이 급히 말했다.

"거북선 노 젓는 일은 제가 했겠지요. 그러니까 지금 별이를 만난 거고요."

"우리 딸 만세다!"

"저, 들어가보겠습니다."

"그러세요. 암요, 그러셔야지요. 아이고, 내 배가 다 아프려고 하네."

일단, 해운은 곧바로 파티션이 쳐진 문으로 갔다. 신이 난 듯이 소영은 직접 문을 열어주며 일렀다.

"들어가면 주방이 나오는데, 그 주방문을 열면 거실이니까 그리로 들어가세요."

막 주방 안으로 들어가 거실로 통한다는 문손잡이를 잡고는 짧게 숨을 뱉어냈다. 별이 너를 어떻게 보나, 하고 그는 그제야 고민이 되었다. 부딪쳐지지, 그는 작심을 하고 문을 힘껏 당겼다.

"……이런 장난이 통한다고 생각해요?"

분노에 찬 남자의 걸쭉한 목소리가 먼저 날아들었다. 문손잡이를 잡은 채로 해운이 우뚝 멈춰 서서는 저도 모르는 사이에 귀를 기울였다.

"말해봐요, 내 맘이 장난으로 보였어요? 도망치는 수법치고는 너무 황당해서 말이 안 나오는군요."

뭐야?

지금 내 여자한테 화내고 있는 거야, 저 인간?

해운은 반쯤 열린 문틈으로 안의 정황을 살폈다. 별이 보였다. 그가 그렇게도 간절히 보고 싶어 하던 그녀는 이마를 훤히 드러내놓고 까칠해진 얼굴로 서 있었다. 헐렁한 셔츠를 입고 서 있는 별은 안색이 말이 아니었다. 정말 어디 병이라도 난 모양이다. 그는 가슴이 내려앉는 기분이었다.

한편 그녀 앞에 서 있는 사람은 국방색 점퍼를 걸치고 머리를 제멋대로 기른 30대 중반으로 보이는 남자였다. 그는 뭔가 단단히 수틀린 표정이었다. 그리고 그들 사이에 있는 어린 남자아이가 보였다. 별은 아이의 어깨에 양손을 올려놓고는 심각한 어투로 말하고 있었다.

"잘 봐요, 현실을 있는 그대로 받아들이는 거예요. 이 아이는 정확히 일곱 살이에요."

"어처구니가 없네. 어떻게 그런.식으로 둘러댈 수가 있지요? 하긴, 처음부터 그렇게 나한테서 빠져나갈 궁리만 하고 있었는데, 그걸 모른 내가 바보였네."

그때였다. 잔뜩 달아오른 얼굴의 남자를 향해 꼬마가 앙칼진 소리를 질렀다.

"우리 엄마 맞아요! 가세요, 아저씨. 우리 엄마를 괴롭히면 안 돼!"

피식, 해운의 입에서 바람이 빠지는 소리가 새어 나왔다. 대충 상황이 파악되었다. 그러자 아우, 하고 남자가 거칠게 제 머리를 쓸어 넘기며 분통을 터트렸다.

"쉬이, 석이는 얼른 들어가 있어. 잘 시간이야."

별은 아이의 등을 두드려 다른 방으로 보냈다. 그리고는 쌩긋, 웃어 보이는 것이 아닌가?

"이쯤 되면 솔직해져야겠어요. 맞아요, 저는 저 애의 이모예요. 그리고 사실은 저 사귀는 사람이 따로 있어요."

쿵, 하고 해운의 귀가 울렸다. 심장이 떨어지는 소리 같았다. 남자는 툭 실소를 흘렸다.

"혹시, 요전에 방송국에서 인사한 운한그룹 왕지운입니까? 왠지 낌새가 그래 보이더군."

"왕지운은 아니지만 그 비슷한 사람이에요. 아, 미리 말씀드리는데 이건 진짜 꾸며낸 이야기가 아니에요. 대놓고 말씀드릴 수도 있어요. 운한기업의 왕해운이라고 해요. 인터넷 검색에도 나와요."

"차라리 꾸며내요! 이 세상에서 가장 한심한 게 뭔지 알아요? 제 분수를 모르는 일입니다."

저 남자가 진짜!

해운은 제 목을 죄는 넥타이를 느슨하게 끌러대며 신경질을 부렸다. 그렇게 장황하게 한참 재를 뿌리는 남자를 향해 웬일로 별은 의기양양했다.

"뭐든 예외라는 게 있으니까요."

얼씨구, 하고 남자는 기막혀하며 반말로 혼잣말을 했다.

"이미 평민과 재벌의 사랑이라는 키워드는 그 경계부터가 모호하다는 것을 모르나보군. 어리석어, 한별."

"어리석은 게 어때서요? 피디님도 사랑에 어리석어서 지금 저를 찾아오셨잖아요?"

해운은 서둘러 주방을 빠져나왔다. 별이 다른 남자와 한바탕 설전을 벌인 일을 몰래 보고 있었다는 사실을 숨기고 싶어서였다.

"어머? 만났어요? 얘가 오늘 상태가 말이 아닐 텐데요……."

카운터에서 반색을 하며 소영이 그에게 말을 걸었지만 그는 급히 찻집의 문을 나섰다. 우선 밖으로 나온 그는 별에게 어떻게 말을 꺼내야 할지를 몰라 갈팡질팡 이었다. 별에게 할 말은 겨우 두 마디였다.

날 믿어달라는 것.

그리고 사랑한다는 것.

아아, 뭐가 더 필요할까? 내가 너를 어떤 마음으로 사랑하는지 더 무슨 표현이 있겠나? 두서없는 제 마음을 피력하기 위해 골몰하고 있자니, 국방색의 점퍼를 입은 남자가 가게를 나왔다. 상처 입은 얼굴의 그는 어딘가로 무작정 걷기 시작했다. 오르막길의 골목인 것도 아랑곳없이 남자는 누런 군화를 신은 발로 속도를 내고 있었다. 웃음이 나왔다.

"한별, 고집 좋고."

해운은 별이 보고 싶었다. 봐야 했다. 그가 다시 찻집의 문 쪽으로 향했을 때였다. 계량 한복 위로 패딩 점퍼를 걸친 소영이 밖으로 나오다 그와 마주쳤다.

"잘생긴 총각, 잠깐 나 좀 봐요."

그녀는 쭈뼛쭈뼛 망설이고 있었다.

"돌아가요. 내가 실수했나 봐. 별이 저것이 마구 화를 내는 거야. 나보고 아무한테나 집 가르쳐줬다고. 아까 그 피디님도 그렇고, 총각도 그렇고. 만나지 않겠대. 저것이 한번 머리꼭지가 돌면 진짜 지구가 두 조각 나도 안 되는 건 안 되는 거거든? 돌아가서 나중을 기약해야겠어요. 저 물건이 지금이나 한때지, 저는 뭐가 그리 잘났다고……."

"당분간입니까? 아님, 앞으로 쭉 만나주지 않겠다는 겁니까?"

해운의 목울대가 크게 움직이며 얼굴은 상기되었다.

"설마! 저도 여자인데 앞으로 쭉…… 이겠어? 날도 추운데, 헛고생할 것 같아서 내가 나온 거예요. 어서 돌아가요."

갑자기 해운은 길바닥인 것도 아랑곳없이 큰절을 올렸다.

"제가 별이 사랑합니다. 어머니, 잘 부탁드립니다."

"어머머! 아직은 시기상조인데."

소영은 부랴부랴 해운을 붙잡아 일으키면서도 어쩐지 즐거워 보였다. 그녀는 제 심중을 슬쩍 토하는 거였다.

"근데, 우리 잘생긴 총각이 설마 백수는 아니겠지? 아까 그 피디님은 내년 상반기에 공영 방송에 투입될 거라던데요?"

"서울대 경영학과 졸업 후, 운한그룹에서 일하고 있습니다. 내년에는 컬럼비아 MBA과정을 가려고 준비 중입니다. 이미 따님과 같이 갈 계획도 세웠습니다."

어째 술술 제 입에서 평소라면 꿈도 꾸지 않았을 말이 터져 나왔다. 물론 진실이었다. 그렇지만, 그가 이렇게 기꺼이 운한을 들먹일 줄은 몰랐다. 해운은 이것이 모두 별의 힘이라고 믿었다.

"알겠어요. 내가 살짝 연락드리리다. 별이 저 깜찍한 것이 휴가 중이라는 구실로 휴대폰도 꺼놓고 있거든. 나만 믿어요."

소영은 한쪽 눈을 찡긋하며 윙크를 날렸다.

비록 별을 만나지 못했지만 그는 다른 만날 사람이 있었다. 그는 부친을 직접 상대하는 것보다는 우회적인 방법으로 접근하기로 이미 마음먹었다. 운전대를 잡은 해운의 손등에 파르스름한 핏대가 세워졌다.

아버지, 당신의 유치한 힘자랑은 어디까지입니까?

저도 못지않습니다만.

해보겠습니까?

7. 너와 나

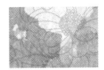

왕재익, 그는 운한그룹의 초대 회장이자 설립자로, 팔순을 넘긴 나이임에도 강골을 과시하는 사람이었다. 그는 한국의 경제 발전에 화력을 일으킨 사람으로 평가되는 원로 경영인이기도 했다.

운한은 제지와 철강 산업, 그리고 가구 등을 아우르며 90년대 말에 뛰어든 통신까지 막강한 라인을 자랑하는 회사다. 이제까지 재익이 손수 일으킨 사업은 탄탄대로였으며 세계로 확장한다는 거창한 프레임은 녹슬지 않게 명맥을 유지해오고 있었다.

그러나 재익은 입이 썼다. 시쳇말로 자식 농사를 망친 사람이라고 제 자신을 자책하고 있었다. 호랑이도 죽으면 가죽을 남긴다는 말을 좋아하는 그는 이제 저승을 코앞에 둔 자신이 이 세상에 무엇을 남길 수 있는가, 목하 고민 중이었다. 경제 발전에 이바지한 혁혁한 공으로 인해 대통령 훈장까지 받은 사람답게 그는 청렴결백했다.

그래서 그는 슬하에 남매밖에 두지 않은 탓에 큰 아들인 만희에게 기대가 컸었다. 그러나 만희는 불의와 타협을 하는 길을 걸었다. 그 때문에 2000년대에 한 번 회사가 크게 휘청하며 표적 수사를 받은 적도 있었고, 만희와 주변인들의 옥살이를 겪게하기도 했다. 만희의 경영 철학은 늘 운한의 최고 CEO인 자신과 부딪치기 마련이어서, 세간에서도 주목하는 입장이었다. 재익이 공식적인 은퇴를 앞두고 있는 상황에서도 아직까지 만희가 부회장 직함을 달고 있는 이유였다. 재익은 은밀히 전문 경영인을 따로 준비할 심사였다.

아들 만희에게는 3남매와 혼외로 얻은 아들인 해운이 있었다. 3남매 중에서 큰 손자는 일찌감치 경영 수업에서 하차한 위인이었다. 장손인 그는 심지가 굳지 못하고 머리가 안 따라간다며 제 말로도 유유자적 김삿갓이 구미에 맞는다고 했었다. 미국에 체류하고 있는 그는 가정이 파탄이 나는 바람에 통속 잡지의 지저분한 주제가 된 지 오래였고, 하나 있는 손녀도 그의 오랜 지기인 일본 철강 회사 회장의 며느리로 들어갔지만 이혼을 앞두고 자살을 하여 또다시 한바탕 운한을 가십으로 들끓게 했었다.

재익은 그런 가운데 늦게 본 손자들인 지운과 해운을 애지중지했다. 그나마 그들이 오너 일가의 모범답안을 보여주지 않겠나, 하는 희망을 품었던 것이다.

특히 뒤늦게 호적에 넣은 손자 해운이 든든했다. 만희보다는 제 자신을 닮은 외향도 한몫을 해서 그는 지운보다는 해운을 더 흡족해했다. 대가(大家)를 이룬 사람치고 예민하지 않은 사람이 없다. 해운은 미술에 타고난 재능이 있는 탓인지 굉장히 예민하고 집념이 강했다. 주목하고 보자니 타고난 머리까지 꽤 영민한 녀석이 일부러 사고를 치고 다녔다. 자신은 뒤에서 조용히 살겠다나, 뭐라나? 그것도 가족들에게 민폐 끼치기 싫다는 이유 하나로 말이다. 그 점도 마음에 들었다.

지금은 순순히 경영 수업의 행보를 밟고 있어서 기쁨을 주고 있었다. 재익은 한 명이라도 좋으니까 자신의 핏줄이 올바른 경영인이 되어주기를 바랐다.

"내 핏줄만 이어받았다고 무혈입성 하려 들지 마. 내가 세운 왕국에 명함 파려면 너의 능력을 보여줘야 해. 능력이 없으면 적당히 주식 줄 테니 배당금만 받아먹고 살아야지 별수 있나? 어설픈 능력 가지고는 내 왕국 망치기 딱이지."

진정으로 두 손자들이 아들 만희처럼 되는 것을 원하지 않는다.

"······시작하자."

오늘은 해운과 지운을 다 함께 불러들였다. 두 손자들에게 이른바 '신사업 프로젝트'라는 사업 계획서를 제출하라 일렀었다. 그렇게 지운과 해운 두 손자들을 시험대 위에 올려놓고서 그는 매번 점검을 하는 중이었다. 억울하다는 지운의 입장을 받아들여서 그에게는 가장 우수한 브레인들을 배당시켰다. 반면 해운의 팀원들은 그리 날고 기는 자들이 아니었다. 그는 그런 식으로 해운을 다루었다.

"들어보자. 지운이 너부터 해봐. 어디 보자, 면세점 사업권을 따겠다고."

재익은 지운의 보고서를 펼쳐 들면서 가장 중요한 제목에 이맛살을 찌푸렸다. 안정적인 실적으로 경영 능력을 입증해야 할 너에게는 최고의 선택이겠지. 그런데······. 그의 인상이 나빠졌다.

"중국인 관광객이 급증하면서 국내 면세시장이 한순간에 성장했습니다."

"그만!"

재익이 날카로운 어조로 지운의 말을 잘랐다.

"더 듣지 않아도 무슨 얘기를 할지 여기에 모를 사람이 있다고 생각하느냐?"

면박을 주듯 못마땅함을 감추지 않고서 재익은 냉혹하게 말을 끊었다.

"최근 면세 시장을 둘러싼 중국, 일본 등 주변국의 공세와 내부 경쟁 심화 리스크도 만만치 않아."

"자신 있습니다."

자신 있다? 근거도 데이터도 없는 자신감? 재익은 애써 감췄던 노여움을 폭발시켰다.

"난 손실을 가장 두려워하는 장사꾼이야. 자신 있다는 너의 허풍을 믿고 투자할 사업가는 없어!"

"서울 시내 면세점 경쟁이 얼마나 치열한지 알고 있는 게냐? 특허기간이 기존 10년에서 5년으로 줄었어. 특허가 만료되면 타 업체와 또다시 입찰을 경쟁해야 해. 어렵게 사업권을 따내도 유지하기가 어려워. 그런데도 들어가겠다는 말이 나와?"

"공항 면세점에 비해 임차료도 낮습니다. 최근 침체에 빠진 내수 경기와 달리 중국 관광객은 계속 증가세에 있습니다. 지금 저희 경쟁사 3곳에서는 유치를 위해 벌써 뛰어들었습니다. 회장님의 과감한 결단이 필요합니다."

지운의 말투도 거셌다. 재익은 입을 다물었다. 긴 침묵의 시간이 흘러갔다. 흘깃, 해운을 보니 그는 정면을 향해 시선을 고정시키고 있을 뿐이었다. 창백한 얼굴의 표정은 늘 그렇듯이 무심했다. 재익의 시선이 해운에게로 머문 것을 보며 지운은 입술을 깨물었다.

"지금 들어가면 초반 열세야. 일사불란하게 움직여야 해. 지휘는 누가 할 예정이냐?"

핏줄에 무릎 꿇은 재익은 지운에게 물었다.

"지휘는 제가 하겠습니다. 대신 안수호 이사에게 실무를 맡길 계획입니다."

"너에게 주는 첫 투자야. 실망시키지 마라."

지운의 얼굴에 만족스런 미소가 지어졌다. 그는 자리에 앉으면서 해운을 보았다. 봤어? 하듯이 그가 우쭐한 미소를 지었다.

"왕해운, 네 순서다."

재익의 손짓을 시작으로 자리에서 몸을 일으킨 해운은 입을 열었다.

"가구, 생활소품, 건축자재 등을 아우르는 가구 시장을 잡을 생각합니다."

"하필 계열사를 가장 작은 곳으로 선택한 이유는 무엇이냐?"

재익은 신중한 눈빛을 하고 해운에게 질문을 던졌다.

"슈퍼 공룡으로 키우고 싶어졌습니다. 세계에서 시장 규모가 가장 거대한 중국에서 성공한다면 가구 시장 내에서 세계 최강의 기업이 될 수 있을 것입니다."

재익의 눈이 빛났다.

"중국 시장이 크다는 건 누구나 아는 사실이야. 하지만 가구 공룡인 '이로아'도 중국에서는 1%도 미치지 못하는 실정인데? 그 정도 시장 정보는 확보하고 있겠지?"

누구나 다 할 수 있는 말, 누구나 알 수 있는 커다란 시장, 역시 젊은 혈기다운 발상이었다. 하지만 중국 시장은 투자금에 비해 불확실성이 컸다. 왕 회장의 노골적인 비웃음에도 해운은 흔들림이 없었다.

"뚜렷한 강자가 없다는 점도 충분히 매력적이죠. 현재 중국 가구 및 건자재 유통 1위 기업이 현지 브랜드입니다. 회장님께서도 잘 아시다시피 점유율이 10%를 넘지 못해요. 그러니 우리가 뛰어들 시장 규모는 충분하다는 말씀입니다. 현지 건설사를 대상으로 하는 기업 간 거래 사업을 통해서는 올릴 수 있는 매출의 한계가 있습니다. 소매 시장을 직접 뚫겠습니다."

직접 뚫겠다는 해운의 말이 그의 심중을 흔들었다.

"중국 시장 공략 전략은 종합 인테리어 사업입니다. 집 안에 들어가는 모든 제품을 저희 브랜드로 내걸 계획입니다. 더불어 국내와 마찬가지로 컨설턴트를 배치해 고객 상담에 집중하겠습니다. 현지화에 어려움을 겪었던 시공 서비스까지 중국 내에서 해결하도록 하겠습니다.

"선점할 지역은?"

이번에는 해운이 빙그레 미소 지었다.

"상하이 법인부터 만들겠습니다. 규모는 300억 원입니다. 본사에서 차출할 인원은 30명입니다."

재익의 머릿속 계산도 빨라졌다.

"목표 금액은?"

"중국 진출로 매출 100조 원을 잡았습니다. 중국 가구 시장은 무서운 성장 속도로 규모가 커지고 있습니다. 최근 20년 새 중국 가구 시장 규모가 30% 이상 커졌습니다."

재익이 몸을 돌려 재무이사 김창섭을 바라보았다.

"김 이사, 상하이 현지에 우리 법인 하나 내도록 하지. 자금 운영 계획서 올려."

"네 알겠습니다, 회장님."

"왕해운, 상하이 법인 사령탑은 네가 맡아. 예산, 인사 권한도 모두 너에게 주마. 기간은 17개월."

재익이 자리에서 일어서며 중얼거리듯 말했다.

"목표는 가볍게 시작하도록 하지. 투자금 3배의 이익 실현."

"대신 이 자리에서 확실히 해주십시오. 제가 얻는 건 무엇입니까?"

해운의 말이 곧장 따라왔다.

"네가 그토록 바라는 삶을 약속하마. 아, 화가는 제외다."

혼잣말로 오케이, 라고 대답한 해운은 고개를 끄덕거렸다. 전부를 걸어야 한다. 그의 얼굴에 상념이 떠올랐다.

……됐다.

혼자 남은 해운은 생수병을 입으로 가져가며 넥타이를 느슨하게 끌렀다. 드레스 셔츠의 단추를 한두 개 풀어내며 언제나 그렇듯이 별을 생각했다.

별아, 보고 싶다.

너를 지키기 위한 전쟁의 서막이 열렸어. 모든 것을 걸겠어.

너를 위해서. 아니, 우리를 위해서. 해운의 몸속 뜨거운 기운이 쉽게 가라앉지 않고 있었다.

"별한테로 갈 겁니다."

그가 가까이 다가온 정 대리를 향해 말했을 때였다.

"절대 면회 사절! 알아들으셨죠?"

정 대리가 두 손으로 알파벳 엑스 모양을 만들었다.

"그 정도로 위독한가?"

순간적으로 해운의 안색에서 핏기가 싹 가셨다.

"그런 뜻이 아니고요, 도련님. 별 양의 어머니가 그러는데 면회를 차단시킨 사람이……."

"별?"

"빙고, 현명하십니다!"

정 대리가 볼록 튀어나온 자신의 배를 두들기며 마치 퀴즈를 맞춘 사람에게 환호하는 것처럼 굴었다.

"보러 가겠습니다."

하지만 해운은 더 이상 참을 수가 없었다. 내가 너 하나를 차지하기 위해서 지금 무슨 짓을 벌이려는데? 나를 거부하겠다고? 그런 거야?

별아, 한별!

나는 너밖에 없는데, 나는 네가 너무 보고 싶은데.

너 혹시 나를 피하겠다는 심보야?

해운은 성큼성큼 걸음을 옮겨 자가용으로 향했다.

"어느 병원입니까?"

그가 큰 소리로 물었지만 뒤따라오는 정 대리는 함구하고만 있었다.

"대리님, 어느 병원이냐고요? 제가 직접 알아볼 수도 있습니다."

미쳤다, 미쳤어!

사랑에 미치면 못 할 일이 없지.

그런데 별아, 나 다른 건 다 해도 너한테는 화내지 않겠어. 너한테는 분노하지 않을 거야. 그러니까 만나주라, 응?

속으로 들끓는 여러 상념으로 인해 괴로운 그는 목청을 낮추고서 정 대리를 불렀다.

"어느 병원이냐고 물었습니다."

"돈은 이런데 쓰라고 있는 거야. 남들은 휴가라면 몰디브 가서 모히또 한잔하는 마당에 이 몸은 병원에 들어왔잖아. 이럴 때에 1인실 써보는 거지."

1인실 침대에 누워서 별은 유진에게 농담을 건네고 있었다. 의사 가운을 걸친 유진은 소영이 놓고 간 과일 바구니에서 바나나를 벌써 세 개째를 먹으며 벽에 걸린 텔레비전 화면에서 눈을 떼지 않고 있었다.

"있지, 별아. 이상한 거 없냐? 너 그날 아침에 왕만두 부회장님하고 같이 식사했잖아. 근데, 너만 이렇게 노로바이러스 걸렸을까? 혹시 네 애인이 뭐라고 안 해? 자기 아버지도 해물 잘못 먹어서 얼굴이 누렇게 뜨도록 설사하고 토하고 장난 아니라고, 정말 아무 말 없어?"

"안 만나는 중이야."

순간, 유진은 별의 새하얗게 질린 얼굴을 새삼스럽게 쳐다보았다. 그러더니 그녀는 바나나 씹던 것을 멈추고 음울한 얼굴이 되어 물었다.

"그렇지? 장벽이 너무 크지? 그래, 아서라. 그저 우리는 마음 편한 게 장땡이란다. 봐라, 텔레비전에서만 보던 왕만두를 직접 보고 나서 너 곧장 병 걸렸잖아."

"아니, 그런 게 아니라⋯⋯."

별이 주삿바늘이 꽂혀 있는 팔을 조심하며 몸을 일으켜 앉았다. 머리가 아무렇게나 엉클어져 어깨까지 내려온 탓에 두 눈이 움푹 파인 얼굴이 더욱 조막만 해져 보였다.

"그날 컨디션 난조인 데다가 억지로 해삼탕에 전복죽을 먹는 바람에 탈이 난 거야. 내가 조절을 잘 못해서 걸린 병인데, 애는?"

억울해, 하고 말끝에 중얼거리자 유진이 잽싸게 맞장구를 쳤다.

"거봐라, 억울하잖아? 왜 아니겠어? 왕만두, 기다려라! 당신 예전에 감방 갔을 때에 찍힌 사진으로 평생 잊을 수 없는 혐짤을 만들어 퍼 나르겠다!"

"유진아, 쫌!"

별이 유진을 자제시키며 울상을 지었다.

"그날 먹은 특별 조식값만 해도 우리 반 달 치 월급이었단 말이야. 전복도 그거 얼마나 싱싱했는지 아니? 속에서 소화시키면 얼마나 좋아? 다 피가 되고 살이 되었을 건데. 이게 뭐야? 다 쏟아내고 토하고. 그런 게 억울하다는 얘기다."

"이것이 아직 덜 토하고 덜 쌌구먼."

유진이 핀잔을 툭 던졌을 때였다.

똑똑.

문을 노크하는 소리가 들렸다. 별이 순간적으로 움찔, 놀라며 당황해하자 유진이 문 앞으로 갔다.

"좋게 말할 때 김유진 나와라. 너 여기 있는 거 다 알아."

"선생님?"

유진이 화들짝 놀라서 문을 열어젖혔다.

"저 아직 점심시간인데요."

"어쨌든 나오라면 나와. 수술실 우리가 투입이야. 요즘 빠져가지고는."

유진은 별을 향해 어깨를 으쓱하며 웃었다.

"넌 나처럼 살지 마라. 간다. 혼자 있다고 외로워하지 말기!"

유진은 과일 바구니에서 오렌지를 꺼내 주머니에 챙겨 넣고는 키스를 날렸다.

그녀가 나가고 나자, 별은 가만히 눈을 감았다. 독한 바이러스균이 신장염으로 번지는 통에 입원을 하고 말았다. 떨어지지 않는 고열에 탈수 증세까지 동반해서 그녀는 수액을 다 맞으려면 며칠 걸린다는 소리도 들었다. 약이 독한 모양인지 눈꺼풀이 무거웠다. 별은 눈을 감고 잠을 청했다. 차라리 잘됐다. 멀쩡한 정신으로는 해운에 대한 생각이 복잡하기만 해서 견딜 수가 없었으니까. 아프지 않은 몸으로는 당장이라도 해운에게 연락을 취하고 그에게 달려가고 싶어서 안달할 것이 뻔했으니까.

이대로 깊은 잠이 들어 다시는 깨어나지 않았으면.

별은 부질없는 생각 끝에 눈물을 훔쳐냈다.

얼마나 잠들어 있었을까?

누군가가 곁에 있는 것을 느끼고 별은 몸을 모로 눕혔다. 아무것도 먹지 않았는데도 꾸룩꾸룩 장이 아파서 그녀는 앓는 소리를 냈다. 누군가의 손길이 느껴졌다. 그 손길은 이마를 만져주고, 어깨를 쓸어주었다. 입술에 붙은 머리카락을 떼어내더니 인중을 살살 문질러주었다. 간호사가 그럴 리는 없고, 소영은 가게 때문에 애초에 간호는 집어치울 거라고 단언했으며, 평소의 유진이라면 절대로 이런 스킨쉽을 해줄 친구는 아니고…….

별의 눈이 번쩍 떠졌다.

"해운이?"

별은 시트를 끌어다가 제 얼굴을 가리며 무심결에 소리 질렀다. 해운은 흰색 가운을 입고 마스크를 한 채로 바로 곁에 앉아 있었다. 마스크 위로 두 눈의 상흔이 영롱했다.

"그 가운은 뭐야?"

목소리가 갈라져서 나왔다. 해운은 마스크를 내리면서 조금 딱딱한 표정으로 말했다.

"별이 너…… 나 피하려고 했어?"

"아니, 그런 건 아니고!"

별이 황당한 얼굴로 급히 변명을 했지만 해운은 제 할 말만 했다.

"나는 네가 걱정되어서 미치겠는데 얼굴도 안 보여주려고 했어? 네가 면회 사절이라고 해놓은 통에 내가 이러고 들어왔다."

"……미안해."

별은 두 눈이 감기도록 해사하게 웃어주었다. 그러고는 일어나 앉아 두 팔을 활짝 벌렸다.

"이리 와, 해운아."

그러나 해운은 격정에 찬 눈빛으로 두 주먹을 꽉 쥐고는 움직일 줄을 몰랐다.

"에이, 화 풀어. 어서, 이리 오라니까."

그녀의 눈시울이 붉어지면서 재촉을 해도 해운은 꿈쩍하지 않았다.

"남자가 말이야, 뒤끝 작렬이네? 해운아, 이리 와봐, 다 얘기해줄 게. 나 너 피한 거 아니야."

"피했어!"

해운이 툭 내뱉었다. 그러자, 금방이라도 별의 말갛고 커다란 눈 동자에서 눈물이 떨어질 것 같아졌다. 그는 이를 악물고서 그것을 바라보고만 있었다.

"내 아버지가 불렀다면서? 그러면 먼저 나한테 달려왔어야지. 아 니, 적어도 나한테는 알렸어야지. 그냥 잠수하듯이 숨고서 병원에 입원해서도 면회조차 거부한다고 하……. 내가 아주 돌아버리는 꼴을 보려고 작정한 거지?"

"너한테 무작정 기댈 것 같아서 그랬어. 내가 말이야……."

그녀가 발그레하게 상기된 얼굴을 하며 변명을 주워섬겼다. 엉클 어져 어깨를 덮은 머리카락이 흔들리면서 파리해진 얼굴의 반이나 가렸다.

"너하고 둘이 어디든 가자고 하고 싶었어. 나는 너하고 잠시라도 떨어져 있기 싫어! 매일 네가 그리워서 살이 떨리고 가슴이 뭉개지 는 것 같고 눈물이 나서……."

더 이상 말을 잇지 못했다. 바늘이 꽂힌 손으로 제 가슴의 옷깃을 부여잡고 별이 후드득, 눈물을 흘렸다.

"너한테 징징거리며 나만 보라고 조를 것 같아서…… 당장은 너 만나기 싫었단 말이야."

"너- 바보야?"

해운이 버럭 소리를 질렀다.

"바보냐고? 눈물 그쳐, 뭘 잘했다고 울어?"

곧 이어서 해운의 입에서는 네가 뭘 잘했는데? 라는 고함이 터져 나왔다.

"그래서 나하고 헤어져주겠다고 했어?"

일순, 별의 안색이 차갑게 굳어갔다. 그건 해운도 마찬가지였다. 푸르스름한 안광이 번뜩이면서 그에게서 섬뜩한 기운이 드러났다.

"해운아, 나 몸이 안 좋아."

그녀는 슬금슬금 발뺌을 하기 위해 아픈 제 몸을 핑계 댔다. 병원에 입원까지 했으니 아예 거짓말도 아니었다. 그러나 그것은 통하지 않았다. 해운은 처참하게 일그러진 표정을 하고 무시무시한 눈으로 그녀를 노려보고 서 있었다.

"해운아, 나……."

별의 말을 막으며 그가 젠장, 하고 욕설을 내뱉었다.

"뭐?"

그녀가 눈을 찡그리면서 반문했지만 그는 같은 욕을 반복했다.

"아, 젠장!"

"왕해운!"

"왜? 난 욕하면 안 돼? 지금 내 기분이 어떤지 알아? 넌 나를 얕잡아 봤어. 내가 너한테 홀렁 넘어간 일이 무슨 애들 농담 따먹기인 줄 알아? 내가 너 때문에 그렇게도 좋아 죽던 그림도 관두겠다고 한 사람이야. 너를 내가 어떤 마음으로……. 아우, 젠장!"

입술이 부르르 떨리는가 싶더니 눈가가 이슥해지며 그가 말을 더듬었다.

"내가 너를……. 젠장! 아무튼 너는 내 맘 몰라!"

"해운아, 진정해. 진정하고 이리 와봐."

266

"내가 어떤 마음으로 10년 동안을 찾아 헤맸는지……. 넌 모른다고!"

격정에 찬 말을 토하고 나더니 해운이 주먹으로 제 입가를 쓱 훔쳤다.

"근데, 별이 너한테는 내가 그저 씹다 버릴 껌이지."

씹다가 버리는 껌? 별의 심장에 파도가 쳤다. 아픈 파도가 널을 뛰면 그 뒤를 이어 조금 더 아픈 고통의 파도가 잡아먹듯이 덮치는 식의 파도타기였다.

"말해봐, 별아!"

그는 매섭게 다그쳤다.

뭘 어떻게 말해?

내가 너와 어울리지 않는 사람이라는데?

나는 너하고 끝까지 가면 안 된다는데? 네가 나를 적당히 사랑하면 안 되겠니? 별은 자꾸만 눈시울이 붉어졌다.

"넌 내가 그렇게 하찮게 보여? 나는 네가 너무나도 소중해서 내 인생을 걸었는데! 내 인생의 방향을 틀었다고! 이게 쉬운 일인 줄 알아?"

그녀는 한숨을 푹 내쉬었다. 이 남자가 정말, 하고 탄식이 절로 나왔다. 작금의 인생에서 가치 있고 중요한 것이 얼마나 많은데, 너는 고작…… 나야?

운한그룹에서 제대로 후계자 노릇하려면 나한테 목매면 안 되지 않나?

아니다, 하고 별은 고개를 도리도리했다.

해운은 자신을 사랑하고 있다.

사람이 평생 되새기고 추억할 가장 아름다운 감정이리라.

"나, 어른들이 시키는 대로 일만 하지 않아. 덩치를 키운 범은 자신의 것을 끝내 지키는 법이지. 두고 보면 알아."

"……뒤돌아서서 금방 후회했어. 헤어져주겠다고 해놓고서 말이야."

해운의 눈을 똑바로 쳐다보면서 별이 대답했다. 무엇인가 정체를 알 수 없는 감정으로 활활 타오르고 있는 해운의 얼굴 어디에도 그녀에 대한 분노나 원망은 안 보였다. 그는 별을 내몰았던 자들에 대해 분노하고 있었다. 그는 슬픔과 분노에 치여 있었다.

"너한테 달려갈 것 같아 두려웠어. 그러다 몸에 탈이 났어. 네가 너무 그리워서 병이 났어. 근데, 널 어떻게 봐? 네 아버지 흉을 볼 것 같아서 이 악물고 참는 중인데."

"다시 말해봐."

"뭘?"

"그거, 나 그리웠다는 말."

"그래, 너 그리웠다. 너 그립고 보고 싶어서 죽게 아팠다. 네 아버지라는 사람은 대기업 부회장이라 가뜩이나 쫄게 생겼는데, 그 아버지가 불러내서 만나드렸지. 거기까지도 기절초풍할 노릇인데……."

"그거 말고, 다시 말해봐!"

해운이 단호한 눈빛으로 무언가를 구걸하듯이 응시하고 있었다. 그의 갈증이 맑아졌다.

별은 마음 한편으로 찌르르, 하고 송곳으로 후벼 파는 아픔을 느끼면서도 씩씩하게 귀 뒤로 머리카락을 넘기며 고개를 치켜들었다.

"알았어. 말해줄게. 몇 번이라도 되풀이해서 해줄게."

별이 침을 꿀꺽 삼켰다.

"내가 널 보고 싶어서…… 그러니까 한별이 왕해운을 보고 싶어서 병이 났어."

해운의 창백한 얼굴에 희미한 미소가 번지는 것을 보고 별이 장난스럽게 말했다.

"이 나쁜 놈아, 퍽이나 좋겠다!"

그래놓고 그녀는 마음속으로 그에게 사과를 했다.

해운아, 미안해. 나는 너를 떠날 거야.

그때였다. 그가 바닥에 다리 하나를 접고 앉았다. 그러고는 와락, 별의 무릎에 제 얼굴을 묻었다.

"아아, 별아!"

별이 손바닥을 그의 머리 위에 얹었다. 숱이 많은 머릿결을 쓸어주며 별이 다른 손으로 제 눈의 눈물을 훔쳐냈다. 내내 보고 싶었다.

"……죽는 줄 알았어."

그의 한숨과 함께 비어져 나온 말에 별이 가만 물었다.

"왜?"

"네가 아예 나를 상대하지 않을 거라고 생각했거든."

"내가 너를?"

"응, 나를 이제부터 다시는 안 보겠다는, 뭐, 그런……."

"그럴 리가 있어? 너를 사랑해, 해운아."

목이 메여왔지만 간신히 소리를 내어 그에게 사랑 고백을 들려주었다.

"마치 이거나 먹고 떨어지라는 소리 같네. 너 절대 도망칠 생각 마. 나한테서 떨어질 생각 말라고!"

여전히 별의 허벅지 위에 얼굴을 묻고서 그가 능청을 부렸다. 별
이 그의 머리를 쓰다듬던 손가락에 힘을 주어 한 움큼 잡아챘다.

"그래요, 사랑한다는 고백이나 먹고 떨어지셔."

"별아……."

"응, 해운아."

"우리 같이 있자."

"이렇게 같이 있잖아."

"아니, 살자고."

그의 얼굴이 단호하게 굳어졌다.

"살아?"

"응, 것도 지금 당장. 내가 너 데리고 있어야 할 것 같아."

"왜?"

"사실 나, 너 데리고 가려고 여기 온 거야. 우리 영악한 영감이 너
불러냈다고 했을 때부터 결심한 일이야. 너는 입 다물고서 혼자 아
프고 있고. 최악이야, 안 되겠어. 나하고 있어야 해."

"그래, 가자."

별이 서슴없이 대답을 했다. 그래, 어차피 모든 관계에는 끝이 있
다. 헤어지기 전에 너와 맘껏 사랑하고 죽도록 사랑하고, 있는 힘껏
사랑하고…… 떠나주면 돼.

"한별, 딴말하기 없기다. 오피스텔은 그냥 놔둔다 이거지?"

유진이 별의 손등에서 주삿바늘을 제거하고 있었다. 갑작스러운
사태에 아직도 어안이 벙벙하였다. 별은 퇴원을 한다고 했다. 뿐만
아니라 혼자 이사를 간단다. 이 모든 일은 별을 찾아온 남자 때문인

게 확실했다. 유진은 저 남자가 왕지운의 형제인건가, 하는 심사로 찬찬히 훑어보았다.

과연, 운한의 왕 씨 집안 남자답게 훤칠한 키에 단정한 이목구비가 기품이 흐른다고 해야 하나, 귀티가 난다고 해야 하나? 아무튼 잘생긴 인물을 자랑했다.

'저 남자가 별한테 환장해 있는 모양이지? 별이는 고민 중인 거고. 아닌가? 사실은 이 계집애가 더한 거 아니야?'

복잡한 속내이면서도 유진은 주야장천 별을 위한다는 이유로 소개팅을 주선했던 것을 이제 와서 후회했다.

"계집애, 못됐어! 저런 동창이 있었으면 미리 언질을 해줬어야지? 봉황 끼고 있는 애한테 내가 닭들만 죄다 선보인 격이잖아?"

"닭이라니? 네 동기분들, 그리고 선배님들 들으면 너 목숨 부지 못해."

"내가 이제는 말할 수 있다. 실은 우리 선배나 동기들 중에서 가장 짠내 나는 스타일들로만 들이댔어. 미안해. 네가 나보다 잘나가는 것을 볼 수가 없었거든."

"짠내 나는 스타일이 아닌 남자를 만나야 잘 나가는 거라고 믿어?"

"나는 농담 아니야. 너한테 소개시킨 닥터 후보생들 모두 일 년에 제사만 열두 개 있는 맏아들에다가 아침밥 꼬박꼬박 얻어먹어야 하고 밑으로 시동생들 서넛은 있는 그런 치들이었어."

해운은 가만히 그들이 나누는 이야기를 듣고 있었다. 유진은 다분히 고의적인 손길로 야물다 못해 거칠게 별의 손등에서 테이프를 뜯어냈다.

"훗, 아파!"

"엄살은? 자기 남자가 본다고 약한 척하고 있어. 속지 마요. 이 물건이 평소에는 밥을 두 공기씩이나 먹고, 남은 누룽지에 설탕 묻혀 먹는 라이프 스타일을 가졌다고요. 장염 비슷한 거 걸린 이유도 그날따라 해물이 싱싱하다나, 뭐라나? 될 수 있으면 많이 아주 꾸역꾸역 밀어 넣다가 삑사리 걸린 거지, 뭐. 이년아, 너 그러다 벌 받는다."

"아우, 욕쟁이 김유진 선생! 내가 무슨 죄를 지었다고 벌을 받아?"

"내숭 떤 벌!"

죄목을 말함과 동시에 유진의 손바닥이 별의 앙상한 등으로 부딪쳐 짝, 소리를 냈다. 그때, 보호자용의 소파에 앉아 있던 해운이 벌떡 몸을 일으켜 세웠다. 그의 눈이 이글거리는 채로 유진을 향해 있었다.

"아니, 아니야. 별거 아니니까 너는 신경 꺼."

별이 해운을 향해 손을 내저었지만 소용없었다. 해운이 성큼성큼 다가왔다.

"어머? 무서워라. 예뻐서 만져주는 거예요. 우리 여자들만의 스킨십, 모르세요? 뭐, 그런 거죠."

서슬이 퍼런 해운의 기세에 눌려 유진이 별의 잔등을 열심히 쓰다듬었다. 가까이 다가온 해운은 혈관 주사가 빠진 별의 몸을 이리저리 살피더니 유진이 있는데도 불구하고 손수 옷을 갈아입히기 시작했다. 경악을 한껏 담은 표정으로 그들을 보면서 유진은 말문이 막혔다.

"그럼, 가겠습니다."

해운은 별의 코트를 팔에 걸고는 그녀를 부축했다. 몰라보게 핼

쑥해진 별의 몰골에 혀를 차며 유진은 머리를 빗겨준다고 나섰다.

"완전 해골이 따로 없네. 머리나 묶고 가라. 음, 잘 들어요, 왕해운 씨. 전문가의 입장에서 하는 말이니까요. 별이 위한답시고 닥치는 대로 뭐 먹이면 안 돼요. 워낙에 애가 성욕하고 식욕이 왕성…… 아! 정정하지요. 성욕 못지않게 식욕이 발달한 아이라서요, 장에 탈이 났는데도 먹을 걸 엄청 밝힐 거예요. 안 돼요, 못써요. 그 응석 다 받아주었다가는 큰일 벌어지지요. 그리고 신장염으로 도진 상태라 아직도 항생제랑 맞춰줘야 할 것들이 많은데, 이대로 퇴원해서 더 아프게 하는 거 아닌가 모르겠습니다. 소견서 가지고 가까운 병원에 한 이틀 입원시키는 것이 좋겠습니다. 생각 같아서는 한별을 일주일 입원시키시고 그사이에 왕해운 씨는 다른 묘령의 아가씨와 맞선이라도 보시는 게 어떨까요?"

"너 지금 실수하는 거야. 우리 왕해운은 나한테 일편단심이거든."

별이 키득거리자 유진은 일부러 빗질하고 있던 머리를 확 잡아당겼다.

"일편단심 좋아하네? 남자가 그런 게 어디 있어? 이게 로맨스 소설이냐?"

아악, 하고 별이 인상을 쓰자 해운이 바로 유진의 손목을 낚아챘다. 순식간에 벌어진 일이었다.

"아, 아파요."

해운은 그녀의 손을 신경질적으로 팽개쳤다. 그러고는 자신이 직접 별의 머리를 빗질해 대충 묶었다.

"너, 두고 봐! 내가 왕만두인지 물만두한테 다……."

유진이 아픈 손목을 문지르며 중얼거리자 별이 윙크를 했다.

"김유진, 오피스텔 빼게 하지 마라."

그러자 유진이 허리를 90도 꺾어 인사하는 시늉을 하고는 복창을 했다.

"왕해운, 한별! 보기 좋습니다! 격하게 사랑하십시오, 응원합니다. 꼭 국수를 먹여주십시오. 아니, 초호화 뷔페 먹여주십시오."

"가서 연락할게."

"그래, 아주 이사하는 것도 아니잖아. 사랑은 길어야 3년이라더라."

"3년 못 갈 수도 있고."

유진의 농담에 별도 지지 않고 대꾸를 했다. 그들의 대화에 화가 난 해운이 무심코 끼어들었다.

"장난할 게 따로 있지."

"미안, 미안."

헤헤, 하고 애교를 섞어 웃으면서도 별은 속으로만 말했다.

나는 너하고 영원하지 않기를 빌고 있어. 3년이면 차라리 좋겠어. 1년도 못 가서 나는 너와 이별을 할 거야. 미안해.

정말 사람들 말대로 사랑의 유효기간이 너와 나에게도 찾아와주기를, 하고 그녀는 희망했다. 하지만 상상만으로 아픈 건 어쩔 수 없었다.

8. 네 얼굴이 안 보여

'단둘이 살아보고 싶어. 진짜 사랑하는 사람들처럼.'

'부부처럼?'

'응. 그래, 그거.'

정 대리가 운전하는 차의 뒷좌석에서 그들이 나눈 대화였다. 해운은 별의 몸을 제 무릎에 눕혀놓고서 그 얼굴을 쓰다듬으며 '단둘이, 우리만의 집에서' 라는 말을 꺼냈다.

"내 오피스텔이 낫겠어."

그렇게 해서 별은 해운의 오피스텔에 머물게 되었다. 정 대리의 말로는 아무도 모르는 해운의 개인 소유라고 했다.

27층에 위치한 오피스텔은 한강은 물론이고 서울 시내가 훤히 내려다보이는 조망권이 특히 마음에 들었다. 해초와 자갈이 깔린 바닥에 물고기가 헤엄을 치고 있는 수족관이 마룻바닥을 가로질렀고, 대리석으로 마감한 탓에 집 안 분위기가 전체적으로 고급스러웠다. 깔끔하게 정돈되어 있는 살림살이도 마찬가지였다.

"집 좋다."

별은 탄복했다. 실상은 해운, 그와 함께 있어서 좋았다.

같이 산다고 해도 별거 없었다. 그녀는 여전히 야근을 밥 먹듯이 하는 직장인이었으며 해운은 출장을 자주 다녔다. 해운은 운한의 제 1공장과 제 2공장이 위치한 경북 구미로 자주 출장을 갔으며 조금 있으면 중국에도 가야 할 거라고 했다.

처음에 별은 유진의 조언대로 입원해 있었다. 그녀가 그렇게 병원에 입원해 있는 동안에 해운은 여태 지내던 독신자용의 살림살이를 별의 취향에 맞게 바꾸는 일을 했다. 냉장고, 벽걸이 TV, 소파 등을 구입하며 그는 별에게 세세히 의향을 물었다. 예를 들어 이런 식이었다. 별이 병실 침대에 누워 지루하게 혈관 주사를 맞고 있으면 간간이 그에게서 사진이 전송되고는 했다.

[이 액자 어때? 썰렁한 벽에 붙여놓으면 좋대.]

해운은 '베르트 모리조'의 머리에 꽃을 꽂고 앉아 있는 소녀의 유화를 전송했었다. 별은 가만 웃으면서 좋다고 답장을 썼었다.

[역시, 너 답구나.]

그림에 대해 일부러 딴지를 걸 요량으로 이런 문자를 보내기도 했다.

[해운아, 이 그림이 세계적인 걸작 맞대? 소녀의 머리에 꽂고 있는 꽃은 뭐야? 차라리 네가 그려준 내 10대 때의 얼굴을 붙여놓자.]

[그렇군. 그 소녀가 여자가 되어 내 앞에 있으니까 꿈만 같긴 해.]

별은 오랫동안 가슴이 뭉클하고 눈가가 시큰했었다.

1주일 후에 퇴원을 하고서 해운의 손을 잡고 오피스텔에 들어섰다. 그는 문 앞에서 별의 몸을 훌쩍 안아 들었다.

"내려줘. 나 무겁단 말이야."

"그럴 수 없어. 처음 방에 들어갈 때에는 신랑이 신부를 안고 가는 것이 풍습이잖아."

햇빛을 고스란히 담은 거실이 우선 맘에 들었다. 거실은 해운이 제멋대로 깔아놓은 붉은 양탄자와 함께 기다란 소파 외에는 아무것도 없었다. 둥글고 투명한 유리의 티테이블은 한강이 훤히 보이는 발코니에 놓여 있었다. 당분간은 한겨울의 을씨년스러운 풍경이 전부일 테니 발코니에서의 티타임은 보류해야 할 판이었다. 대신에 새봄이 오면 한 귀퉁이에 인공 화단을 만들자는 계획을 세웠다.

주방의 인덕션이나 아일랜드도 전부 새것이었다. 식탁 의자에 물방울무늬의 앞치마가 세트로 걸쳐져 있는 것을 보고 별은 한참을 웃었다. 그는 식탁과 싱크대 등을 파는 곳에서 서비스로 받았다고 둘러대고는 얼굴을 붉혔다. 신혼부부에게 주는 선물이라나, 뭐라나?

첫날에는 두 사람만의 파티를 했다. 해운은 대충 집에 있는 재료로 카나페를 만들었다.

"우리 둘만의 시작을 축하하며!"

별이 건배를 제안하자 해운은 그녀를 제 무릎에 앉히고는 그 머리에 키스하며 다른 건배를 했다.

"퇴원을 축하하며! 나의 별이 다시는 아프지 않기를."

"저기, 해운아. 나는 먹는 것만 각별히 조심하면 돼. 그러니까 우리 이런 소중한 첫날의 축하를 그런 것으로 때우지 말자."

"싫어. 내가 아프고 말지. 네가 병원에 들어가 있으니까 일이 손에 하나도 안 잡히더라."

아직은 회복기인 별의 몸을 생각한답시고 해운은 몽땅 샴페인을 제 입에 털어 넣었다.

"나도, 해운아."

별은 눈을 총총 떠서 일부러 아쉬운 얼굴을 해 보였다.

"아직은 안 돼."

"조금만, 안 될까?"

"이렇게 해. 아, 벌리고……."

당분간은 알코올이 조금이라도 들어간 것은 피하는 게 상책이라는 의사의 말에 따르기로 작정한 해운이었다. 대신에 그가 키스를 해주었다. 샴페인이 묻은 제 혀를 가지고 별의 입 안을 헤집어놓았다.

입원해 있는 동안에 한 병실에서 잠을 자면서도 키스는 물론이고 어떤 애무도 없던 차였다.

별이 서먹할 수밖에 없었다. 해운은 별의 입에 꼼꼼하게 키스를 하면서 온몸을 애태우듯 서서히 불꽃을 지펴 나갔다. 별은 발가락을 꼼질거리며 간질간질한 느낌에 몸서리를 쳤다. 곧이어 해운이 그녀의 몸을 발가벗기고는 소파 위에 눕혔다.

별은 그의 몸을 끌어안으며 다시는 떨어지지 않을 것처럼 밀착시켰다. 해운의 두 눈이 여상하게 빛나며 자신을 마치 잡아먹을 듯이 주시하는 것을 보고 있노라면 그녀는 온몸의 솜털이 곤두서는 것을 느꼈다.

"너무 참았어."

그가 별의 하체를 들어 올려서 두 다리를 한껏 벌렸다. 별의 얼굴이 발개졌다.

"오늘은 참지 않을 거야."

그가 별의 비밀스런 그곳에 입술을 묻었다.

"아, 앗! 어떡해?"

별은 손등으로 눈을 가리며 입술을 깨물어 신음을 삼키려 했다. 뜨거운 숨을 내쉬며 해운은 별의 비밀스런 부분을 핥고 빨아댔다. 심장이 오그라들듯이 별의 그곳은 아름다웠다. 별의 몸을 소유했다는 증표, 함부로 다루지 말아야 하지만 막 함부로 범하고 싶은 그곳……

"웃……. 해운아."

그의 집요한 혀 놀림에 별이 애원을 해왔다.

"하지 말까?"

그가 사악한 미소를 지으며 별의 얼굴을 내려다보았다.

"아, 아니. 그건 아닌데. 해도 되는데…… 알았어. 해, 네 맘대로 해."

"착하네."

야금야금, 먹어치우듯 해운은 별의 그곳을 샅샅이 맛보았다. 그의 애무에 별의 몸이 녹아날 즈음에 붉은 핏대가 툭 솟아난 그의 물건이 밀고 들어왔다.

"으흣……."

"괜찮은 거지?"

별은 괜찮다는 신호로 앙다문 입술에 미소를 실었다. 이내 축축히 젖은 여자의 내벽을 긁으며 그의 물건은 부지런히 오갔다. 별이 못 견디겠다고 칭얼거리도록 그는 끝까지 몰아붙이는 습성이 있었다. 별에게서 먼저 불꽃을 터트리는 것은 그의 기쁨이었다.

"이렇게 해."

해운은 별의 상체를 일으켰다. 둘은 마주 보는 자세가 되었다.

해운은 그녀의 뒤통수를 잡아 키스를 했다. 젖은 입술이 열리고 그의 혀를 반갑게 맞이했다.

별의 입 안을 능숙하게 돌아다니며 해운의 혀가 또 다른 열기를 퍼뜨렸다. 그는 키스를 하면서 별의 엉덩이를 양손으로 다잡았다.

그런 후에 그녀의 몸 안에서 잠시 쉬고 있던 제 물건을 뒤로 빼냈다. 별의 입에서 한숨과도 같은 탄식이 새어 나왔다.

"아핫!"

별의 입이 크게 벌어졌다. 그의 물건이 뒤로 물러난 다음에 바로 세게 밀고 들어왔기 때문이다. 동시에 별의 엉덩이를 쥔 손에 힘을 가득 실어 그녀의 하체를 제게 비벼댔다.

"으흣…… 아, 별아."

너무도 큰 쾌감에 해운의 입에서도 짙은 신음이 흘렀다. 그의 미간이 일그러지며 얼굴이 달아올랐다. 별의 엉덩이를 잡아 제 몸에 열심히 비벼대며 피스톤질을 하는 그의 팔뚝에 툭 핏대가 솟았다. 둘의 피부에서는 땀방울이 흘렀다.

"미안."

그가 별의 귓불을 훑으며 양해를 구하고는 자세를 바꾸었다. 별의 몸을 뒤에서 끌어안은 그는 축축하게 젖은 그녀의 아래를 만졌다. 별은 이제 소파에 얼굴을 묻으며 숨을 몰아쉬고 있었다. 해운은 어깨며 뒷목덜미에 입맞춤하며 그는 그녀의 뒤에서부터 몸을 집어넣었다.

"⋯⋯한다."

그가 본격적으로 피스톤 운동을 하기 시작했다. 한 손으로는 클리토리스를 일정하게 문지르고 다른 손으로는 유방 하나를 거머쥐었다.

"아핫⋯⋯."

별은 견디지 못하겠다는 듯이 신음소리를 높였다. 눈앞에 별똥이 튀고 온몸의 열기가 참을 수 없을 정도로 끓어올랐다. 해운도 마찬가지였다. 그는 제 물건을 아주 꼭꼭 씹어 삼키듯 옥죄는 그녀의 안을 미친듯이 오갔다. 그녀의 젖꼭지를 쥔 손가락에 힘이 들어간 순간에 별이 오열하듯 숨을 삼켰다.

별은 이미 한계에 도달해 있었다. 해운은 다시 별의 몸을 일으켜 마주 앉게 했다.

이내 별이 그의 목에 팔을 두른 채로 키스를 해왔다. 그는 별의 엉덩이를 쥐고서 열심히 피스톤질을 했다. 숨결이 거칠어지고 갑자기 걷잡을 수 없을 정도로 그의 움직임이 빨라지면 그에게도 끝이 왔다는 뜻이다.

"⋯⋯좋아."

해운이 깊은 키스를 하며 절정에서 헤엄을 치는 순간에 별은 눈을 감으며 행복해했다.

"해운이 너, 그거 알아? 나랑 섹스할 때면 네 눈이 꼭 이렇게 빛난다."

해운의 벗은 가슴 위에 얼굴을 묻고 별이 웃었다.

"무서운 건가?"

"아니, 엄청 섹시해."

"나쁜 거 아니지?"

"몰라? 섹시한 건 좋은 거잖아."

"아무튼 너만 좋으면 돼."

해운은 별의 몸 중에서 가장 예민한 곳을 찾았노라고 의기양양해했다. 별은 자신의 민감한 성감대는 입술이라고 단언했다.

"난 무조건 입술이 약해. 네가 해주는 것 중에서 키스가 제일 좋은데?"

"아닐걸? 키스는 세 번째 정도 될걸?"

"그럼, 첫 번째와 두 번째는 어딘데?"

"말로 하면 쓰나?"

그가 연거푸 두 번째 그녀의 몸에 제 물건을 집어넣으며 실상을 가르쳐주었다.

"별아, 너무 예쁘다."

그는 별의 몸을 아름답다고 찬탄하며 사랑스러워했다.

그와 함께 하는 밤은 항상 모자랐다. 그는 6시 30분, 새벽같이 일어났다. 별은 그보다 먼저 기상해서 아침밥을 차렸다.

인터넷으로 구입한 렌틸콩을 섞은 밥을 지었고, 두부와 애호박을 넣어 된장찌개를 끓이고 베이컨 대신으로 차돌박이를 굽고 계란찜을 만들었다.

다행히 해운은 뭐든지 잘 먹어주었다. 그와 아침을 먹고 난 후에 오피스텔을 같이 나섰다. 주로 해운의 차에 두 사람이 동승하는 방법을 택했다. 어떻게든 뭐든 함께하고 싶었으니까.

별이 운전하는 차는 정확히 8시 30분에 회사의 정문에 진입을 한다. 그러면 해운의 비서실장인 정 대리와 또 다른 임직원들 두서너 명이 그를 위해 대기하고 있는 것이 보인다. 거기까지였다. 아쉬운 대로 별은 해운의 뺨에 키스를 해주며 오늘도 파이팅을 외쳤다. 잠시 동안의 이별, 둘은 아침 8시 30분을 그렇게 불렀다.

해운을 들여보내고 나서 별은 차를 돌려 잡지사로 출근을 했다.

점심시간이 되면 해운에게서 연락이 오기도 했다.

구내식당의 밥이 맛이 없다는 구실로 해운은 별을 데리고 단출한 데이트를 즐겼다. 주로 메뉴는 국수일 때가 많았다. 밀가루를 안 좋아하는 해운도 어쩔 수 없이 먹어주었다. 변변한 식당이 없어서였다. 그런 날이면 별은 퇴근길에 장을 오래 봤다. 특별히 단백질을 신경 써서 갈비찜이라든가, 닭날개 요리, 안심이나 등심 스테이크를 만들어내면 해운은 양껏 먹었다.

"네가 왜 그렇게 키가 큰지 알겠어."

잘 먹는 해운을 보며 별이 감탄을 해도 그는 으쓱대지도 않는다.

"유전의 힘이지."

"아, 맞다. 부회장님도 장신이시더라."

"헤어지겠다고 했을 때에 우리 늙은이 얼굴 볼 만하던가?"

"그 이야기는 또 왜? 그리고 늙은이, 늙은이……. 그런 소리 하지 마. 우리도 영원히 청춘은 아닐 거잖아."

"알았어, 다시는 그런 말 안 할게. 그리고 네가 해주는 거니까 많이 먹어주는 거라고, 알아?"

이른 아침에 밥상을 차리다 말고 별이 코피를 흘리는 것을 본 날 이후로 해운은 자신이 직접 아침밥을 만들기 시작했다. 별이 괜찮다고 하자 이 정도는 일도 아니라고 하며 해운은 고집을 피웠다. 그러자 별은 밤마다 같이 자는 것을 아예 날을 정해놓고 규칙적으로 하자고 제안했다. 그것은 통하지 않았다.

금요일부터 일요일까지 원래의 계획대로라면 해운은 지방인 구미에 가야 했다.

"나 없이 괜찮겠어?"

잠시라도 떨어져 있는 것이 불안한지 해운은 자꾸만 그녀를 걱정했다.

"걱정 마. 원래 혼자 있는 거 좋아해."

그렇게 큰소리 친 사람답게 별은 그가 없는 휴일을 혼자 잘 보낼 줄 알았다. 처음엔 괜찮았다. 금요일에 떠나는 그를 배웅하고 나서 토요일 까지는 그럭저럭 견딜 만했다. 유진이나 소영과 통화를 했고 청소를 했으며 낮잠도 잤다. 그러나 일요일이 되었을 때는 안절부절 못하며 아무것도 할 수가 없었다. 마치 그를 기다리는 일이 그녀에게 전부가 된 것처럼 말이다.

가만있을 수가 없어서 별은 나중에는 옷을 꺼내 입었다. 바지와 스웨터를 입고 코트를 걸치고는 목도리를 둘둘 감았다. 2월인데도 불구하고 지대가 높은 오피스텔의 입구에는 바람이 매섭게 휘몰아쳐서 단단히 중무장을 해야 했다. 그렇게 입고서 바깥에서 그를 기다렸다.

해운은 3시간 후에나 도착했다. 차가 입구로 올라오는 동안에 별이 팔 하나를 흔들어 보이며 반겼다. 용케도 해운은 별을 알아보았다. 냉큼 별이 조수석으로 들어가 앉아서 그의 목에 두 팔을 둘렀다. 차가운 입술로 그의 뺨이며 귀에 마구 키스 세례를 퍼부었다. 그러나 그녀의 온몸이 꽁꽁 얼어 있는 것을 보고 해운이 버럭 화를 냈다.

"너 언제부터 밖에 나와 있었어?"

"몰라, 그렇게 오래 안 있었어. 난 네가 금방 올 줄 알고……."

"말도 안 돼! 왜 이렇게 새파랗게 얼었어? 너 몇 시부터 밖에 서 있었던 거야?"

"아까, 한 세 시쯤이었나?"

"세상에, 빌어먹을!"

해운은 별을 으스러져라 끌어안으며 소리를 빽 질렀다. 그러고는 허겁지겁 그녀의 차가운 뺨과 콧날 등에 제 얼굴을 비벼대고, 히터가 제대로 작동하는지 다시 한 번 확인을 했다.

"정말, 세 시부터 거기 서 있었던 거야? 오늘 영하 12도였어. 체감 온도는 더했을 거고."

"모르겠어. 집에 혼자 있는데 네가 금방 올 것만 같은 거야. 가만 있을 수가 없었어."

별의 눈에 그렁그렁 맺힌 눈물을 보며 해운이 다시 와락 포옹을 해왔다. 커다란 손바닥으로 별의 차디차게 얼어붙은 손을 주물거리며 그가 속삭였다.

"내가 전화로 미리 출발한다고 연락하지 않은 것 사과할게. 그런데, 별아. 난 겁이 나."

"겁이 나? 내가?"

별이 그의 품 안에서 꼼지락거리며 물었다.

"응, 겁나. 아주 많이. 난 세상에서 네가 가장 소중해. 그러니까 추운데서 떨고 있지도 말고, 아프지도 말고, 그리고 외롭지도 말아야 해. 아무튼 나는 네가 고통스러운 것이 가장 무서워."

"내가 잠깐 미쳤었나 봐. 네가 지방 내려간다고 했을 때에 그냥 그러려니 했어. 근데, 빈집에 혼자 있으려니 너를 기다리는 것 말고는 아무것도 할 일이 없는 거야. 단지 그것뿐이야. 걱정시켜 미안해. 다시는 안 그럴게."

"내가 앞으로 이런 일 없도록 할게."

해운은 정말로 그 약속을 지켰다. 그 후 휴일마다 지방 가는 날을 금요일 하루로 줄였던 것이다.

"그러지 말지. 여자가 일에 방해되면 쓰나?"

별이 만류를 했을 때에 해운이 고개를 저었다.

"내가 좋아서 하는 일이야."

그런 말을 하는 해운의 얼굴에 지나치게 밝은 표정이 드러나 있어서 별은 의문이 들었다.

"근데, 왜 그렇게 기쁜 얼굴이지?"

"너는 안달 내고 있어……."

그가 말을 멈추더니 팔을 뻗어 별의 어깨를 잡아당겨 안았다.

"너도 이제 나만큼 좋아하게 된 것 같아."

"뭘?"

"뭐겠어? 나 왕해운이지."

그는 어깨를 으쓱하며 만족해했다.

며칠 후였다.

"드디어 기다리시던 것이 왔습니다."

해운이 막 중국 시장 공정 과정의 프레젠테이션을 앞두고 있을 때였다. 정 대리가 은밀한 목소리로 메모를 들이댔다.

<김상덕 신경외과 원장>

해운의 눈썹 하나가 슬며시 올라갔다.

"이 사람입니까?"

"예, 심부름센터 직원이 방금 신원 조회를 마쳤다고 합니다. 범법 기록은 전혀 없다고 하고요, 슬하에 2남매를 두고 있으며 부인과도 별 탈 없이 잘 살아온 것 같다고 하는데요?"

"무심코 던진 돌멩이에 개구리가 죽은 경우인가? 저는 다리 뻗고 잤다?"

해운은 마른 미소를 버석하니 지었다.

"별은 지금 어디 있습니까?"

"도련님 안 계신 토요일에는 도서관에 가 계십니다."

"그리로 갑시다."

열람실에서 나오다 말고 별은 해운을 맞닥뜨리자 놀라움을 금치 못했다.

검정색 피코트를 걸치고 흰색의 캐시미어 목도리를 대충 두르고 서 있는 해운은 시릴 정도로 차가운 얼굴이었다. 그가 별을 발견하자마자 곧바로 안도하는 미소를 지었다. 아마도 무심코 짓는 미소이리라.

"뭘 그렇게 놀라는 거야?"

별은 이내 함박웃음을 지었다.

"놀라는 게 아니라 좋아서지. 이 사람아, 이 시간에 여길 어떻게 왔대?"

두서너 명의 사람들이 오고 가는 열람실 입구에서 별이 우뚝 멈춰 섰다. 그 바람에 사람들의 걸음이 엉클어지며 제각각 별과 부딪쳤다.

"이렇게 조심성이 없어서야……."

해운이 급히 다가가 별의 몸을 붙들어주었다. 별은 홍시 같은 뺨을 하고서 사람들에게 실례했습니다, 하고 인사를 연발했다.

"왜 네가 사과해?"

여자 두 명과 남자 한 명이 해운의 모습을 보고는 이해했다는 얼굴로 제 갈 길을 갔다. 특히 여자들은 몇 번이고 돌아보며 저희들끼리 수군거리는 것이었다. 죄송해요, 라고 말하며 별은 그들에게 손까지 흔들었다.

이윽고 별은 사람들이 보이지 않게 되자 재빨리 발뒤꿈치를 들어 올리고는 두 팔로 해운의 목을 끌어당겼다.

"그렇지, 우리 꽃 해운이가 자주 볼 수 없는 비주얼이지. 누구 덕분에 안구 정화들 하나 보다."

"공부 많이 했어?"

"아니, 오늘은 취재야. 백제 금동 대향로라는 유물을 조사해야 해."

해운은 별의 허리를 두 팔로 감싸 안으면서 한 번 훌쩍 들어 올렸다. 까르르, 별이 웃음을 터트리더니 이내 주위의 눈치를 살피고는 바닥으로 내려섰다.

"쉿, 정숙! 우리 잠깐 저리로 갈까?"

별이 휴게실을 가리키면서 눈을 반짝반짝 빛냈다. 해운의 손이 별의 귀 뒤로 머리카락을 넘겨주고는 이마에 쪽 키스를 했다.

"예쁜 건 너라고, 알아?"

"알지, 그럼. 아, 대답하면서도 토 나오려고 해."

말은 그렇게 하면서도 별은 제 얼굴 밑에 두 손을 가져가 일명 '꽃

받침'을 만들어 보였다. 해운이 흰 치아를 드러내면서 별의 머리카락을 엉클어뜨렸다.

"우리 별이, 이렇게 귀여워서 어떡하나?"

둘은 휴게실로 들어가 나란히 플라스틱 밴치에 앉았다. 오후 4시의 어중간한 시간 탓인지 사람들은 없었다. 해운이 한쪽 어깨에 걸고 있던 브리프케이스에서 보온병을 두개 꺼내 보였다.

"차 마시자. 내 사무실에 가져다놓은 게 있기에 가져왔어."

"두 개나 돼?"

"골라봐. 하나는 우롱차, 나머지는 메밀이라더라. 다 특상품이랬어."

"해운이, 넌? 너는 뭐 마시고 싶어?"

"네가 고르지 않은 거."

별이 피식, 웃고는 두 개의 보온병을 제 무릎에 놓고 휴대폰을 꺼내들었다.

"우롱차는 어디에 좋고, 메밀 차는 어디에 좋을까? 검색해볼게. 우리 효능 따져서 마셔보자."

"무조건 좋대. 너 다 마셔."

해운은 보온병의 뚜껑을 열어서 차를 쪼르르 따라냈다. 아직도 김이 오르는 것을 별의 손에 쥐어주었다.

"오, 메밀 향이다. 같이 마시자."

그녀는 따스한 차를 입에 머금더니 그의 목에 팔을 둘렀다. 그러고는 해운의 입술에 키스를 했다. 해운이 입술을 열어 별의 입에서 차를 받아넘겼다. 별의 턱으로 찻물이 흐르는 것을 얼른 손가락을 가져가 훔쳐내며 그는 키스를 했다. 그래도 휴게실이라는 공개적인 장소는 어쩔 수가 없는 일이었다. 두 사람은 번개처럼 입맞춤을 마치고 냉큼 떨어졌다. 다행히 그때까지도 휴게실에는 아무도 들어오지 않고 있었다.

"안 되겠어. 너하고 있으면 무조건 에로가 되는 것 같아."

별이 홧홧한 뺨에 손부채질을 하며 질책을 했지만 해운은 즐거워 보였다.

"마셔. 머릿속이 맑아진댔어."

그는 한 손으로 별의 머리를 쓰다듬어주며 다른 손으로는 보온병의 뚜껑을 입에 가져가 후후, 하고 차를 식혔다. 그것을 도로 별의 입가에 대고 기울여주었다. 그녀가 잘도 받아 마셨다. 해운은 별을 보면서 뭔가가 심장을 찌르는 것을 느꼈다. 아팠다.

별아, 너는 너에게 일방적인 사랑을 주는 부모의 부재 속에서도 이렇게 예쁘게 잘 컸구나, 하고 그는 그녀가 새삼 안쓰러웠다.

사랑을 한다는 것은 때로는 치밀한 머리가 필요한 일이었다. 적의 공격을 받을 루트를 미리 계산해야 한다는 말이다. 또한 계산으로만 그칠 것이 아니었다. 해운은 곰곰 머리를 짰다.

그래서 먼저 손을 쓴다고 썼다. 하지만 역시 왕 부회장은 철저했다.

김상덕. 별의 생물학적 친부.

제 딸을 버리고서 돈으로 무마해놓고 아무렇지도 않게 살아가는 사람.

별의 친부라는 존재를 확인하는 순간에 해운은 피가 거꾸로 솟는 것을 느꼈었다. 별은 그에게 단 한 번도 친부에 대해 말하지 않았다. 아마 평생 입을 열지 않을 거라는 확신이 들었다. 그런데 정 대리의 말에 의하면 별은 만희에게는 모두 털어놓았다고 했었다.

분명히 이 악물리는 고통이었을 것이다. 그런데도 별의 유독 담담할 수밖에 없는 처지가 그를 아프게 했다. 이 여리고 착한 아이가 제 속으로 꾹 눌러 담으며 스스로 봉인을 해버린 것은 아닌지. 아님, 홀로 그 아픔을 되새기며 괴로워하는 중일 수도 있겠고.

어느 쪽이든 아픈 건 아픈 거다.

그는 여러 가지로 심란해졌다. 해서 조심스럽게 알아보았다. 만희, 제 부친의 간교함을 대비해야 했다.

드디어 그는 정 대리를 통해 심부름센터 직원과 통화를 할 수 있었다. 그리고 그의 예상이 맞아떨어진 것을 확인했다.

'청주 시내는 물론이고 대전 등지까지 닥터 김으로 아주 유명한 사람입니다. 그리고 말씀하신 대로 운한기업의 왕만희 부회장님이 직접 다녀갔습니다. 벌써 2주 전의 일입니다. 저희가 포착한 것에 의하면 청주 리조트에서 같이 라운딩을 했는데요. 게임만 했겠습니까? 모종의 거래가 있지 않았나 싶은데요?'

해운은 기가찼다.

그의 부친이 별을 경계하고 있다는 것은 이미 알고 있는 사실이었다. 그런데 이렇게 저열하게 나오다니! 별의 치부나 약점을 찾아내 어떻게든 벼랑으로 내몰려는 수법이 몹시도 비겁하게 여겨졌다. 그래서 해운은 자신의 개인 변호사인 이준형에게 연락을 취함과 동시에 차를 몰아, 별에게로 온 것이었다. 당장 오지 않고는 견딜 수가 없었다.

보고 싶었다. 그리고…….

"할 말이 있어, 별아."

마지못한 얼굴로 해운의 입이 열렸다. 그는 마침내 모든 것을 털어놓았다.

잠시 후에 별은 보온병을 기울여 연한 초록색의 액체를 따라낸 다음에 해운에게 내밀었다. 별의 손에서 잔잔하게 파동하는 찻물의 모양이 애처롭다.

"그러니까…… 해운이 네가 내 아버지를 찾았다고? 게다가 왕만희 부회장님이 아버지를 만났다는 거지? 웃기다, 아버지들끼리의 회동이네?"

"아버지는 개뿔!"

해운은 거칠게 나오려는 말을 삼키며 하릴없이 찻잔 대용으로 쓰이는 보온병의 뚜껑을 입으로 가져갔다.

"미안해, 그렇지만 별이 네게 알려야 할 것 같았어."

"응, 잘했네."

자연스럽게 대답하는 별의 입 모양을 보며 해운은 미간을 좁혔다.

"너 괜찮아?"

그는 가슴이 조마조마했다. 울음을 터트리며 격정을 토하는 별을 볼 줄 알았다. 그래서 일부러 심신이 안정된다는 차를 부탁해 가져온 거였다.

"그 사람, 이미 엄마에게 돈을 주면서 각서까지 받아갔대. 나는 영원히 그 사람 앞에 나서지 않아야 하는 것으로 알아."

"그런 각서는 다 무효야."

잠자코 별이 차를 마셨다.

"별이 넌 왜 나한테는 아무 말 안 했어?"

"몰라. 다만, 부끄러워서도 아니고, 자존심 상해서도 아니야. 그건 확실해."

"그래! 절대 네가 부끄러운 일이 아니니까."

"난 너까지 기분 꿀꿀하게 만들고 싶지 않았어. 영원히 모르기를 바랬는데…… 해운아, 우리 저리로 가자. 내가 마침, 조용한 곳을 알아."

그녀는 유려하게 턱짓을 하며 다른 곳을 가리켰다. 열람실 곁의 서고가 있고, 그 곁에 자그맣게 붙은 방이었다. 문을 열자 우르르 책 냄새 비슷한 나무 냄새가 코에 달라붙었다.

"나무 냄새가 짙어서 고방이라고 하나 봐. 직원들이 여기서 잠시 낮잠을 자기도 한대."

책들이 노끈으로 묶여진 채로 우르르 쌓여 있는 어두컴컴한 방이었다. 빈틈이라곤 덩그러니 섬같이 떠 있는 한가운데뿐이었는데, 별이 스위치를 켜니 빛이 들어찼다. 해운은 그 위로 책상다리를 하고 앉았다. 별이 덥석 그의 무릎 위로 올라앉아 마주 보았다.

그때, 몇 번 불이 깜박이더니 완전히 전기가 나가버렸다.

"어둡네. 해운아, 네 얼굴이 안 보인다."

"안 보여?"

"응, 미치겠네. 나는 내내 네가 보고 싶었거든."

해운은 별의 몸을 힘껏 끌어안았다. 오븐 안에서 부푸는 빵처럼 별에 대한 그의 감정이 점점 격앙되는 것을 느끼며 아프도록 그녀를 안았다. 아아, 난 네가 너무 좋아. 어쩌면 좋니?

그는 감정을 이기지 못하고서 이마, 콧날, 두 눈동자, 입술 등등 차례로 키스를 했다.

"너 정말 괜찮은 거지?"

해운의 걱정스러운 심정이 물음에 그대로 묻어났다. 별이 배시시 웃어 보였다. 그래도 안심이 되지 않았다.

별빛에 293

"너 괜찮냐고?"

"열람실에서 이것저것 자료를 체크하고 있는데도 네 얼굴이 어른 거려서 혼났지 뭐야? 이렇게 단둘이 되니까 살 것 같다."

별은 그의 목에 두 팔을 두르고서 제 이마를 가져가 턱에 부비부 비했다. 오후가 되어 수염이 올라오는 턱이 거칠했지만 아랑곳없이 애무했다. 그러면서 그녀가 중얼거리듯 말했다.

"너희 아버지에게 불려 갔을 적에 일부러 사실을 털어놓았었어. 나는 이런 태생이다. 왜 그랬을까? 너하고 나는 같은 공통의 분모를 가지고 있다는 것을 알아듣게 이야기한 거였거든. 뭐, 난 괜찮아. 해 운이 너는 이 말을 듣고 싶은 거지?"

별의 등과 허리에 대고 있는 팔에 꾸욱 힘을 주며 해운이 잠자코 별의 말을 듣고만 있었다.

"고통은 끊임없이 부딪치고 또 사그라들기를 반복해. 미친듯이 한곳만 후벼 파지 않더란 말이지. 그렇게 견디는 거지, 뭐. 나라고 별 수 있나?"

"그러니까 부딪칠 때는 죽을 만큼 아픈 거고?"

"응, 그렇지. 그러다가 사그라들면 딴짓하고, 그렇게 살았어."

"울어야 할지, 웃어야 할지. 너 때문에 심장이 몽글몽글 이상해지 는 기분이야."

해운의 어린아이 같은 표현에 별이 또 웃음을 터트리면서 턱에 제 얼굴을 비볐다.

"평정심. 그게 나의 관건이었어."

"평정심이라."

"응. 웃긴 이야기해줄까? 내 평정심에 금이 간 대단한 일화니까 잘 들어야 해. 어렸을 적에 수학여행을 간 날이었어. 한밤중에 애들이 날 놀려주려고 귀신 분장을 하고 기회를 엿보고 있는 거야. 내가 또 알아주는 왕따였잖니? 호락호락 당해주면 또 반복해서 괴롭힐 것 같아서 특단의 조치를 취했지."

"특단의 조치라."

"아이들이 나타나길 기다렸지. 어떻게? 그때 내 머리가 제법 길었거든? 우리 고등학교는 머리 길이가 자유로웠어. 여자들 한복 밑에 입는 흰 속치마 있지? 흰 저고리랑. 그걸 싸 가지고 갔었거든. 그걸 소복처럼 보이게 위아래로 입고 머리를 길게 풀어헤치고는 얼굴에 희게 분칠을 했어. 그뿐이겠어? 유성매직 중에 빨간색이 있어. 그걸로 입가에 피를 죽, 그어놓았지. 아이들이 문을 벌컥, 열고 나타난 순간에……."

"속아 넘어가?"

"진짜 볼 만했다. 그냥 울며불며 난리가 나서 오줌들도 쌌네, 마네…… 아무튼 기절초풍이었지. 소란스러운 소리에 선생님들이 왔다가 다들 혼비백산했다지? 근데, 수학여행이 끝나도 한동안 내 얼굴에는 핏물이 주욱 그어져 있어야 했어. 유성 매직이 그토록 지우기 어렵다는 것을 그때 처음 알았지."

"그 좋은 구경을 내가 못 했구나."

해운이 내는 한탄의 소리에 별이 큰 소리로 웃었다.

"그게 무슨 좋은 구경이라고 그래? 지금 네가 밤마다 보는 내 몸이 더 진풍경이란다."

"인정."

해운이 고개를 숙여 별의 정수리에 입술을 묻었다. 어쩐지 안심이 되었다. 별은 주저앉지 않는다. 다행이다.

나의 별, 너는 홀로 초롱하게 빛나고 있었구나.

아주 오래전부터 내가 너의 곁에 있었더라면.

이제라도 내게로 와줘서 얼마나 다행인지. 내가 너를 혼자 있게 하지 않을게.

그의 다짐이 무색하게 별이 한숨을 내쉬며 장난질을 쳤다.

"오늘 밤을 기대해, 라고 말하려고 했는데. 있지, 해운아. 내가 생리를 시작했어. 아쉬운 부분이네."

"미치겠다."

해운이 별의 몸을 더욱 바투 끌어안으며 탄식조로 중얼거렸다.

"별아, 이제부터 너에게는 내가 있어."

"난…… 나는……."

별이 말을 잇지 못하고 한참을 헤맨 다음에 어조를 낮추어 설명을 해주었다.

"있지, 해운아. 난 태어날 때부터 막 다루어도 되는 엉망진창이라는 느낌이었어. 다들 나에게 함부로 했어. 뒷담화를 하고, 멋대로 예단하고, 미워하고, 나를 가지고……."

그렇게 단단하게 평정심 운운하던 아이는 어디로 간 걸까? 해운은 별의 울먹거림을 들으며 순간적으로 울컥했다. 그는 별의 얼굴을 들어 올려 입술에 키스를 했다.

"쉬이! 아냐, 별아. 그만, 그만하자."

그가 별의 입술을 갈라 혀를 밀어 넣고서 뜨겁게 달구는 키스로 애를 태우기 시작했다. 스르르, 솜사탕처럼 별의 입술은 녹아났다. 해운의 부드러운 혀는 입 안 곳곳을 위무하며 한바탕 열기를 끌어당졌다. 어느 때보다 깊고도 깊은 키스가 시작되었다. 타액이 질척거리는 가운데, 별의 상체가 풀어졌다. 얼른 해운이 그녀의 몸을 당겨안았다.

"이렇게 사랑스럽고 고운 너를 엉망진창이라니? 너는 너무 예쁜 사람이야. 절대 깨지지 않았어. 내가 증명해."

하아, 하고 한꺼번에 숨을 토해내며 해운이 타일렀다.

미안해, 해운아.

발갛게 익은 얼굴의 별이 입 모양으로 사과를 해왔다.

"왜, 그런?"

불안감에 심장박동이 빨라졌다. 쪽, 별이 그의 뺨에 키스를 했다. 그러더니 그의 눈을 뚫어지게 정시하며 입을 열었다.

"괜찮아. 나는 이미 금이 가 있을 뿐만 아니라 내게서 깨진 조각까지도 튀어나가서 그 파편을 잃어버렸다는 것을 잘 알고 있어. 그래서 나는 체념도 빨라. 나는 내가 모두에게 사랑받을 수 없다는 것을 안 순간부터 나 자신의 문제에 직면했었어. 저 밑바닥까지 착 가라앉아서 내 감정의 속살을 만졌던 거지. 그래, 답이 없는 문제는 굳이 풀지 말자. 내가 이렇게 생겼구나. 한 사람을 파괴하고 몇 명인지도 모를 정도로 많은 사람들을 절망케 하고 태어난 존재, 나를 낳아준 엄마마저도 나를 좋아할 수 없었겠구나. 자살할 정도의 고통이란 내 상상 이상이잖아. 그렇다면 나는 그냥 살자. 살아지는 대로 그렇게. 그저 받아들인 거지."

"그게 체념이야?"

혹시, 하고 해운이 별의 눈을 넘어 속마음까지를 꿰뚫으며 다그쳤다. 별은 다른 말을 했다.

"전에 원고 쓰다가 알게 된 사실인데. 에스키모 인들은 말이야, 분노할 일이 생기잖아? 그 분노를 놓아준대. 하던 일을 멈추고 무작정 걸어가서 화를 풀어주고 다시 걸어서 집으로 온다고 해."

"그렇다면 넌 생물학적 친부에 대한 분노, 그 화를 풀었다는 얘기야?"

"그런 것도 같고, 아닌 것도 같고. 그냥 여러 감정이 충돌해서 나도 잘 모를 때가 많아."

"네가 괴로우면 아무것도 안 해도 돼. 미워하고 싶으면 하고, 하기 싫으면 하지 말고. 너 맘대로 해. 난 무조건 네 편이야."

너무 애처로워서 별의 몸을 감싸고 있는 그의 팔이 파르르 떨고 있었다.

다음 날, 해운의 개인 변호사가 내려왔다. 운한의 주식을 14%나 가지고 있는 해운에게 조부는 일찌감치 회계사와 변호사들을 붙여주었다. 그들 중의 한 명인 이준형 변호사와 해운은 사무실에서 미팅을 가졌다. 심부름센터의 은밀한 조사에 의해 김상덕에게 가장 중요한 것이 무엇인지는 명확해졌다. 그는 돈이나 명예, 즉 자신밖에 모르는 사람이었다. 남매는 일찍이 유학을 보냈으며 아내는 현모양처로 소문이 나 있었다. 겉으로는 완벽한 가장의 행세를 하고 있는 것이다.

해운은 오히려 잘됐다고 생각했다. 손에 피를 묻히지 않고도 적을 쓰러뜨릴 수 있을 것 같았다. 그러려면 일단 자신과 별의 안녕이 우선되어야 했다. 만희가 상덕을 만났다는 사실은 위험한 일이었기에 그는 긴장의 끈을 놓지 않을 결심이었다.

"뒤통수를 치려면 제가 그 수를 읽어야 합니다. 그런데 아버지의 패턴은 뻔하거든요?"

"원래 인간 이하였던 자를 인간 이하로 보이게 만드는 것은 재미가 없는 법입니다. 손대고 코 풀 것도 없습니다. 의료 사고 관련 내용 조사해주십시오. 아주 작은 것 하나라도 놓치지 마시고요."

일요일에도 본사의 사무실에 들렀다가 귀가하는 길이었다. 해운은 꽃집에 들러 안개꽃과 장미꽃을 샀다. 꽃다발을 만들어주는 젊은 여인이 해운의 외모를 거듭 칭찬하며 자신에게 딸이 있다는 언급을 했을 때다. 그가 대번에 이렇게 말했다.

"유부남입니다."

일찍 퇴근한 데다가 꽃다발까지 안길 생각에 해운의 가슴이 부풀었다. 그러나 별은 집을 비우고 있었다. 가슴이 철렁, 내려앉는 순간에 별이 들어왔다.

"어디 갔었어?"

"너는 일요일에도 일하면서 나는 뭐 월급 루팡인 줄 아니? 이 몸도 휴일의 박물관 풍경 취재하고 왔지."

"자, 봐. 별아. 꽃, 그리고 나."

해운이 두 팔을 활짝 벌렸다.

"어어? 애가 또 왜 이래?"

"꽃다발, 그리고 나 자신. 아가씨에게 바치는 선물이라고요."

꺄악, 별이 소리 질렀다. 행복하다고 고함을 치며 꽃다발을 안고 폴짝폴짝 뛰기도 했다.

"그건 너무 오버액션 하는 것 같고."

해운이 미심쩍다는 듯이 고개를 갸웃하자 별이 그의 잔등을 툭 쳤다.

"이 야한 아저씨야! 네 마음 다 보여. 근데, 어쩌나? 해운아, 나 아직 생리중이시다!"

한차례 허리가 휘도록 웃음을 터트린 별은 그의 팔짱을 끼며 같이 나가자고 했다. 그길로 둘은 대형 마트에서 자전거를 두 대 샀다.

"이제 봄이잖아? 우리 한강변에서 하이킹 하자."

일요일, 오후 2시에 두 사람은 자전거를 타고 근처 한강변을 달렸다.

머리를 질끈 묶고서 어깨끈으로 지탱이 되는 청바지를 입고 야상 점퍼를 걸친 별이 화사하게 웃으며 자전거를 몰았다. 해운은 별의 뒤를 졸졸 따랐다. 두 사람은 하이킹을 마친 다음에 자판기 앞에서 차가운 스프라이트를 나누어 마셨다. 그다음에는 외식을 하자고 했다. 식당을 나왔을 때에는 봄비가 추근추근 내리고 있었다.

"이불 호청부터 해서 열두 명의 자식들 속옷까지 빨래 널은 아낙네의 심정이 이럴까? 하늘도 무심하시지. 하필, 이 때라니."

가게 앞에 나란히 세워둔 자전거를 보며 별이 울상을 지었다. 해운이 별의 손목을 잡아끌었다.

"사랑해."

느닷없는 고백, 그러나 늘 들어오던 소리에 별은 당황하지 않고 마주 응수해주었다.

"고맙소."

"진심을 곡해하지 마."

"아우, 우리 해운이는 꼭 이런다. 넌 어쩜 시도 때도 없이 진심 타령이니? 지금 우리는 새로 산 자전거를 고민해야 해. 아, 이러면 되겠다! 커피숍 들어가서 비 그치기를 기다리고 있기, 어때?"

"그보다는 우리 빨리 돌아가야 할 것 같다."

"왜 그렇게 서둘러?"

"나, 너를 안고 싶어서 미칠 것 같거든."

별이 눈을 동그랗게 뜨고 그를 보았다.

"저기……. 해운아, 초치는 것 같아서 정말 미안한데, 나, 생리……."

"알아, 안다고. 내 말은 나는 너를 그냥 안고 싶어 한단 말이야."

누굴 변태로 알아, 하고 해운이 그녀의 손등을 제 입술에 비볐다.

"왜 그렇게 보채?"

"너만 보면 미치겠어."

그가 고개를 숙여 별의 이마에 제 입술을 묻었다. 열에 달뜬 느낌으로 뜨거운 그것은 별의 가슴을 옥죄도록 아프게 했다.

"있지, 해운아."

별은 조심스럽게 물었다.

"내가 그렇게 좋아?"

두 눈을 위로 올려 그의 표정을 살피는 별의 얼굴을 그가 두 손으로 가만히 감쌌다.

"그걸…… 말이라고."

9. 호접지몽(胡蝶之夢)

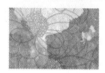

"나 내일 부여에 가봐야 해."

월요일 밤이었다. 해운의 무릎 위에 앉아서 그의 목에 두 팔을 휘감고 있던 별이 이렇게 말했다.

"부여?"

"응, 부여."

해운이 반달같이 깎아놓은 배 조각을 포크로 찍어 별의 손에 쥐어주며 인상을 찡그렸다.

"거기는 왜?"

"취재 차. 하루 만에 다녀올 수 있을 것 같아. 차 좀 쓸게."

아삭아삭, 별은 배를 씹었다. 물이 많고 달았다. 포크를 찍은 배 조각을 해운에게 건넸지만, 그는 심각하게 묻기부터 했다.

"아니, 무슨 취재냐고?"

"요즘 백제 문화에 대한 칼럼을 연재하고 있거든. 저번에 내가 금동 대향로에 대해 조사한 것 봤지? 근데, 내달에는 부여에 지은 백제 역사 문화관에 대해 소개할 차례야. 그거지, 뭐. 부지런히 발품 팔아서 써야 하는 거."

해운이 잠시 말이 없다가 불현듯이 그녀의 턱 끝을 잡아 제게로 향하게 했다.

"걱정돼, 같이 가."

"에구, 부인 바람날 것 같아서 초조해하는 늙은 아저씨 같아. 아니, 어쩌면 의처증 초기 증상?"

"아니, 난 널 믿어. 나는 네가 그 늙다리 피디한테 한 방 날리는 것도 다 봤는걸."

별이 배 조각을 씹다 말고 눈을 크게 떴다.

"조카아이를 내 아들이라고 속였다가 걸린 것을 다 봤단 말이지?"

"그것도 그렇고. 사랑하는 사람이 있다고 당당히 털어놓더라. 멋졌어, 별."

해운이 씨익, 웃었다. 별이 포크를 내려놓고서 그의 무릎 위에서 내려왔다.

"해운아."

"왜?"

그는 다시 과도를 움직여 이번에는 키위의 껍질을 벗겨내기 시작했다.

"나 생리 끝났어."

해운의 과도질이 멈췄다. 별이 환하게 웃으며 우리 하자, 라고 말했다. 해운이 벌떡 일어나더니 팔을 활짝 펼쳤다.

"안겨."

다음 날이었다. 별은 내비게이션 창에 청주 '김상덕 신경외과'의
주소를 쳤다.

"청주시 흥덕구 운천동……."

입술에 침을 묻히며 별은 내비게이션 작동을 완료했다. 그러고는
후우, 하고 숨을 내쉬었다. 한 사람을 마음에 품고 사랑하는 일이 왜
이렇게 힘겨운 걸까? 남들은 잘만 하는 사랑, 나에게는 허락이 되지
않은 모양이다. 아니, 애초에 내가 잘못한 걸까?

역시 해운은 안 되는 건가?

나의 해운이.

별의 눈에 물기가 어렸다. 그녀는 입술을 짓이기듯 깨물면서 운전
을 했다. 해운에게서 부친을 찾았노라고, 그 부친이 왕만희 부회장
을 만나서 뭔가 계략을 꾸미는 것 같다는 소리를 들었을 때만 해도
일이 이렇게 될 줄은 몰랐다.

그녀의 휴대폰으로 걸려온 전화, 김상덕이었다.

'만나서 할 이야기가 있다.'

딱 한마디였다.

여태 아무 상관도 없이 살아가는 자신에게 김상덕, 그가 무슨 할
말이 있을까? 별은 의아했지만 받아들였다.

만나주겠어!

뻔하지, 뭐!

그런데 당신이 나한테 말하기 전에 먼저 들어야 할 것이 있는 것
같은데.

별은 소영에게 전화를 걸었다.

-우리 딸, 연애하느라 바쁘다면서 웬 전화?

소프라노로 리듬감 있게 대답하는 소영의 목소리에 하마터면 왁, 하고 울음을 터트릴 뻔했다.

"엄마, 물어볼 것이 있는데⋯⋯."

별은 축축해지는 눈을 힘껏 치켜뜨면서 다소 힘겹게 말을 이었다.

"김상덕은 우리 엄마가 자살한 것 몰라?"

해운은 분노했다!

별을 김상덕과 만나게 하다니!

치사한 수법이 아닐 수가 없었다. 만희에게 전화를 걸기 위해 휴대폰을 쥔 해운의 관자놀이에 핏대가 솟았다. 그는 천천히 단축 버튼을 눌렀다.

"아버지가 수를 쓴 게 고작 그거였습니까?"

김상덕과 별의 만남은 정상이 아니지 않은가? 별, 그 아이가 감당할 수 있을까? 그는 온몸의 피가 거꾸로 솟는 기분을 느꼈다. 그는 만희에게 경고를 할 생각이었다.

-일을 그르치도록 제가 가만히 놔둘 것 같습니까?

딱 한마디를 끝으로 그는 전화를 끊었다.

창가 테이블에 앉은 중년 남성이 커피를 앞에 두고 누군가를 기다리고 있었다. 커피숍 안으로 들어서면서 별은 한눈에 알아보았다. 그가 김상덕이었다.

진한 청색의 재킷을 걸치고 있는 50대 중반의 남자는 그녀가 남몰래 상상했던 괴물의 모습이 아니었다. 점잖게 늙어 보이는 그는 왜소한 체구에 콧수염을 기르고 있었다. 사진조차 남지 않은 탓에 생모에 대한 것은 아무것도 모르는 별은 잠시 의문이 들었다.

내 얼굴 속에 본인이 짓밟아버린 여자가 들어 있을까? 아님, 아예 기억조차 못하는 것일까?

남자가 일어서며 그녀를 맞이했다. 그는 긴장감이 역력한 눈길로 뚫어지게 별을 살폈다.

지금 이 순간만큼은 세상에서 가장 당당한 여자여야 하는데, 하고 별은 살짝 입술을 깨물었다. 그녀는 오늘 플랫칼라가 단정한 겨자색 트렌치코트에 와인색 블라우스와 튤립 모양의 스커트를 받쳐 입었다. 머리를 자연스럽게 풀어 반만 묶었고 다른 때와 달리 메이크업을 했다. 일부러 치장을 한 이유는 그저 저를 세상에 내보낸 사람에게 완벽하게 보이고픈 어쩌면 바보 같은 의도였다.

보세요, 당신에게서 태어난 나는 이렇게 버젓이 살아 있답니다.

"상상했던 것 이상으로……."

상덕의 눈빛과 목소리에 흥분이 배어 있었다. 별은 가벼운 목례조차 하지 않은 채로 의자에 앉았다. 그러고는 턱을 치켜든 다음에 건조한 말투로 단숨에 말했다.

"평생 보고 싶지 않으셨겠지요? 싹 기억에서 지우고 싶으셨겠지요? 그런데 먼저 보자고 청하다니요? 당신은 제가 살아 있는 한은 마음 놓고 숨을 쉴 수조차 없어야 하는 거잖아요?"

"됐다, 그런 말 할 시간이 어디 있어? 추운 날씨에 오느라 고생 많았다. 너 뭐 마실래? 내가 가져오마."

상덕은 대수롭지 않다는 어조로 일갈하고는 카운터로 향했다. 그동안에 별은 가방 속에서 거울을 꺼냈다. 건조해진 입술에 립글로스를 바르고는 시치미를 떼고서 등을 꼿꼿하게 펴고 앉았다. 상덕이 자리로 왔다. 뜨거운 라떼가 든 잔을 그녀 앞으로 놓고 그는 웃었다. 그의 미소를 대하며 별은 치가 떨렸다.

"제 눈을 똑바로 보세요. 당신이 죽인 사람의 눈이에요."

얘야, 하고 그가 별을 불렀다.

"네 집 식구들이 말 안 해줬어? 나는 너를 결코 방관하지 않았다."

"저한테 아무 권한 없으세요. 알아들으셨어요? 제가 이 세상에 존재하는 한, 당신은 몸 사리셔야 해요! 하루하루를 살얼음판을 디디는 것처럼 불안하게 살아야 한다는 뜻이에요. 저한테 무슨 짓이든 할 수 있다고 착각하지 마세요. 특히 제가 누구를 만나고 사귀는지 그런 상황에 끼어드실 수 있는 자격이 안 되잖아요?"

별의 단언에 상덕이 씁쓸한 표정을 지었다.

"운한의 며느리 자리라도 꿰차겠다는 거냐? 차라리 짚을 안고서 불구덩이 속으로 뛰어 들어가. 물론 나는 너를 말릴 생각은 없다. 미리 말하지만 내가 나서서 어떻게 하겠다는 게 아니야."

"제 엄마가 어떻게 돌아가셨는지 아시고 계세요? 한 번쯤은 꼭 확인하고 싶었어요. 당신이 내 엄마에게 한 짓에 대해 일련의 죄책감을 가지고 계신지."

그는 입가로 가볍게 웃음을 흘렸다.

"의미 없다."

별의 기가 찬 얼굴에 실소가 머금어졌다. 새하얀 피부에 차디찬 푸른 기가 돌면서 그녀의 양 미간이 붉어지기 시작했다. 상덕이 고개를 절레절레 저었다.

"그 양반, 날고 기는 새도 떨어뜨린다는 왕만희가 너를 신경 쓰고 있더라. 딱 한마디만 할게. 너 함부로 사람 사귀지 마라."

"내 어머니가 어떻게 돌아가셨는지 아시냐고요? 사과 정도는 받을 줄 알았어요. 그러려고 온 거니까요."

"네가 생각한 그런 일은 없었다. 자살은 네 엄마 맘대로 한 거야. 이 세상 모든 여자가 임신한 채로 이별했다고 해서 목숨을 끊지는 않는다."

"추해요."

별은 떨리는 손을 무릎 위에서 쥐었다 폈다 하면서도 낮고 차분한 어투로 말했다.

"그동안 이런 자리를 상상했어요. 미움이나 원망과는 별개로 한 번쯤은요. 나는 누군가를 미워하며 살고 싶지 않았거든요."

"한별!"

그때, 해운의 목소리가 들려와 정신이 번쩍 났다. 상덕은 물론이고 별의 고개가 일시에 한곳으로 쏠렸다. 카페의 현관에 해운이 서 있었다. 가까운 거리가 아님에도 해운의 양 미간이 푸르게 질려 있는 것이 훤히 보였다. 두 주먹을 불끈 쥐고서 우뚝 서 있는 폼에서 분노의 서릿발이 느껴졌다.

"이런 걸 두고 설상가상이라고 하지."

별의 입에서 저도 모르게 궁시렁대는 소리가 나왔다. 해운에게 민낯을 들킨 기분이었다. 그녀는 우선 상덕을 향해 나직한 경고를 뱉어냈다.

"아무 말 마세요. 절대 그럴 입장 아닌 거 아시죠?"

"잘 들어라. 왕 부회장이 나한테 다녀간 이유가 뭔지 아니? 너를 만나라는 조건이었다. 왜 그랬을까? 네가 나를 보면 깨닫는 게 있을 거라고 하더구나."

"맞아요. 깨달은 것이 있어요. 지금껏 당신의 존재나 제 출생에 대해 분노하지 않으려고 했는데, 그런 것 다 가짜였단 것을 알았어요. 오늘부터 당신은 평생 제 눈빛을 기억할 것이고…… 제 엄마를 기억하길 바라요."

상덕이 뭐라고 대꾸할 틈이 없었다. 씩씩거리는 숨소리가 크게 나면서 해운이 곁에 섰기 때문이다.

"일어나."

해운의 말대로 별은 가방을 집어 들고서 서둘러 몸을 일으켜 세웠다. 그러면서 속삭이듯 물었다.

"여긴 어떻게 온 거야? 설마, 미행도 해?"

해운이 와락, 별의 몸을 끌어당겨 제 품에 안았다.

"하면 안 돼?"

"말이…… 안 돼."

별이 그의 가슴을 주먹으로 툭툭 치면서 타박을 했을 때였다. 그가 나직한 한숨을 터트리며 별의 어깨에 턱을 괴고는 맞은편의 상덕을 쏘아보았다.

"말이 안 되는 거 아는데……. 이만, 나가자."

그는 다짜고짜 별의 팔을 붙들고 돌아섰다. 그러다가 고개를 돌려 상덕을 주시했다. 해운의 한쪽 눈이 일그러지면서 어금니를 꽉 깨물어 보이더니 냅다 다음과 같은 입 모양을 해 보였다.

'짐승!'

상덕에게서 불쾌한 기색이 드러나자 해운이 사나운 눈빛으로 한

번 더 입 모양을 만들어 보였다.

'꺼지시지!'

돌아서 있던 별이 그의 팔을 가만히 거머쥐었다.

"가자, 해운아."

주차장에서 해운과 별은 약간의 실랑이를 벌이고 있었다. 해운은 화가 난 것이 분명했다.

"내 차로 같이 가. 네 차는 정은섭 대리님이 몰고 오게 하면 돼."

단단히 틀어진 어투에 별은 그의 눈치를 살폈다.

"화났어?"

"그래, 화가 나. 애초에 저런 인간은 상대를 하지 말았어야지!"

"내 일이야."

"네 일은 곧 내 일이기도 해. 내가 너 상처 받게 그냥 놔둘 것 같아? 누구라도 저지하고 막아내고 치워버릴 거야!"

갑자기 해운이 씩, 웃었다. 그러나 눈은 전혀 웃고 있지 않았다. 그저 별을 안심시키기 위해 애를 쓰는 모양 같았다. 별은 이를 앙다물며 절대 그와 말다툼을 하지 않기로 혼자 다짐을 했다.

"알았어, 네 차 탈게."

왕만희, 그는 왜 불안해하고 있는 것일까? 왜 자신을 친부와 만나게 했던 것일까?

너의 출생을 기억해라. 너 같은 여자가 해운에게 가당키나 하겠나?

그런 의도가 충분히 헤아려졌다. 해운은 제 차의 문을 열어 별을 앉히고는 그대로 몸을 포개어왔다.

"아우, 야! 여기 CCTV 있어."

"상관없어."

"읍······."

해운은 제 혀를 별의 입 안으로 사정없이 밀어 넣었다. 별은 두 눈을 질끈 감고서 주저주저하면서도 그의 등에 두 팔을 감았다. 그러자 그가 숨을 쉬지 못할 정도로 강하게 혀를 빨아 당기며 키스를 했다.

"해운······ 아."

"가만있어."

그는 별의 입술을 훑으며 혓바닥을 휘감았다. 그가 하는 대로 가만히 있던 별은 잠시 울적해졌다.

해운아. 네가 지금 무슨 생각을 하고 있는지 다 알아.

나는 아프지 않아.

상처 받지 않았어.

하아, 하고 거친 숨결을 토해내면서 입술이 떨어졌다. 그사이에 해운아, 하고 별이 그를 불렀다.

"응?"

어느새 해운이 부드러운 눈빛으로 되돌아가서 대답을 해주었다.

"나는 아무렇지도 않아."

별은 진심을 다해 말했다. 그는 잠자코 있었다.

"나는 고작 이런 걸로 아프지 않는다고."

뒤늦게 그녀의 말을 이해했는지 해운은 손을 뻗어 별의 엉클어진 머리카락을 쓰다듬어주었다.

"그래, 대견해."

그가 운전석으로 가서 앉았다. 누군가로 인해 가슴이 뛰고, 아프고, 미워하고, 초조해지고, 괴롭고…… 여러 가지 감정으로 복잡하였다.

"너 안심한 거지? 괜찮지?"

별이 자꾸 확인을 했다. 해운은 고개를 끄덕거렸다.

"아무 말 말고 집으로 가자."

"저 사람이 내 친부래. 봤으니까 됐어."

별이 조용히 그러나 불퉁하니 내뱉었다. 해운은 별에게 몸을 기울여서 벨트를 매주다 말고 그 이마에 제 이마를 콩 박았다.

"잊었어? 너나 나나 마찬가지야. 비슷한 것들끼리 위로 받으며 살고 뭐, 그러는 거지."

그러고는 단호하게 덧붙였다.

"다시는 상대하지 마. 인간도 아니야. 사람을 버리는 것은 인간이할 짓이 아니거든."

해운은 며칠 만에 만희를 보는 것인지 알 수 없었다. 열흘 만인가, 보름도 더 지났나?

그에게 피와 살을 준 아버지, 그리고 대기업의 부회장이라는 직함의 사람.

일주일에 한 번씩은 회사 일로 마주쳐야 할 직속 상사였지만 지난주는 다녀가지 않은 탓에 오랜만의 부자 상봉이 되었다. 그런데도해운은 뚱했다. 별을 생부와 마주치게 한 각본 때문이리라.

한편, 만희는 쓸쓸하게 웃었다. 여자한테 빠져도 아주 단단히 빠졌다.

그것도 몹쓸 아이한테.

별, 그 아이에게 친부를 마주하는 기회를 깔아놨더니 그 자리에 해운이 들이닥쳤다는 이야기는 모든 상황을 설명해주는 것이었다.

계집애가 영악한 것 같던데, 아닌가?

아니지.

진짜 영악한 아이이니까 해운의 혼을 쏙 빼놓았겠지.

보통 그 입장이라면 자신의 아들과 같은 남자를 놔주고 싶겠는가?

"네가 놓치고 있는 것이 무엇인지 잘 봐."

끼니도 거르면서 마라톤 회의를 진행한 탓에 집무실에서 일식 도시락을 놓고 아들과 마주 앉은 만희는 식사가 거의 끝나갈 즈음에 다른 말을 꺼냈다. 일 이야기는 얼추 마친 상태였다. 별에 대해 화제 삼으려는 심사였다. 그런데 놀랍게도 해운은 바로 알아들었다.

"제가 놓치고 있는 것이란 없습니다. 굳이 있다면 한별, 그 아이겠지요. 그런데 놓칠 수도 없고 놓칠 리도 없습니다."

아이고, 하고 신음 비슷한 소리를 내면서 만희가 웃었다.

"바보, 제 패도 몰라보는 녀석! 넌 태어나고 보니까 왕재익이 할아버지이고, 왕만희가 아버지야. 이런 횡재를 무슨 수로 감당하려고 해?"

호통 비슷하게 쳐놓고서 만희는 회유하는 어투를 썼다.

"그렇지만, 해운아. 넌 감당할 수 있어. 간단해. 내가 시키는 대로만 하면 된단 말이다. 너 몰라서 그런 게냐? 지운이 어미가 너라면 아주 이를 가는 것도 그렇고, 이 회사의 주주들이 이제 시작하는 너를 아주 얕잡아 보는 것도 그렇고. 지금 네가 그깟 여자한테 기울어 있을 때가 아니야. 옳지, 가만 보니까 네가 할아버지를 믿고 그러는 것 같구나. 넌 네 할아버지가 어떤 양반인지 모르고 있어."

만희는 한쪽 벽면의 대형 액자를 가리켰다. 근로자의 날에 공장 입구에서 사장단들과 악수를 하고 있는 재익의 얼굴이 찍힌 사진이었다.

"저 노인네가 네 어미를 한낱 그림자로 만든 양반이시다. 왜 그랬을 것 같아? 너를 위한다는 명분이었다. 너와 네 형인 지운의 이름을 따서 원래 일한이었던 기업 이름을 운한으로 바꾸면서까지 행복해한 노인네를 생각해봐라. 여자가 중요한 게 아니야……."

"별의 아버지라는 작자를 만난 이유가 그겁니까?"

갑자기 차가운 생수병을 들어 입가로 가져가며 해운이 시큰둥하게 물었다.

"제 위치와 입장을 사무치게 깨닫게 해주려고 그랬다. 원, 계집애가 아직 어리게만 봤더니 보통이 아니야. 너한테 득달같이 알릴 줄은 예상도 못했다."

"걔는 분노고 뭐고 다 접은 아이입니다. 그런데 저에 대한 애정은 살아서 꿈틀거리고 있어요. 그런 아이한테 뭘 원하시는 겁니까?"

만희는 집무실 안 전체가 울리게 큰 소리로 역정을 냈다.

"너도 알다시피 일이 그르쳐지면 그 아이만 상한다. 세간에 그 아이의 이름이 오르내리는 것을 원치 않겠지?"

해운은 아무 대답도 없이 트렌치코트를 걸쳐 입었다. 자로 잰 듯이 확실하게 움직여 집무실을 빠져나가는 해운을 보며 만희가 어이없어했다.

"자식아, 좀 살갑게 굴면 얼마나 좋아? 실질적으로 내가 네 편인 것을 왜 몰라? 어떻게 내 속에서 저런 아이가 나왔지?"

가만 보면 지운과는 판이하게 다르다. 지운은 제 맘에 드는 점이 하나도 없다면서도 대동건설의 딸과 별 탈 없이 약혼기간을 보내는 중이었다. 제 머리에 씌워진 왕관이 무거운 만큼 인생을 즐길 수 있다 믿는 지운이었다. 집안끼리의 정략결혼이든 뭐든 상관하지 않는다고 했다. 저 자신이 다이아몬드 수저를 타고났다면 소소한 희생도 감수할 줄 알아야 한다며 지운은 아무 저항이 없었다. 만희는 입맛이 썼다.

해운이 녀석이 지운을 반만 닮았더라면, 하고 그는 아쉬워했다. 하긴, 하고 그는 툭 웃었다. 해운은 다르다. 바로 그런 부분 때문에 마음이 갔다.

그렇다면?

자신은 아버지의 역할에 충실해야 했다. 한별, 그 아이만 손보면 되지 않겠나? 그는 인터폰에 대고 말했다.

"정 대리, 연결해요…… 오, 정 대리. 한별 그 아이가 다니는 잡지사 사주 말이야. 응, 그래요. 잘 좀 부탁하네."

그는 혼잣말을 했다.

"넌 분명히 해운이한테서 떨어진다고 했었어."

며칠이 지난 아침에 별은 자신 때문에 징계 위원회가 열린다는 통보를 받았다. 이유는 간단했다. 여당과 야당의 대표 후보자들을 잡지에 실으면서 편파 보도를 했다는 거였다. 곧 언론중재위원회에 회부될 것이라는 소식도 있었다.

"괜찮아, 당당하게 허리 펴고 앉아서 절대 기죽지 말고 있다가 와."

김 선배는 빌딩 꼭대기 층에 있는 대표의 사무실로 향하는 별에게 조언을 해주었다.

"말은 쉬운데."

별은 창백해진 안색이었지만 어느 정도는 담담했다.

"학창 시절에 교무실 좀 불려가본 가닥이 있어야 하는데. 이거, 우리 한은 모범생이었나 보네."

"지현 선배, 다녀올게요."

별은 엘리베이터의 버튼을 누르며 입술을 깨물었다.

"한별, 얍얍얍!"

김 선배의 파이팅을 외치는 얼굴은 전에 없이 어둡게 가라앉아 있었다.

회의실 안에서는 진 문화사의 대표는 물론이고 중역들, 각 부서의 장들이 모여 별의 징계를 놓고 토론을 벌이는 중이었다.

"지금이 어느 땐데 선거철을 앞두고서 당 후보 대표들을 취재합니까? 그것도 일개 문화지에서요."

"일개? 지금 일개라고 표현했습니까?"

"어허, 중요한 논점을 흐리지 맙시다."

"잠깐만요!"

치열해지는 언쟁 사이에서 슬그머니 별이 손을 들어 올렸다. 모두 조용해진 가운데, 별의 입이 열렸다.

"저는 편파 보도를 한 적이 없습니다."

"보고 말해요."

홍보부장은 신경질적으로 잡지를 툭 던졌다. '아트 매거진' 지가 책상 위에서 떨어져서는 바닥을 뒹굴었다. 별은 입술을 꼭 깨물었다. 그러나 그녀는 알고 있었다. 원래 그녀가 작성한 기사는 저 모양이 아니었다.

<시와 그림을 노래하던 두 예술가가 정치로 만나다.>

그런 제하에 장장 네 페이지를 구성한 기사였다. 말이 네 페이지이지, 솔직히 그들의 인물 사진만으로 두 지면을 할애하고 있었다. 그런데 잡지가 발행되던 날에 그녀는 깜짝 놀랐다.

여당 대표 후보인 안주 시 갑의 선거구에 출마한 김지상의 기사가 두 페이지나 더 오버되어 있었던 것! 당연히 상대방 야당 대표 후보로부터 섭섭하다는 의견이 나올 만하다 여겼다.

처음엔 부르르 떨리는 두 손을 그러쥐고서 의아해했지만 별일 없을 줄 알았다. 그리고 본래 데스크인 김 선배의 오케이 사인이 떨어져야 잡지에 실릴 수 있는 것이기 때문에 이 모든 일의 책임은 그쪽에 있을 것으로 착각했었다.

"어찌 된 겁니까? 담당 데스크하고 다 불러서 조치할까요? 일단, 서병 을 출마자인 백상기 후보에게 사과는 했어요. 대표 입장에선 할 만큼 했다는 이야기입니다. 그런데 백 후보가 언론중재위원회에 고발한 모양입니다. 그래서 말입니다. 한별 기자가 책임져요. 회사가 물 먹을 수는 없는 일이니까 본인이 깨끗하게 중재위원회에 회부되는 것으로 끝내자, 이 말입니다."

사주의 말은 심판자의 말이었다. 비로소 모두 수긍하는 눈치였다. 이제 그녀만 알겠다고 대답하면 끝나는 일이다.

어찌해야 하나?

왜 이런 일이 생긴 걸까?

별은 차마 왜 그렇게 기사가 다르게 나왔는지 확인하자고 말할
수 없었다. 자칫하면 김 선배까지 다칠 일이었다. 아니, 분명히 이 일
에는 보이지 않는 무언가가 존재했다. 그리고 별은 사주의 입을 통
해 그 '확신'을 확인하게 되었다.

"허브예요, 마셔요."

모두가 물러간 다음에 대표 사주는 그녀에게 따뜻한 차를 건네주
며 말을 걸었다.

"이 순간은 말 놓을게요. 나도 자네 같은 딸이 있네. 그래서 하는
말인데, 한별 기자가 운한그룹에 척을 진 모양이야."

별은 서재에서 노트북의 한글 창을 열어놓고 우두커니 앉아 있었
다. 벌써 두 시간째다.

<국회의원 후보 편파 보도에 관한 반박문>

몇 번이고 손가락을 움직여보려고 했지만 그 아래로는 글이 써지
지가 않았다. 대체 뭐라고 한단 말인가?

고작 내가 안 그랬다, 왜 이렇게 됐는지 도무지 모르겠다, 라고 발
뺌을 하는 글밖에 더 무엇이 나오겠는가? 아님, 공격을 제대로 해야
하나?

재벌 그룹 회장이 사주한 일이다, 라고.

<재벌의 횡포, 어디까지 겪어봤니?>

이렇게 써?

별은 기가 찼다.

회사는 내부 인사 위원회까지 열었다. 정직 6개월의 처분이 떨어
졌다. 이건 회사에 남으라는 것도, 재취업을 하라는 것도 아니다. 다

른 직원들은 그녀가 명예 살인을 당했다고 수군거리기도 했다.

"명예 살인, 명예 살인⋯⋯."

연거푸 중얼거리며 별은 두 손으로 머리를 감쌌다.

"왕만희, 당신 진짜⋯⋯ 살았는지 죽었는지 생사도 알 길 없던 생부를 만나게 하지를 않나, 이젠 회사까지⋯⋯ 두루두루 하는 일도 많네. 내가 그렇게 해운이 한테서 뿌리 뽑아야 할 가시인가?"

하릴없이 원망 섞인 말을 쏟아 내봤지만 성에 차지 않았다. 그녀는 이미 미지근해진 맥주 캔을 들어 벌컥벌컥 마셨다.

"일해?"

문이 열린 줄도 몰랐던가 보다. 서재 문 입구에 해운이 서 있었다. 훌쩍 키가 큰 그가 두 팔을 활짝 펼쳐서는 자신에게 안기라고 신호하고 있었다. 대리석같이 차가워 보이면서 창백한 그의 얼굴은 그사이 더 여윈 것도 같았다. 지금도 야근 후의 퇴근이었다. 요즘 그는 중국 출장 준비로 바빴다. 그 출장을 '상하이 프로젝트'라고 제멋대로 명명하며 그는 적어도 일주일에 한 번은 그녀를 만나러 온다고 자신했었다.

"안 안길 텐가?"

멍하게 문 쪽을 응시하고 있는 별을 향해 해운은 어서 와서 안기라고 재촉을 했다. 문득, 눈물이 고이는 것을 느끼며 별은 얼른 몸을 일으켜 세워서 해운에게로 향했다. 그야말로 쏜살같이 두 팔을 펼쳐 들고 서 있는 그에게로 가서 안겼다.

"아이구, 반가웠어?"

"당연하지요."

그는 별은 번쩍 안아들더니 서재 한가운데에 놓인 오트만으로 가서 푹 쓰러졌다.

"술 했어?"

별이 물었다.

"냄새 나?"

"조금."

해운의 까칠한 턱에 제 이마를 부비며 별은 숨을 들이쉬었다. 그의 체향을 맡으며 눈물을 거두고 침을 삼켰다.

"어른들이 건네주는 술잔을 거절하면 예의가 아니라고 해서 몇 잔만 살짝."

있잖아, 해운아.

너희 아버지 완전 못됐다. 마음속으로 왕 부회장을 욕했다. 아니, 모르지. 왕 부회장이 아닌 회장의 사주일 수도 있겠다, 라고 그녀는 생각을 정리했다. 아마도 그녀의 존재는 해운의 조부와 부친에게는 공공의 적이리라.

"저녁 먹었어?"

"그럼, 지금이 몇 시인데."

"대충 또 샌드위치 같은 것으로 때운 거 아니야?"

"아닙니다. 해운이 네가 아침에 끓여준 거 잘 먹었습니다."

"일하는 중이야, 우리 별이?"

그가 반듯하게 누운 제 몸 위에 별을 눕히고는 등을 연신 쓰다듬더니 손 하나를 허리춤에 집어넣었다.

"못된 손! 이기적인 손!"

부러 별은 장난을 걸었다. 고개를 들어 별의 입술에 쪽, 버드키스를 하며 해운이 말했다.

"별, 네가 이기적인 거야. 너는 막 내 마음에 들어와서는 온통 차지하고 있어. 근데 이젠 내 머리를 통째로 구워삶았나 봐. 난 하루 종일을 너만 생각하고 있어. 미치겠다."

그의 손이 맨살을 보듬더니 조금 머뭇거렸다.

"계속해, 더 이상 진도를 나가도 좋고."

그의 망설임을 눈치챈 별은 웃었다.

"정말?"

횡재했다는 듯이 해운의 눈이 커졌다. 별은 웃음을 터트리며 그렇게 좋으셔? 하고 핀잔을 툭 뱉었다. 해운은 그대로 별의 입술에 혀를 침입시켰다. 동시에 그녀가 입고 있는 반바지 허리 밴드 속으로 손을 미끄러뜨렸다. 포동하고 부드러운 엉덩이를 만지며 벌써 해운은 그녀의 입 속으로 신음을 흘리고 있었다.

"내가 너 일하는 거 방해하는 거 아니지?"

숨을 거칠게 쉬면서 그가 물었다.

"방해해줘, 실컷…… 으으, 웃."

별의 장난스러운 말은 금방 신음으로 가라앉고 말았다. 그가 별의 팬티 속으로 손을 집어넣었기 때문이다.

"진짜 못된 손이라니까!"

"제대로 못된 손이 되어주지."

해운의 엄지손가락이 별의 클리토리스를 집요하게 애무했다. 가운데 손가락은 촉촉한 속에 침입시켜서 부드러운 손놀림으로 계속 어루만졌다. 둘의 피가 서서히 달아올랐다. 한참 동안 그곳을 달구어놓던 해운은 더 이상 참을 수가 없어졌는지 별의 몸을 앉혔다. 별은 해운의 바지 버클을 끌렀다.

별은 바짝 서 있는 그의 페니스 위로 주저앉듯이 허물어졌다.

"아, 별아……."

해운이 신음했다. 별의 속은 여태 느꼈던 그 어느 때보다 뜨겁고 축축했다. 애가 아주 나를 녹이려 작정했는가?

그는 잔뜩 미간을 찡그리고서 별의 골반뼈를 그러쥐었다. 그러고는 그의 물건을 삼키고 있는 별의 하체를 잡아 들썩이게 했다.

가뜩이나 그리로 피가 몰려 있는 가운데 해운의 물건이 들어온 순간에 별은 앞이 깜깜해지는 쾌감을 느꼈다.

"……아훗!"

그녀는 몸서리를 쳤다. 그녀는 해운의 손을 치워내고 자신이 스스로 아래를 들썩거리기 시작했다.

그를 올라탄 채로 별은 맘껏 허리 아래를 요분질쳤다.

이렇게나 생생한데, 하고 별은 해운을 향해 걷잡을 수 없이 뻗치는 애정으로 인해 견딜 수가 없었다.

너무나 사랑해.

해운아, 네가 나를 사랑하는 것만큼, 아니 훨씬 더 많이…… 내가 너를 사랑해.

그와 몸을 섞는 행위는 더 없이 숭고한 것도 같았다.

"별이…… 너……. 네 몸이……."

해운은 이를 악물면서 제 몸을 올라탄 별의 움직임에 허우적대고 있었다. 지독한 절정의 문턱에서 두 사람 모두 송글송글 땀이 맺힌 몸을 하고 있었다. 별은 입고 있던 셔츠를 머리 위로 벗어 던지고 해운의 넥타이를 쭉 잡아 뺐다. 그러나 그 이상은 할 수 없었다. 해운이 바로 그녀의 몸을 뒤로 눕혔기 때문이다.

그는 별의 두 다리를 제 어깨에 걸쳐놓고 이전보다 더 깊이 삽입을 시켰다. 별의 하얀 애액이 묻어난 제 검붉은 페니스가 육안으로 드러나서 그를 한층 미치게 했다. 아주 환장하겠다, 하고 중얼거리며 해운은 몸을 숙여 별의 입술에 입맞춤을 했다.

그녀의 입 안으로 혀를 밀어 넣으며 다소 강압적으로 숨결을 훔쳐냈다. 사실 흥분을 누그러뜨리기 위해 한 키스였지만 별의 두 팔이 그의 목에 둘러지면서 상황은 더 고조되었다.

찰싹찰싹.

씨근덕거리는 숨결을 나누며, 두 사람의 몸이 한데 섞이고 떨어지고 했다. 그는 녹을 듯이 뜨겁게 풀어진 별의 속을 의식하고서는 맘껏 허리를 놀렸다.

그렇게 제멋대로 마구 움직이는 거친 삽입은 연속으로 이어졌다. 별은 이제 대놓고 비명을 질러대고 있었다.

"앗! 아, 아아…… 아, 해운…… 아."

해운은 이를 질끈 물며 계속해서 몰아쳐갔다. 그녀는 지나친 감각을 못견뎌하며 몸을 비틀어 그를 밀치려고 했다.

"아직……. 조금만 별아."

그는 애원하면서 별의 다리를 더욱 아래로 밀쳤다. 이제 별의 몸이 반은 접혀져서는 그의 아래에서 꼼짝도 할 수 없게 되었다.

"너, 굉장히……."

해운은 말을 이을 수 없었다. 몇 차례 오르가즘을 느낀 모양으로 페니스를 사정없이 옥죄며 경련하는 그녀의 속에서 그는 미친 듯이 허우적거렸다.

"굉장히 뭐? 왜?"

"너무 좋다, 별아."

함부로 헝클어진 머리카락과 땀이 솟아난 채로 발갛게 익은 얼굴, 그리고 풀린 것 같은 무방비한 별의 눈을 보면서 그의 쾌감은 점점 더 심해졌다. 바투 끌리듯이 올라가는 절정 탓에 사정감이 몰려왔다.

"나도, 나도 그래…… 욱!"

해운의 허리가 이제까지와 비교도 안될 정도로 거칠어졌다. 정신없이 신음하며 별은 그의 어깨를 꽉 쥐었다. 눈물이 났다. 해운이 고개를 숙여서 그녀의 눈물이 맺힌 눈가를 혀로 닦아주었다.

"울지 마……."

그가 더 깊숙이 별의 안으로 제 물건을 찔러 넣으며 단호하게 속삭였다.

"너무 좋아서."

"그래도 울지 마. 싫어."

"알았어, 안 울어."

너는 정말 착해.

별은 순간적으로 울컥한 감정으로 가슴이 미어졌다. 너는 나를 사랑하면서 나 하나만 걱정한다. 이건 진짜야. 오로지 내게만 향하는 너의 눈길과 감정은 진짜란 말이야.

그의 사랑에 벅차오르는 것을 느꼈다. 더불어서 자신을 해운과 떼어놓으려는 사람들에 대한 증오가 스멀스멀 기어들었다.

난 왕해운을 사랑해, 사랑해, 사랑해…….

그녀는 맘속으로 그를 향해 말했다. 보란 듯이 그랬다. 돌연 왕 부회장에게 했던 제 말이 떠올랐다.

'……헤어져주겠습니다.'

후회스럽다. 정말 그렇게 할 수 있을까?

난 몰랐어. 그냥 대충 사랑하고 대충 헤어지면 될 줄 알았어. 그런데 네 사랑의 무게감은 장난 아니다. 나는 너의 사랑에 짓눌려서…… 그녀는 생각을 멈추고 그를 향해 똑바로 속삭였다.

"행복해, 해운아."

더 이상 버티기 어려웠다. 그를 사랑한다고 속삭이던 별의 몸에서 왈칵, 액이 쏟아졌다.

"욱, 별아……."

동시에 해운은 눈앞이 캄캄해지면서 맥이 탁 풀렸다. 좀 더 즐기기 위해 그렇게도 사정을 막으려던 그의 노력은 헛되고 말았다.

절정이었다.

그것도 가장 완벽한.

해운은 제 몸 위에서 그대로 잠이 든 별을 안고 있었다. 기습 같은 섹스를 치르고 나서 별은 혼자 곯아떨어졌다. 그가 좀 심하긴 했다. 거푸 두 번을 탐했으니 말이다.

그는 힘없이 늘어진 별의 손가락을 쥐고서 제 입술에 묻어 키스를 했다. 이것은 끝나지 않을 것 같은 그녀에 대한 갈증 탓이다.

그녀의 몸 위에 시트를 덮어주어야 할 것 같아서 몸을 일으켰다. 문 앞으로 가던 그는 문득 걸음을 멈추고서 별의 노트북이 놓인 책상으로 갔다. 노트북의 전원을 끄려던 찰나에 그는 문서 창을 보았다.

<국회의원 후보 편파 보도에 관한 반박문>

그리고 그 밑의 여백에는 '명예 살인'이라는 글씨와 함께 '왕 부회
장님은 독재자인가?'와 '사직서' 등의 문장이 써 있었다. 드레스셔츠
의 단추가 거의 끌러진 채로 해운은 의자에 걸터앉았다. 해운은 열
심히 문서 창의 행간을 들여다보며 생각에 빠졌다.

뭘까?

그는 고개를 돌려 오토만 위에서 곤히 잠들어 있는 별을 보았다.

이건 뭐지?

오늘 확실히 별은 이상하긴 했다. 뭔가 절박하고 아픈 느낌? 그와
섹스하며 울컥 터트리는 뭔가가 여실히 느껴졌었다.

낌새가 안 좋다. 잔뜩 헝클어진 머리를 쓸어 이마를 드러내며 해
운은 곤혹스러운 표정으로 뚫어지게 별을 보았다. 침을 꿀꺽, 삼키
며 그는 긴장했다.

아버지?

나 모르게 뒤통수를 쳤나?

"어디 아파?"

다음 날, 아침 식탁에서 해운은 별을 유심히 보다 한마디 던졌다.
늦잠을 잔 덕분에 둘은 간단히 토스트를 만들어 먹고 있었다.

"아닌데?"

별은 버터와 잼을 듬뿍 바른 빵을 그에게 건네주면서 빙글, 웃었
다. 언제나 그렇듯이 동글동글한 눈이 반쯤 감긴다.

"그렇게 아무 데서나 웃지 않기다."

그가 낮은 어조로 경고하듯 말하자 별은 유들거렸다.

"남이야 뭘 하건? 내 얼굴로 내가 웃는 겁니다."

"어쨌건 심하게 예쁩니다."

그의 장난스런 말에 별은 또 생글거렸다. 보얀 얼굴 어디에도 어두운 구석이라곤 없었다.

"요새 바빠?"

"왜?"

"나하고 상하이 못 가지?"

되도록 심상한 어조로 물으며 해운은 별의 잔에 커피를 따라주었다. 대답 대신에 별은 총총 어딘가로 뛰어갔다가 왔다. 그녀는 드레스 룸에서 해운의 손목시계를 찾아왔다. 아, 하고 해운은 인상을 썼다. 옷을 입으면서 시계를 깜빡한 것을 이제 생각한 탓이다.

"신경 많이 쓰는데, 별?"

"커피 메이커를 들고 있는 네 손목에서 시계가 안 보이잖아. 자아, 내가 해줄게."

별은 해운의 손목에 시계를 채우더니 똑, 하는 소리를 내면서 버튼을 눌렀다. 그러고는 해운의 입술에 키스를 해주었다.

"상하이 프로젝트?"

"응, 같이 가자. 1팀은 먼저 출발했고 우리는 후발주자로 가면 돼."

"이렇게 하자. 네가 간 다음에 내가 따라 들어가는 것으로. 휴가 낼게. 가서 2주는 있을 수 있을 거야."

"이게 웬 횡재? 오, 신이시여! 제 기도를 들어주셨습니다."

"그러니까 사람은 마음 곱게 쓰고 살아야 해."

별은 다시 한 번 해운의 입술에 제 입술을 대고 부드럽게 쓸었다. 입술의 감촉을 즐기는 단순한 행위였는데 해운은 혀를 밀어 넣고 말았다.

읍, 하고 별은 바동대면서 그에게서 떨어지려고 했지만 그것은 여의치 못했다. 해운은 그녀의 몸을 꽉 붙들고 아예 제 무릎 위에 앉혀서는 본격적으로 입술을 탐하기 시작했다.

"짐승!"

별이 투덜거렸지만 그는 결코 멈추지 않았다.

'별아, 너한테는 내가 있어.'

그는 맘속으로 별을 다독거리고 있었다.

이제 막 본사의 집무실 소파에 앉은 재익은 비서로부터 손님이 왔다는 소리를 들었다.

"왕해운? 우리 손자가 왔다고? 오, 그렇잖아도 얼굴 한번 봐주고 싶었는데. 어서 들여보내지 않고 뭐해?"

어차피 오늘의 오전 일과는 다른 일정이란 없었다. 아니, 해운을 보는 일이라면 계획된 일정도 비워둘 판이었다.

"이 물건이 상해 들어가면 자주 볼 수도 없잖아?"

해운이 집무실 안으로 들어오기를 고대하며 재익은 두 손바닥을 비벼 혈액순환을 도왔다.

"어서 오너라, 어이쿠, 최 변도 같이 보네?"

재익은 나란히 나타난 해운과 최태경을 반가운 눈으로 바라보았다.

"무슨 일로 둘이 나타난 겐가? 두 사람에게 접점이 있을 리가 없을 텐데?"

최태경, 그는 운한의 고문 수석 변호사였다. 58세인 그는 미국 조지워싱턴 대학 출신인 만희의 동기이기도 했다. 재익의 오른팔인 최 변호사는 평소에 만희와 사이가 좋지 않은 것으로도 유명했다. 그것은 만희가 저지르는 불법을 덮기 위해서 채용된 것이 아니라고 자신을 항변하는 최 변호사의 입장 때문이었다.

"손자분이 회장님과 뜻이 같다는 것에 감탄했습니다."

최 변호사의 말에 재익이 웃었다. 훤칠한 키에 석고상같이 창백한 얼굴로 서 있는 해운은 평소와 다름없이 무뚝뚝했다.

"오늘만은 제가 할아버지의 손자로 여기 왔습니다. 고로 호칭은 할아버지라고 쓰겠습니다. 할아버지는 운한그룹의 완벽한 그림을 원하시잖습니까? 그런데 아무리 제 아버지라고 해도 그 완벽함의 가치를 떨어뜨린다면 가차 없어야 한다고 봅니다."

갑작스러운 해운의 성토에 집무실의 화기애애한 분위기는 쉬이 가라앉고 말았다.

"해운이 너는 네 아버지가 부회장 직함으로만 은퇴하는 것이 아쉬울 텐데?"

넌지시 떠보는 식으로 재익이 말했을 때였다. 의외로 해운이 바로 대답을 해주는 것이 아닌가?

"은퇴라고 하면 다행이겠지요. 쫓겨나는 것과 은퇴는 엄연히 다른 것으로 알고 있습니다. 그리고 아버지는 자격 없으십니다. 해외에 제 이름과 어머니 이름으로 은닉한 재산만 해도 이 나라의 반역자가 될 겁니다."

오, 하고 재익은 할 말을 잃었다. 어찌 알았을까? 행여 최 변호사의 입이 범인인가 싶어서 그쪽을 보니 단호한 표정으로 그가 고개를 젓고 있었다. 재익은 80 평생을 살면서 사람을 상대하며 얻은 직감과 식견으로 곧바로 상황을 알아차렸다.

"이 녀석 이제 보니까 은근 칼을 갈고 있었다는 얘기구나. 딴에는 변방으로 크기는 싫은 모양이지?"

"갈 길이 아직 멀지만 어르신들께서 칼을 쥐어주시면 두부라도 썰겠습니다."

거침없는 해운의 답변에 점점 재익의 얼굴은 화색이 돌았다.

"내가 그동안 잘못 알고 있었던 건가? 무엇이 너를 변하게 한 거냐?"

"할아버지가 일으키고 살린 기업을 깨끗하게 물려받을 수 있기를 원합니다."

"그런 식으로 해서 내가 얻는 것은 뭐가 있을까?"

"할아버지의 뜻을 존경합니다. 먼저 이 세상을 떠나게 되시더라도 손자가 그 뜻을 이어받아 청렴한 회사를 진두지휘하겠습니다. 그렇게 되지 않는다고 해도 적어도 저는 감시 정도는 할 수 있을 겁니다."

"이런 진솔한 태도를⋯⋯."

말문이 막힌 것은 비단 재익뿐만이 아니었다. 최 변호사도 잠자코 해운을 보는 눈이 날카롭고 진지해졌다.

"할아버지의 혜안을 믿습니다. 할아버지께서도 저를 믿으신다면 기어이 아버지의 비리를 막지는 못해도, 중도 하차하게 만들 수는 있다는 이야기입니다."

"너 만희랑 싸웠어? 지금 억하심정으로 이러는 게야?"

"이만, 물러가겠습니다."

그 자리에 선 채로 제 할 말을 하던 해운이 목례를 했다. 몇 걸음 문 쪽으로 향하던 그의 발걸음이 멈추었고 다시 몸이 돌려세워졌다.

"그리고……."

"뭐든 말해봐."

뭔가 지체하는 해운에게 재익이 고개를 끄덕여 다음 말을 채근했다.

"미국으로 경영 수업 받으러 갈 때 말입니다. 그 안에 신사업 프로젝트를 성공시킬 예정입니다. 그렇게 되면 결혼을 해서 아내와 같이 떠나겠습니다.

"아아, 네가 오래도록 품었다는 그 첫사랑? 이름이 하늘이랬나, 별이랬나?"

고개를 갸웃하던 재익이 흔쾌히 응수했다.

"그래, 그래. 너만 제대로 해낸다면 뭐가 문제 되겠어?"

해운이 나가고 나자, 그는 한시름 덜었다는 얼굴로 최 변호사를 보았다.

"내가 그렇게 미국에 가라고 등 떠밀어도 안 갔거든. 아마 지운이 녀석과 스스로 차별을 두기 위해서 그런 것 같네만, 이젠 마음 정한 것이 분명해."

"그렇게 좋으십니까? 솔직히 제 부친의 뒤통수를 치는 일이 아니겠습니까?"

"어허! 자네, 말이 거하네. 뒤통수까지야! 더 이상 비리로 일이 커지기 전에 우리 왕 부회장도 정신 차리면 좋지, 뭐. 게다가 눈에 밟히는 손자 녀석도 번듯한 경영자가 되어주면 좋은 일이고. 저 녀석은 타고났어, 분명 잘 해낼 걸세. 이거야말로 누이 좋고 매부 좋은 거렸다. 그렇잖아도 전문 경영인 스카우트 일도 있고 해서 그런가, 우리 부회장이 독만 가득 올라서 골치 아팠는데 말이야."

"제가 돕겠습니다."

최 변호사가 해운을 돕겠다는 말에 재익은 더욱 기분이 좋아졌다.

해운은 휴대폰의 통화 버튼을 눌렀다. 가슴이 타는 듯이 옥죄어왔지만 깊이 심호흡을 하면서 별이 전화 받기를 기다렸다. 그날 서재에서 별의 노트북을 우연히 본 뒤로 그는 모든 정황을 알아보고 그 뒤에 부친이 있다는 것을 알아차렸다. 부친이 손을 썼다는 자명한 사실에 앞이 캄캄할 지경이었다. 별, 그녀가 혼자서 감내했을 모욕과 상처를 그는 상상할 수도 없었다.

"별아."

-응, 웬일?

별의 목소리가 윙윙, 하는 기계음에 깔려서 제대로 들리지 않았다. 그는 눈썹을 모으며 손목에 걸린 시계로 시간을 확인했다. 오후 6시 반, 지금쯤이면 저녁을 먹어야 할 텐데.

"뭐 해? 집인 것 같다."

-응, 오늘 출근 안 한다고 했잖아.

"무슨 소리가 나는 거야?"

-청소기 돌리지요.

"밥은?"

-먹을 거야.

"뭐 먹을 건데? 라면 같은 거면 안 돼."

-걱정 마. 시간 있어서 모처럼 요리를 해두었단다. 이름도 거창하게 닭도리탕! 내가 다 먹을 거야.

"그래, 착하다. 난 오늘도 야근일 거야. 별아, 너……."

그가 머뭇거렸다. 어떻게 말을 꺼내야 하나? 너는 나에게 사실을 말해주지 않을 모양이니, 내가 먼저 건드려야 하는 거겠지?

"너, 회사는 왜 안 가는 건데?"

-그냥 휴가 냈어. 왜? 노는 여자는 매력 없나 봐?

"무슨 일이 있는 건 아니고?"

-아이고, 일은 무슨. 그래, 내가 사고 왕창 쳐서 우리 지현 선배가 지금 그 뒷수습으로 바쁘시다. 됐어?

결국 아무런 소득 없이 통화를 끝냈다. 별은 절대로 그에게 사실을 말하지 않을 작정인 것 같았다.

"녀석……."

가슴이 먹먹했다. 그녀는 해운, 그를 사랑해주고 있었다. 안다, 알고 있다.

웬일로 해운은 야근을 하지 않고 일찍 퇴근을 했다. 별이 집에 있다는 생각만으로 마음이 급해서 부리나케 일을 끝내고 오는 길이라면서 그는 극장 데이트를 하자고 부추겼다. 그러나 별은 오랜만에 모처럼 같이 집 밥을 먹자고 그를 붙잡았다.

덕분에 해운과 별은 화기애애하게 저녁 식사를 마쳤다. 해운이 설거지를 하는 동안에 별은 커피 메이커가 놓인 카운터로 갔다. 단 것이 당겼다. 해운의 몫으로는 진한 에스프레소를, 그리고 자신의 몫으로는 시럽과 크림을 듬뿍 넣어서 커피 두 잔을 만들었다.

별은 생기발랄하게 그 앞에서 발레의 아라베스크 동작을 해 보였다. 쭉쭉 뻗은 별의 희고 늘씬한 팔다리가 고혹적이었다.

"왜 그렇게 기분이 좋지?"

해운은 에스프레소 잔을 들며 웃어 보였다.

"월요일 새벽에 상하기 출장 가는 거 맞지? 우리 일요일 하루는 온전히 데이트를 하자. 내일은 가장 최고로 즐겁게 지내야 해. 나는 너하고 살게 되면서 다짐했었어. 하루하루를 최선을 다해 가장 최고의 순간을 만들겠다고 말이야. 물론 너하고의 최고의 순간이지."

별이 담담하게 제안을 했을 때였다. 가만히 해운이 응수해왔다.

"네가 만들어주는 커피를 마시고 있는 지금이 내게는 가장 최고의 순간이야."

"또 저런다!"

별이 곧장 커피잔을 내려놓고서 몸을 벌떡 일으켜 세웠다. 그가 자신을 이글거리는 눈으로 쳐다본다는 것, 그리고 느끼한 멘트를 하는 것, 이 두 가지는 항상 위험하다. 별은 안 돼, 하고 손을 내저었다.

"미리 말하는데 지금부터 침대로 갈 수는 없어."

"꼭 침대로 안 가도 돼."

"아니, 안 돼! 아직 초저녁인데 여기서 네가 나를 덮치면 다른 수가 없어. 우린 또 밤새 그 짓만 하고 말 거야. 잊었어? 우린 어제도 했었어."

"그게 어떻게 그 짓이 되나? 사랑을 나누는 행위지. 그러지 말고 인심 써서 딱 한 번만, 응?"

"안 돼, 넌 한 번으로 안 끝나잖아."

"팔베개 해주면 천국이 따로 없다면서? 실컷 해줄게."

별이 휙 돌아서서 복도를 따라 뛰다시피 했다. 해운이 쫓아갔다. 별은 까르르 웃었다. 그러면서 생각했다.

이것은 한낱 꿈이다. 나는 너를 사랑하고, 너도 나를 사랑하고……
절대로 깨어나지 않을 꿈이기를 빌었다.

해운은 상하이로 출장을 떠났다. 그가 서울에 없는 동안 별은 그
리움에 젖어 살았다. 이럴 수는 없어.

별은 기가 막혔다. 이런 게 사랑이라니!

보고 싶었다.

아프고 가슴이 답답하다. 다시 한 번 그녀는 탄식했다. 이런 감정
이 사랑이라니.

해운에게 토로했더니 그는 다음과 같이 대답을 해주었다.

'난 네 덕분에 매일 겪고 있어. 아마 내가 너보다 더할걸?'

별은 평소에는 스쳐 지나갔던 모든 사랑 노래의 유행가에 동화되
었다. 제 자신이 마치 가사의 주인공이 된 것 같았다.

정신을 차리기 위해 옛 집에서 전공책을 보관한 캐리어를 가지고
왔다. 곧 대학원 과정을 시작하고 싶었기 때문에 놀고 있으면 안 될
것 같아서였다.

그러나 전공 책을 들여다보다가도, 고전 화가의 그림에 대한 해
설서를 읽다가도 그녀는 자꾸 딴생각에 빠졌다.

회사 정직 기간이라 그녀는 조용히 프리랜서 일을 맡아서 할 따
름이었다. 그리고 요즘 그녀는 기자들만의 네트워크에 접속을 해서
기고문 한 장을 올릴지 말지 망설이고 있었다.

제목은 이러했다.

<모 잡지사의 국회의원 후보 편파 보도로 인해 정직 당한 직원,
그리고 그 배후에 대해!>

이런 걸 올려도 될까?

부당한 처사에 대해 항거하고 싶었다. 그러나 그 상대는 뭐니뭐니 해도 해운의 가족이 아닌가? 그리고 만에 하나라도 해운에게 피해가 갈 것이 우려스러운 일이었다.

이래저래 심란한 그녀는 온 집 안을 뒤집을 듯이 청소를 하기도 했다. 예전에 그가 선물했던 오르골을 캐리어에서 발견하고는 얼마나 착잡했는지 모른다. 해운아, 하고 별은 그를 가만히 입 속으로 불러보았다.

너는 왜 운한그룹 오너 집안의 아들이 됐어?

그냥 왕해운 하지.

그녀는 잡념을 없애기 위해 그의 드레스셔츠를 모아 다리는 일을 했다. 원래는 세탁소에 부탁했었던 일이었다. 그녀는 그의 빳빳하게 날이 선 옷들을 드레스 룸에 나란히 걸어놓고 만족해했다. 그리고 사진을 찍어서 해운에게 전송했다.

[봐, 내가 다 다려놨어. 나 예쁜짓 했다.]

그녀는 씽긋, 웃고 말았다. 해운에게서 불퉁한 메시지가 날아왔기 때문이다.

[그런 걸 왜 해? 내 옷 다려놓으라고 내가 너를 거기 두고 온 줄 알아?]

별은 체리와 오이를 사다가 피클을 담갔다. 피로할 때에 반찬으로 내놓으면 그의 젓가락이 자주 가던 것을 기억했기 때문이었다. 세 개나 되는 투명한 병에 피클을 담아놓고는 사진을 찍어, 또 그에게 전송했다. 이번에도 그의 대답은 곱지 않았다.

[심심해서 그래? 자꾸 손에 물 묻히지 마라.]

[응, 네가 없으니까 심심해.]

그녀는 곧이곧대로 답장을 써 보냈다. 이윽고 해운에게서 답이 왔다.

[나 보고 싶어?]

[응, 그것도 아주 많이.]

[기다려, 가서 놀아줄게.]

별은 그다음 날 자정 무렵에 기겁을 했다. 삐삑, 하고 비밀번호를 누르는 소리가 들리는 현관을 보며 아연실색하고 있노라니 해운이 들어왔던 것이다. 그는 다소 초췌한 기색으로 머리를 쓸어 올리더니 두 팔을 활짝 벌렸다.

"나 왔어."

"어떻게…… 네가?"

막 잠옷으로 갈아입고서 칫솔을 들고 있던 별의 눈이 디지털시계로 향했다.

11시 23분.

"나한테 안 안길 거야? 나 보고 싶다고 해서 이렇게 막 달려왔는데?"

"상하이에서 온 거야?"

"왔지, 그럼."

그가 양팔을 벌린 채로 별에게 안기라고 재촉을 했다. 별은 어처구니없다는 얼굴로 웃음을 터트렸다.

"너 이러면 안 혼나?"

"내 노동 시간은 다 채우고 왔는걸, 뭐."

"그래도……."

"안 안겨?"

그녀가 선뜻 안기지 못하고서 머뭇거리고 있자니 해운이 먼저 다가와서 와락, 별의 몸을 안았다. 그리고 두 손으로 머리를 감싸고는 이마와 콧날, 그리고 인중으로 차례로 입술을 내렸다.

"보고 싶다면서? 나는 너보다 더했어."

그가 별의 몸을 포옹하며 도장을 찍듯이 입술에 키스를 했다. 별의 숨이 가빠지며 그의 옷깃을 붙잡고 늘어졌다.

"정말 보고 싶었어?"

해운이 거듭 확인하려 들었다. 아니, 하고 별이 고개를 저었다가 쌩긋, 웃었다.

"……보고 싶었어."

그다음 날 아침 6시가 되기도 전에 해운은 공항으로 떠났다. 그날 이후로 별은 그에게 함부로 보고 싶다는 등의 문자를 보내지도 못했고, 입 밖으로 꺼내지도 않았다.

목요일 오후였다.

별은 라디오 방송국을 다녀오는 중이었다. 이대로 아무도 없는 집으로 돌아가고 싶지 않았던 별은 경복궁 방향으로 행선지를 틀었다. 마침, 이경진 피디에게 '봄에 취한 예술'이라는 주제로 꼭지를 배당받은 참이었다. 해서 별은 가까운 경복궁 주변에 있는 미술관부터 취재할 작정이었다.

바야흐로 3월 말이었다. 거리가 온통 봄의 축제로 흥청거렸다. 휴일이 아님에도 한낮의 도로는 꼬리에 꼬리를 물고 이어지는 차들로 인해 마비 상태였다. 그때, 휴대폰의 벨소리가 크게 울렸다. 별은 잠시 망설이다가 전화를 받았다.

-핼로우, 나 희경이에요.

"아, 네. 아직 한국이신가요?"

지운의 약혼녀가 나한테 무슨 일일까, 하고 별은 의아해했다.

-어디세요? 만나서 차 한잔 할까요?

"안되겠는데요. 저 지금 취재 가는 길이라서요."

-취재? 어디로요?

"성곡 미술관, 종로 쪽이에요. 여기뿐만 아니라 두서너 군데 더 다녀야 할 것 같아요. 다음에 뵈어요."

별의 말에는 다음이고 뭐고 당신 볼일 없다, 이런 뜻이 내포되어 있었다. 다행히도 화통하게 희경은 굿 럭, 하고 전화를 끊었다.

희경의 통화에 이상한 낌새를 느끼면서도 별은 차를 몰아 종로의 미술관으로 향했다. 막 미술관의 주차장에 차를 댔을 때였다.

"헤이, 별!"

많은 인파 속에서 지운이 선글라스를 벗으며 팔 하나를 들고 아는 척을 해왔다. 반사적으로 별은 핸드브레이크를 내리고 차의 시동을 걸었다. 뭔가 기분 나쁘다, 하고 별은 우선 그를 피하고 싶었다.

"나한테 유감 있어? 이거 서운한데."

황급히 다가온 그가 차창을 두드리며 장난을 치듯 웃어보였다. 할 수 없이 별은 슬쩍 인사를 건넸다.

"안녕."

기계적인 억양에 지운은 잠시 허탈한 미소를 지었다.

"그것뿐이야? 나 너 기다렸어. 내가 이래봬도 네 스케줄 꿰고 있는 사람이라고. 마침, 해운이 녀석도 중국 가 있잖아."

"할 일이 그렇게 없었어?"

"한별 양이 내 전화는 무시하니까 뭐, 만날 방도가 있어야 말이지."

"왜 만나야 하는데?"

"해운이 이야기야. 너에 대한 일이기도 하고."

계속해서 운전대에 두 손을 얹고 있는 별을 향해 지운이 말을 걸었다.

"안 내려? 할 말이 있는데."

"안 들을 거야."

"우와, 한별! 옛정을 생각해서라도 이건 아니지."

"모르겠어. 너도 그렇고, 너희 집안 식구들이 아군인지 적군인지 너무 헷갈려서 말이야."

"적어도 나는 왕해운 편이야. 아니, 정확히 너희들 편. 됐지?"

"······그래, 알았어."

별은 고개를 끄덕거렸다. 아군이 아니라고 해도 현재 자신이 알게 모르게 벌어지는 일들에 대해서는 파악할 필요가 있었다.

"레이디, 커피 한잔 하실까요?"

지운의 장난기 섞인 말에 응수하지 않고서 별은 가만 차의 키를 뺐다.

그렇게 둘은 근처에 있는 카페에 들어가 앉았다.

"해운이 피곤해 보이더라. 물론 해외에 나가서 진두지휘하는 게 말처럼 쉽지는 않으니까."

제이슨 므라즈의 노래가 흥겹게 흘러나오고 있는 가운데, 지운은 별의 얼굴을 뚫어지게 보며 눈치를 살폈다.

나는 비겁한 놈이다. 그는 새삼 깨우치고 있었다. 해운은 이 여자를 사랑하는 일에 최선을 다하고 있었다. 아마 자신이라면, 하고 그는 생각해 보았다. 그는 별에게 호감이 있었다. 놓치고 싶지 않은 여자가 분명했다. 이 여자와 일상을 나누고 싶었다. 더 나아가 이 여자가 바라보는 남자가 자신이었으면 했다. 이 아이에게 사랑을 받는 기분이란 어떤 걸까? 요즘은 하루에도 몇 번씩 그의 가슴이 뭉근하게 아팠다. 결론은 그거였다. 자신은 해운처럼 못했을 것이라는 것. 그는 이 예쁜 여자에게 영원을 약속하지 못할 것이 분명했다. 하지만 그게 정상이 아닐까? 해운이가 미친 거다.

"한별, 예쁘네."

"너한테까지 그런 소리 듣고 싶지 않은데? 해운이한테 지겹게 듣거든."

"아무리 네가 예뻐도 난 못 해. 해운이처럼은 못 한다고. 걔가 지금 하고 있는 사활을 건 프로젝트의 결실이 뭔지 알아? 회장님한테 너와의 결혼을 인정받으려는 거래."

무슨 말이냐는 듯이 묻지도 않고 별은 찻잔을 들어 입가로 가져갔다.

"해운이는 너와 결혼까지 생각해. 근데, 난? 나 같으면 그냥 너와 일회성으로만 즐길 거야. 네가 원하는 대로 다 해주긴 해도 거기까지는 못 한다는 소리지. 부부가 되는 일."

별이 잠자코 있자, 지운은 입을 열었다.

"실은 너한테 할 말이 있어. 궁극적으로 너를 돕는 게 되겠지만, 아닐 수도 있어. 네가 해운이한테서 떨어질지도 모르거든. 별아, 한 소영 씨 말이야. 네 어머니, 맞지? 우리 부회장님이신 아버지가 거기 손을 대시려는 모양이던데. 네 어머니가 하시는 식당은 이제 장사 못 하게 될지도 몰라. 아버지가 아랫사람들한테 그런 지시를 하는 걸 내가 직접 들었어. 너한테 바싹 화가 나신 모양이더라고. 난 짐작이 갔어. 그래서 널 만나기 위해 기를 쓰고 희경이한테 부탁을 한 거야."

지운이 말끝을 흐리며 단어를 고르느라 양 미간을 모았다. 그제야 별은 잔뜩 굳어진 얼굴로 지운을 뚫어지게 보았다.

"내가 너를 도울 수 있었으면 좋겠어."

별은 숨을 삼키며 그의 다음 말을 기다렸다. 지운은 마저 말했다.

"예전에 해운이랑 둘이 맨해튼에서 지낼 때야. 거기는 번잡하기는 해도 해운이가 좋아하는 뮤지엄들이 많거든. 자식이 그림을 좋아하니까 데리고 간 거였는데. 이 녀석이 호텔방에만 처박혀서 도무지 나올 기미가 없는 거야. 하루는 비가 오는 날이었어. 방에 가봤더니, 때마침 조깅하는 차림으로 밖으로 나오더라고. 이 빗속에 웬 조깅? 나하고 정 대리가 그렇게 만류를 하는데도 완강하게 밖으로 나갔어. 차로 따라다녔지. 그때가 한창 폭주하면서 너 찾겠다고 말썽 부릴 때였거든. 무슨 짓을 할지 모르잖아. 그런데 이 녀석이 한차례 도시를 돌더니 무릎을 꺾고 바닥에 주저앉더라고. 나와 정 대리가 차 밖으로 나갔어. 그때, 그 녀석이 소리 지르는 것을 들었어. 절규였지, 완전. 한별, 너 나와! 너 어디 있어? 너 정말 안 나올래? 그 빗속에 고함을 고래고래 지르는 거야."

"그런 말을 하는 저의가 뭐야?"

별은 퉁겨내듯 그의 말을 끊었다. 심장이 아팠다. 눈에 습습한 물기가 들어차서 입술을 꼭 깨물어야 했다. 그녀의 낯이 울상이 된 것에도 아랑곳없이 지운은 연이어 말했다.

"그러고 나서 그 녀석이 말했어. 이제 그림 때려치웠다. 취미로라도 안 해. 차가운 이성으로 냉정하게 분별해야 하는 경영 쪽으로 내 머리를 쓰겠어. 어른들은 그런 녀석에게 환호했지."

"그게 뭐가 어때서?"

파르르, 떨리는 입술을 꼭 다물며 그녀가 물었다.

"자아, 네가 나타났어. 문제가 발생한 거지. 별, 너하고의 결혼은 안된대. 너도 알잖아? 부자는 돈만 모은다고 부자가 아니야. 그 돈을 지키는 법에 더욱 용을 써야 하는 거지."

"……내가 어떻게 해야 해운이한테 좋은 거야?"

별이 찻잔으로 내려진 눈길을 올려 촉촉해진 시선으로 그를 보았다.

"해운이, 어떡하냐고?"

해운을 염려하는 말이 거슬리는 모양으로 그가 별안간 화를 냈다.

"한별, 말은 바로 하자. 난 네가 걱정돼. 지금 내가 왜 네 앞에 앉아 있는지 그렇게 이해가 안 가? 내가 왜 네 어머니 이야기를 하는지 모르겠어? 보라고, 다치는 건 너야. 아무리 왕해운이 널 좋아하네, 사랑하네 해도 찢기고 부서지는 쪽은 너라고."

별은 단호하게 고개를 저었다.

"네가 걱정할 일은 아닌 것 같아. 난 해운이만 생각할 거거든. 아, 이야기는 고마웠어."

매몰차게 대답해놓고 별은 이만, 일어서자고 했다.

"조심하지 않고!"

통유리로 된 문 앞에서 별의 다리가 휘청거렸다. 다행히 뒤에 서 있던 지운의 손이 잽싸게 그녀를 붙잡아주었다.

"왜 이래, 너? 아파?"

"아니, 좀 어지러워서 그래."

내 이야기를 듣고 앉았을 때는 그리도 당당하더니, 하고 지운은 속으로 웃었다. 별은 창백하게 질린 얼굴로 입술까지 핏기가 가신 채로 누가 보아도 충격으로 일그러진 모습이었다.

"안 되겠어, 병원에 데려다줄게."

"놓으라고, 난 괜찮다니까!"

그에게 빽 소리를 지르는 별의 두 눈동자가 붉게 충혈되어 있었다.

맛이 갔군, 완전히. 왕해운만 생각한다면서, 그 꼴은 뭐야.

지운은 속으로 충분히 만족하면서 확인사살을 날렸다.

"나한테 한마디만 해주면 돼. 해운이랑 끝내겠다는 그 한 마디. 그러면 우리 아버지는 멈출 거야."

그길로 별은 가회동으로 향했다. 아직 이른 시간이라 식당은 한산했다. 보통 소영의 식당은 저녁 시간이 한철이었다. 그때는 얼마나 손님이 많은지 아르바이트생을 넷이나 더 두고 있었다. 기껏해야 비빔밥과 설렁탕, 소불고기 백반이 메뉴의 전부인 전통 식당이었지만 요즘은 늘어난 외국 관광객으로 인해 더 인기가 많았다.

"나 왔어, 엄마."

소영은 석이의 손에서 껌을 받으며 뭐라고 한창 나무라는 중이었다.

"오, 왔니? 넌 얼굴이 왜 그 모양이야? 석아, 안 된다고 했지?"

소영은 석이의 포동포동한 손등을 찰싹, 소리 나게 때렸다. 그러자 아이는 별의 등장에 의지해 왕, 하고 울음을 터트렸다.

"이리 와, 석아. 울지 마. 이모가 해줄게. 우리 왕자님, 뭐가 수 틀렸어요?"

"석이 이모 왔어? 오랜만이네."

아이의 울음소리를 듣고 주방 쪽에서 석이의 아버지인 정수가 나오다가 별을 보았다.

"안녕하셨어요?"

별은 고개를 숙여 인사를 한 뒤에 석이를 와락, 끌어안았다. 눈물이 핑 도는 것을 감추기 위해서였다. 그녀가 석이의 작은 몸을 끌어안고 조용히 흐느끼는 사이에 두 부부는 티격태격하고 있었다.

"자꾸 스티커 들어 있다고 껌만 잔뜩 사잖아. 아주 영악해, 자식이."

"그래도 애가 원하면 사게 냅둬. 다 한 때야."

"그게 바로 방임이에요, 정수 씨. 내가 아이의 새 엄마이기 때문에……."

별은 아이의 옷에 재빨리 눈물을 훔쳐냈다.

"장사는 잘 돼?"

별은 정수가 만들어준 비빔밥 그릇을 앞에 놓고 소영의 안색을 살폈다.

"응, 정수 씨가 워낙에 솜씨가 좋으니까."

"솔직히 이 장소가 좋아서 그래. 엄마도 상냥한 여주인 캐릭터고. 정수 아저씨가 만약에 다른 식당에서 혼자 음식 만들어 팔잖아?

이렇게 잘 나가지 못할 거야."

결국 정수는 소영을 잘 만나서 그런 것 아니겠냐는 뜻이었다.

"나 만나서 잘되는 것보다는 저 사람의 업보야. 사람이 참 착해."

소영의 얼굴에 웃음꽃이 발그레 피어났다. 별은 수저를 유기 그릇 안에 넣으며 밥을 쓱싹 비볐다. 손에 힘이 들어갔다.

"엄마는 늘 만나는 남자마다 착하다고 하는 거 알지?"

"이 사람은 정말 착해. 어느 정도냐 하면, 나 있잖아. 이제야 인생의 황금기에 있는 것 같아. 황금기, 알아? 한소영 인생에서 이렇게 사랑받아 본 적이 없었단 말이지."

툭, 눈물 한 방울이 유기 그릇 안으로 떨어졌다. 그녀의 눈물도 눈치채지 못하고서 소영은 두 손을 비비며 미소 지었다.

"너무 행복해. 내 안의 그릇에 행복이 가득 차 있어."

"시인 다 되셨네, 우리 엄마."

"아, 물론 네 덕분이기도 해. 우리 달토끼는 네가 아니었으면 꿈도 꾸지 못했을 테니까. 솔직히 네 아비가, 그 썩을 인간이 그나마 네 앞으로 돈 해주지 않았으면……."

"됐어, 내 진짜 엄마의 목숨 값이라고 치면 아주 작은 금액이잖아. 게다가 이모의 인생도……."

아무리 눈물을 닦아냈어도 계속해서 별은 눈시울을 붉혔다. 소영은 별이 제 생모의 운명에 울컥하는 것으로 이해하고는 정수를 소리쳐 불렀다.

"정수 씨, 소주 한 병 가지고 와요."

가회동에서 돌아온 별은 지운에게 문자를 남겼다.

[내가 그만둔다고 해. 우리 엄마나 가게를 건들지 말아달라고 네가 말해. 그럼, 부탁한다.]

[뭘 그만둔다고?]

짓궂게도 지운은 이런 질문을 보내왔다. 미친놈, 하고 욕설을 뱉어내며 별은 문자를 전송했다.

[해운이.]

그러고는 상덕에게 전화를 걸었다. 그는 별에게 자신에게로 오라고 했다. 외국 유학을 시켜주겠노라고 했다. 그래도 제가 낳은 자식이니 제가 거두는 심정으로 공부시키는 일을 하겠다고 나섰다. 상덕은 별과 친모에게 사죄하는 기분이라고도 했다.

-네가 왕만희에게 휘둘리는 사람이 되지 말았으면 한다.

별은 최선의 방법이라고 믿었다. 아니, 믿고 싶었다. 그래야 했다.

-언제 올 거니? 될 수 있으면 가장 빠른 코스로 나가는 쪽을 알아보겠다.

상하이의 사무실에서 해운은 정 대리와 화상 통화를 하고 있었다. 아무런 말이 없는 해운을 보면서 정 대리가 구구한 설명을 계속했다.

-……그러니까 김상덕 의사가 먼저 부회장님께 직통 전화를 해온 거지요. 저희 쪽에서 항상 김상덕이라는 이름만 나와도 모든 감각을 곧추세우라고 한 것이 기억나서 얼핏 들어보니 별 양이 김상덕한테 손을 내밀었답니다. 그래요, 손을 내밀었다는 표현을 썼답니다. 부회장님은 가장 빠르게 보내는 방법으로 영국만 한 데가 없다고 하면서 그쪽으로 유학 보내자고 하셨고요. 그 전에는 왕지운 도련님이 오셔

서 직접 하시는 말씀을 들었는데요. 그만둔다, 이랬답니다. 한별, 그이름을 대면서 그 아가씨가 이제 그만둔다고, 가게나 어머니는 그냥 놔둬달라는 뭐, 그런 스토리였고요.

믿을 수 없을 거라는 등의 격정을 토해낼 줄 알았던 해운에게서 아무 반응도 나오지 않고 있었다. 정 대리는 조마조마한 심정으로 해운의 석고상 같은 맨질맨질한 이마를 쳐다보았다.

"됐습니다. 통화 마칩시다."

해운은 서류철을 들고는 일어섰다.

전화기 너머로 만희는 한껏 들떠 있었다.

-너 한동연 의원 알지? 서초 갑에서 국회의원 당선되고 다음엔 총리 후보까지 올라갈 인물이다. 내가 개인적으로 밀고 있는 양반이야. 그 한동연 의원에게 딸이 하나 있어. 지운이 약혼녀 희경이와는 예원학교 동창이라더라. 그 아이가 곧 있으면 줄리아드에서 학업을 마칠 예정인데, 한 의원 그 양반이 너하고 그 아이를 붙이고 싶어서 몹시 안달이 났단다. 덕분에 나는 정칫밥 먹는 사돈을 두게 생겼다.

"그만 일어나야 합니다."

해운은 넌지시 전화를 끊으려고 했다.

-내 이야기는 아직 안 끝났어. 회계 보고와 공정 관리랑…….

여전히 부친은 떠들고 있었지만 그는 전화기를 내려놓고서 조용히 창가로 가 섰다. 통유리로 된 창밖으로 꽃이 지고 있는 나무가 한 대 서 있었다. 주차장으로 변신한 호텔의 앞마당에는 몇 대의 자전거가 세워져 있는 게 보였다. 중국인들은 자전거를 애용했다. 언젠가 별과 함께 한강 둔치를 자전거로 달린 기억이 새록새록 돋아나는 풀처럼 기어 올라왔다.

이렇게 우리들의 봄은 지나가는 건가?

별은 서울에 있고, 자신은 중국에 있고.

서로 멀리 떨어져서 저만치 다시 오지 못할 봄을 이별하고 있었다. 기회도 주지 않고서.

그는 별에게 순간적으로 울컥, 분노했다.

자신이 이곳에서 내 여자를 지킨답시고 열심히 일을 하는 동안에 그 여자는 감쪽같이 사라질 궁리를 하고 있다.

이것이 그들의 현실이었다.

어쩐지, 라고 해운은 소리 없이 눈물을 삼키며 두 주먹을 바투 쥐었다.

중국으로 오기 전에 별은 예전보다 더 그를 사랑해주었다. 마치 주인을 좇는 강아지같이 그를 졸졸 따라다니며 애정 표현을 했었다. 잠을 자고 있는 이마에 몰래 키스를 한다거나, 세수를 하고 있을 때에도 곁에서 타월을 들고 서 있어주었고 소파에 앉아 있는 그의 무릎에 올라타서 떨어질 줄 몰랐다. 한시도 손을 놓지 않고서 심지어 밥을 먹을 때에도 식탁 아래에서 손을 붙들고 젓가락질을 했을 정도였다.

'사랑해.'

그렇게도 수없이 꽃이 피어나듯 사랑한다는 말을 피어내던 너, 그게 모두 거짓이 되는 건가? 아님, 거짓보다 더한 진실. 그런 진실을 가지고도 나에게서 달아날 결심을 했나?

아니, 아니다. 전부 틀렸다.

너는 나를 사랑하면서도 멀리 달아나는 거다. 그 사실이 더욱 그를 기가 막히게 했다.

모든 것이 아팠다. 서럽게 아팠다.

아니다!

그의 부친 탓이다. 그가 별을 코너로 몰아붙였기 때문이다.

그래도 그렇지, 나를 떠날 수 있어?

내가 너를 놓칠 것 같아?

난 안 그래, 절대 안 그럴 거야!

10년이나 지나서 어떻게 다시 만났는데?

이제 겨우 잡은 너를 다시는 놓치지 않을 거야.

그는 휴대폰을 꺼내 들었다. 그리고 별의 번호를 꾹 눌렀다. 안 되겠다. 서울로 가야 해. 그는 될 수 있으면 오늘 중으로 별을 봐야 했다. 그녀를 직접 보면서 확인을 하고 싶었다.

"왔어?"

그가 문에 등을 대고 서서 한참을 뚫어지게 그녀를 바라보고 있었다. 그 시선을 받으며 별이 웃고 있었다. 평소와 다름없는 얼굴, 고운 눈매로 별은 그를 반겼다. 별의 촉촉한 입술을 보며 그는 문득 가슴이 찢어지는 아픔을 느꼈다.

"뭐가 급해서 또 상하이에서 날아와, 날아오긴?"

그는 툭 내뱉었다.

"너 그만둔다고 했어?"

별은 놀란 얼굴이었다.

"……무슨?"

시치미를 떼려는 걸까?

"나하고 이제 그만두고 싶어?"

아!

별은 숨을 삼키며 그의 시선을 피했다.

"할 말이 그거야? 그래서 다짜고짜 비행기 타고 온 거야?"

갑자기 별의 어조가 냉랭하게 변했다.

"한별!"

별의 팔목을 붙잡아 확 끌어당겼다. 그를 쳐다보는 그녀의 눈에 눈물이 고였다.

"너는 내가 싫어?"

물론 그녀의 마음을 알고 있으면서 그는 일부러 잔인하게 굴었다.

"미안해."

그녀는 이내 사과를 해왔다. 미친…… 그게 아니잖아! 그는 속에서 치미는 제 부친에 대한 분노로 인해 심장이 활활 타는 것 같았다.

"그게 다야?"

네 본심을 말해, 제발 그래줘.

"그래, 어쩔래?"

별은 한사코 진심을 털어놓지 않는다.

'해운아, 있지. 네 아버지란 작자가 나를 힘들게 해. 회사 일에도 관여해서 나에게 모욕 그 이상을 겪게 했고, 이번에는 또 한 명 있는 피붙이인 이모를 볼모로 해서 벼랑으로 내몰고 있어……'

그렇게 말해주면 안 돼?

나에게 의지하고 기대면 안 돼?

"제대로 말해줄 테니, 잘 들어."

갑자기 별은 이를 앙다물고 낮은 목소리로 중얼거렸다.

"왕해운, 우리 이제 그만해."

거짓말!

테이블을 지탱하고 있는 그의 팔뚝에 툭 불거진 핏대가 부르르 떨렸다. 깨부수고 싶었다. 뭐든 손에 잡히는 것이 없나 살폈다. 문득, 테이블 위에 캐논 DSLR 카메라가 놓여 있는 것이 보였다. 덥석 잡아 높이 치켜들었다.

"안 돼!"

깜짝 놀란 별의 얼굴이 일시에 창백해졌다. 그가 비웃듯 한쪽 입꼬리를 길게 그으며 그것을 던지려는 찰나에 별이 냉큼 그에게 매달려왔다.

"하지 마, 해운아."

"놔, 이깟 게 뭐라고!"

"안 돼, 내가 거기 찍어놓은 게 있어서……."

말해놓고서 별은 곧장 후회하는 표정으로 미간을 찡그렸다. 그의 팔을 잡고 있던 두 손에서 힘을 빼며 스르르 제자리로 돌아가는 것을 해운이 끌어당겼다. 격한 몸짓으로 그녀의 어깨를 부둥켜안고 그대로 멈추었다.

언제였더라?

그가 갓 눈을 떴을 때에 희미한 새벽녘의 부연 조명 사이로 보였던 별의 얼굴이 스쳐 지나갔다.

하얗고 자그마한 얼굴, 약간 눈이 부은 별의 얼굴이 뭔가 개구쟁이 같은 빛으로 가득했다. 그녀 혼자 키득거리며 신이 나 있었던 어느 날 새벽녘이었다.

뭐가 저렇게 좋을까?

별은 카메라를 제 눈에 가져다 대고서 그의 모습을 촬영하는 듯했다. 그는 그녀를 위해 도로 눈을 감고서 잠든 척을 해주어야 했다.

해운은 잠을 잘 때는 언제나 파자마 바지 하나만 입는 버릇이 있었다. 그것도 아니면 실오라기 하나 안 걸친 알몸일 때도 많았다. 그는 별이 조심스런 손놀림으로 시트를 내려 간신히 그의 허리 즈음에 걸쳐놓는 것을 알아챘다. 별은 그의 드러난 상반신을 향해 연이어서 카메라 셔터를 눌렀었다.

찰칵, 찰칵…….

그렇게 몇 번이고 그녀는 셔터를 눌렀었다.

너는 그랬었는데!

이건 말이 안 된다.

너는 아직도 아니 여전히 나를 사랑하고 있어, 나 또한 너를 보내지 못해! 왜 현실을 부정해? 왜 내게 거짓말을 해? 나와 헤어지고 돌아서서 너는 또 얼마나 울려는 거야?

"별아, 다시 말할게. 너도 확실히 대답해줘야 해."

별의 풀이 죽은 눈망울에 눈물이 한가득 차올라 맺혔다. 해운은 입을 열었다.

"왕만희든 누구든 다 박살 내줄까? 내가 그렇게 하면……."

"제발, 왕해운."

날이 서 있는 그의 눈빛에 붉고 습습한 기운이 돌았다. 그녀의 눈도 마찬가지였다.

"마지막으로 묻는 거야. 너 괴롭히는 사람들 누구든 내가 싹 다 쓸어버릴까?"

그는 아릿한 통증이 느껴지는 가슴으로 그녀를 보았다. 제발, 한 마디만 해. 나를 떠나지 않겠다고, 어서!

별은 그의 시선을 마주 받으며 천천히 입을 열었다.

"……그러지 마."

그의 눈시울이 붉어지며 입매에 힘이 들어갔다.

"다시 말해봐."

"내가 원하는 건 그런 게 아니야."

그가 높이 치켜든 카메라를 바닥으로 내동댕이친 것은 이때였다.

우당탕!

둔탁한 파열음을 내며 캐논 카메라는 조각이 나서 뒹굴었다. 별이 두 손으로 얼굴을 가리고 악, 하고 신음 비슷한 비명을 질렀다. 그 어깨를 잡아당겨 안아주고 싶은 충동을 뿌리치고 해운은 돌아섰다.

"기억해! 너를 붙잡아 내 곁에 두는 일이라면 난 무엇이든 해. 그것도 아주 잘, 아주 잘한단 말이지."

흑흑, 하고 별이 두 손으로 얼굴을 가린 채로 흐느껴 울었다. 해운은 그대로 몸을 돌려 오피스텔을 빠져나갔다.

10. 너와 내가 떠난 여행에서

"다 끝났어."

그가 나간 뒤에 별은 부서진 카메라 조각을 쓸어 담았다. 스스로 움직이는 바닥 청소기를 돌려놓고서 아일랜드 카운터나 싱크대에 아무렇게나 놓였던 빈 찻잔이나 접시를 치우고 닦는 일을 했다. 침대를 정리하고 책상에서 흐트러진 책이나 랩톱을 말끔하게 제자리에 놓았다. 방마다 커튼을 치웠다.

그러고는 얼마 안 되는 옷을 챙겼다. 울음이 차올랐지만 절대로 울지 않았다. 그녀가 예상했던 헤어짐은 아니었다. 그래도 잘 넘겼다고 자신을 다독였다.

그녀는 제 차를 끌고 청주로 향했다. 고속도로 휴게소에 들러서 휴대폰을 분리해서는 쓰레기통에 던져 넣었다.

한밤중이 되어 도착한 청주의 복층 구조로 된 주택 앞에서 별은 엉엉 소리 내어 울었다. 운전석에 앉아서 그녀는 어린아이처럼 목 놓아 울었다. 차의 시동을 끈 채로 한참을 그랬다. 얼마 지나지 않아서 철제 대문이 열리며 상덕과 그 아내가 나왔을 때에야 별은 눈물을 그쳤다.

"들어오너라."

상덕은 뒷짐을 진 채로 한마디 했고 아내 되는 여자는 어찌할 바를 알지 못한 사람처럼 바싹 긴장하여 떨고 있었다.

"홍역을 제대로 치른다고 여기렴."

상덕의 말에 별이 툭 쏘아붙였다.

"그따위 조언 같은 건 필요 없어요."

그녀는 차 밖으로 나와서 열려진 철제 대문 안으로 들어갔다. 상덕의 처는 별의 눈치를 살피면서 2층으로 안내를 해주었다.

"집 나갔던 딸이 돌아왔다고 생각할게. 참, 곱게 생겼네."

방 하나를 내주며 그녀가 한마디 하자, 별이 뚱한 어조로 대꾸했다.

"저 사람이 말 안 해요? 집 나갔던 딸이라니요? 버렸다가 또 다른데에 버리려는 수작이에요, 지금."

"그래, 네 맘 다 안다."

여자는 별의 어깨를 다독이며 상냥하게 대처했다. 별의 팔이 그 손을 뿌리쳤다.

"진희 아줌마라고 부르렴……"

진희는 머뭇거리면서 말했다. 잔뜩 풀이 죽은 얼굴에 별은 공연히 미안해졌다. 그래, 당신에게도 내 존재는 아픈 거겠지.

나만 아픈 게 아닐 거야.

별은 열린 문 안으로 들어가 침대에 털썩, 앉았다.

"잘 생각했다. 기왕 이렇게 된 거 푹 쉬어라. 당분간 아무 생각 말고. 그러게 재벌이 왜 재벌이겠어? 봐라, 그 왕만희는 국무총리 후보라는 사람의 딸을 가지고 벌써부터 저울질하고 난리더라. 그런 게 그들만의 결혼인 거야. 넌 언감생심 꿈도 꾸지 마라."

"여보, 아이한테 할 소리는 아닌 것 같아요. 어서 눕거라. 그리고 나도 의사 출신이라 이런 것 정도는 알고 있단다. 이거 두 알만 먹으렴. 도움이 될 거야."

진희는 미리 준비한 모양인지 쟁반을 가지고 왔다. 생수병에다가 알약 캡슐이 두 개 놓인 것이었다.

제정신으로 버틸 재간이 없는 별은 순순히 약을 입에 넣고 물로 삼켰다. 안 그러면 도저히 숨을 쉴 수 없을 것 같았다. 가슴이 탁탁 막히고 머릿속은 휑한 가운데 오로지 해운에 대한 생각만이 뚜렷했다.

"푹 자라. 분명히 이 순간은 지나가게 돼."

진희는 별의 몸에 시트를 가만 덮어주었다. 그러자 상덕이 그래, 하고 맞장구를 쳤다. 별은 감았던 눈을 뜨면서 상덕을 향해 어이없다는 미소를 지어 보였다.

"이 세상에서 절대로 마음 편하면 안 되는 사람이 누구일 것 같아요?"

별이 쉰 목소리로 퍼붓는 소리에 상덕이 확 얼굴을 붉히며 대꾸를 하려는 찰나, 진희가 만류하고 나섰다.

"쟤 지금 아파요, 여보. 제정신이겠냐고요?"

"저 제정신이 아니라고 해도 저 사람 용납할 기분 아니거든요?"

"그래, 미안하다. 나갑시다, 어서."

두 사람이 방 밖으로 나가고 나자, 별은 다시 눈을 감았다.

만희는 어이가 없었다. 아니, 귓속이 윙 울리면서 시쳇말로 똥줄이 타는 기분이었다. 이 모든 일의 배후에 해운이 있다는 사실이 더욱 기가 찰 노릇이었다. 내가 저를 얼마나 위해주고 있는데? 하고 만희는 의자에 몸을 기대다시피 하고 최태경 변호사를 노려보았다.

"이것으로 날 협박하겠다는 거냐? 아니, 내 모가지를 조이겠다고? 뭐? 어쩌고 어째? 전문 경영인? 우리 회사는 왕 씨가 세우고 왕 씨가 이어가야 해. 어딜 날로 먹으려 들어?"

바들바들 떨면서 입을 떠는 그에게 최태경 변호사가 답했다.

"해운이한테 감사해해. 원래는 아주 나중에 터트릴 일이었는데, 요즘 자네가 그 아이의 마음을 상하게 한 일이 있었나 봐?"

"기껏 이런 일로 내가 무너진다고 생각하면 오산이야!"

"왕 회장님께서는 깨끗한 운한을 원하신다네. 전문 경영인에게 맡기고 싶어 하시는 이유야. 훗날에 해운이든 지운이든 털어서 먼지 조금 날 만큼의 녀석들에게 물려줄 계산이신 거지."

만희와 최 변호사의 이야기를 흘려들으면서 지운은 노트북을 통해 파일을 반복해서 클릭하고 있었다.

느닷없이 최 변호사가 자신을 호출했었다. 최 변호사로부터 USB를 넘겨받은 지운은 그것을 노트북에 연결시켰다. 그리고 다음과 같은 기사를 읽었다.

<⋯⋯지난해 12월 이사회를 열고 아들인 왕지운에게 운한 T&C 주식 40만 주(지분 60%)를 주당 5100원에 왕만희 부회장의 지시로 그

룹 경영기획실이 주식 매각을 주도했고 정(正) 회계법인이 의뢰를 받아 주식 가치평가를 맡았다. 이로써 왕지운 씨는 운한 T&C의 최대주주가 됐다. 이에 이사회는 왕 회장이 경영권 승계를 목적으로 운한의 주식을 매각하는 과정에서 자신이 지배하고 있는 운한 경영기획실을 통해 주식가치를 저가로 평가하도록 지시해 기업에 손해를 끼쳤다고 고소했다.

또한 왕만희 부회장은 4000억 원대 배임 혐의로 고소를 당하고 있다. 지난 2010년 왕만희 부회장이 재무구조가 악화된 운한산업과 운한제지가 발행한 기업어음 4200억 원 어치를 다른 계열사가 사들이게 했다. 하지만 워크아웃을 신청하면서 기업어음의 신용등급을 하락하게 해서 피해를 입힌 점을 들어 경제개혁연대는 왕 부회장을 서울중앙지검에 고발했다고 밝혔다.

이 외에도 왕만희 부회장은 개인 사무실 폐쇄회로에 잡힌 성추행 동영상에 대해 사실무근이라고 말했지만……>

정신을 차려보니 만희는 아직도 최 변호사와 실랑이하는 중이었다. 지운이 한마디 했다.

"변호사님, 아직은 기사화하지 않겠다는 거지요? 하긴, 기사화해 봤자 왕해운은 아버지를 팔아먹은 천하의 개새끼가 되는 거니까."

그러자 문이 활짝 열리며 해운이 들어왔다.

"못 들었어? 나는 일찌감치 네 아버지 자식 안 하겠다고 했었는데."

지운이 자리에서 벌떡 일어나 해운에게로 다가갔다. 그러고는 멱살을 틀어쥐며 다그쳤다.

"네가 무슨 힘이 있어서 이 짓이야? 우리 엄마가 어떻게든 먼지처

럼 없애려는 것을 겨우 목숨 건져 빌붙어 있게 해줬더니, 하는 짓이
뭐?"

"너야말로 몸 사려. 네 어머니가 한 짓도 모두 증거자료 첨부해서
이 나라 법의 심판을 받게 할 수도 있으니까. 아무리 재벌가 안방마
님이라고 해도 말이야. 인간의 존엄성을 그렇게 사뿐히 즈려밟으면
안 되지 않나?"

하아, 하고 지운이 더욱 그의 멱살을 바투 쥐려는 때였다. 해운은
가볍게 그를 뿌리치고서 넥타이를 바르게 하며 만희에게로 갔다. 만
희는 데스크에 몸을 의지하고서 최 변호사와 한창 대치중에 있었다.

"기사 내용 말고도 할 말이 많습니다. 아버지는 이 나라에 유감 많
으셨더군요. 계속해서 승승장구하시게 놔둘 수가 있어야 말이지요. 그
대로라면 지운이나 제가 나중에 그 오물을 다 뒤집어쓰게 됩니다."

"뭘 어쩌겠다고, 이제 와서……."

기세가 한층 누그러진 채로 만희가 해운의 눈치를 보았다. 해운은
맥이 탁 풀리는 것을 느꼈다. 이렇게 간단하게 제압이 되는 거였나?
그 정도 비리는 누구나 저지르는 거라고 바득바득 우기면서 기나긴
송사에 들어가 한바탕 분탕칠을 할 각오를 하고 시작한 일이었다.
그런데 만희는 해운을 겁먹은 얼굴로 마주하고 있었다.

"아. 버. 지! 제가 누굽니까?"

해운은 버럭 소리를 질렀다. 일부러 아버지라는 단어에 가득 힘을
주어 한 글자씩 떼어 불렀다.

"제가 정말 당신의 자식입니까?"

"너 혹시 그 아이 때문에 이러는 거냐?"

해운은 이를 악물고 오만하게 보이는 턱에 잔뜩 힘을 주고는 고

개를 끄덕거렸다.

"우와, 개오버!"

지운은 악, 하고 소리를 질렀다.

빌딩 지하의 주차장에서 해운의 차가 출발하기 직전에 지운이 다가왔다.

"야, 왕해운!"

지운이 악을 쓰며 부르는 소리에 그는 차창을 조금 열었다.

"너 나를 너무 물로 봤어. 너 이 시간 이후부터 발 뻗고 잘 수 없을 거다."

해운은 꿀럭꿀럭, 화가 치밀었다. 슬픔도 그에 못지않게 그를 휘두르고 있었다.

"나 한 대만 쳐라."

갑작스럽게 지운이 차창에서 손을 떼며 말했다.

"내가 이제부터 네 뒤통수를 칠 계획이거든. 미리 한 대 갈겨."

하아, 하고 해운이 기가 찬 숨을 토해냈다. 뭐라고, 다시 말해봐, 라는 표정으로 그는 지운을 노려보았다.

"내가 이제 너 안 봐준다고! 여태 그냥 봐준 거거든. 불쌍한 꼬락서니가 참 안 되어 보여서."

"꺼져!"

해운은 운전대를 돌려 차를 몰았다. 지금은 별에 대한 것으로만 속이 복잡해서 지운을 상대할 여력이 없었다.

별아, 내가 너를 아프게 하고 말았다. 나는 너 없이는 도무지 안 되는 인간인데.

그는 차를 돌려 별이 혼자 있을 오피스텔로 향했다.

너, 나 못 떠나.

이 세상 모든 사람들이 나의 등을 떠밀면서 너에게서 떠나가라고
해도 나는 안 그럴 거야.

내가 그렇게나 약해 빠진 줄 알아?

그가 피가 배인 입술을 꽉 깨물었다.

"돌겠네, 진짜!"

별은 아무 데도 없었다. 기가 찼다!

그렇게 사라져버릴 줄은 몰랐다. 그녀가 자신을 떠나지 못할 거라
는 오만은 한 대 얻어맞았다. 별은 오피스텔을 싹 청소해놓고 옷 트
렁크를 가지고 사라졌다. 단짝인 룸메이트에게도 가지 않았고, 소영
의 식당에도 없다고 했다. 휴대폰은 이미 전원이 꺼진 채였다. 거짓
말같이 싹 자취를 감춘 것이었다. 밤을 뜬눈으로 지새운 해운은 가
회동으로라도 가볼 결심을 했다.

뚜르르르

막 차 안에서 가회동의 주소를 검색하고 있는데 느닷없이 휴대폰
벨이 울렸다.

"왕해운입니다."

그는 이어폰을 귀에 꽂으며 대답을 했다.

─어머? 멀쩡하게 전화를 다 받네요? 어디 자살 소동이라도 벌여
야 하는 거 아니에요? 아님, 술에 쩔어 있든가. 그 왜 부자들 다닌다
는 고급 술집 있잖아요. 거기서 한바탕…….

왁자하게 터지는 소음에 그는 눈썹을 모으며 휴대폰 화면의 이름

362

을 들여다보았다. 김유진, 별의 친구다.

　-이럴 때가 아니란 말이에요. 별, 이 계집애가 어딨는지 알았어요. 지금 내가 가보려고요. 세상에, 헤어진 마당에 당신이 그려줬다는 그림이 왜 필요한대요? 그걸 택배로 보내라고 주소까지 찍어주는 거 있죠…….

　재잘재잘, 여자는 말이 많았다. 윙윙 귓속이 울리면서 그의 가슴이 덜컥, 내려앉았다. 눈물이 차오를 것 같아서 입매가 비틀렸다.

　-정말이에요? 왕해운 씨가 우리 별이를 찬 거예요? 별이, 그것이 실연당한 거냐고요?

　"제가 가서 데리고 오겠습니다. 어딥니까?"

　그가 허둥대며 펄펄 끓어오르는 심경을 죽이며 나직한 어조로 물었을 때였다. 까악, 하고 전화기 속에서 비명이 터져 나왔다.

　-오, 그렇게 나올 줄 알았지요. 그럼요, 그래야지요. 이미 알고 있었다고요. 계집애가 푹 쉬어버린 목소리로 저가 차였다고 하는데, 도저히 믿어지지 않더라니까요. 그리고 저는 시간을 못 빼요. 만약에 저 보고 가라고 하면 이 싸가지 없는 재벌 3세야! 네가 무엇이 중한지를 모르는구나? 사랑과 정의의 이름으로 너를 처단하겠다! 이렇게 속 시원히 욕 좀 퍼부어주려고 했더니만. 아니면, 인터넷의 여자들만 들어가는 카페가 있거든요? 거기 확 신상 풀고…….

　"주소 부탁드립니다. 한시가 급합니다."

　초조한 마음에 그가 성마른 재촉을 했다. 여태 물 한 모금도 못 삼킨 탓에 목이 칼칼하면서 가슴은 탔다.

　"별아, 바깥을 한번 보련."

진희가 머뭇머뭇한 어조로 문 앞에서 별에게 말했다. 별은 마침 쏟아지는 빗줄기가 들이치는 것 같아 창문을 닫기 위해 반쯤 고개를 내밀었다가 도로 제자리로 왔던 차였다.

어떡해?

해운이가 왔다. 철제 대문 앞에 해운이 비를 맞고 서 있었다. 별이 호흡을 참으며 입술을 손등에 묻었다.

"어떡할까? 그 남자 맞지?"

별이 상덕의 집에 내려온 이유를 잘 아는 진희는 무턱대고 문을 열어줄 수가 없었을 것이다.

"저 없다고 하세요."

오전부터 꾸물럭대던 먹구름에서 세차게 쏟아지는 비는 더욱 기세가 등등했다.

하필, 이런 때에.

별은 어둑한 하늘을 원망하며 동시에 해운을 걱정했다.

우린 헤어졌어. 그런데 선뜻 나타나면 어떡해? 그녀는 이곳에 있으면서 준비를 마치고 조용히 출국하기를 원했다. 언젠가 본 영화처럼 애인과의 사랑은 모두 잊고 외국에서 새 출발을 하는 여주인공이 되어 있기를 원했다. 그렇지만…….

아파도 너무 아파.

너한테서 떠나기 싫어.

별은 이런 감정들로 인해 지금 제정신일 수가 없었다. 해운을 향한 마음에 새겨진 생채기가 워낙 깊어서 어쩔 줄을 몰랐다. 그를 깊이 사랑한다는 것을 이제 와서 깨달은 느낌이었다.

유진이가 범인인 걸까?

해운에게서 선물 받은 그림과 초상화가 신촌의 오피스텔에 있었다. 그것들을 택배로 보내라고 전화를 건 것이 문제였을까? 그 때문에 이 사달이 난 모양이었다. 별은 뭐든지 제 뜻대로 풀리는 일이 없다면서 순간적으로 화가 치밀었다. 내가 어떤 마음으로 네게서 버려지기를 원했는데? 네 곁을 떠나왔는데?

숨이 가빠지면서 눈물이 맺히는 눈으로 인해 시야가 흐려졌다. 안 돼! 제발, 해운아. 돌아가. 돌아가줘.

"별아, 어쩌지? 계속 벨을 누르는데?"

진희가 다시 문을 두드렸다.

"경찰 부른다고 하세요."

"그게, 그러니까 별아……."

"신경 쓰지 마시고 가만히 계세요. 쟤는 워낙에 고집쟁이라 상대하면 안 돼."

별은 일부러 나직나직하게 말소리를 냈지만 격앙되는 감정은 어쩔 도리가 없었다. 터져 나오는 눈물을 삼키며 별은 깊은 한숨을 내쉬었다. 이윽고 진희가 물러났다.

"얼굴 보고 할 말이 있습니다. 제발, 문을 열어주십시오."

화면으로 비치는 남자의 비에 홀딱 젖은 몰골은 말이 아니었다. 비에 젖은 남자의 얼굴이 눈물로 범벅이 된 것 같은 착각을 일으켰다.

모르지, 실제로 사랑 앞에서 울었을지도.

진희는 딱하게 여기며 고심이 되었다. 그렇다고 막 문을 열어줄 수도 없는 노릇이었다. 아이가 이미 강경하게 제 마음을 정리한 것 같아 보였기 때문이다. 생긴 것은 꼭 인형같이 예쁘게 생긴 여자 아이가 고집은 무슨 무쇠 같다고 진희는 한탄을 했다. 저 속은 얼마나 괴로울까, 하고 진희는 상덕이라도 빨리 귀가했으면 했다.

그는 오늘따라 회식이라고 했다. 분명 회식만 했다하면 밤샘을 하는 그답게 새벽 2시가 되어 가는데도 소식이 없었다.

이제 벨 소리도 그쳐 있었다. 진희는 2층의 베란다 쪽으로 나가 마당 너머로 흘끔, 시선을 던졌다. 고약한 날씨다. 세찬 빗줄기는 굵기가 다소 가늘어졌지만 추근대며 쏟아지고 있었다.

대문 앞에 그 남자가 여전히 서 있는 것이 보였다. 다시 별의 방문 앞으로 갔다.

그러고는 노크 대신에 슬며시 문을 열었다. 진희의 눈가에 붉은 기가 돌았다.

침대에 엎드려진 별의 몸이 보였다. 그녀는 두 손으로 제 귀를 막으며 흐느끼고 있었다. 진희는 저도 모르게 흐르는 눈물을 훔치며 문을 닫았다.

가엾은 것!

그녀는 자신의 남편이 별에게 빚을 지고 있는 것을 잘 알았다. 어쩌면 그녀 자신이 나서서 별을 도울 수도 있겠다는 생각이 들었다. 확실해졌다. 별의 태도로 보아하니 아직 이별은 아닌 것 같고, 차가운 빗속에 서 있는 남자도 마찬가지인 모양이었다. 둘 다 헤어진 것이 아니라는 감이 잡혔다. 진희는 마음을 다잡고 두꺼운 카디건을 걸쳐 입고는 집밖으로 나갔다. 우산을 받쳐 든 채로 대문을 열었다.

"……내가 열어줬다고 하면 안 돼요."

남자는 젖어 있었다. 그에게 커다란 타월을 건네주었다. 남자는 타월을 받아든 채로 가만히 있었다. 키가 크고 용모도 매끈한 것이 어디 흠 하나 없이 잘생긴 청년이었다. 상상했던 재벌가의 아들 같은 방만한 빛이 안 보였다. 진희는 그의 눈빛에서 진심을 알아차리고는 다행이라고 가슴을 쓸며 안도했다. 동시에 그녀는 젊은이들의 열렬한 사랑이 부러웠다.

"방이 두 개인데, 우측에 있어요. 아이가 수면제와 신경 안정제를 먹고 계속 잠만 잤거든요, 잘해주어야 해요."

그녀의 귀띔에 남자가 꾸벅 고개를 숙여왔다.

"감사합니다."

똑똑.

노크소리가 났다.

별은 흠칫, 어깨를 떨었다. 급히 창문가로 갔다. 해운의 차는 그대로 서 있었지만 그의 모습은 보이지 않고 있었다.

별은 손목에 걸고 있던 고무줄로 머리를 말끔하게 올려 묶었다. 청동같이 창백하고 핼쑥해진 양 뺨을 두 손바닥으로 두드려서 잠깐이라도 혈색이 돌아오게 했다. 그러고는 창문을 열었다. 비바람은 거셌다. 그녀는 눈을 가늘게 뜨고 발코니로 나갔다. 이 집의 특징은 발코니 밑으로 계단이 있다는 거였다. 별은 처음 이 집에 온 날, 그 점을 눈여겨보며 특이한 구조라고 감탄했었다. 그녀가 비에 두들겨 맞듯이 하면서 계단에 발을 디딜 때였다.

"나 들어갈 거야."

해운의 목소리가 들렸다. 왈칵, 눈물이 삼켜지면서 그가 보고 싶었다.

정신 똑바로 차려, 한별!

내가 재를 어떻게 떼어놓았는데? 심장이라도 줄 것처럼 오만가지 애정을 다 쏟아부어놓고서 싹 안면몰수 한 게 너잖아!

지금 만나면 안 된다.

"……들어간다."

해운은 손잡이를 잡은 그는 한 템포 쉬었다가 문을 열었다. 그는 우뚝 멈춰 섰다.

없다, 없어?

커다란 창문이 열려 있어서 거기로부터 굵은 비가 방 안으로 들이치고 있었다. 해운은 쏜살같이 창문가로 갔다.

"한별!"

어두움을 밝히는 가로등 불빛이 다행스러웠다. 아래의 잔디밭을 가로지르는 별의 모습이 그의 눈에 똑똑히 보였다.

"별아!"

자세히 보니 발코니 아래로 나선형의 계단이 이어져 있었다. 기가 막혔다. 내가 그렇게 싫었나? 그는 황급히 그리로 나갔다. 한 번에 두 개씩 계단을 뛰어 밑으로 내려갔다. 잔디밭을 지나 막 열려진 대문으로 나갔을 때였다.

"지운? 왕지운?"

빗물 때문에 눈을 일그러뜨리고 있던 해운은 제 눈이 보고 있는 것을 믿을 수가 없어 했다. 지운의 스포츠카가 보였기 때문이다. 차에 대한 호사가 심했던 지운은 이 나라에 단 한 대 있는 차종을 가지고 있었기에 식별이 가능했다.

조수석 문이 열린 사이로 별이 냉큼 그 안으로 들어가고 있었다.

"별아!"

그가 외쳐 불러도 소용없었다.

지운은 히쭉 웃으며 별을 반겼다.

"해운이 녀석 뒤를 밟았더니 이렇게 기쁜 일이! 이럴 때 보면 신은 내 편이야. 이거, 영광인데? 이렇게 되면 해운이 저 자식의 가장 중요한 것을 내가 차지하게 된 건가?"

"그 표정은 뭐야? 왕지운, 너 왜 그래?"

별은 순간, 지운의 차에 탄 사실을 후회했다. 무작정 대문을 박차고 나오니 클랙슨이 울리고 있었다. 창문이 반쯤 열리고 드러난 얼굴은 지운이었다. 딱히 반가울 것은 없었다. 그러나 낯선 이도 아닌 탓에 별은 해운을 피하기 위해서 즉흥적으로 차에 오른 거였다. 물론 세차게 쏟아지는 빗줄기도 한몫을 했다. 그런데 평소 서글서글한 지운의 얼굴은 뭔가 비틀어져 있었다. 불안정한 것 같기도 하고 술에 취한 것도 같았다.

"혹시…… 너 음주 운전이니?"

별은 어조를 누그러뜨리며 살짝 물었다. 그러나 지운은 차를 출발시키며 뒤를 흘깃, 쳐다보았을 뿐이다. 오금이 저리도록 무서운 표정이었다. 별은 숨을 삼키며 그의 시선을 따라 고개를 돌렸다. 밤중인 데다 비가 긋고 있어서 아무것도 보이지 않았다.

"지금 왕해운이 들어간 것 같던데. 넌 도망쳐 나온 거 맞지? 이렇게 되면 나는 너를 확실하게 납치한 거네?"

납치!

별은 해머로 머리를 한 대 맞은 것 같은 둔중한 통증을 느낄 만치 충격을 받았다.

"왕지운, 너 지금 무슨 소리 하고 있는 거야?"

"왜? 해운이도 빼앗겨봐야지. 나만 매일 당하란 법 있어? 어디서 난데없이 나타나 내 영역 안에 비집고 들어와서는, 한다는 짓마다 저가 더 잘났대. 영감들의 총애도 모두 제 몫이야. 다 가지겠대. 잘 됐어. 너 하나는 잃어버려도 좋겠지."

빵!

고막을 찢을 정도의 클랙슨 소리가 들려서 둘 다 고개를 빼고 옆을 보았다. 용케 어둠 속에서도 해운의 차가 나타났다. 별은 절로 안도하는 가슴을 손으로 쓸었다.

"세게 밟는다."

지운은 유들유들 웃음을 웃더니 운전대를 고쳐 쥐었다. 별은 잠자코 심호흡을 한 뒤에 지운의 어깨에 손을 얹고 타이르듯 말했다.

"왕지운, 지운아. 빗길이야. 너 지금 제정신도 아닌 것 같고, 이러면 안 돼."

낄낄, 웃으며 지운은 속력을 높였다. 해운의 차가 바싹 붙어서 뒤따르고 있는 것을 의식하고 하는 행동이었다.

"왕지운, 응? 너 똑똑한 아이잖아. 너는 배려심도 있고 매너도 멋진 신사야. 교육도 잘 받았고 에너지도 좋지. 내가 잘 알아. 지운아, 너는 또 좋은 땅에서 자라났잖아. 물론 우리는 우리가 선택하지 않은 것들로 인해 아플 수는 있어. 그래도 지운아, 그런 것에 휘둘리지 않을 만큼 우리가 강해지면……."

"시발, 입 닥쳐라!"

처음 보는 과격한 지운의 모습에 별은 어찌할 바를 몰랐다. 왜 이러는 걸까? 상식이 있고 현명하기까지 한 청년이 아니었나? 지금 뭐에 수틀려서 이러는 걸까?

별은 조마조마한 심경으로 계기판을 보았다. 160은 너끈히 넘어가는 숫자를 보며 별은 그만 아득해졌다.

"왕해운, 따라올 테면 따라와봐. 난 그만큼 달릴 테니까. 그리고 잊지 마. 여기 별이 같이 타고 있는 거."

정신없어서 미처 몰랐는데 지운은 통화를 하고 있었다. 해운의 목소리가 차 안을 쩡쩡 울렸다.

-당장 멈추지 않으면 죽는다!

"왜? 내가 분명히 경고했잖아. 너한테 한 대 맞을 짓을 하겠다고. 이대로 나는 별이 데리고 네가 쫓아오지 못하는 곳으로 가볼까? 그럼, 전처럼 이 아이를 찾겠다고 사방팔방 쏘다닐 거 아닌가? 오, 그거 좋은 생각이다. 그렇게 되면 너는 운한이고 뭐고 집어 치우게 될 테지? 애 찾아다녀야지, 안 그래?"

-원하는 게 뭐야? 대체, 너 왜 그래?

이제 해운은 회유를 하는 식으로 말을 걸고 있었다.

"원하는 거? 네가 없어졌으면 좋겠어. 아주 불행해서 뒈지는 꼴을 내 눈으로 보고 싶어."

"시끄러워, 왕지운!"

별은 한 손으로 지운의 멱살을 잡아챘다. 화가 나서 발끈한 동작이었다. 지운이 소리 내어 웃었다.

"왕해운, 이 계집애가 지금 내 멱살을 쥐고 있다. 어떡할까, 응? 예전엔 말이야. 병실에서 내 발톱을 깎아주고, 책을 읽어주던 그런 아이였는데. 너 만나고 더럽게 변했어. 완전 좆같아."

별이 지운의 한 쪽 뺨을 찰싹, 때렸다.

"너 원래 이런 애였어? 정신 차려, 왕지운! 지금 네가 가지고 있는 것들을 헤아려봐. 넌 누구보다도 빛나는 사람이야. 그 총기 넘치던 마장 마술 국가대표 왕지운, 운한의 마스코트 역할까지 하던 그 왕지운은 어디 가고 이런 미친 녀석이⋯⋯."

별은 입을 다물었다. 그를 슬슬 구슬려도 모자랄 판에 자극하면 안 되기 때문이다. 제발, 이 남자의 이성을 조금이라도 찾게 할 수만 있다면. 아니, 그보다는 누구라도 차를 멈추게 했으면 좋으련만.

-별아, 너 내 말 듣고 있어?

해운의 목소리가 다급하게 이어졌다.

"말하지 마, 왕해운. 너 별한테 한마디라도 하면⋯⋯ 너야말로 죽는 수가 있어."

"아우, 왕지운! 너 정말 돌았어?"

이번엔 별의 주먹이 지운의 어깨를 두들겨댔다. 그 기척을 눈치챘는지 해운의 음성이 급격히 높아졌다.

-한별, 한별! 너 듣고 있어? 넌 가만히 있어. 애 자극하면 안 돼.

"바보들, 서로 앙금 있었으면 사내들답게 진즉에 주먹질하고 해결했어야지. 빗길 도로에서 이게 무슨 짓이람?"

별은 두 사람을 비난하면서도 처음 보는 비정상적인 행태의 지운이 두려워졌다. 문득 귀를 기울이니 해운의 목소리가 별을 향해 달래는 어조를 하고 있었다.

-⋯⋯아무 일 없을 거야. 별이 넌 안전해. 경찰 불렀어. 지금 우리 뒤를 추격하고 있어. 별이, 넌 내 말 잘 들어. 너 벨트 꽉 매고⋯⋯.

"왕해운, 너나 조심해라! 공연히⋯⋯."

별은 왈칵, 해운을 향해 고함을 질렀다. 혹시라도 해운의 차가 잘 못될 것이 우려스러웠다. 빗길에서의 추격은 굉장히 위험할 것이 분명했다.

"시끄러워!"

지운이 역정을 내면서 전화를 끊었다. 그때 마침 커브 길이었는지 두 사람의 몸이 크게 기울어졌다가 다시 제자리로 돌아왔다. 기우뚱, 또다시 차가 옆으로 쏠렸다. 몸이 중심을 잃고 기울어질 때, 별은 지운의 옷자락을 붙잡고 늘어졌다.

"왜? 나한테 관심 있어?"

지운이 고개를 옆으로 숙여 별의 손등에 키스를 했다. 그녀가 소스라치게 놀라며 손을 떼어냈다. 그는 크게 웃음을 터트렸다.

"해운이 저 자식이 빡치는 것 보니까 즐겁지?"

"영원한 것은 없어. 지금 네가 이 미친 짓 하는 것도 곧 끝나게 돼. 너 그때는 멀쩡해져서 내 얼굴 어떻게 보려고 그러니?"

끼이이익!

무슨 영문인지 모르지만 지운은 힘껏 브레이크를 밟고 있었다. 별은 벨트를 두 손으로 붙잡으며 질끈, 눈을 감았다. 눈앞이 핑핑 돌았다.

사고가 난다면? 문득 그런 생각이 들었다. 맞다, 이대로 교통사고가 난대도 전혀 이상하지 않은 상황이 아닌가?

해운아.

그녀는 입술을 깨물어 비릿한 피 맛이 나는 침을 삼켰다.

"나 때문이야."

내가 재수 없어서 그래. 난 내 친 엄마를 죽게 하고 이모의 인생을 갉아 먹었으며 해운이 조차도…… 불행하게 한다.

급브레이크를 밟은 차는 멈추었지만 어디 움푹 파인 바닥에라도 빠진 건지 바퀴가 헛도는 모양이었다. 시간이 얼마나 지났을까? 실제로는 몇 초 안 되는 시간이 지난 모양이었지만 별은 마치 꿈을 꾸고 일어난 것 같았다.

고개를 옆으로 해서 보니 지운은 운전대에 얼굴을 박고 있었다.

"다쳤어?"

놀란 별이 물었다.

"시발, 시끄러!"

지운은 욕설을 주워섬기며 그대로 꼼짝없이 엎드려 있었다. 그제야 그에게서 독한 알코올 냄새가 풍겼다.

별은 엉클어진 머리카락을 치우며 전방을 보았다. 해운의 차가 그들의 차를 가로막은 형국이었다. 차 문이 열리며 해운이 튀어나오는 장면을 보며 별은 두 손으로 얼굴을 가렸다.

"……영락없이 잡혔네."

도망친 보람도 없다.

"별아, 별……."

차 문이 부서질 듯이 열리는가 싶더니 해운은 별의 몸을 와락, 안았다.

"너 괜찮아? 괜찮은 거냐고?"

사색이 된 해운은 별의 얼굴을 두 손으로 감싸서는 그 이마에 키스를 해댔다. 그러고는 지운에게로 덤비기 위해 몸을 일으켰다.

"왕지운, 너 내가 죽여버릴 거야!"

"해운아!"

별의 손이 그의 옷길을 부여잡았고 곧이어 다급한 소리가 새어 나왔다.

"……나 데리고 가."

지운은 그 자리에서 음주 운전 단속법에 걸려 경찰서로 향했다. 다행히도 다친 사람은 없었다. 해운은 별을 데리고 가까운 호텔에 들어올 수밖에 없었다.

내리꽂히듯 쏟아지는 비로 인해 두 사람은 홀딱 젖은 채였다. 호텔에 들어오자마자 해운은 뜨거운 물을 받았다. 욕조 속에 별을 앉혔을 때에 조개처럼 꾹 다물려 있던 별의 입이 열렸다.

"우린 헤어지는 게 맞아."

해운은 버럭, 화를 내고 말았다.

"너 자꾸 이러면 네 아버지라는 작자는 내 손에 죽어! 그 작자가 시키든? 돈이든 뭐든 대주면서 바깥으로 나가 있으래? 네가 태어나기를 바라지도 않던 인간이, 아니, 네가 태어난 날을 저주했을 걸? 이제야 아버지 노릇 좀 해보겠다는 모양인데, 누구 맘대로? 두고 봐. 김상덕 그 사람은 다시는 의사 면허 못 쓰게 될 테니까."

별이 두 눈을 커다랗게 뜨면서 그의 옷자락을 부여잡았다.

"얘가 지금 무슨 말을 하고 있는 거니? 세상의 모든 연애가 다 이래? 이게 무슨 연애야? 누군가를 좋아하다가 헤어지고, 그럴 수도 있는 거지! 네가 양아치야? 깡패야?"

"한별, 솔직해지자. 김상덕이 아버지야? 그래, 생물학적 아버지라고 치자. 29년 만에 만난 그 아버지란 작자가 네게 이래야겠어? 자기 딸이 사랑하는 남자를 떼어내는 데에 일조하는 게 맞는 거냐고?

그리고 내가 사력을 다해 너를 사랑하는 건 이렇게 함부로 치부해도 될 일이고?"

돌연, 별의 눈망울에 가득 들어찬 눈물이 볼을 타고 흘러내렸다.

"나 사실은 네 마음 알아. 넌 한 번도 나쁜 적이 없었어. 언제나 나한테 옳아."

"그런데도 넌……."

우득, 이를 갈아붙이며 해운이 날이 선 눈으로 별을 바라보았다. 그러나 그 눈길에는 괴로움과 자책이 가득 차 있었다.

"네가 나를 떠나든 말든 신경 안 쓸게. 다만 내가 너를 사랑해서…… 너를 못 놓겠어."

해운아, 하고 별이 그를 불렀다. 그는 두 주먹을 으스러져라 쥐면서 고개를 들었다. 별은 그에게 중얼거리듯 말했다.

"난 재수 없는 아이야. 생각 안 나? 우리 어렸을 적에 처음 만난 날, 그 치킨 가게 기억해? 너는 물컵을 깨서 손을 다쳤어. 그리고 나를 뒤따라 온 뒤에는 교통사고도 날 뻔했지. 물론 지운이가 대신 다쳤지만. 그리고……."

미치겠네, 하고 해운은 별의 양 어깨를 붙잡아 자신을 보게 했다. 이성을 찾아야 한다. 지금 별은 무슨 말이고 주워섬기면서도 그것이 제 자신에게 얼마나 상처가 되는지 잘 모르고 있다.

"나는 너한테서 절대 떨어지지 않을 거니까, 네 맘대로 못 해. 그리고 너 재수 없지 않아. 그 반대로 내게 너는 큰 행운이야."

그가 거친 숨을 몰아쉬고는 다짐하듯 말했다.

"그러니까 내 옆에만 있어."

"……해운아."

마치 더 이상의 말을 막듯이 해운은 별의 콧등에 손가락을 가져가 가만히 문질렀다.

"이제 내 아버지라는 작자는 우리 간섭 못해. 간섭은커녕 지금 제 살길 찾느라 바쁘시다. 할아버지는 너를 데리고 오라셨어."

그가 별의 얼굴을 두 손으로 감싸며 고개를 숙여왔다.

"나를 봐. 나는 너를 사랑해. 그것만 기억해. 다른 건 아무것도 없어."

"······운한의 후계자가 될 남자에게 나는 어울리지 않아."

별의 목이 잔뜩 쉬어 있었다.

"쉬이, 됐어. 사실 너 때문에 그 자리에 올라가려고 결심한 거야. 너 아니면, 그런 거 생각지도 않았어. 네가 도와줘야 해, 응?"

"미안해. 너를 내가 너무 사랑해서······."

별아, 하고 그가 큰 소리로 그녀를 불렀다.

"나를 사랑하는 일은 미안한 일도, 막 용기를 내야 하는 일도 아니야. 그냥 나만 생각해주면 돼. 너를 사랑해서 미치겠다는 나, 너 아니면 아무도 없다는 나, 그냥 그것만 생각해주면 안 될까?"

"인정해. 맞아."

"이제야 솔직해지는 거야?"

그가 별의 이마에 쪽, 소리를 내며 키스한 뒤에 젖은 머리카락을 쓸어 넘겨주었다.

"아아, 고마워."

그의 얼굴에 안도의 표정이 역력했다.

"너, 진짜 아픈 데는 없는 거지? 왕지운 자식, 집안 변호사고 뭐고 내가 다 막았어. 저 자식은 이제 꼼짝없이 음주 운전한 책임을 물어야 해."

"해운이 너 젖었어. 춥겠다."

아직 젖은 슈트 차림 그대로인 해운을 별이 염려했다.

"지금 나 걱정해주는 거야?"

별의 뺨으로 구슬 같은 눈물이 또르르 떨어졌다. 해운의 손가락이 그 눈물을 문질러 닦았다.

"안 되겠어. 결혼부터 하자, 응? 그리고 뭐든지 우린 같이 움직이는 거야. 상하이에도 같이 가."

해운아, 하고 부르며 별은 그의 어깨에 두 손을 짚었다.

"이리 들어와. 너 감기 걸리면 안 돼."

"너부터 대답해. 나하고 결혼하는 거다. 그러면 물에 들어 가주지."

"알았…… 어. 결혼해."

마지못한 듯이 흘러나온 별의 말이 떨어지자마자 해운은 살았다, 라고 소리를 질렀다.

첨벙!

해운은 욕조를 두 손으로 짚고서 가볍게 훌쩍 물속으로 들어왔다. 옷을 그대로 입은 채였다. 그는 별의 입술에 키스를 했다. 두 사람의 키스는 깊어졌다.

에필로그

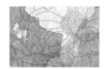

1년 후.

<강찬웅 기자의 취재 수첩- 중국 시장의 새로운 해법이 생겼다. 운한기업은 중국 현지 법인을 내고 본격적으로 중국 시장에 뛰어들었다. 그동안 기업간 거래로 간접적으로 뛰어들던 방식에서 벗어나 직접 중국인 현지 시장화에 들어간 것이다. 법인의 대표를 맡은 왕해운 대표는 철저히 중국 트렌드를 분석하여 중국 라이프를 제안하는 방식으로 접근하였다. 넓은 중국 시장 중 현지 매장은 상하이로 선택했다. 영리한 분석과 철저한 사업 능력 공간의 매력을 선보인 운한 인테리어 사업은 현지 중국 업체를 크게 따돌리고 매출액 1위, 시장 점유율 1위를 달성했다. 분점을 요구하는 시장의 목소리가 커지고 있지만 왕해운 대표는 선택과 집중의 기존 방식을 고수하겠다고 밝혔다. 운한의 도전 정신과 창의력 있는 사업방식은 타 기업의

벤치마킹 대상이 되고 있다.>

지운은 순간 온몸에 있던 피가 거꾸로 쏟아지는 것 같았다. 넌 모두가 불확실하다는 사업에서도 이익을 실현했구나.

그는 지금 초조해 미칠 것 같았다. 겨우 왕 회장을 설득해 서울 시내 면세점 운영에 첫 발을 내디뎠다. 황금알을 낳는 거위라 불리는 면세업을 통해 유통분야에서 신 성장 동력을 찾겠다는 목표였다. 하지만 회장의 염려 그대로 현실은 역시 녹록치 않았다. 2분기에만 영업 손실이 30억 원이 넘었다.

"판매 물량을 선매입하고 후에 판매하는 면세점 특성상 초기 투자 비용이 발생할 수밖에 없는 구조 때문에 생긴 일입니다. 그렇게 보고하시면 됩니다."

지운의 마음을 달래듯 안수호 이사가 왕 회장 보고에 앞서 브리핑을 하고 있었다.

"그걸 말이라고 합니까? 누구는 중국 시장 점유했다고 강찬웅 같은 기레기의 찬양 대상이 되고 있는 마당에…… 마케팅, 실적 개선안은 준비됐습니까?"

안수호 이사가 결재서류를 펼쳤다. 하지만 지운은 글자가 눈에 들어오지 않았다. 지난 1분기 적자액이 60억 원이었다. 2분기 실적도 부진했다. 초기 투자 비용, 마케팅 비용 등을 극복하지 못했다. 100억 원의 매출을 올리고도 한 푼도 남기지 못했다.

'난 손실을 가장 두려워하는 장사꾼이야.'

왕 회장의 말이 계속 지운의 머릿속을 울렸다. 가뜩이나 음주 운전에다가 과속한 사실이 걸려 한창 세상을 떠들썩하게 했었다. 다행히랄까, 별과 해운은 한 가지 사실만은 입 다물어주었다.

납치에 살인 미수가 될 뻔하지 않았나? 그 이후로 지운은 해운과 별을 한 번도 맞닥뜨리지 않고 있었다. 아니, 그들에게 용서받지 못하고 있다는 말이 맞았다.

"13시 30분, 미국 JF 케네디 공항에서 출발한……."

곧 해운이 나타날 모양이다. 벌써 1시간 이상을 별은 공항 로비에 있었다. 비행기가 안착하고 나서 입국 심사 등을 마치는 데에 걸리는 시간은 얼마나 될까?

해운과 별은 함께 미국 유학 중이었다. 그러다 방학을 맞은 별은 먼저 한국에 들어와 있었다. 불과 보름 정도를 떨어져 있게 되었지만 별은 유난히 해운을 그리워했다.

이유는…….

어떻게 말해야 하나?

별의 양 볼이 도홧빛으로 물들어 있었다. 새빨간 트렌치코트를 입고 흰색의 니트로 짠 베레모를 쓴 별은 지나가는 사람들의 시선을 끄는 것도 모르고서 서성이는 중이었다.

"내 입으로 직접 밝혀야겠지? 아님, 어떤 식으로 알려야 하나?"

혼잣말을 하는 사이에 드디어 자동문이 열렸다. 우르르 몰려오는 사람들 중에 해운이 있었다. 노타이의 진청색 슈트를 입고 보스턴 가방을 들고서 그가 예의 그 큰 보폭으로 성큼성큼 걸어오는 중이었다. 그는 바로 별을 알아본 모양이었다. 처음에는 보통의 걸음이 총총해지더니 이내 뛰기 시작했다.

"왕해운! 나 안길 거야!"

그녀가 두 손을 입가에 대고 큰 소리로 말했다. 그러자 그가 가방을 내려놓고서 두 팔을 활짝 벌렸다. 같이 동승했던 정 대리가 멈춰서더니 가방을 챙겨들었다.

별은 등에 맨 백팩이 덜렁거리도록 뛰어가 그의 품에 폴짝 안겼다. 그 반동으로 해운의 몸이 뒤로 몇 걸음 물러났다.

"아이쿠, 우리 별이가 무거워졌네?"

"살쪄도 예쁘다면서? 역시 결혼하니까 변하는 거야, 신랑?"

"뭐야? 너 어디 아픈 거 아니야?"

해운이 별을 품 안에 보듬었다가 바닥으로 내려놓고서 이맛살을 찌푸렸다. 별은 며칠 음식을 제대로 못 먹은 탓에 그가 아프게 보는 것도 무리는 아니라고 여겼다.

"너하고 떨어져 있으면서 덜 먹어서 그래. 네가 너무 보고 싶으니까 입맛이 없더라."

"이거 기뻐해야 하는 게 맞는데. 아냐, 눈 밑에 그늘이 져 있어. 광대뼈가 돋아났다는 것은 2키로 이상이 빠졌다는 거고, 게다가……."

해운의 날카로운 눈이 더듬어 별의 몸을 위아래로 훑어 내려갔다. 아유, 이 낭만도 모르는 아저씨야. 여기서 밝히게 생겼네. 별이 나무라는 빛으로 눈을 흘겼다.

"왕해운. 나 공부 마치기 전에는 우리한테 아기 생기면 안 된다고 했었나?"

해운의 팔짱을 끼며 별이 은근한 말로 속삭였다.

"내가 언제 그랬다고?"

그렇게 내뱉어놓고 해운은 툭 걸음을 멈추었다. 아무것도 모르고 걷던 별의 걸음이 자칫 흐트러지며 휘청거렸다. 재빨리 그녀를 붙들어 제게로 고정시키면서 해운은 이내 눈시울을 붉혔다.

"그렇구나?"

"뭐가?"

"별아, 너는 지금 네가 나한테 무슨 짓을 저질렀는지 모르고 있어."

"띠로리?"

별의 두 눈이 감기도록 웃으며 장난으로 하는 말소리가 맑은 물소리같이 무척이나 곱다. 해운은 가만히 멈춰 서서 별의 뺨에 손바닥을 가져갔다.

"이제 진짜 가족이 되었어."

"그림을 시킬 거야. 아이는 우리처럼 머리 쥐나게 공부하지 말라고 할 거고, 바닷가를 걷고 삼림욕을 즐기며 자연에서 크게 할 거야."

"별아!"

흥분한 얼굴로 해운은 별의 몸을 와락 끌어안았다. 별은 웃으며 말했다.

"그날! 시험공부 한다고 둘이 함께 밤새웠던 그다음 날, 콘돔 한 상자가 부족한 그 날이었어. 참! 잘했어요, 왕해운!"

해운은 숨이 멎는 줄 알았다. 기쁨과 환희가 찬란했다. 완벽하다. 별, 이 여자가 내 품 안에 있다. 더더군다나 그가 세상에서 가장 사랑하는 여자는 제 자식을 가졌다. 꿈에서나 가능한 일인 줄 알았다.

어쩌면 아이는 생각지도 못했기에 더 큰 행복이었다. 별은 둘의 공부가 얼추 끝나면 아기를 가진다고 했었다. 해운은 별과 결혼식을 하는 일도 한참 애먹었던 차에 새 가족을 맞이한다는 것은 좀 더 신중해야 한다고 생각했었다. 그런데 뜻하지 않게 아기가 왔다! 그리고 무엇보다도 별은 기뻐하고 있었다.

"은근 미스테리 하다. 난 네가 임신이 되면 펄쩍 뛰며 화를 낼 것으로 예상했었는데."

"바보, 난 한별이야. 너를 사랑하는 여자, 한별. 나는 내심 너한테서 올 생명을 얼마나 기다렸는데? 너무나 기특하고 대견해. 남들은 입덧으로 못 먹는다는데, 나는 너무 좋아서 못 먹겠어."

해운은 와아, 하고 소리질렀다.

"진짜 대박이다! 아, 살겠다!"

별은 해운의 품에 안긴 채로 까르르 소리 내어 웃었다. 해운은 별의 뺨에 쪽 키스를 하며 말했다.

"정말 착해. 고마워."

"우리는 우리 아이한테 엄청 축복해주자."

해운의 중얼거림에 별이 수긍을 했다.

"맞아, 우리는 잉태된 때부터 절망과 미움의 아이콘들이었어. 우리 아이는 반대로 듬뿍 사랑을 받으며 기대 속에서 태어날 거야."

두 사람은 공항이라는 것도 잊고서 뜨겁게 키스를 나누었다. 뒤에서 짐이 담긴 카트를 밀고 뒤따라오던 정 대리가 사람들이 봐요, 하고 안달하는 것도 모른 척하고 두 사람은 계속해서 키스를 했다.

-마침-